Life in April

4.01 LIFE— IN 4.30 APRIL · LIFE IN APRIL

APRIL

NOW'S NAUGHTY
PAST'S BEAUTY

FUTURE'S RESPONSIBILITY

Miss Silvia

MISS SILVIA

四 月 间 事

尾鱼 著

Life in April

Past. Future. Now

四川文艺出版社

CONTENTS

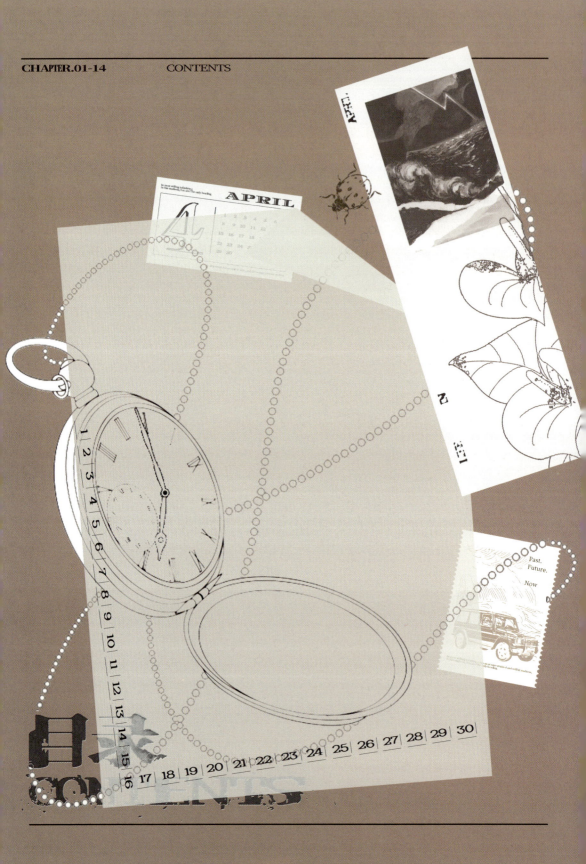

(4·01)

"你在干吗啊?"
"嘘,别说话,我要把你打扮成圣诞树,
这样就不会有人伤害你了。"

LIFE   IN   APRIL

"圣诞树不是你吗?"

"也是你啊。"

你 走 吧。 你是 最后的了断。

你还要去到别的地方，

而我，

PAST

FUTURE

N

就在这里　　到头了。

(4-30)　LIFE

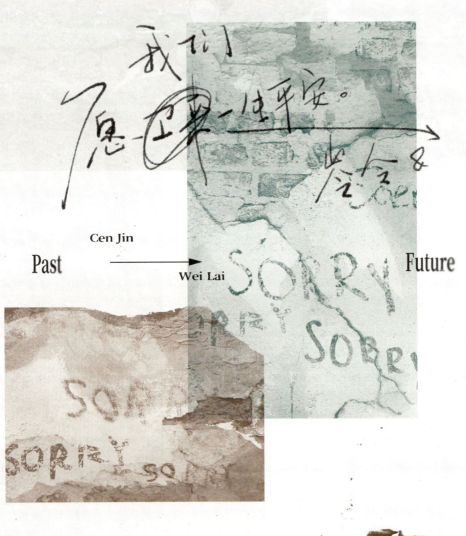

愿~~卫来~~一生平安。

我们

Cen Jin

Past ———————→ Future

Wei Lai

第一章

— CHAPTER.01 —

Life in April

"爱你是一回事，钱是另一回事。"

卫来被冻醒的刹那，脑子里掠过一个念头：老子受够了，今天就南归！

这是他在北极圈内度过的第四个月。彼时，他已经从北冰洋周边撤回到了拉普兰地区的密林，蜷缩在原住民萨米人废弃的一间 kota（帐篷）内。帐篷跟印第安人的毡帐很像，尖顶圆锥，四围蒙着密叠的驯鹿皮、熊皮和毛毡御寒。他裹着兽皮，躺在半尺来厚的灰烬中。睡前烧了篝火，躺下的时候犹有暖意，现在伸手去摸，灰烬都冷成了咬人的嘴，冷不丁被咬上一口，半只手臂凉到发麻。

是该南归了，四个月，尤其是后半程，见过的人一只手就能数过来。据说长期在极端环境中独自生活的人会出现幻觉——昨天，他确信自己看到了一只驯鹿盘腿坐在地上抹口红。口红的品牌是香奈儿，色号 99，正红，驯鹿抹完口红之后，扭头朝他嘟着嘴，像在索吻。

卫来居然还对它的妆容做了点评："你该画个唇线。"

说完他就抱着脑袋蹲了下去，再不走，大概精神就要出问题了。

他裹紧兽皮，从 kota 里钻出来。一夜风雪，这一刻出奇地安静，半天上一道鬼魅幽碧的极光，蛇行样扭曲进橘红色铺天盖地的霞。高大的赤松被一层一层的冰雪塑形，压低头、压弯腰，个个身材臃肿，像巨人、像妖灵，像排列到天尽头处的森森白骨。

萨米人相信，天上有一只火狐狸，它在夜空奔跑，用尾巴拍打雪花，于是出现了极光。

而在世人看来，天现异彩，那叫祥瑞之气。

国人做事讲究，安门纳采、驾马造屋都爱选个好日子——决定南归的这一天，满天祥瑞，意头不错。

踩着齐膝深的雪，卫来一路向南，徒步走出拉普兰森林，运气好的时候，会搭到一程哈士奇拉的雪橇。

松了那口绝不能死在雪原的气，生物钟开始紊乱，精神时刻恍惚，说话做事云里雾里，三餐在粗糙的比萨饼、过期的意大利餐和驯鹿肉、冰啤间来回切换。回到首都赫尔辛基的时候，他能清晰记得的，只有两件事。

一是，路过罗瓦涅米的圣诞老人村时，他对着标志北极圈的灯柱鞠了个躬，好像还说了声"再见"。有游客避在一边偷窥他，他听到有人评论他是野人。

二是，搭了一辆满载挪威云杉的拖木大货车。芬兰是号称有五百万伐木工的国度，这样的拖木车很常见——驾驶室里不够坐，他裹着兽皮翻进车后斗，在刺鼻的树木气味间躺倒。后半夜的时候司机上来拍打他，大意是只能送到这儿了，他听见了，但困得睁不开眼，也没起身，含糊地说："那把我扔在这儿就行。"

司机没办法，招呼了同伴，一个抬头一个抬脚，抛尸一样把他扔在路边。他半张脸贴着泥，一觉睡到天亮。

不过，回到赫尔辛基，远远望见高处乳白色路德宗教堂的时候，他一下子回血了。

耳聪、目明、思维敏捷，鼻子能嗅到远处刚出炉的肉堡的味道，血管里的血也像边上桑拿房里的滚水，开始翻沸。

回到老地方了。有人讨厌这里，觉得它清冷、黯淡；有人喜欢这里，觉得这个被波罗的海环拥的城市有着田园般的诗情画意。

时间是三月末，赫尔辛基还处在冬天的尾巴里，阴冷、昏暗。卫来裹了裹那块邋遢污脏的兽皮，走过混凝土的公寓楼、橱窗蒙尘的店铺、成人用品商店和泰式按摩院。

街道空荡荡的，没人围观他，他一路走进那间位于地下的、埃琳开的酒吧。

酒吧的名字叫：We care about the world（我们关心这个世界）。

全英文的店名，甚至没有用当地通行的芬兰语或瑞典语写一道。这里进出的是来自世界各地的面孔，充斥着或明或暗的交易。麋鹿说，这酒吧是浮在赫尔辛基皮肤表面的漩涡，不了解的人要绕着走，了解的人自然会进来。

卫来推门进来。

白天，酒吧没有生意，只开了一盏壁灯，幽暗的灯光笼罩着吧台上立着的迷你水母缸，里头浮游着两只通体透明的海月水母。缸里打碧绿的光，水母拖着长长的触须，像浑身泛着磷光的幽灵。

水母缸的后面，有一张被水流、光和玻璃合伙扭曲了的脸。她大概也隔着这重扭曲看到了卫来，诧异地抬起头来。

那是埃琳。

埃琳是个年轻的德国女人，顶着一头红发，很像著名的德国电影《罗拉快跑》里的女主角，脖颈上文了一条绕颈一周的、很细的眼镜王蛇，芯子正吐在咽喉的微凸处，每次讲话，芯子都好像在咝咝抽动。

但实际上，侵略性的外表之下，埃琳是块堪称温和的白板。

她看着卫来，疑惑而又警惕，一只手探向吧台下方，那里藏着一把俄制马卡洛夫手枪。

卫来知道她没认出自己，或者把他当成了无家可归的流浪汉——他头发乱糟糟的，几乎跟多日没有剃过的胡子长到了一处，如同两丛灌木狭路相逢；脸上有擦伤，泥色浸到皮肤里，水洗不掉；穿得不伦不类，兽皮的馊霉味杂糅着血腥味，提醒他不方便举火的那两天过的是茹毛饮血的吃生食的日子。

他的喉结滚了一下，说："我。"

埃琳一下子瞪大了眼睛："David's coming？"

卫来是他的中文名，英文名是 David（大卫）。他的代理人麋鹿狂热地爱着中国，仔细研究过他的名字之后，说："在中文里，'来'就是'come'的意思，当我们讲'David's coming'的时候，我们不仅在陈述'你来了'这个事实，我们还叫出了你完整的中文名字。"

所以埃琳现在，是在叫他的名字。

卫来点头："钥匙。"

他的公寓是麋鹿的房产，在这幢楼的顶楼，他外出时，钥匙通常交给埃琳保管——仅仅是保管，埃琳从未起过帮他整理房间、打扫卫生或是更换床单的念头，尽管她一直强调自己很爱他。

埃琳仍在震惊中，只用两个指尖拈着钥匙递过来。卫来屈身靠近的时候，她脸上露出复杂且嫌弃的神色，像是怕挨到他，几乎是把钥匙扔过去的。

卫来伸手接住。

埃琳说："你怎么变成这样了？"

卫来回答："你在北边过四个月，也这样。"

这不是真心话，埃琳这样的，四天都挨不过去。

他转身离开，楼里没外头冷得那么凛冽，他边走边把兽皮脱下。

埃琳在后面叫："卫！"

卫来回头，她迎上来，又被熏得退回两步，脸色郑重，甚至带一点恼怒。

"卫，你最好恢复以前的样子。你知道，我爱你，主要是爱你英俊的脸和身材……"

说到"英俊"的时候，她迟疑了一下，觉得对着眼前这张脸说出"英俊"这两个字都是对英俊的亵渎。

"……总之，你现在这样，我没法爱。"

上楼的电梯在狭长的走廊尽头，过去的时候会经过保安室。公寓楼只配一名保安，是个叫马克的德国人，秃顶，胖得很有规模，以至于穿过保安室的门都困难——所以大多数时候，他都待在玻璃窗后的桌子边，或者趴着睡觉，或者吃饭。

卫来经过的时候，马克正举着餐叉，专心磨切盘子里的巴伐利亚白香肠。他感觉到有一团黑影从窗前经过，为尽保安的本分，打了声招呼："Moi！"

打招呼的时候他没抬头，发音不准的那声"Moi"带着唾沫星子，都招呼在香肠身上。

卫来觉得，不管此刻从窗前经过的是杀人犯、棕熊、外星人还是幽灵，马克都不会留意的——他只是配备、是陈设，是住客的心理安慰。

在漫长的公寓保安生涯里，马克只"挺身而出"过一次。

那是圣诞节，半夜，有两个人在公寓的三楼杀了人。他们毫不在意，往尸体上浇了一杯啤酒，一左一右挟着尸体出来，权当挟个酒醉的朋友。

尸体只穿了一只鞋，另一只脚光着，脚尖刮擦地面，身后留下一行混着啤酒味道的血迹。

那时候的马克还没这么胖，他远远看到有人过来，觉得节日该有节日的气氛，于是在两人一尸临近的时候，蓦地从门里探出头来，大叫："圣诞快乐！"

他得到了难忘的圣诞礼物——以为东窗事发的凶犯捅了他一刀。

这一刀让他的工作合约得以长久延续，因为马克对外宣称，他是为了保护住户、抓住凶手，所以勇敢地冲了出去。

他爱怎么说怎么说，反正凶手最终也没被抓到。

电梯是老式的，很窄，需要手动开关铁丝门，角落里扔了卷报纸，被踩过许多次，鞋印间露出黑体加粗的印刷词加感叹号。

——Ransom（赎金）！

大概是哪儿又发生劫案了。

四个月没看新闻，这世界大概又死了很多人，又新生了很多人，又有很多钱从一些人手上流到另一些人手上。

日光之下，本无新事。

房门打开，一股无人居住的味道。

卫来从不给房间做修饰，屋里只有必需的用品，满足最基本的居住需求。用他的话说，离开的时候不会不舍，回不来也不会惦记。

谁会惦记一间近乎空荡的房子？

他关上门，脱光衣服，地上撂下的一层一层，之前还是他的第二层皮，现在软瘫成流浪汉都不捡的垃圾。

进了浴室，莲蓬头打开，水管里先嗡了一阵，像吃坏了肚子，然后热水涌上来，喷出花洒。

十分惬意，上次洗澡还是在冰湖。

第一层剃须泡沫没起沫，脸颊和下巴流下黑色的水，低头看，身上漫延着条条污脏的细流，在下水口汇合成一处，打着漩儿。

剃须，用电推子推短头发，黑泥长进皮肤的纹路，只能拿刷子蘸上肥皂去洗刷。水流哗哗不断，肥皂打到第三遍才算是洗褪脏色，以至于他自己都诧异：怎么忍过来的？

转念一想，其实也没忍，在那种环境下，没得选。

关上莲蓬头，浴室里忽然安静下来，热的蒸汽消散，即便有暖气，凉意还是瞬间裹住了全身。卫来在腰间裹了条浴巾，走到镜子前头，伸手抹去镜面的雾气。

男人的脸棱角分明，下巴泛着剃须后的暗青，赤裸的肩颈，肌肉结实铁硬。

眼锋很冷，不排除是这些天给冻的。

眼神很亮，不浊，鱼能明目，可能跟这些日子吃多了冰湖的鱼不无关系。

薄唇抿起，据说薄唇的男人无情，这话不对，他并不十分无情，只不过对什么都不太深情罢了。

不得不承认，还是现在的自己看起来更顺眼一点，埃琳见了，大概会重新爱上他的。

卫来把换下的衣服装进袋子，扔进楼道间的垃圾通道。闸口关合的刹那，他忽然有点不忍，耳朵贴上墙，听到垃圾落到底的闷响。

像是种宣告，所有的印记表征洗的洗、扔的扔，一段日子就此过去。

回房，拉帘，睡觉。躺上床的刹那，手机响，麋鹿发来短信。

——明晚十点半，老地方。

他说了声"好"，就好像麋鹿能听到，然后关机，眼皮千斤重，顿入黑甜。

他睡得很死，窗外，赫尔辛基又下起一场冻雨。

这一觉超过二十四个小时，醒来的时候，暮色趴伏在城市上空，只剩下一些露着白的边缘没有遮盖完全。

卫来拉下和天花板窗连着的铝合金折叠梯，带着烟和打火机上了阁楼。阁楼地板上积了薄薄的灰，倒着他上次离开前喝光的一罐啤酒。斜坡顶开大的天窗，为防冷和隔音，用的双层玻璃。他从里头推开，抓着窗框翻上了斜坡。

城市声浪铺天盖地而来，卫来踏着覆瓦走了两步，坐倒在冷湿的斜坡上，点着了烟。

低头看，赫尔辛基像一口刚揭开盖的蒸锅，"人气"弥漫。

卫来对"人气"有自己的理解：大多数人的身高都在两米以下，人会发出体味、气息，会说话、打架、交流情感、歇斯底里、要死要活。所有这些都要用到气，而所有的气都在两米左右的高度里杂糅、流转、沸腾、翻覆。所以大气层的正确划分应该是：地气层，人气层，空气层。

麋鹿和可可树都跟他上过高处俯瞰"人气"，也问过他同样的问题。

——到底能看到什么？

卫来回答："能看到很多故事，发生的、发酵的、消失的。"

可可树："胡说八道。"

麋鹿："你们中国人，就是这么奇妙。"

天黑下来，东北方，赫尔辛基中央火车站的巨型人像手中捧着的球灯亮起，卫来在覆瓦上摁熄烟头，翻窗回房。

再次推开酒吧的门，是晚上九点，酒吧里放着 *killing me killing you*，死亡金属乐队的歌。靠门的角落里有个老头儿在卷着什么，边上等待的年轻人迫不及待，目光灼灼。

卫来径直走向吧台处的埃琳。

果不其然，埃琳目光里带着惊喜，笑意大盛，那一声"卫"叫得情意无限，连脖颈上文的眼镜王蛇都柔媚成了江南烟雨里初见许仙的白素贞。

卫来拖了高脚吧凳坐下，从怀里掏出钱包："羊角面包、冰啤、伏特加、红酒。"

埃琳先给他接冰啤，啤酒杯推过来的时候，卫来正把钱包口朝下用力一抖——

只掉下来一枚硬币，在吧台上滚出一条直线，撞到水母缸，饮恨倒下。

是欧元，币面上半幅欧洲地图，边上有"50 EURO CENT"的字样。

0.5 欧元，折合不到 4 块钱人民币。

埃琳警惕心起，啤酒杯停在半道。

卫来说："赊账。"

"你的钱呢？"

"花了。"

"那么多钱！"

"花了。"卫来列举要花钱的地方，"我包过破冰船，把结冰的港口破开一道口子，很壮观，像巨大的楔子嵌进北冰洋。我拍照了，想带给你看，但后来零下30摄氏度，相机冻坏了。"

他笑，拍埃琳的手背："你不是爱我吗？赊次账吧。"

埃琳很有原则："爱你是一回事，钱是另一回事。"

卫来觉得情人还是中国的好，爱你爱到恨不得把心肝脾肺肾都血淋淋地掏出来——他咬牙切齿："我真看不出来，你爱我到底爱在哪儿了。"

和卫来初见的时候，埃琳还没有开酒吧，她对卫来说的第一句话是："你是日本人？"

她清楚记得，卫来的脸色有点阴沉，顿了一会儿才说："中国人。"

中国？那是哪儿？埃琳的世界地图里，只有德国、北欧和包围着的一片海陆蛮荒，黄色人种她只知道日本人和印第安人。

为了更接近卫来，她觉得有必要了解一下中国，当晚回家路过音像店的时候，她问老板："有关于中国的电影吗？要很有名的，新一点最好。"

老板撅着屁股在脚边的纸箱里翻检了一阵，递了一张给她，语气很肯定："这个，很有名。"

那是张艺谋的电影《一个都不能少》，讲述了农村、文盲、贫穷、展望，在欧洲拿了不少奖。

埃琳看了两遍，以为这么简单就能把中国咀嚼透彻。第二天见到卫来时，她一副对中国很熟悉的样子，问他："你小时候上学，要翻几座山啊？"

卫来当时在抽烟，好一会儿没说话，烟头搁在啤酒杯边，累积的灰烬霍一下倾翻在酒里。

然后他看着她，一字一句地说："你真该多看看新闻，关心一下这个世界。"

埃琳同意让卫来赊账，出于两个原因。

一是卫来信用良好，从来没有真的欠账；二是因为他说，今晚就会来活。

来活等于来钱，他上一次来活，带回来鼓鼓囊囊的一包钞票，一次昂贵且变态的北极圈度假后，变回穷光蛋。

这不是正常的生活态度，埃琳忧心忡忡，她隔着酒吧缭绕的烟雾看向坐在不远处的卫来，决心要找个合适的机会，劝一下他。

卫来揪了块羊角面包，蘸撒在餐盘里的盐，送进嘴里的时候，边上凑过来一个姿态妖娆的女人，穿裹身的黑色短裙，眼影浓重，黑里泛金，像埃及艳后。

她声音性感而沙哑："不请我喝一杯？"

卫来说："好啊。"

"埃及艳后"嫣然一笑，腰肢扭动，驾轻就熟地旋身坐进他怀里，蕾丝的领口开得很低，一道乳白色嵌进他眼底。

像破冰船楔开的那道口子。

女人伸手挂住他脖子，红唇挨近他的脸，将贴到而未贴到时，卫来忽然控住她，说："别动。你是不是用的香奈儿的唇膏？"

色号99，正红，怎么那么像在拉普兰森林里看到的那只驯鹿的嘴唇呢？

......

埃琳冷眼旁观，以为这戏会转成两人相拥离去，谁知五分钟后，"埃及艳后"端了一杯酒离开，寻觅新的目标。

她心下窃喜，端了份起司蛋糕过去："送的。"又问，"没看中？"

卫来说："有情况啊。"

埃琳好奇地凑近，他压低声音："我这趟被冻得有点狠，这样的女人在怀里，我都没什么反应。我得恢复适应一下。"

老祖宗没骗他，饱暖思淫欲，四个月饥寒交迫，他没怎么想过女人，"埃及艳后"这样的段位，他的脑子里冒出的都是芬兰旅游风景片。

埃琳恨恨："也许冻坏死了呢。"

卫来拿羊角面包使劲擦盘子里剩下的盐："怎么这么狠呢？冻坏死了，你能得什么好处？"

埃琳还想说什么，墙壁上的挂钟忽然报时。

十点，酒吧高处悬挂着的三面液晶背投电视同时开启。

埃琳的酒吧叫"We care about the world"，不是没理由的：每晚十点，酒吧会播报世界新闻。

常客都知道这规矩，也乐于遵守，到十点时，必然停止一切，全情投入。

其实他们中的大多数，出了这酒吧，可能连新闻频道都没开过。

卫来看得很有滋味，四个月不通音讯，每一条新闻都像一根输血管道，把现实的世界汩汩输进他闭塞干涸的血管。

日本地震，印尼火山口在喷烟，美国校园枪击案，车臣恐怖分子头目被俄击毙……又一条。

"今天是沙特油轮天狼星号被索马里海盗劫持的第七天，船上 25 名人质仍无消息。据知情者透露，海盗方面提出了 2000 万美元的赎金要求……"

2000 万！美金！

卫来没法不想到自己的 0.5 欧元。

真是……还不如去做海盗。

快到约定时间，卫来离开酒吧，埃琳在幽暗的走廊里追上他："卫。"

她与平时不同，不调笑、不气、不恼，神情郑重，带一丝无奈和低落，说："你不能再这样了。"

女人是天生的劝说者，长着年轻的脸，说出的话却像活了一百岁那样老成："你对将来没有计划吗？也该存点钱，娶个喜欢的姑娘，买大的房子，过安定的生活。我希望看到你好，毕竟，你是我这辈子唯一爱过的男人。"

埃琳讲的是实话，她在爱慕卫来的过程中，某天醍醐灌顶，发现自己其实不喜欢男人——无契机，也无铺垫，只能用开窍较晚来解释。

卫来沉吟片刻——想断然终止某个话题，必须真诚恳切。

他回答："我知道勤恳、上进、安定是普世价值观，但世界这么大，你得允许有人脱轨。"

说完他退后一步，向埃琳鞠躬，彬彬有礼，然后转身离去。

非亲非故，有人诚心为你打算，理当感激。

他没有计划，得过且过，千金散尽还复来，乐得脱轨，也不想去扰乱轨道之上认真生活的男男女女。

出公寓楼，沿街道直走，到尽头后左拐，地砖被沿街的灯光洗得水亮，灯柱下停着一辆破旧的大众汽车。

麋鹿站在车旁翘首以盼，看到他时眼睛放光，几乎是扑过来的："David's coming! My Christmas tree!"

"圣诞树"是卫来的绰号。

卫来大踏步上前，在麋鹿近身的刹那一手控住他脑袋，原地把他转了个圈，然后绕过他，坐进车子副驾驶座。

车里温度适中，适合议事长聊，或者睡上一觉。

麋鹿兴奋地钻进来。

"卫！你平安回来了！天知道，我把《荒野生存》看了三遍！有一天晚上梦见你死了，我哭得死去活来——我发誓，伊芙死了，我哭得都没这么伤心！"

卫来无言以对。伊芙是麋鹿的太太，为他生了一子一女，这不是关键，关键是：伊芙不但仍健在，而且身体健康，再活三四十年不成问题。

麋鹿是卫来的代理人。

美国黑人，三十五岁，饶舌歌手的长相。话多，精力无穷，狂热地爱着中国，认为世上最美味的食物是中国的饺子，因为：饺子可以有一万种味道！

他的语言天赋不错，近年尤其用功钻研中文。卫来平时难得有机会说中文，但在和麋鹿对话的时候，中英文可以经常串换，而且麋鹿致力于学习最地道的中国俚语，时不时冒出一两句，不管理解得对不对，听来总归亲切。

四个月不见，麋鹿对他的关爱如同拉普兰的大雪骤降，短时间内没有止歇的意思。卫来懒得听他啰唆，目光落到风挡玻璃前立着的牛皮信封上："客户资料？"

麋鹿习惯把客户资料放进绕线封扣的牛皮纸信封。

卫来伸手去拿，麋鹿说："不不，不是，是这个。"

他从座位底下抽出另一份，郑而重之地递过来："特意为你选的。"

一式的信封，从外表看没什么不同，卫来试了下厚度，里面像是张照片。

他先不拆："特意为我选的？"

"我了解你们中国人，老乡见老乡，两眼泪汪汪。"

懂了，这客户应该是中国人，或者至少是华裔。

卫来解开绕线："那你还不是特别了解我们，我们还有个词叫'杀熟'，自己人坑自己人，从来不手软。"

他抽出照片。

车内灯光很暗，但不知道是不是错觉，照片抽出的刹那，卫来觉得眼前似乎亮了一下。

他下意识夸了声："漂亮。"

照片上是个二十六七岁的华裔女子，伏在楼梯上抽烟，头发到肩膀，发梢处略卷，没什么表情，目光恰与镜头相触。

她的眼睛像藏着一个世界那么幽深。

照片留白的地方用记号笔写了两个字：岑今。

麋鹿乜斜他："小心哪，男人起初只是爱上了个酒窝，接着就把整个娘儿们都娶回了家。"

卫来盯着照片看："太小看我了，首先，她还没漂亮到让我神魂颠倒；其次，我有职业操守，接了单，她就是客户，我不跟客户发展除了钱之外的任何关系。"

顿了顿，他又说："目光不柔，应该经历过一些事。"

他把岑今的照片立放在风挡玻璃上。

路灯的光从外裹入，照片上的女人浸入黑暗，面目模糊。卫来问："这个……岑小姐，人怎么样？"

麋鹿是业内最吃得开的私家保镖代理人之一，麾下两张王牌，圣诞树和可可树。

王牌可以挑拣客户，可以私定规矩，不管这规矩有多离谱——比如可可树的规矩是：绝不接发际线到肚脐之间长痣的客户的单。

莫名其妙，人家长痣，干你何事？

相比可可树，卫来省心得多，只一条：不保护人渣。

理由是：流汗、流血甚至赔命去保护人渣，那是逆天行事，不符合中国人敬天的习惯。

中国的一切都是好的，麋鹿点头如捣蒜："那是，那是。"

现在卫来问起岑今"人怎么样"，那就是有接单的意向了。

麋鹿早打好腹稿："卫，人都是复杂的……你是先听她好的地方呢，还是不好的？"

"不好的。"

"那你耐心点，不管前面怎么样，听到最后，你绝对会接单的。"

卫来笑了一下。

凭什么说"绝对"？爱无永恒，情无永炽，世事无绝对。

车外空城一样安静，这么久了，行人都没经过一个。

"岑小姐曾经有个未婚夫，婚礼前夕，她被捉奸在床。婚事告吹之后，她未婚夫一时想不开，吞了药，幸好救得及时，没死。"

这是私事，卫来不想置评。对比岑今，他反而更看不上那个未婚夫：大丈夫何患无妻，这样的女人，早撇开早好吧。

麋鹿的话锋转得很快，雀跃道："但是，上帝是公平的。她的未婚夫在医院里遇到新人，第二年就结了婚。宣誓的时候他说，感谢上帝没让他为了错的人死掉，才能最终等到真爱。"

麋鹿边说边递了张照片过来，用意明显：就算岑今操守欠缺，上帝也已经对可怜人做了弥补。

照片上，高大俊朗、书生气十足的华裔男人拥着小鸟依人的妻子，爱意满满，养眼登对。

卫来示意麋鹿往下说。

"岑小姐……还是一桩谋杀案的嫌疑人。"

说到这儿，麋鹿故意停顿，想诱他追问，卫来不吃这饵，安坐如山。

麋鹿只好继续："好在证据并不充分，很快洗脱嫌疑。"

"什么案子？"

"一个法国富商，被注射毒素死亡，现场保险箱大开，不清楚具体丢失了多少财物。警方判断是谋财害命。岑小姐之所以被卷进来，只不过是因为那天晚上，她是访客之一。"

"只不过"三个字已经表明了立场：麋鹿努力把关于岑今的不好传闻筛抖干净，即便和她沾边，也是"殃及"。

卫来倒是对注射毒素这一节更感兴趣："什么毒？"

"听说是……河豚毒素。"

卫来意外。

麋鹿会错了意："我也觉得贵，河豚毒素纯品国际市价每克20多万美元，注射普通的毒剂照样能致命，何必呢。"

卫来说："因为它毒。"

河豚毒素（TTX），毒性比剧毒的氰化钠还要高1200多倍，致人神经麻痹、腱反射消失，最终呼吸肌瘫痪而死亡。更恐怖的是，TTX被大脑的血脑屏障阻挡，无法进入大脑，中毒者虽然不能讲话、不能动，在死亡过程中却始终头脑清晰，清楚地知道自己身上发生的一切。

始终头脑清晰……这可怎么得了，想想都毛骨悚然。

岑今应该还有其他的"不好"，但在麋鹿看来，都是些人类的通病，不值一提。

他迫不及待，要把岑今光亮的一面灿灿捧出。

"岑小姐曾经是国际援非组织的成员。索马里军阀混战期间，她帮助联合国部署对难民的救济粮发放。后来她去了卡隆，那之后不久，卡隆发生了震惊世界的种族大屠杀。"

卫来皱眉，卡隆屠杀，他好像听说过。

麋鹿冷笑："你们不关心，非洲发生的事，不管是战乱、饥荒、冲突还是屠杀，你们都觉得是外星球的事。"

大概因为自己是黑人，麋鹿说到这一节，忽然口气不悦。

卫来有点印象了，卡隆很小，面积不到两万平方千米，是非洲面积最小但人口密度最高的国家之一，分胡卡和卡西两大种族，种族冲突频仍，前些年还曾引发内战。

"是不是被定性为反人类罪的卡隆屠杀？那是六年前的事了吧，可可树提过这件事。我记得，联合国后来还专门设定了纪念日。"

"就是那个，联合国无作为，西方国家集体失明，媒体轻描淡写地说是部落冲突，全世界都抛弃了卡隆。两个月时间，卡西族被杀害超过二十万人。只有少数国际救援组织冒险救助难民，像红十字会、无国界医生……"

卫来心中一动："岑小姐……当时没有撤出？"

麋鹿点头："她留下了，和几个志愿者在一所小学校里建立了人道主义保护区，和胡卡暴徒对峙抗争了一个多月，最终庇护了175名卡西族人的性命。离开卡隆的时候，她被总统授予国家友谊勋章。"

卫来坐直，收起身上的懒散。

他保护过各种人，业界泰斗、行业精英，"英雄般的人物""不屈不挠的斗士"，但那都是颂词和赞誉的称谓，岑今这种背景的，真正是第一次。

"她需要保护？"

"前两天，她收到一只……死人的手。"

麋鹿说，那是只成年白种男人的手，风干，虎口处有牙印旧伤，手里拈着一张折叠卡片。

卡片素白、精致，边缘镂空雕花，卡封上有烫金的祝福语，自带香氛，一如任何一家精品店出售的高档贺卡。

快件盒打开时，那只诡异的手被扭曲成固定的姿势，正递出卡片，形同邀约。

翻开卡封，里头是一行字。

——下一个死的就是你。

麋鹿喃喃道："如果是我，为了掩盖笔迹，会从报纸上剪下对应的铅字贴成一句话。"

但对方并无遮掩的意思：那行字是手写的，笔画流畅。

卫来问："报警了吗？"

"报了，乐观预测，十年能破案吧。"

一只手，风干，易携带，方便辗转，可能来自有白种男人生活的任何地方，多少无名尸体都找不到身份匹配，何况只是只手。

"那位岑小姐，什么反应？"

"没什么反应。"

卫来以为自己听错了。

麋鹿补充："真没什么反应，报警都是钟点女工帮她报的。她自己说，收过发臭的猫尸、浇满血浆的人头蜡像、浸在福尔马林里的乱蓬蓬的头发，相比较而言，一只风干的手还算是克制的，至少没有让人作呕的味道。"

卫来半天说不出话。

这么浓烈且密集地遭人记恨，总得有个原因吧？

麋鹿说："应该跟她的职业有关。"

"因为援非帮助难民？"

这种事，很得罪人吗？

麋鹿摇头："那是很久以前的事了，你知道的，很多从战地撤出的人都有严重的心理创伤。岑小姐离开卡隆之后，就彻底退出了援非组织。现在她是个……"

他皱着眉头，试图给出比较准确的说法："撰稿人……社评家，对，自由社评人。"

"风格犀利的那种？"卫来心里有点数了。

"犀利"这个词用在这儿太温柔了，麋鹿干笑："写的文章跟冰锥似的，唰唰捅你十几个血窟窿，血噗噗往外喷的那种。"

"都捅过谁？"

"意大利的黑手党、哥伦比亚的毒枭、做残酷动物实验的奢侈品公司、贪贿的警务人员、极端组织成员……"

懂了，她收到什么都是正常的。

卫来对岑今的感觉有点变味了。

勇气固然可嘉，但螳臂当车这种行为他并不欣赏——他支持用实力说话、运筹行事，集中力量，重点击破。除非她身后有一整个排的雇佣兵保护，否则这样不管不顾地对着全世界的黑手放乱箭，除了置自己于危墙之下，意义何在？

社评人也得惜命吧，毕竟过日子为第一要务。

麋鹿看表——他戴儿童塑料手表，表盘、指针头都是米老鼠的。

"没问题的话咱们现在就过去？快到约见时间了。"

再具体的，麋鹿也不清楚，业内中间人给搭的线，讲明要王牌，透露了几个关键词：面谈、保密、钱不是问题。

卫来觉得这单可以接。

工作而已。

车上大路，终于间或见人，也偶尔遇车。有时遇到对开的车，对面的车灯晃得全世界忽然明亮。

麋鹿有一搭没一搭地跟他说话。

"钱又花完了？"

"嗯。"

"不花完你也不会出来接单！"

麋鹿一副怨怼的、恨其不争的口吻："你看人家可可树，买屋买车、炒股炒汇，穿得比客人还气派。"

这事卫来有耳闻。可可树几次出单，浑身名牌，衬得边上低调的大佬像个管家。客人投诉过一次，可可树慢条斯理地回答："个人兴趣爱好，管得着吗？"

但他何必要向可可树看齐？人各有志，一山不学一山形。再说了，树种不也不同嘛。

卫来岔开话题："依你看，岑小姐这次的死亡威胁最可能来自什么人？"

职责所在，他想大致圈画个可疑范围。

麋鹿看过岑今近期发的社评，心里有个揣测："她近两个月，连着四篇文章，都是反对非洲某些地方的女性割礼。"

附近有车摁喇叭，喇叭声和麋鹿的声音冲撞，撞进卫来耳朵里的句子零碎不全。

——她近……四篇文章，反对……非洲……割礼……

"割礼"这词，卫来倒是常听到，但没做过研究："那是……男人割包皮？这她也反对？"

麋鹿加重语气："女性割礼。"

"女人有什么好割的？"卫来想了半天，觉得无从下手。

麋鹿顿了几秒才开口："一般是在女孩四岁到十岁之间进行，用刀片割掉外阴，把伤口用线缝起来，以确保她在婚前都是处女。行过割礼的女人行房时不会有快感，伤口会撕裂，非常痛苦，但据说这样可以保证她们对丈夫忠贞。"

说到这儿，麋鹿目光斜溜，落到卫来袖口处露出的手臂，看到根根汗毛倒竖。

他居然有点欣慰：很好，跟自己两天前读到这段文字时的反应一模一样。

卫来觉得胸口堵得厉害，很想找些什么来碾碎："这都什么人想出来的贱招？"

麋鹿说："Hey! Hey! 注意你的言辞！小声点！那些维护割礼的守旧势力认为这是他们宝贵的传统文化，觉得外来的干涉是殖民行径、文化侵略。让他们听到，会打掉你的牙！"

卫来冷笑，指着岑今的照片："她一个女人，敢把想法放到报纸上给全世界看，我是有多废物，坐在你车里，车窗关着，还得'小声点'？"

麋鹿耸肩："我只是好心提醒你……我看到数据，说全球有一亿多女人被行割礼，这个数字还在以每年百万多人次增长。"

卫来觉得匪夷所思："就没人做点什么？"

"有啊，岑小姐不就写了文章反对嘛。世卫组织、妇女组织、联合国一直在和非洲相关国家合作，致力于废除这一陋习，事实上，很多国家已经颁布了废止的法令。但是，某些地区的守旧势力短时间内很难根除，近些年，有不少救助组织帮助闭塞地区的少女们逃离。"

卫来觉得还挺欣慰："那你帮我留意一下，把我这次酬劳的一半捐出去，用作姑娘们的路费、学费、安置费都好。"

麋鹿瞪大眼睛："为什么？"

没有为什么，多疼啊。他下面被人踢了都疼得死去活来，何况是硬生生去割？再说了，大多数姑娘都那么可爱，就像埃琳……

他忽然想到埃琳让他赊账都不情不愿，不夸她了。

"你自己不留点钱？"

"不是还留了一半吃喝玩乐吗？用完了再挣。"

麋鹿恨得倒抽气，报纸上说中国人是世界上最喜欢存钱的人，存款用来防灾、防病、防祸事，卫来怎么就完全颠倒着来呢？

"万一哪天你生了重病怎么办？"

"病好了最好，不好的话有天收。"

"到时候连棺材都买不起！"

"要棺材干什么，妨碍我化归自然。"

麋鹿不想跟他讲话了。

好在卫来又转回了正题："你认为岑今的死亡威胁来自那些女性割礼的狂热捍卫者？"

"我猜的。"

这两天恰好有条相关新闻，跟岑今的社评登在一个版面：法国名模被发现浮尸塞纳河上，警方怀疑是谋杀。该名模生前强烈反对女性割礼，消息人士猜测这或许跟她的死不无关联。

卫来对麋鹿的猜测方向表示理解，但他觉得不是答案。

麋鹿不服气："为什么？"

卫来回答："不管是在探案的小说还是影视剧里，那些能让你一眼看出来的，通常都不是答案。"

岑今住在赫尔辛基外围的私宅别墅区，这一带的屋舍设计很有阿尔托的风格，砖墙厚重、造型沉稳，不浮夸却又个性鲜明。

车进道路时，麋鹿指给卫来看，大多数人家都已经歇息，私宅隐成了黑暗里遮掩在林木间有棱有角的墨块。只有一家灯火通明，融进夜色里的光给屋舍笼上一层柔软朦胧的光晕。

门口停了好几辆车，隔着霜雪未退的草坪看过去，落地玻璃窗后三三两两的人影，或坐或立，像未散完场的宴会。

卫来意外，这么多人？

大门半掩，像是专候他们到来，推开的刹那，屋内的四五个男人齐齐看向门口。

卫来也看他们。

他们的年龄都在二十岁到三十岁之间，有块头很大的，肌肉鼓撑得西服绷起，也有瘦小但绝不孱弱的，眼睛里精光慑人。

同行识同行，这些人都是保镖。

卫来站在门口，没有进去的意思，问麋鹿："怎么回事啊？"

这一行的规矩，王牌单打，要合作也是和老拍档，绝没有跟陌生人组队的说法。

麋鹿也有点蒙："你等等。"

他小跑着进去，跟距离最近的一个小个子说了几句，又急急地回来。灯光映着他额头渗出的薄汗，被肤色衬得黑亮。

他说得磕磕巴巴："说是……在面试。"

卫来笑起来："面试？"

这有点……没面子吧。

他是王牌，不是刚出道的半罐水：他不缺客户，接单是给面子，从来都是别人捧了钱来请，唯恐他不去——哪有买菜一样被人挑拣的道理？

麋鹿在心里把牵线人骂了个狗血淋头：亏自己还兴冲冲地去查找岑今的信息，极力促成卫来接单，早知道还摆一道面试，来都不用来！

这就像奢侈品，品牌比价钱重要，宁可没人买，也不能打折自降身价。

他马上申明立场："卫，我不知道会这样，如果知道有面试的话，我就带别的人来了。我们有自己的原则，我会跟他们郑重地讲清楚……"

侧面小会客厅的门开了。

有个高鼻深目的年轻男人探身出来，穿宽大的、长度至脚面的白袍，戴黑色羊毛发箍固定的红白格相间的头巾。

白袍？

这衣服会给人无穷无尽的想象。

果然，麋鹿下意识抓住了卫来的手，激动之至："卫！看到了吗？白袍！沙特人！也可能是来自迪拜、阿布扎比！总之都是富豪！"

卫来目光渐深。

真奇怪，居然在这里看见了白袍。

事实证明，原则的刚硬在利益面前可以变得柔软。

卫来坐在大厅靠窗的沙发上，饶有兴致地看麋鹿站在小会客厅的门口跟那个穿白袍的人低语，那配合的模样，可真不像是在"郑重地讲清楚"。

过了一会儿，麋鹿兴冲冲地过来。

"卫，我尊重你的意愿，你可以拒绝接单……但能不能先听我讲一下？"

"讲。"

"他们真的是沙特人，我们从来没有跟中东的富豪做过生意，这是绝佳的机会！如果这一次能合作，你想象一下！"

卫来漫不经心地想象了一条通往金山的大道。

但奇怪的是，为什么出面为岑今雇用保镖的，会是沙特人？

"还有，他们解释了为什么要面试，因为这次不是守城，是远征。"

业内行话里，"守城"指就地保护，活动范围不出赫尔辛基，"远征"则意味着会有一段长途旅程。当然，报酬也会成倍增加。

这样一来，面试就说得通了：旅程涉及相处，和客户能否合得来，几乎跟保镖的硬技能一样重要。

不过再听下去，卫来的脸色就不大好看了。流程分三步：情况告知、竞技和客户面试。

竟然还要竞技，在卫来眼中，竞技跟耍猴没什么两样。

麋鹿心里一万个想让他接单——这一单是道颤巍巍的金桥，只要能接通……天知道！也许下一单就会来自沙特的国王！

但以卫来的性格，不能催他太过。

所以他看似无意地补充："只要是来参加的人，哪怕中途退出，签了保密协议之后，都会有 500 欧元的报酬。"

来都来了，带点什么走呗，钱又不烫手。

卫来坐进小会客厅。

保密协议更像是为落选者准备的，承诺不会将相关内容透露出去。

签完了，白袍将协议文件收好，同时递过来一卷报纸。

正朝着他的那一面，有个大字号黑体印刷的词，加粗带叹号。

Ransom（赎金）！

似曾相识，卫来心中一动，接过来徐徐展开。

Ransom 的前头，用的修饰语是 Vast（巨额的）。

整篇报道映入眼帘，新闻配图是一望无际的蔚蓝大海，欧盟联合舰队的护航船只在巡航。

粗略一扫，几个词意味深长：天狼星号、海盗、亚丁湾。

卫来心头一动。

他把报纸推到一边："你们是沙特船东。"

白袍对他如此迅速的反应有点意外，然后点头："天狼星号是超级油轮，排水量超过30万吨，大小接近三艘航空母舰，半年前刚刚下水。船上有25名工作人员，船只本身加上装载的原油，价值超过两亿美金。"

卫来笑："海盗索要2000万美金，2000万换回两个亿，还算合算。"

白袍也笑："我们不可能支付那么高额的赎金，助长海盗气焰，后患无穷。我们现在正设法通过种种渠道，谋求跟海盗谈判，希望降低赎金数值。"

他向卫来出示一张照片。

照片拍得模糊，隐约能分辨出上面是个中年黑人，扛火箭筒，头怪异地向左歪，像是跟肩膀长到了一起。

"这是索马里最凶悍的海盗之一，也是天狼星号遭劫的幕后头目，歪头虎鲨。他有杀害人质的前科——两年前，他带人劫持了一艘丹麦货轮，因为跟船东的谈判迟迟没有进展，他当着谈判代表的面，拉出船上的大副，连开六枪。"

卫来不动声色："那你们跟他谈判，要格外谨慎才是。"

白袍将照片收起："六年多以前，索马里军阀内战，国内难民无数。联合国为救济难民，部署运输了一批粮食。就在发放现场，两伙军阀为了抢粮，开枪射杀难民。当时的虎鲨还是平民，脖子被乱枪轰开了一个洞。"

命真好，脖子上可是有大动脉。

"当时，岑小姐被派驻索马里，协助联合国进行救济粮的发放，是现场的负责人员之一。她本着人道主义精神，尽全力协助医务人员，把虎鲨从死亡线上救了回来……"

懂了。

沙特船东在寻找可以跟虎鲨谈判的人选，谁会比岑今更合适？

"那么这趟是去……"

"索马里。"

卫来有好一会儿没有说话。

可可树是怎么描述索马里的来着？

——世界上唯一真正无政府状态的国度。

——几乎每家每户都有AK，在这里你可以没有手机，没有电视，但不能没有枪。

——卫，这里的枪是拿到集市上摆出来卖的！水果摊的旁边就是卖枪的，你可以拿西瓜试枪，bang！

别墅的健身房被临时改成竞技场，竞技分三项：10 米手枪多靶速射、格斗、短刀。

竞技之前，有半个小时的喝咖啡时间。

麋鹿极力劝说卫来："索马里没什么不好啊。"

卫来啜了一口咖啡："那里热。"

他绰号叫"圣诞树"，不是没来由的：卫来喜欢一切冷的地方——在地球上大部分地方，圣诞树都只在冬天生长。

"但可可树这一阵子在苏丹，卫，你们可以在那儿附近见个面！你们都多久没见了？"

和卫来相反，可可树讨厌寒冷，所以他绝大部分时间都在热带活动。

他的绰号源自真正的可可树，据说这种树对温度有很高要求，一旦低于 15 摄氏度，就有死亡的危险。

卫来放下咖啡："再说吧。尿急，洗手间在哪儿？"

麋鹿也不清楚，倒是边上的大块头男人热心指路："你从那个门出去，不是往左就是往右，走到尽头，向左，也可能向右拐，就是了。"

真是"简洁明了"的答案，卫来盯了他半天："谢谢啊。"

他很快走错，但没有折回。

别墅的后院，居然建有很大的玻璃温室，类似细胞分裂的几何形状，双层玻璃结构，钢支撑，目测层高五米以上。

赫尔辛基寒冷暗淡的天幕下，靠着玻璃的罩护，长出亚热带绿意盎然的葱郁森林。

走近了，感应门无声地开启。

温室自带控温控风系统，设计师是高手，依托绿树、盆栽种植槽和地溪切割空间，完全自成格局、生态、季节、桃源。

毫无疑问，这是现代科技的奇迹，也是金钱的造化神通。社评人的报酬如此优厚？别墅、健身房还有造价不菲的温室，这位岑小姐身家颇丰。

有近乎恼怒的声音响起："岑小姐！"

温室安静，这声音突兀，像高处喷洒的雨雾，惊扰一隅枝叶。

卫来转向一丛密植的绿障。

那一面应该有人，两方相抗的气场，发声的未必占上风。

"我想，关于你此行的报酬，我们已经达成协议，而且你也答应了。"

好奇心驱使，卫来走近几步，拨开一层厚厚缠结的蔓枝。

长枝是框，框内有画。

又一个白袍，四十来岁，面带怒气，困兽般原地踱步。

边上应该是……岑今？

她背对卫来，坐在高脚凳上，穿黑色无袖低背长礼服，头发绾成松散却精心的髻，挑出两三缕、慵懒、蜷曲、颤巍巍地轻搭在白皙颈侧——脆弱又让人忧心的平衡构建，呼吸重一点都会惊破。

裙角拂过足面，斜拖在地上。

面前是立起的画架，白色纸幅。她手上拿了支笔，在纸面勾形打线，声音平静，轻描淡写："口头协议，不是白纸黑字。现在我改主意了，并不犯法。"

白袍尽量平和："岑小姐，坐地起价，不合规矩。"

"合法就行了。"

好整以暇，以静制动，三言两语，只蝴蝶掀翼，那头的白袍已剑拔弩张。

高下立判。

但坐地起价，卫来确实不大看得上。

"为什么？谈得好好的，忽然加价，总要有个原因吧？"

"我收到死亡威胁。这种情况下还要外出，加价并不过分。"

"岑小姐，据我所知，你收到的死亡威胁跟我们无关。事实上，为了保障你的安全，我们不惜出重金聘请最好的保镖……"

"保镖？"

她把笔扔回手边的笔台，重新拣了一支。

"保镖顶个屁用。你让十个保镖保护我，一颗流弹也可以要我的命。钱多可以付给我，何必浪费在没用的地方。"

真是突如其来的一巴掌，隔空打来。

吃哪行饭，端哪行碗，乞讨都有行规和职业尊严，岑今这话，无异于往他碗里吐口水。

卫来的目光一时失焦，找不到点来栖落。

什么 500 欧元，索马里，海盗，沙特人，接单，全都滚蛋。

卫来忽然注意到她的笔台。

先前，她支了画架，展开纸幅，他以为是常见的画家做派。要画油画或者水粉，笔台上理应有各色缤纷的调色板、画笔、油画刀、洗笔筒、砂纸、油壶。

居然不是。她的笔台是特制的，隔出一个个木格，每个木格顶端有标志铭牌，依照笔芯软硬和颜色变化，以 HB 为分界线，从最硬的 9H 到最软的 9B。

木格里，堆满或长或短削好的铅笔，杂放，没有章法，像是量贩售卖，又像笔冢。

她只用色度和硬度不同的铅笔画画？

画幅上，有个人形头像呼之欲出。

焦躁过后，白袍的语气中不无威胁："岑小姐，如果是这样的话，双方很难合作。"

岑今斜持笔，笔端在纸面沙沙作响："随便。不过好心提醒你，听说虎鲨知道是我去谈判，很兴奋，承诺说我到达之前，绝对保证人质安全。如果他知道你们换了人选，会不会觉得受了愚弄？毕竟，他的性格……有些暴躁。"

细小的石墨屑残留纸面，她屈指去弹，纸面受了弹震，墨屑灰尘样落下。

卫来有点同情白袍，这世上没有第二个岑今，他必须受她要挟。

白袍似乎也清楚这一点，只是不愿立刻就范。岑今不慌不忙，眼前只有画。

卫来也看画。

那画渐渐明晰，是个黑人，女人，戴头巾，茫然地笑，眼眶很深，整个眼睛凹进阴影，笑肌明显，眉毛和唇纹都很杂乱，胸锁乳突肌像老树盘缠的根，错节。

岑今专心勾画，间或换笔。

深浅不一的黑色，打出明暗、灰面、光度、阴影，眼角刀刻样的纹，唇边勾连的褶皱，眼眸里的着色越黑，越凸显瞳孔里慑人的亮。

卫来盯住那个女人的眼睛。

这不像是画，像是活生生的女人和他对视，眼神里锁着惶恐、绝望和希冀侥幸的光亮。

白袍的牙一咬再咬，终于拍板："好，就照你说的。我希望不要再有任何变故。"

岑今说："还有……"

她在纸面上签名："我不接受一半定金制，所有的钱一次性打进我账户，不看到钱，我不会动身。"

……

卫来转身离开温室。

可怜的白袍，大概会被逼疯的。

回到竞技场，第一轮速射已近尾声，麋鹿火烧火燎地往他手里递了一把格洛克L，连拖带拽地把他送去起射线："快快，到你了。"

卫来习惯性地掂重、退弹、验枪，很配合地让麋鹿帮他戴护目镜和耳塞，冷不丁冒出一句："我见到岑小姐了。"

麋鹿猝不及防："那……她……她怎么样？"

卫来笑了笑，没有回答，然后站定、悬臂、挺腕。前方十米开外，一字排开五面环形靶。

速射，几近连开，枪声还在半空打转，这一轮已经结束。

听靶时，麋鹿控制不住，发出短促的惨叫。

卫来打出了一个 2 环。

见鬼了！新出道的半罐水都不会打出 2 环！

她怎么样？麋鹿已经不需要答案了。

从见到白袍到现在，他美梦联翩：接单护送岑今，继而接触沙特王室，慷慨的沙特酋长送他一口油井，他倒腾石油成为大亨，买了一架私人飞机……

一切都在卫来的枪声里大势已去，日暮途穷，灰飞烟灭。

接下来的格斗和短刀，麋鹿不再关心，他抱着脑袋，盘腿坐在竞技场的角落里，努力给自己做心理建设：

——不不不，不要怪卫，这是他的权利，他有权拒绝不想接的单子；

——也许现在还不是跟中东富豪们建立联系的最好时机；

——中东人只是刮来的一场大风，跟卫的合作才是长久的……

竞技流程结束时，麋鹿终于心态平和。下场的卫来脸上挂了两道彩——当然，竞技的刀是特制的，不开刃，划上去只会留下红色的油彩。

显然，卫来的表现一言难尽。

麋鹿有点遗憾："她真这么糟糕？"

卫来回答："我不想去保护一个把我和我的工作当成狗屎的人。"

也行，反正王牌不缺客户。

麋鹿装作完全不在意："都这样了，也没继续的必要了，现在走吗？我去开车。"

他低头从裤兜里翻出车钥匙，同时盘算着怎么去要那 500 欧元。

卫来说："等一下。"

麋鹿抬头看他。

"最后一轮是客户面试，也就是说，岑小姐会同时在场是吗？"

麋鹿点头，岑今有一票决定权。

"那面一下吧。"

"为什么？"

卫来想了想："她画画……挺好看的。"

卫来没有别的意思，看过照片、听过声音，想正面见见真人而已。

最终见面在二楼，起居室，温室里那个白袍是面试官，面带微笑，举止威严，不失风度。

岑今也在，她和照片上没什么两样，但照片没拍出她水泼不进的沉郁气场。她指间夹一支很细的女士香烟，几乎不吸，似乎只是用烟味来提神。

她和白袍偶有目光交流，彬彬有礼，温室那一幕像是从未发生过——一个从未以言语要挟，另一个也从未怒不可遏。

卫来觉得好笑，忽然怀念拉普兰幻觉里那只抹口红的驯鹿——至少它不遮不掩，不矫揉造作，还有一颗爱美的心。

坐下的刹那，卫来注意到岑今的脖颈处微光一闪。

是条很细的白金锁骨链，坠一粒红石榴石。石榴石很小，几乎没有分量，栖在她锁骨偏下，像一粒朱砂痣。

卫来觉得岑今的穿搭品位需要提高。

这样的黑色礼服长裙，搭圆润饱满的大粒珍珠项链或者有金属沉坠设计感的项链会更好些，毕竟穿和搭也是交锋，衣服和配饰应该相得益彰，各自镇守一方。

白袍问得犀利。

"卫先生的手枪速射，打出10环、8环，还有2环。格斗得了第一，短刀却排名最后，被人连划两刀……可以解释一下为什么吗？"

卫来皱眉："这个很难解释，我有时候确实……发挥不大稳定。"

"卫先生不觉得身为保镖，发挥不稳定是很可怕的事情吗？哪怕一次，都足以赔上客户的性命。"

卫来很认同："我以后会尽力克服。"

以后？谁给你以后？要不是顾及礼仪风度，白袍真想拍案而起、拂袖而去。

不远处，岑今百无聊赖，吹散烟头袅袅上升的细细烟气。

白袍尽量保持语气平和，该问的还是一一问到。

"如果双方达成合作，卫先生对我们有什么要求吗？或者说，你有什么特别的规矩……需要我们配合？"

"我不保护人渣。"

白袍没听明白："什么？"

"如果岑小姐德行有亏到比较严重的地步，或者做过什么不可告人的事，建议不要雇用我——我会中途撂挑子走人的。"

白袍瞪大了眼睛，嘴巴半张。屋里一定很静，不远处的桌面上立着一个时钟，没有指针，只有一圈金属外环，像星际之门。

岑今夹着烟的手低垂，小拇指一侧的掌缘有作画时蹭上的铅灰。她有一会儿没有动，烟头的火星渐近她手指，就在卫来以为她会被烫到的时候，她忽然弹了弹烟身，手指顺势后滑。

烟头积着的灰烬簌簌落下。

白袍反应过来："卫先生，就事论事，保镖是商业行为，雇主是什么人、操守如何，跟你没有关系。你收了钱，就应该履行职责，中途走人这种行为，是很不负责任的。"

卫来笑起来。

"我同意你的观点。所以，我一般都提前告知。"

……

面试如预期般很快结束，白袍很客气："我们会做综合考量，很期待和你达成合作。"

但他的眼神其实在说：见鬼去吧你。

麋鹿在楼下等卫来，知趣地不提面试，神情愉快："我去取车，有时间的话，还能去埃琳的酒吧喝一杯……对了，领钱在小会客厅，回头见。"

他开门出去，钥匙圈在食指上轻快地打转。

卫来心头浮起一丝歉疚，但很快消散——他和麋鹿，麋鹿和沙特人，从本质上讲，都是生意伙伴。

他进了小会客厅，从那个年轻白袍手里接过 500 欧元面值的大钞，好心给建议："我们一般不用这么大面值的，餐馆和超市都拒收。"

年轻白袍茫然，500 欧元，换算成阿联酋货币也只是 2000 多迪拉姆，他并不觉得这面值很大。

卫来不多解释，把大钞折起来塞进兜里，离开时，带上小会客厅的门。

隔着落地玻璃，可以看到不远处的车道上，麋鹿的那辆破旧大众汽车已经驶入待发。这个晚上过得还算充实，至少，欠埃琳的酒账可以还上……

身后有人叫他："卫先生。"

卫来站住。

倒不是因为叫他的是岑今，而是因为，他真的太久没听过纯正的中文了。

她声音里有江南水软、江北铁硬，是麋鹿的鹦鹉学舌比不了的，卫来想听她多说几句。

他转身。

岑今在不远处站定，整个人像一张明度很高的黑白照，黑的是头发、眉眼、长礼服，白的是肩颈、手臂。

周遭种种，不扰画幅，红唇和锁骨那粒朱砂，是有人拿手指蘸了朱红，给照片上的色。

卫来问："有事？"

"卫先生讲话很直接，给人印象很深。"

所以呢？

"希望不是太突兀，想问一下，卫先生对我的印象怎么样？"

印象？

还真挺难说的，这一晚的所有都是关于她的，好的、不好的、台前的、幕后的，该听到的、不该听到的。

卫来不想多生枝节，敷衍客套："岑小姐很优秀……援非的经历很让人佩服，很有勇气……我很期待能有机会合作……"

岑今打断他："卫先生，你把真实想法说出来，没人会把你怎么样。"

卫来摸不透她的用意。

不过也无所谓，她都不介意，他索性实话实说："印象……挺不怎么样的。"

岑今微笑："我猜也是。"

她向他颔首致意，然后转身离去。

礼数周到，莫名其妙。

卫来坐进车子的时候，麋鹿抱怨："这么慢！"

卫来掏出那张大钞，展开，在麋鹿眼前抖搂了两下。如果钱能生光，此刻一定光芒万丈。

麋鹿不抱怨了，道旁林木森森，他开始自说自话："其实向我预约你的客户不少，你如果想接，随时有单。但我觉得可以再等一等、挑一挑。卫，沙特人是不是彻底……没希望了？"

这是心犹未死。

"但凡本着好好做事和负责的态度，都不会选我。"

麋鹿"哦"了一声，语中惆怅浓浓。

"不过，也不一定。"

什么？

神来之笔，意料之外，麋鹿大惊失色，车身在路面打了个趔趄后，紧急靠边。

无可挽回的事，怎么突然就"不一定"了？

麋鹿心头残存的希望像半融的糖丝被抻细拉长，眼睛成了死灰里被春风吹着又复燃的两点亮。

卫来说了岑今找他的事。

麋鹿欣慰之余，大感兴奋："为什么？我一直在楼下，我向你保证，其他面试的人都是领了钱就走的，岑小姐没有下来送过……卫，她是不是看上你了？我就知道！看到她照片的时候，我就觉得你们会合得来！"

卫来笑："她如果十七岁，你说这话，我勉强会信。"

岑今有那样的背景，有一双看惯血和死亡的眼睛，不动声色地和白袍争利，彬彬有礼地说话，笔下生长刀子一样的文章，不久之前，还收到了一只风干的人手。

她可不像是会演绎一见钟情式童话故事的女人。

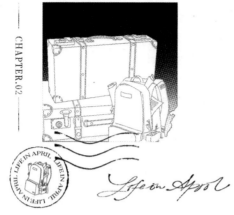

第二章

CHAPTER.02

LIFE IN APRIL

"岑小姐，你这趟去索马里，是谈判的，

不是走红地毯的。"

说好了要到埃琳的酒吧喝两杯的，把卫来送到公寓，麋鹿忽然变成了住家男人、好好先生，说："不能太晚回去，我们伊芙会担心的。"

已经半夜了好不好？

酒吧人不多，进入了后半夜的死气沉沉，一根烟、一杯酒就可以挨到天明。卫来懒得上楼，跟埃琳打了招呼，熟门熟路地躺倒在角落的长条沙发上。

埃琳拿了毯子给他，又把计算器和账本一并带过来，坐在一边慢慢理账，默念着加减数字，偶尔念出声。

这是最温暖的时光，他四平八稳地躺着，有觉可睡，埃琳像持家的妹妹，为了生计劳碌。

卫来跟她有一搭没一搭地聊天。

"你那个朋友呢？上次看见过，是保加利亚人？个子小小的，笑起来像哭。"

"她回国了，说这里找不到工作，然后就不再联系了。"

"难过吗？"

埃琳想了想："也不是很难过。"

"那就好。"

"最近我要回一趟德国，我姐姐萨宾娜要结婚了。妈妈也说很久没见我了。"

"回家很好。"

他双目轻合，话说得像在叹息。埃琳犹豫了一下："卫，你还记得你家吗？"

她知道卫来的故事：他的父亲带着年幼的他登上蛇头的偷渡船，在海上漂了很

028

久，船上热病蔓延，偷渡客死了三分之一，他活到了登陆，然后被父亲给卖了。

"不记得了。"

"那你想家吗？"

"家不想你，你为什么要想家？"

埃琳不再说话了。她轻摁计算器的数字键，三月的账结清了，不好不坏，像生命中大多数平淡的日子。

四月值得期待吗？四月的温度会略微上升，积雪和冰层会由南向北慢慢融化。四月有啤酒节，还有戴帽节……

卫来做了个梦。

梦见风浪中颠簸的偷渡船，浑身散发着臭气的偷渡客在呕吐，甲板上掀开小小的口子，亮光透进来，照着一具软塌塌、正被人拖出去的尸体。蛇头在甲板上跺脚，暴躁地大叫："扔到海里！他的身上全是病菌，会传染的！"

不应该在临睡前跟埃琳谈起这个话题的。

不过，这条船，总会在某些时候钻进他的梦里。听人说，生命里放得下的代表过去，放不下的就是命运，卫来觉得，这条船可能就是他的命运。

哪怕活到八十岁，这条船还会在他的梦里被风浪击打，泊不到岸。

登上甲板，船员呼喝着使力，把那具尸体抛进海里。俯身去看，黑色的水面上绽开白色的大花。

而船头，岑今安坐在高脚凳上，面前支着画架，长长的裙裾被海风掀得猎猎作响。

卫来奇怪："你在画什么？"

岑今回头，刹那间地动山摇。

……

不是地动山摇，是埃琳在晃他。天亮了，不远处一张桌子的烟灰缸里，还有垂死的烟气一丝一缕。埃琳指指他放在桌上的手机，屏幕正执拗地一下下闪着绿光。

卫来睡眼惺忪，打着哈欠接起。

"喂？"

"卫！你通过了！他们选了你！"

"什么？"

卫来坐起身，伸手去捏眉心。人在刚醒的时候，现实和梦境一样虚无，埃琳倒腾咖啡机去了，机器嗡嗡的旋转声传来。

"我说的是沙特人，他们打电话通知我了，最终定的是你。"

卫来想起来了，眼前掠过岑今被海风掀起的裙角——她在船头画什么？

"沙特人不可能选我。"

"是的，我听说沙特人不同意，但岑小姐不理会。卫，我想这就像结婚，父母再怎么反对，和你睡一张床的是那个女人，她决定一切。"

这是什么狗屁比喻？

麋鹿报了一个他很难拒绝的价格，然后试探地问："卫，你会接单吗？如果你不想接，我会回绝的。"

其实他喉底压着一万句：求你了，答应下来，说你愿意！

卫来顿了一会儿。

她不是说，保镖顶个屁用吗？

但是在那之后，她喊住他，说了一些话。说话的时候，她站在那里，像一幅黑白分明的画。

埃琳走过来，放下一杯打好的咖啡，卫来端起来，一口喝了个干净，然后说："我有条件。"

麋鹿几乎是屏住呼吸听他讲。

"我只尽保镖的职责，不是她的听差。她对我客气，我也客气；她要是无礼，也别怪我给她难堪。"

麋鹿说："那是当然的，又不是奴隶社会。她出了钱，你出了力，等价交换，她要尊重你的付出，你要尊重她的钱，这是规矩。"

似乎该说的都说完了，但麋鹿没挂，清了清嗓子之后斟酌着词句开口："岑小姐还提了个要求……"

就知道没那么简单的事。

"她说，这段日子里，希望你每天……都写一些……对她的看法……"

卫来花了好一会儿去消化这句话。

他觉得滑稽："岑小姐觉得去跟索马里海盗谈判特别有历史意义的话，可以找个纪录片团队跟拍，或者找个传记作家一路陪同。我想，这应该不是保镖的分内事吧？"

"没那么复杂！卫，我确认过了，一句话都可以，比如：她很烦、她的妆不好看、我和她合不来。"

这也行？

麋鹿絮絮叨叨："一句话嘛，很容易。想不想写长都随便你。卫，事实上，保镖跟超模一样，吃的都是青春饭，你也应该考虑以后的转型，说不定你经由这次，发现自己其实很有写作天赋……"

代理人麋鹿，永远这么激情澎湃，随时随地给人点燃梦想。

挂了电话，埃琳过来收咖啡杯，好奇地问："这次的客户是什么人？"

卫来说："好像是只瓢虫。"

"哈？"

"要写瓢虫生活观察日记。"

埃琳居然一下子就接受了，还反过来劝他："有钱人是这样的。如果我有钱，我也会雇你保护我的水母，能写日记最好，我也想知道我不在的时候，它们都干了些什么。"

能干些什么呢？那么小的水母缸，一成不变的摆放位置。

卫来看向缸中浮游的那两只呈半透明状的海月水母。

不过也说不定，也许它俩正在讨论：出去之后，怎么去亚丁湾劫艘船来玩。

当天稍晚一点，麋鹿带卫来去跟白袍签约。

白袍住市内的坎拉普豪华酒店，那是幢十九世纪的东欧风格建筑，设施、配备、安保均属一流，但偏偏就在这里出了差错。

两位白袍外出用餐归来，惊讶地发现房门半开，推门进去，满室狼藉。

失窃了。

卫来他们到的时候，那个年轻的白袍赛德正大声向客房负责人呵斥着什么，警察还在来的路上。老成些的那个白袍叫亚努斯，皱着眉头站在房间中央，似乎想收拾，又怕破坏了现场。

麋鹿展现对合作方的关心："亚努斯先生，丢了什么贵重的东西吗？"

"一些钱，两千多欧元，零用的。房间里没放什么贵重的东西。"

这头，客房负责人额上渗出细汗，一直向赛德道歉："我们也很惊讶，有人破解了客房门禁系统，避开了报警器和监控……万幸没有大的损失，酒店会尽一切努力配合警方……"

麋鹿在边上压低声音道："这些白袍，你懂的，恨不得把'我有钱'写在额头上，太容易被贼盯上了。"

卫来走进房间，柜门、抽屉都大开，行李箱歪倒在一旁，衣物被翻得乱七八糟，有不少文件散落地上，有一张背面还有个鞋印。

欧码43到44，男人的鞋，最常见的鞋纹，没什么追查价值。

卫来半蹲下，伸手去捡文件，业努斯提醒他："别动！警察到来之前最好维持原样。"

但卫来还是捡起来，是待签的保镖合约中的一页。

"你们这趟来，随身带了很多贵重物品吗？"

亚努斯摇头，他们为船东工作，是来办事的。

卫来又捡起几张，除了合约外，还有行程计划，是给他和岑今拟订的，赫尔辛基飞肯尼亚首都内罗毕，直入东非。

卫来站起身："能借一步说话吗？"

借的地方是洗手间，卫来关好门，四下快速查看了一番，还好，这里全用大理石装修，电源都内置，没地方藏窃听器。

这架势……亚努斯有点莫名其妙。

卫来说："我的推断不一定对，但对不对不是关键。

"坎拉普酒店曾被评为世界酒店前100强，入住的有商界大鳄、政界要人、明星、名流，沙特人在其中还真不显眼。如果是那种只为钱的贼，偷他们比偷你们合算。

"酒店安保不差，楼上楼下要过几重关，能破解门禁系统避开报警器的人，会只是为了两千多欧元？这点钱，还不值得费这个事。"

卫来把手里的文件递给他："那么小心，监控都没拍到什么，非得留个脚印，以示对这些文件被踩来踩去不在意，是不是装得有点过了？"

亚努斯咂摸出点意思来了："你是说……"

"岑小姐收到过死亡威胁，如果我是对方，会很关心她接下来去哪儿，在哪里下手最方便。"他笑起来，"也许我猜得完全不对，不过保镖应该怀疑一切。职责所在，每一点异常，我都会当成对岑小姐的威胁去排查。"

亚努斯看了他好一会儿，忽然觉得，岑今好像比自己更会看人。

"所以？"

"所以这条路线，不能用了。至少……真正的计划里，不能用了。"

事出突然，商议之后，白袍带卫来他们去见岑今。

到的时候是傍晚，钟点女工给开的门。客厅里，有个男人正拎包要走。

那是个黄种人，矮胖，圆脸，脸上带着迎来送往客气的笑。白袍那么显眼，他却一直看卫来，卫来也看他：都觉得对方是中国人。

走近了，卫来闻到特别的味道，那是油烟、洗碗水、青葱、生姜糅合在一起的杂味。

"中国人？厨师？"

那人喜出望外："老乡啊，我就说看你也像中国人。"边说边赶紧递上名片，"有空来啊，说是我朋友，有优惠的。"

果然是厨师，林永福，华夏天府的主厨。

华人在海外开的中餐馆，名字都起得大气磅礴，比如中国楼、龙馆、大上海。麋鹿凑上来看名片，字正腔圆地问："你们那儿有饺子吗？"

厨师瞪大眼睛看他，像是不相信这黑人说的是中国话。

卫来问："你认识岑小姐？"

"岑小姐去店里吃过几次，很合胃口，跟我约单，我上门来做。"

他说着晃了晃包，里头瓶罐乱磕，大概是油盐酱醋。

"什么时候开始的？"

"也就最近吧。"

餐馆里有人给他代着班，林永福着急回去，不便多聊，出门之后想到什么，大老远冲麋鹿挥手："有饺子，还有包子！"

卫来向钟点女工打听了一下，给岑今做饭的不止林永福，岑今还偏爱西餐和日料，有个西餐的高级技师和日料厨师长也会应约上门。

不过，都是在最近。

钟点女工领他们去饭厅。

饭厅很大，偏暗的大理石装修，正中放一张简约设计的纯白色长条桌，四角没有腿，桌托是两个艺术化了的人形，头顶肩扛，托一面桌板，像扛了地球一样费劲。

厅里只开正顶上一盏小灯，灯光像在飘，罩着餐桌，也罩着岑今。

她穿一件海蓝亮缎的单肩晚礼服，不对称的倾斜美感，肩颈和锁骨处的线条精致得像画。

项链没有换，还是那条。

听见人声，她抬头，看见白袍的时候，很快将桌上一个细瓷白碗盖上。

不过卫来已经看见了，碗里色泽红亮，只小小一块，为防酥烂，还用细细的白线打包一样捆缠，是东坡肉。

桌上另有一盅蟹粉豆腐、一小瓦罐的佛跳墙、一小碟油焖笋、一碗白米饭。

量小而精，都是中华料理中的名菜，对食客来说不啻盛宴——那个林师傅是花了功夫的。

白袍把卫来的提议跟岑今讲了，她没什么意见，只说"好""没问题"，又顺便签了保镖合约的协议，一式三份。

三方各持一份，卫来翻到签字页。他和白袍的在酒店已经签好，岑今是刚签的，墨迹未干，签的是中文名，但"今"字的最后一笔，习惯性顿笔，像个"令"字。

生效日是两天后，也是启程的日子。

白袍们文件在手，大概觉得事情告一段落，神色明显轻松起来。卫来却相反，问："这两天岑小姐的住所，有安排保镖吗？"

亚努斯愣了一下，摇头。

"为了那条船，我建议你们安排两个。钟点女工每天干四个钟头，晚上这里只有岑小姐一个人，很容易出事。"

亚努斯意识到自己的疏忽，顿觉后怕，吩咐赛德尽快安排。

卫来又转向岑今："可不可以看一下你的卧室？"

岑今没有异议，起身领他去看。

卧室同样很大，卫来走到窗边观察外景，又回头看她的床。

远处有不少定点，是狙击的好选址，她的床位置不好，夜深人静时，只要选好角度，每一枪进来，床上的人都可能中招。

卫来拉上窗帘，给她几条建议。

——窗帘不要再拉开，晚上如常进房，但熄灯之后，去别的房间睡。

——别墅所有进出的口，只留前门，其他一律锁死。

——如果可以的话，这两天给钟点女工加价，请她住家作陪。

岑今只说"好""可以"，但看她脸色，又觉得只是敷衍。

离开时，卫来问了句："岑小姐今天有约客吗？"

"没有，没想到你们会来。"

回去的路上，卫来问麋鹿："觉不觉得这个岑小姐有点奇怪？"

"觉得啊。"麋鹿憋了好久，专等有人把这个话头的引子给点了，好噼里啪啦地爆发，"我一进饭厅，她坐在那里，灯光那么暗，专照她一个人，吓了我一跳。"

那一刹那有种错觉：她像安静的幽灵，虚，不真实，少了点"活气"。

车子停下等交通灯，麋鹿看道旁的行人，有个金色头发的小姑娘哭着在跟母亲吵闹，还有个刚从超市里出来的男人，抱着装满的纸袋子，脚下一个趔趄，东西撒了一地，懊恼地蹲在地上去捡。

对嘛，人就该活成这样，急吼吼、毛毛躁躁，那个岑小姐，活得像她跟这个世界无关。

卫来说："两次见她，她都穿着晚礼服，你不觉得奇怪吗？"

怪吗？麋鹿倒是觉得怪好看的。

"不只晚礼服，妆面也精致，但其实都不是重要的场合。第一次要面试，见很多外人，勉强说得过去。但今天，她自己也说了，根本没约客。"

"不是约了那个厨师吗？"

一个女人，可不会为了见厨师精心打扮。卫来觉得正常的是埃琳那样的，不出门就懒得化妆，听任头发乱蓬蓬地晃来晃去。

麋鹿想了想："会不会她其实有访客，只是不愿意跟你说？"

也有这个可能。

卫来挺好奇的：什么样的访客会让她盛装以待？

应该是个男人吧。

接下来的两天，卫来不再过问岑今那边的任何消息，一切交给麋鹿代为沟通——这是他的习惯，从合约生效日起，就要人衔枚、马裹蹄，箭搭弦上，所以在那之前，他要彻底放松。

他打扫了屋子。

去了岩石教堂，在炸碎的岩石堆砌成的墙下站了一会儿，觉得岩石会随时砸下来埋了他，然而并没有。

在南码头的露天自由市场里吃了盐津鱼肉、烟熏火腿片，买了油桃，还有苹果。

坐轮渡去了海防城堡，这个季节，海岛冷而荒凉。

还去了华夏天府吃饭。

餐馆用廉价的建材烘托出视觉上的富丽堂皇，灯箱上绕了只金漆的中国龙，里头供赤脸膛的关二爷，进门处有太湖石堆砌的假山景观，山上两翁对弈，山脚下围尺许见方的池子，里头有几尾锦鲤。

几个伙计正往假山边上排列刚到的绿植盆栽。

山、水、绿植，寓意根基、财气、不断生长，寄望生意红红火火。

卫来点了麻婆豆腐、凉拌三丝、油爆虾和水煎包。不是饭点，没什么客，林永福热情出来作陪。

"菜合不合胃口？有空常来啊，吃好了欢迎你带朋友来。再过一阵子，很多新鲜的时蔬肉蛋到货，到时候就可以做时令菜了，那口感鲜的，一定要来尝。"

卫来遗憾："最近都来不了了，要出趟远门。"

林永福更遗憾："太不巧了，浓油赤酱裹出来的菜一年到头都有；时鲜的，可就那一阵子呢。"

结账的时候，果然给他打了折，还拿了盆白掌给他。

青花瓷的小花盆，土栽，叶片翠绿。高出叶丛的花茎上，两枚瓷白的佛焰苞，稍卷，像观音菩萨披覆的天冠绸幔。

林永福说："多出来的，不值钱，但是吉利。你不是要出远门吗？看这白掌，跟帆似的，这叫一帆风顺，保旅途平安。"

卫来接过来，有点哭笑不得："这带着不方便吧。"

"怎么能带着呢，放家里，让朋友帮你照看。花木很玄的，你平安，它就长得好。"

他压低声音："人出远门哪，就像放风筝，家里得有什么东西牵着那根线，牵着牵着，就把你盼回来了。"

卫来谢过他。

花盆很小，卫来把它托在掌中，先坐一程有轨电车，然后走回公寓。

因为林永福的话，他脑子里掠过许多念头。

——当初也是出远门，一条偷渡船漂洋过海，那根放出的风筝线，应该早就在中道断了，所以他不想家，家也不想他。

——也许真是缘分，这一行两个人，这白掌又恰恰抽了两枚佛焰苞。

回到酒吧，埃琳接过那盆白掌，左看右看："给我养？我不会养花，养死了怎么办？"

"养死了我就死了，你看着办。"

埃琳生气："胡说八道。"

她把白掌放在水母缸的旁边，托着腮仔细去看。苞片被水母缸的光打成微透的浅绿，海月水母缓慢浮游的身姿显得老态龙钟。

卫来说："养花又不难，你怎么养水母，就怎么养它。"

出发前几小时，卫来收拾了行李包，去附近的桑拿房洗芬兰浴。

入口处的矮墙下，很多裹毛巾的男人聚在一起，抽烟、喝啤酒。卫来把行李包塞进寄物柜，在淋浴房大略淋过，进了桑拿间。

空气热而湿潮，人意外地多，白花花的肌肉、松弛的赤裸身体在浓重的、带木头馨香的水汽间若隐若现。他选定了位置坐下，很快汗流浃背。陆续有人受不了炎热和炙烤退出，过了一会儿，有个熟悉的身形进来，抱着浸软的桦树枝。

卫来抬高手臂，向他示意。

麋鹿在他身边坐下，分了一半桦树枝给他，动作幅度夸张，很是咋呼地用树枝帮卫来拍打身体，也帮自己拍打——临近的人大概是烦他，或远远坐开，或去了别的桑拿间。

两个人毫无公德，独占了大半间。

互相交换手腕上的寄物柜钥匙，吩咐的话，都是麋鹿在说。

"都安排好了。我会把你的行李拎去车里，到时候，你带岑小姐从后门出，沿车道往下走一段，车子会停在路边的林子里。

"沙特人分了明暗两条线。明的，在索马里首都摩加迪沙有个谈判专家团，说是专门寻求跟海盗谈判的，接受采访、开记者会、时不时发个声明谴责并呼吁；暗的就是岑小姐这条线，不敢对外，怕出差错，要秘密进行。

"他们接受了你的建议，装作一切正常，还按作废的那趟行程订票。没人知道你们其实改了路线，今天就会走。

"寄物柜里有手机，新卡，号码只有我、可可树、沙特人和虎鲨那头知道。虎鲨做了这么大一票，据说心里也很慌，行踪比以前藏得更深。见面地点迟迟没定，要等他通知。"

……

万事俱备，卫来也在热蒸汽里熬到了极限，起身离开时拍了拍麋鹿的肩膀："回见。"

上次说"回见"时，是去拉普兰，时长四个月。这次，时间应该会短一些。

他先去冷水房，站到喷头下把开关调到"全冷"。冷水兜头罩脸倾泻而下，张开的毛孔瞬间收紧，几近变态的爽意游走全身。

他擦干身体，打开寄物柜。

先看到一张卡片，麋鹿的手笔，洋洋洒洒，祝他一路顺利。卡片上有浓重的香水味，伊芙的香水估计又被麋鹿偷喷了不少。

然后是一整套新衣，小到内裤、袜子，大到外套、皮带，无所不备。同之前一样，没有品牌，特别定制，对他的喜好和尺寸都掌握得更加精确。

卫来穿好衣服，擦干头发，最后从寄物柜里拎出一个礼品包来。

礼品包没封口，里头有路费，美元、欧元、克朗都有，手机，一张邀请券，一个薄皮的铁面人面具，屈指弹上去铿铿响。

第三次到岑今这里。

天已经全黑了，别墅内外灯火通明，有音乐声，像倒流香的流雾，向着倾斜的低处道路卷来。

卫来站在黑色的树影里听了一会儿。

那是很老的歌，沧桑哀婉，缱绻伤情，据说唱哭过千万伤心人。

伤心人别有怀抱，怀抱里总有一首歌。

再走近些，音乐里搅拌了嬉笑、喧闹、大声地说话、乐器调音，混成一锅杂酱，再听不真切了。

门口处有人拦着，请他出示邀请券。

卫来递券的时候，才发现券面上印的是歌剧《假面舞会》的海报，边上一行字，标注的是 Leon Russell（里昂·罗素）写的同名歌曲的歌词。

——在这寂寞舞会里，我们真的感觉快乐吗？

沙特人做事倒是精心，一场用于掩盖行踪的派对，居然连邀请券都做得这么精致。

他戴上面具，推门进入大厅。里头灯光昏暗，阴影、声浪和自助酒水间内出入各色人物：防护镜碎裂的二战飞行员，《星球大战》里的黑武士，还有戴金色假发套的梦露。

抬头看，岑今伏在二楼的栏杆处，穿银灰色抹胸缎面拖尾晚礼服，戴水钻的肩链。身后一张黑色的大幕从天花板垂下，将楼上房间全部遮挡。幕布上是蝙蝠侠，蝠翼状的披风迎风展开。

她指间夹了支纤细的黑色女士烟，但跟之前一样，很少真的抽，偶尔在栏杆上轻磕，细得看不见的烟灰尽数落在底下长两撇小胡子的人物画像头上。

卫来上楼，经过岑今身边时，她低垂眼眸，说了句："从披风进去。"

原来蝙蝠侠的披风不是整幅，卫来掀开一道缝，闪身进去。

大幕厚重，幕后安静许多，不远处的房间开着门，有灯光透出。

卫来过去，看到白袍赛德坐在沙发上，边上站了个身材高挑的女人，只穿贴身的短背心和短裤，曲线玲珑，翘臀细腰。

她正试戴一个银色的威尼斯公主半面面具，边沿有镂刻的花纹，饰以珍珠、水钻、缎带和羽毛。

看到卫来，她惊讶地低呼了一声。

卫来这才想起自己的铁面，伸手摘下。那女人也摘下面具。

是个年轻的东欧女人，很漂亮，棕褐色的眼眸，染黑发，齐肩，发梢打了卷。

卫来说："很像。"

女人很聪明，一听就知道他是自己人："也不是完全一样，东方人偏瘦，我饿了两天……"

她指着自己略显圆润的肩膀："还是没有变细。所以岑小姐挑了有肩链的礼服，灯光很暗，有面具，又有装饰，我想别人看不出来……"

说话间，岑今进来，示意那个女人跟她进里屋换衣服。

卫来坐到赛德身边，赛德递了张纸给他："船票。"

船票？卫来眯起眼睛细看，这分明是从某个记事本上撕下的半页纸，边缘像被狗啃过，上头用签字笔划拉了一道，根本看不出是芬兰文还是英文。

赛德压低声音："你们去图尔库码头，坐船，到瑞典斯德哥尔摩，那里有北欧第二大机场。"

卫来把"船票"折叠好，放进内兜："坐船是最慢的。"

图尔库码头有芬兰至瑞典的固定轮渡，航程十多个小时，是最慢也最便宜的一种交通方式。

赛德点头："时间是次要的，隐秘最重要。"

"几点？"

"越快越好，不过今明两天都有效。到了图尔库，去油码头，找一个叫塔皮欧的人，他会安排。"

“到瑞典之后呢？”

赛德苦笑：“我们还在衡量……很难选出一条绝对安全的路线，到时候再通知你。”

这倒是，卫来有耳闻，非洲的战火是几年前才摁下去的，即便现在，还会在局部地区时不时蹿起火头。

塞拉利昂为了钻石打了十年内战，好莱坞还据此题材出了部叫《血钻》的电影；南北苏丹为争夺油田，刚果为金矿，卡隆是种族仇恨，索马里更别说了……战争导致基建跟不上，战后，很多国家连国有航空公司都没有。

卫来皱眉：“要不然还是飞肯尼亚？”

赛德摇头：“肯尼亚偏南，索马里的国土是个狭长的三角，海盗的老巢在北部的博萨索，听最近透露的意思，谈判很可能会安排在公海……”

里屋的门开了。

那个东欧女人先出来，一身珠光宝气，假面上的羽毛微颤。逼真的鱼目，可以混珠。

后面的是岑今，她终于不再穿晚礼服，军绿色连帽的帆布厚外套，黑色牛仔裤，白色板鞋，反倒比盛装时看着舒服，有种洗尽铅华的柔和。

滚轮声响，她好像在拖行李箱，然后回头看卫来：“麻烦你……”

卫来起身过去，他有心理准备，这一路，总不能让她拎箱子。

到了跟前，他脑袋一涨。

这庞然大物，得有 30 英寸吧？

能装下一个他了吧？

他只在国际机场看到留学生的行李箱有这个尺寸，还猜测过里头大概带了锅碗瓢盆，蒸屉漏勺。

这一路辗转，未必都有车坐，可可树说过，有些丛林小道只能通自行车，有些地方要骑骆驼，他得一路帮她提这个箱子？

箱子在朝外滑，卫来眼疾手快，用膝盖抵住箱身。

错误就该掐死在萌芽状态。

岑今奇怪地看他，卫来笑：“岑小姐，要带这么多东西？”

“必需品。”

白袍和东欧女人疑惑地朝这里张望，卫来改说中文。都是中国人，内部解决就好，不叫外人看热闹。

“岑小姐，你介不介意找个背包出来，我帮你精简一下行李？”

隔着箱子，他决定绝不让步。

他自己的行李包轻得可以上天放风筝，他可以尊重女人的行李“重”一点，但不能重这么多。

　　还要同行那么多天，不是东风压倒西风，就是西风压倒东风——他不是白袍，没什么要仰仗她的，用不着手软。开头就这么没原则让步的话，难保她最后不长成一只大鹏，动不动就扶摇直上九万里，高射炮都轰不下来。

　　岑今看了他好一会儿，卫来始终保持微笑，没有让步的意思。

　　她终于折回屋里取包。

　　卫来吁一口气，放倒行李箱，拉链一开到底。

　　目之所及，他在心里暗骂一声。

　　岑今取了个黑色肩背的包出来。

　　卫来将五副衣架并在一起，哗啦一声用力提出。

　　她带了五套晚礼服，都是长款，颜色、款式不同，装在专用的硬塑礼服包装袋里，很有分量。下头并排五个盒盖透明的鞋盒，各色配搭晚礼服的高跟鞋。

　　岑今说："哦。"

　　她泰然自若地解释："卫先生，这是个人生活态度问题。我觉得女人把自己收拾得好看一点没什么过错。看不看得惯，是别人的事。"

　　话是没错，卫来笑了笑："岑小姐，我想我们都同意，你这趟去索马里，是谈判的，不是走红地毯的。

　　"沙特人有专门的谈判团在摩加迪沙，所以记者不会来拍你。女人展示自己的美是没错，但在海盗出没的地方，我觉得你还是应该克制，以免招来不必要的觊觎和麻烦。

　　"再说了，这些衣服料子都挺好，带出去万一有个钩刮也可惜。你回来之后，多的是时间把自己打扮成天仙，不急在这一时。所以这些没必要带。"

　　他把晚礼服放到旁边的桌台上，鞋盒也摞过去，刻意把动作放慢——预备着她如果反对，就再讨价还价一番，或者象征性地让她带一套。

　　这也是谈判，要留有余地。

　　意料之外地，岑今居然没说什么。

　　接下来是个很重的化妆箱，打开了之后分层分屉，无所不包，光是唇膏、香水就有十几款之多。

　　卫来斟酌了一下，也放到台面上。岑今的脸色阴晴不定，等他解释。

　　"岑小姐，非洲现在已经是夏季了，那么热的地方，不管你化成什么样，妆都会很快被汗糊掉，反而多此一举，这个……我觉得也没必要带。"

　　岑今的眼神在他和化妆箱间犹疑了一会儿，可是，近乎让人感动的是，她还是没有说什么。

再接下来是……

皮质的画盒，打开了，里头有一沓画纸和不同硬度的铅笔，二十多支。

这是个人爱好，他几乎想让她保留，但这画盒的确挺重，而且，她的背包也装不下。

犹豫了一下，画盒也被搁到了桌台上。

"岑小姐，非洲虽然总体欠发达，但是我相信，纸和铅笔还是不难买到。所以，带这些没什么必要。"

岑今依然没反对的意思，卫来有些摸不准——"精简"进行得太顺，不知道她是不是准备集中爆发。

他继续，伴随着"没必要"，台面上的东西越摞越多，横七竖八，都像是被打入冷宫的怨妇，瞪圆了心有不甘的眼睛。

无意间带翻一个绸包，束带口不紧，里头的春光泄了半幅，是半透的低腰蕾丝内裤，略带珠光的银灰色。

猝不及防，卫来有些尴尬，动作很快地束好口，塞进她背包里。

岑今忽然制止："别啊，按理说，人是猴子变的，猴子从来不穿这玩意儿，人也不用穿。所以，没必要带。"

卫来只当没听见，并不受她激。服务行业，挨点冷嘲热讽难免，就当小风吹乱头发。

精简完毕，背包居然有些松垮。卫来自忖是不是过分了点，想了想，打开她的画盒，卷了一沓画纸裹着几根铅笔塞进包的侧袋。

又撤开化妆箱，建议她选支口红带上，理由是：如果这一路不舒服，气色不好的话，嘴唇上搽点颜色，还是很显精神的。

岑今食指一勾，从竖排的唇膏里挑出一支金色方管的攥进掌心，说："卫先生，这算不算打一棍子再给个枣？假以时日，你也可以上谈判桌。"

卫来就当她是夸赞："岑小姐过奖了。"

差不多该出发了，东欧女人掀开幕布款步出去。时间是约好的，同一时刻，音乐骤响，欢声人盛，流转灯的光甚至透过幕布，把这头的墙壁打得暗影憧憧。

岑今单肩背了包，打开侧面的小门。里头一道小楼梯，通往后门。

她摸索着揿亮楼梯间的灯，问他："卫先生，这么配合你，我是不是能多活点时间？"

她语带讥诮，自顾自先下去。赛德忽然紧张，舔了舔嘴唇，向他嘱咐："卫先生，请务必保护好岑小姐。我们的船，还有船上的人……对她寄予很大希望……"

卫来回答："从钱的角度，她是雇主，我是保镖；从性别角度，她是女人，我是男人。无论哪个角度，我都会尽力照顾她。"

赛德嘱咐不出什么了，眼前的男人女人都是高手，和他们相比，他不过是个普通的雇员。

他目送着两人走到楼梯尽头处，看到卫来将门打开掌宽的缝，耐心观察了一会儿门外的动静，然后拍了下岑今的肩膀。

门一开一合，寒气还没来得及涌入，人已经消失了。

幕布另一侧，《假面舞会》恢宏的歌剧声传来，高亢的男高音里夹杂着市井小民的急促短板，一个嘈切的世界迫在耳边。

赛德忽然觉得，这个歌剧选得不好。

顺着麋鹿之前提点的，从后门出，沿车道往下走，卫来一路和岑今都没有交谈，只是在快到车子旁时，拉了她一下，示意她站住，然后打开车门，前座后座都看了一遍。

岑今问："是不是担心坐进去，后座忽然坐起一个人，拿枪对着你，或者用刀割破你的喉咙？"

卫来说："如果电影里老这么演，就说明现实中早发生过成千上万次了，小心些总没错的。"

他让岑今先上车，自己开了后备厢。麋鹿办事很周到，行李包在，还有个食品袋，装着压缩饼干、水和一个牛皮纸包。

卫来打开牛皮纸包的口，里头有一把全弹伯莱塔M9、一把史密斯威森熊爪、急救包和两枚麻醉针筒注射针剂。

留言纸上写着：以防万一，路上防身，到了非洲，自己去搞。

卫来明白他的意思，这些东西过不了机场安检，到时候得扔。

他把枪别在腰后，砰一声关闭厢门，拎着东西绕到车前……

咦，岑今坐的是驾驶座？

他屈起手指，在车窗上叩了两下。岑今隔着玻璃看了他一眼，没有要动的意思。

懂了，卫来笑笑，绕去副驾驶座一面，上车，问："不解释一下？"

"要去办点私事。"

这不大好吧。

"船和人质都在海盗手里，我们是不是该抓紧时间？"

岑今启动车子："卫先生，这不是灾后救援，要去赶黄金72小时。谈判要稳，不宜操之过急。"

"截至这个月，海盗手里扣押的各国货轮超过二百艘，因为谈判不顺利，羁押时间最长的一艘超过二十五个月——而我去办点私事，只要花一两个小时。"

磨刀不误砍柴工，这理由可以接受，卫来做了个"请"的手势。

车子开的方向，是去往市内。

卫来一路注意观察车前车后，确信没有人跟踪。他觉得岑今的死亡威胁可能来自 stalker（跟踪者）。有数据表明，离开熟悉的居住环境、旅行或者搬至距离较远的州县或者国外，是杜绝某些疯狂跟踪者的有效方式。

"可以问个问题吗？"

"说。"

"那只手……你真的不认识？"

岑今的手搭在方向盘上，专注于前方的路况："我应该认识吗？"

"在我看来，那不是一只普通的、用于恐吓的手。虎口处的牙印，等于是一个独特的标记。而标记，通常是送给心知肚明的人看的……你或许可以回忆一下，你过去的经历里，有什么是跟这个牙印沾边的。"

岑今眉头蹙起，远近的车灯光透过玻璃，在她眼眸中交织出一片迷离的光海。

车子绕过市中心广场的阿曼达铜像，黑暗中，一只孤独的鸽子栖在女神波浪样卷曲的发上。

岑今似乎想起了什么，迟疑着说："好像……是有……

"有一段时间，我心情不好，发社评很密集，针对不同的人，骂得很凶……"

原来她发社评还是看心情的。

卫来心说：你也知道你骂人骂得凶。

"后来，他们估计是急了，专门找人写文章回击我，说，这个黄种女人，像条见人就咬的疯狗……

"所以，送我一只有牙印的手，是想骂我是疯狗吗？"

卫来觉得也不是很能说得通，那张卡片上写着"下一个死的就是你"，说明这是一个顺序、一个环、一连串。

手的主人，至少应该跟岑今有某种共同的特质。

岑今减速，车子转入停车场："但这对我没用，口水能淹死人的话，两次世界大战都不用打了……我无所谓，随便骂。"

车子停稳，仰头看，流畅的酒店名像用光笔描画，融进高处的黑色。

丽塔广场酒店。

约见？用餐？取递物件？

都不是，岑今带他进入大堂，上楼，右拐，长长的通道里开始出现临时立起的易拉架，画面上，深邃的太空里悬着一个支离破碎的地球。

题目是《地球的去路（人类、环境与未来）》。

听讲座？

入口处支了张桌子，登记的女人小声吩咐："讲座已经开始了，你们推门进去，坐在后排就好，动作尽量放轻，不要发出声音……"边说边递了个小册子过来，"不好意思，赠品只有一份了。"

卫来离得近，顺手接了，是个薄薄的袖珍记事本，只有手掌大，纸质粗糙，他顺手插进裤子后兜。

做环保的人真穷。

屏息静气，两人坐到最后一排的席位。

这讲座蛮有意思，像歌剧院的打光，台上雪亮，观众都隐在一片黑暗里。

岑今低声说："不好意思啊，你应该对讲座不感兴趣。"

她的语气里听不出半点"不好意思"的意味。

卫来笑，也压低声音："没关系，上一个客户，我经常陪她去试化妆品、试衣服，色号和款式分得比销售员还清。我们这种人，吃青春饭的，多学点技能也好，将来老了，还能去卖化妆品，或者搞环保。"

岑今很快地瞥了他一眼，他的面庞半明半暗，轮廓像刀子刻就，却又打了光的柔边。

台上，握着话筒的学生忽然口吃且愤怒："我不明白，为什么姜珉教授一直说保……护地球是错的，地球不应该保护吗？人类的家园不应该保护吗？"

卫来在心里回答：当然应该，这什么破教授，连地球都不保护。

有个英挺的男人上台，微笑，从学生手里拿过话筒。

卫来的第一反应是：又是亚裔。

最近遇到的亚裔国人，真比之前一年遇到的都多。转念一想，这是连环效应，因为岑今而结识林永福，又因为岑今坐在了这里。

第二反应是……

保镖通常都具有超群的记忆力，至少需要记住过去三天内周围出现的脸——这张脸，他有印象。

几天前的一个晚上，麋鹿曾拍了这人的照片，语气雀跃："但是，上帝是公平的。她的未婚夫在医院里遇到新人……"

难怪突然要来听讲座，果然醉翁之意不在酒。

话筒放大姜珉低沉的声音。

"在这里，我只是帮大家纠正一个概念。地球从来不需要保护，全球变暖、酸雨、土地沙化、大气污染，威胁的从来都是人类，而不是地球。

"它根本不在乎大气层的主要成分是氮气还是氧气、温度是 100 摄氏度还是零下 100 摄氏度、地表刮时速 1000 公里的大风，或者每天下硅酸盐颗粒雨。不用带着悲怆的语气说地球满身伤痕需要保护，它根本无所谓。

"是我们这种两条腿直立行走的脆弱生物需要保护。医学上，超过正常体温 0.5 摄氏度就叫发烧；短时辐射量超过 100 毫西弗就对人体有害；氧气含量低于 6% 时，人在几分钟内就会死亡——我们种树、治沙、保护水源、减少污染、发展科技修补臭氧层，是为了保护地球吗？

"当人类因为环境的崩盘而毁灭时，地球会给你殉葬吗？不会，它只会换个舵手。就像当年，把恐龙换成了人，谁知道下一个舵手又是谁呢……"

……

片刻之前，卫来还认为姜珉是个"破教授"，现在他觉得，教授果然有料，说得还挺有道理。

不过，他更关心岑今为什么要来听这场讲座。

——痴心一片，余情未了？

不像，当初被捉奸的是她。更何况，她坐在那里，脸色如常，食指在膝上轻叩了一下，又一下。

——化干戈为玉帛，情人不成，做回朋友？

也不像，想和解的话什么时候不行，非得选现在？图尔库港口里，还有夜船等着载他们去斯德哥尔摩呢。

灯光忽然大亮，喧哗声起，中场休息十分钟，下半场是课题辩论。

场内座次要重新变动，观众都起身向外走。卫来他们的位置在最后，反而最先退出，刚在走廊站定，姜珉和同事们就过来了。

岑今低头，伸手将头发拨落到脸侧，目光却一直追随姜珉一行人，直到他们消失在休息室门后。

卫来觉得好笑，就当看戏，然后看表——她说的，办这私事只要花一两个小时。

岑今忽然低声道："看到那个穿灰色西装、金色头发的男人了吗？"

看到了，是姜珉的同事，身材高瘦，整个人像根灰扑扑的竹竿。

"他有门卡，刚刚就是他开的门，然后又把卡装回西装右边的口袋。"

所以？

"待会儿，下半场开始，你帮我搞到那张门卡。"

卫来笑起来，他抱起手臂倚到墙上，不说好，也不说不好。

"行啊，你能说服我，我就去。"

"你不是想尽快赶路吗？拿到门卡，我进去办点事，最多十分钟，我们就可以出发了。"

"什么事？你进去放把火，我不就成同谋了？"

"你全程都能看到，觉得不合适，可以阻止我。"

卫来又看了一下表。

这说服够有力——他确实想早点出发，从赫尔辛基到图尔库，还有两个小时车程。

"十分钟，你说的。我可以计时吗？"

"……可以。"

"那成交。"

时间到，人流重又开始汇进厅门，卫来逆流而上，和"那根灰色的竹竿"擦身而过，下一刻，他头也没回，举起手臂。

食指和中指间，夹着那张金色的门卡，然后手一松，门卡滑进衣袖。

岑今忽然觉得，这人挺有意思。

走廊里清场，连接待台都没人了，卫来刷卡，开门。

也就是最普通的休息室，能放包、挂衣服，酒水杯有空底的，也有剩一半的。

岑今走到挂衣架边，看着最外围的一件白衬衫。

卫来也看，是件男士衬衫，料子精良，微褶，后背中心处轻微濡湿，有薄汗味。

这应该是姜珉的衬衫，卫来希望她的目的别是卷走衬衫私藏——还是汗味未干的，本质上好像跟偷拿内衣内裤没什么分别。

岑今掏出烟盒，弹了根烟出来。瘦长的黑色烟身，靠近滤嘴的位置圈了金色细环。

她点上，吸了一口，问他："觉得姜珉的台风怎么样？"

是问台上的表现？卫来回忆了一下："挺好。"

岑今摇头："他很紧张，一直以来的毛病，只要上台讲话，他就紧张、出汗。后来我跟他说，可以多备一件衬衫，中途替换，就不会一直穿着湿衬衫那么难受了。"

卫来皱眉头。

她要怀旧、要倾诉了，十分钟怕是不够……

然而并没有，她没再说话，烟身在指间掉转，食指和拇指轻捏住，把烟头烫在了衬衫后幅上。

轻微的刺啦声，并不刺鼻的焦糊味，细看烫出的洞，内缘炭黑，外围焦黄。

卫来沉住气。

破坏终于开始了，按照套路，她应该再带把剪刀，把衬衫剪得千丝万缕，然后拎桶红漆，把屋里泼得让人声泪俱下。

还是没有，烟头再次凑上去，像是比对位置，她还请他帮忙看："对称不对称？"

"……对称。"

悬在衣架上的衬衫又多烫了一个洞，两个洞，同一高度，间隔匀称。

"那走吧。"

这就完了？

卫来觉得匪夷所思："你非要在我们出发的时候挤出时间，就是为了来……在衬衫上烧洞？你不能换个时间？"

"不能，这是我的计划。就该在这一天，把这件事做了。还有，这不叫烧洞，叫了断。"

社评家，抠字眼的功夫真高，非要叫"了断"，在衣服上烧个洞都烧得这么自命清高。

出门的时候，卫来回头看，衬衫在衣架上轻晃，两个小洞，像两只呆滞、不明就里的眼睛。

卫来替它委屈：干吗烧它呢，制衣工人辛苦做的，有本事去烫姜珉的皮啊。

终于坐回驾驶座，屁股后兜有点硌，摸出来，是赠送的那个记事本。卫来本想随手一扔了事，忽然想起什么，粗粗翻了下算页数。

十几页，旅程顺利的话，每天写一两句对她的看法，正好交作业。

于是他又塞回去。当然，能不写就最好了。

车出赫尔辛基，才像是真正踏上旅程。这条路他走过，白天开车的话，风景很好，会看到绵延的田野、森林、河流和零落的红顶白墙的乡村房子。

但现在，只有浓的浅的黑、呜咽一样的水声，以及很远很远的光。

卫来决定跟她打个商量。

"那个对你的看法，能不能不要每天都写？看法这玩意儿，一段时间内很固定，我不可能对你天天改变看法。"

"一句话都嫌多？"

卫来不吭声了，提这个要求有点得陇望蜀的感觉，怪害臊的——都多少年没害臊过了。

岑今问他："那你现在对我是什么看法？"

"我想一下。"

他没想多久："我觉得你挺没劲。但这个没劲吧，又不是大家都觉得的那个意思。"

卫来斟酌着怎么说最合适。

"我在拉普兰遇到过一个萨米族老头儿，他请我进帐篷烤火。聊天的时候，他说，人的一辈子，像根烧火的木柴。

"开始是树，要生长。长成了，就是砍下来的柴。

"做事、工作了，就是柴燃起了火，发光、发热，一身的劲。

"最后老了，就是烧完的柴，成了炭块，渐渐凉了。

"岑小姐，你像块正在凉的炭块一样。

"你跟沙特人讨价还价，跟我说话、签约，乃至去烧姜珉衣服的时候，你的情绪都是一样的。"

像最平的旋律，没有起伏，不知道这只是前奏呢，还是贯串全篇。

岑今说："我这个人确实很无趣，不止一个人这么说了。"

她往下躺了躺，拉上帽子："你路上觉得无聊的话，在保证我安全的情况下，尽可以出去找乐子，我不会向沙特人打报告的。"

她说完，合上眼睛。

最糟糕的旅行同伴，就是你一路开车，她一路睡觉。

真可惜，一张漂亮的脸，搭了这么个无趣的性子。

卫来尽量往好处想，以安慰自己：无趣只会让同伴觉得无聊，总比强行有趣把人逼疯来得好。

他只当是一个人开车夜游，兜风。

风撼动高处尖尖的黑色的树梢。

大河像夜色里弯曲的镜面，里头落着被冻瘦的星星。

终于驶进图尔库小城的时候，路边的草坪上蹲了个巨大的充气鸭子，像在孵蛋。

塔皮欧大概是油码头的"名人"，卫来问了个值夜班的工人，很快就找到他的单人宿舍兼值班室。

时间已过半夜，他房间还亮着灯，门半掩着。

卫来推开门，塔皮欧诧异地抬头。他五十来岁，满脸乱蓬蓬的金色胡子，捧一本色情杂志，手边摊开的快餐纸盒里都是薯条，番茄酱挤得一摊一摊的，像不新鲜的血浆。

他用油腻腻的手接过卫来的"船票"，然后恍然大悟："哦，沙特人的路子。"

钱是沙特人的脸，全世界都给面子。

塔皮欧搓着手，翻看边上破烂的登记本："你们来得有点不巧……好几艘货轮都刚走……倒是还有一班船……从立陶宛出发，要去德国的，在海上遇到风暴，迷了航，在图尔库停了好几天。船马上就要开了，我应该能让你们上，但是……"

他忽然压低声音，凑到卫来耳边，带来好大一股夹着薯条和啤酒味的狐臭。

卫来闭气。

"但是，你们上船之后，必须一直待在房间里，不管看到、听到什么，都不要管，不要问。到了斯德哥尔摩，下船就是。"

懂了，是黑船。

卫来皱眉："还有别的船吗？"

"有是有……得等，最早的一班，还要四个小时。"

卫来回头，看倚在门口的岑今。

她脸色疲倦，犯困，语气有点不耐烦："既然现在有船，就走呗。"

细想也没什么大不了的，人生很多时候，罪恶近在咫尺，比如隔壁有人杀人，楼上有人放火——坐黑船这种，就是跟罪恶离得更近些，肩并肩吧。

卫来开车，塔皮欧坐副驾驶座给他指路。巨大的油轮泊在近港，甚至连通着铁路，车子像不起眼的玩具，在船只的阴影间穿行。

最后停在了一艘货轮边上。

这是艘冷藏船，和边上那些庞然大物相比，身量有些娇小。灯开得少且暗，只船头和船尾的锚泊灯发出较亮的白光。

塔皮欧先下车，拧亮手里的强力手电，向着船身驾驶室画了个大圆圈，然后手电一开一灭，重复三次。

过了一会儿，甲板上传来脚步声，一个粗壮的男人从黑暗里走过来。他身后再远些的地方，有几条人影戒备似的走动。

车子就扔在这里，至于塔皮欧要如何还给麋鹿，就不是他操心的事了——卫来帮岑今拎了背包，她倒并不当甩手掌柜，顺势把食品袋接了过去。

反正不重。

夜晚的油码头，水面浓得像黑色的稠油，泛着粼粼的亮光。冷藏船吃水正常，船身上方涂着"EAGLE"，应该是船名。

远处的几个人似乎在调侃着什么，隐隐有让人不舒服的浪笑传来。

走近了，看清那人的面目：壮年，寸头，黑夹克，衣袖撸到肘边，露出肌肉鼓鼓的手臂，上头层层叠叠，文身擦得乱七八糟。

塔皮欧凑上去，低声跟那人说了几句。那人的英语发音很生硬，口气也很硬，一连说了好几个"No"打头的句子，塔皮欧一直点头。

过了一会儿，那人转身往甲板上走，塔皮欧赶紧招呼卫来他们："跟上，跟上。"

几个人走得前后杂错，脚步声空洞，像在甲板上颠簸。驾驶室里有人探出头来朝那人喊了句什么，那人大笑着回了两句，语速很快，大概是东欧的小语种语系，卫来听不懂。岑今不知道在搞什么，一直翻纸袋发出声响。

走到下舱口，那人哗一声拉起舱门。门后一道向下的舷梯，舱内出奇地安静，灯光很亮，从甲板上看下去，像个白色的地洞。

那人看向卫来，生硬的发音和语气又来了。

——不准乱走。

——不准多管闲事。

——不管有什么动静，待在房间里，不准出来。

……

这要求不合理，难道失火了或者沉船了也老实待在房间等死吗？不过这人的脸不像是开得起玩笑的，卫来把戏谑似的调侃咽回去，准备点头……

身侧忽然响起凄厉的痛呼，歇斯底里，叫人毛骨悚然。

一线森冷从腕根直上肘心，半只手臂发麻，有个可怕的念头砸进卫来脑子里。

这声源居然是就站在他不远处的岑今！

塔皮欧茫然，没弄清发生了什么事。那男人似乎想往下冲，旋即止住。卫来没能扶住岑今，她重重地倒地。

变起仓促，从暗处冲出几个人来，那男人冲那头吼："No! No!"

卫来瞥见几个人都手持长柄冲锋枪。

武装押运？但他顾不上这么多了，迅速跪蹲到岑今身边，摁住她不断抽搐的身体，冲着塔皮欧吼："灯！"

灯光打亮，不断晃颤，岑今双眼翻白，嘴里泛着血沫，半张脸和脖子全是血污，手臂像被电击一样反射抽动。卫来伸手想压她心脏，她喉咙里忽然发出捯气似的长声，双手空抓，身体往上直顶，脊背悬空，像是骤然休克。

头和颈部没有伤口，不是狙击，是中毒吗？什么时候中的招？他一直陪着，居然不知道！

头顶上无数杂声，有船员不断围过来。卫来听到他们和那个男人的对答，又是那种嘈切的听不懂的语言。他猛然抬头看那个男人，那人瞬间明白他的意思，大叫："不是！不是我们！"

塔皮欧一直给意见："叫救护车？不，不，还是送去医院吧。"

卫来抱起岑今，大步冲下船。塔皮欧拎起他扔下的行李跟在后头一溜小跑。几个船员还在茫然地议论着，其中一个好奇地想伸手去摸地上的血滴，那男人眼疾手快，一脚把那人踹翻，大吼："笨蛋！你就不怕有毒，或者得传染病？！"

重新上车，卫来把岑今放到后座，车身急拐，向外疾驰而去。

他掌心冒汗，脊背绷得拽紧头皮，脑子里同时闪过无数问题。

——医院，医院在哪儿？图尔库不大，高处有标志，应该能找到。

——他确信从别墅接到岑今之后，没有出任何纰漏。如果她中招，应该是在他接手之前。

——是中毒吗？血色如常，没有变色。但说不准，高科技时代，也许是更新的毒害手法。

——真是难以交代，行程还没开始，人已经……

陡然间有手抓住他大腿外侧，低声说："不要停，出城。"

卫来的心脏剧烈地跳了一下，车身拐了个"S"形，轮胎磨得路面发出声响。

好在身体反应都在，卫来迅速重新控住车子。

他抬头看车内的后视镜。

镜子里，岑今坐起来了，嘴边血渍最明显，像刚咬过活人的吸血鬼。她抽了纸巾擦脸，说："一直开，我记得路上有电话亭，我要打个电话。"

卫来没搭话，暂时也不好问什么，只是从副驾驶座拿了瓶水扔过去。岑今接过了拧开瓶盖，团了纸巾堵着瓶口蘸水，然后擦脸。

又开了一会儿，看到路边林子里的红顶玻璃间电话亭，下半部分玻璃是磨砂的，改成了户外厕所。北欧的电话亭一般都比较实用，多为穷人准备，追求多一点功能——卫来还见过电话亭里带冲洗水龙头管的。

车子刚停稳，岑今就开门下去了。

卫来没动，隔着车窗看她。很好，走路很稳，不发飘，方向感正常，刚刚的休克、抽搐、捯气，远得像上辈子的事。

他胸口闷得很，这才觉得后背汗湿，有点想骂人。翻腾了会儿票据箱，没找到烟，低下头，发现裤子边上有一个模糊的血手印。

抬头看，岑今已经在打电话了，倚着电话亭的玻璃，一只手在摆弄螺旋缠绕的电话线。

卫来开门下去，不动声色地走近，站住。

潮湿的树的味道，电话亭的玻璃门半开，人概是她嫌里头味咪不好。

卫来断断续续听到她说话。

——E-A-G-L-E，船身涂的名字。

——这件事我上报了不同的监管机构，如果海警想包庇，会有什么后果自己看着办。

——即便船进了公海，也适用普遍管辖原则，可以登临、扣押。

……

她说话的时候，唇角无意识地勾起，带着不易察觉的阴狠。

卫来倚住树身，饶有兴致地看她。

露出马脚了啊。

还以为她是正在凉去的炭，谁知炭皮无意间剥落一片，露出里头烧得炽红的炭心。

终于等到她挂上电话出来。

卫来说："装的啊？挺逼真的。我还没想明白，能不能点拨一下？"

血哪儿来的？她总不至于随身带了血浆，随时演戏吧。

岑今没说话，顿了顿，伸出手，食指上挂了把史密斯威森熊爪，晃晃悠悠。

卫来盯着看了会儿，心头有点发寒。

——她拎着食品袋，里头有史密斯威森熊爪和急救包。

他分心去警惕四周、去听船上的那个男人讲话的时候，岑今用史密斯威森熊爪割破了某处血管，把血吮到嘴里，缠止血带，然后凄厉地痛呼。

她自己制造变故。

卫来头皮夅起，心情真是除了想骂人，再没别的可以描画。回想起来，当时出血量不小，这一刀，割得势必不浅。

"岑小姐，熊爪是全齿刀刃，咬合力强，造成的伤口不容易愈合，结痂了也难看。你为了举报一条黑船……很下血本啊。"

一条走私船而已，犯得着吗？这一时刻，公海内海，平波或者风浪间，有成千上万条走私航线，规模之大，以至于各国都不得不成立专门的机构，招募大量人员，甚至跨国合作打击。

见船就放血，搞这么大阵仗，血流干了也不见得能有什么战果吧。

岑今说："我觉得挺值得啊。"

价值观不同，你觉得值得就值得吧，卫来不想多说，转身上车。岑今坐进来："你觉得没什么意义，是吧？"

卫来耸耸肩："我只是觉得，本来就知道是黑船，搭一程而已。不管他们贩的是枪支还是毒品，你未必救到谁了——想买枪或者吸毒的人，总能找到买的路子。但我们是按计划走行程的，你这么一出手，路线可能又得变……"

"不是。"

卫来没搞明白："什么不是？"

"全球地下贸易中，毒品和武器走私位列第一和第二，但这条船不是。"

是吗？卫来发动车子，一时间不知道往哪儿开："那是什么？烟、酒、奢侈品？"

"贩人的。"

卫来一愣。

岑今把车窗揿下一线，拣了支烟夹在手上："人口贩运在全球地下贸易中排第三，有严密网络，国际协作，武装押运。受害者中80%是女人，她们会是什么命运……不用我多讲吧。"

她点上烟，长吸一口，仰头徐徐吐出烟气："我要是你，不会把车子停在电话亭边上，至少找个隐蔽的、好说话的、还能观景的地方。"

卫来把车开到河堤上，关掉车灯。

隔了好一会儿，水光和星光才浸进车子。卫来借着这光拆了袋压缩饼干，就着水嚼完咽下去，然后朝岑今借烟。

"女人的烟也抽？"

卫来奇怪："有区别吗？"

岑今递了支给他，顺手帮他点上。火头打起的刹那，她的眼睛里、他的眼睛里，还有四壁的玻璃上，都生出橘黄色的一点亮。

又瞬间隐下去。

卫来降下车窗，把第一口烟气吐出去，问她："你怎么看出来的？"

"想知道？"

"想。"

多懂点没坏处，说不定什么时候能救命，不管救自己还是别人。

岑今想了一下："四点。"

卫来苦笑，他连一点都没看出来。

"第一，人口贩运已经成了产业，UNODC每年会出具贩运问题报告，勘定输出输入线，划分来源国和贩入国。那条船，从立陶宛到德国，符合输出输入线。

"第二，船上的人说的语言，是阿尔亚语。东欧的人口贩运，操纵在两个主要帮派手里，俄罗斯黑帮和阿尔亚黑帮。其中阿族人是地下色情业的老大，产业遍布欧洲各地。"

卫来很意外："你懂阿族语？"

"只懂几句。记不记得我们上甲板的时候，那个男人和驾驶舱里的人大笑着说了几句话？"

记得，但他听不懂。

"驾驶舱的人说的是：'新货？'那个男人回答：'不是，她太老了。'"

卫来迟疑："这个'老'说的是你？"

"是我。"岑今很无所谓地耸肩，"贩运集团要求女人越年轻越好，其中女童占很大部分，因为年轻的身体经得起践踏。二十岁以上的女人对他们来说就已经不是首选了。我专门写过关于人口贩卖的社评，所以学会了阿族人交易时常说的几句话——新货、不能便宜、她太老了、上等货、成交、合作愉快。"

"还有第四点呢？"

"第四，那个男人拉开舱门的时候，舱内光很亮。他文身的手臂上，有三道指甲抓出的血痕。我想，也许是哪个女人挣扎的时候给他留下的。

"综合以上，举报他们合情合理。哪怕我的猜测全错，是条黑船总不会错的。"

卫来没说话。

这也亏得是她，专门研究过这种地下贸易，换了自己，多加几点也未必能在那么短的时间里看透玄虚。

现在再想，岑今的做法确实并不夸张——阿族人疑心很重，他们临时要求下船，一定会招致怀疑。

卫来长吁一口气："行吧，哪怕改行程也值了。"

"不用改，塔皮欧不是说还有一班船吗，再等四个小时就好。"

"还要回油码头？"

"卫先生，做事要做周全。阿族人被海警扣了这么大一票货，你觉得他们会善罢甘休？一对在出事当晚下船并且再也没有出现过的人不会受到怀疑和报复？"

她凑近卫来，压低声音，唇角在车内的暗影里再次勾起："可是，如果我们又赶回去坐船，情况就不同了。

"那说明，我们下船，是真的突然发病；而我们又去坐船，也是真的着急赶路。

"如果你想把事情做得再完美些，可以让沙特人在图尔库的医院给我做个急救记录。不过，我目前的安排，足以应付阿族人的脑子了。他们会忙着去揪内奸、卧底——船在公海被扣押，消息会对外封锁一段时间，等他们闹得鸡飞狗跳的时候，我们已经在海盗的船上了。"

卫来沉默半晌，随即大笑，然后在车窗边沿摁灭烟头："厉害。"

他倚回车座，看远处的夜景。眼睛适应了黑暗，景的轮廓也慢慢显现。那是建造公路时遗留下的不需要开凿的巨石，粗糙而又笨重。

卫来说："人口贩运都是一个大的产业了吗？"

他一直以为，只是较为猖獗的犯罪。

"为了钱。低成本、高利润、需求量大，还可以循环再生产。"

"循环再生产？"

"是啊，子弹打完了就完了，毒品吸了也就没了。可是一个十来岁的女孩，可以终年无休，被一直压榨到三十岁、四十岁，可以转手再卖。哪天她没有客人了，还可以流向器官市场。"

哦，这样。

上船的时候，他知道是黑船，但不知道那些货原来是人。

事关人和命运，值得与否这种字眼就太轻了。

他转向岑今："伤口在哪儿？我帮你处理一下吧，那么喜欢穿晚礼服的人。"

车灯揿亮，岑今扯下简易止血带。

卫来看到伤口，在左臂内侧。如果是普通利刃，刀口平齐，愈合得会较快，熊爪就是这点不好，伤人伤己都凶残。

他先用矿泉水擦拭掉血渍，然后用酒精棉球清创，犹豫了一会儿，选了小管的皮肤黏合剂："伤口不算太深，缝针其实会更保险——用黏合剂的话你要注意，否则皮下可能会留空腔，伤口也可能拉裂。"

岑今"嗯"了一声，看他低头细心帮自己涂抹，忽然对他产生了兴趣。

"你是半路来的，还是入籍的？"

卫来笑笑："不好说，我爸在国内可能有债，带我偷渡到了欧洲，把我给卖了。"

"卖到收养家庭？"

"要是那样就好了。是当童工。"

他伸手托住她的手臂，偏头看涂抹得是否均匀："人还没机器高，给人踩缝纫机、车线、钉扣子。有一根机针从我指头戳下去，对穿。我以为这辈子指腹上都会有个洞，可以眯眼对着看太阳，没想到长好了。"

"后来呢？"

"继续钉扣子，被人道组织解救，在唐人街待了几年，后来去马来西亚贝雷帽特种部队受训，没通过，被开除了。准备应征雇佣兵的时候，遇上麋鹿，他喜欢去那里挖人。"

他把她的手臂搁到驾驶台上："晾会儿。"

"那你以后有什么打算？"

"没打算……你呢？"

轮到她了。

岑今说："我本身是孤儿，后来被一对北欧夫妇收养。高中的时候，他们遭遇了空难。"

"很难熬吧？"

一个十几岁的女孩，身在异国，养父母死了，举目无亲。

"生存重要，没太多时间去难过，要想着怎么样靠自己在这个白种人的地盘上继续体面地活下去。所以，我做了一个计划……到四十岁的。"

卫来觉得，她这话在他脑子里轰一声产生震荡和回响了。

——我做了一个计划，到四十岁的。

他连下一顿饭都没计划。

"应该上什么大学，学什么专业，参加什么样的社会团体，努力跟哪些业界名人建立联系，掌握什么技能，进什么样的机构实习，实现什么样的财务和职业目标。"

卫来如听天书，半天才说出话来："冒昧地问一句，那你现在的生活，在你的计划里吗？"

岑今看着手臂上的伤，黏合剂早已凝固，周边的皮肤被扯得有点发紧。

"我今年二十七岁。

"按照计划，我应该在政府部门工作，已婚，对方是律师、医生或者教授，这样的搭配比较合适。

"经济富足，有房产、车子、存款、各项福利保险，已经有了一个孩子。良好的家庭会给公众留下好的印象，有助于我在政界继续发展。

"会定期去做慈善公益活动，参加行业酒会，结识记者、新闻工作人员、新兴的商界精英、各种上流人士。"

……

是吗？她现实的人生似乎很是脱轨啊。

这中间，一定发生了些什么。

卫来说："那你要抓紧时间规划一下了。"

车子在晨曦四起时又进了油码头。

塔皮欧抱着空啤酒瓶睡得四仰八叉，被卫来拍醒的时候茫然了好一会儿，然后说："哦，你！"

他打着哈欠坐起来，又去翻登记本，然后看闹钟："有船，时间刚好。"

当然刚好，他们是掐着钟点来的。

上车的时候，塔皮欧看了眼后座的岑今。她裹着厚外套，脸色苍白，虚弱地向他笑了一下。

塔皮欧说："她……可以吗？"

"溃疡爆了，胃出血。去过医院了。"

"那她身体……受得了吗？"

这老头儿还挺好心。

卫来瞥了一眼岑今："她不重要。干我们这行，听上头吩咐，什么时间该到什么地方，除非死了，不然爬着也要到——你见了那么多，应该懂的。"

塔皮欧叹气："也是。"

很巧，这一艘又是冷藏船，装水果、蔬菜、鱼、肉、易腐品。

起锚在即，船员在甲板上散得三三两两。

塔皮欧没上，站在车子边上冲他们挥手，挥着挥着，又打了好大一个哈欠。

卫来一路扶着岑今——她理应"虚弱"。经过一个船员身边，那人正倚在船栏上调试无线电，嗞嗞的电流音中，有句广播传来：

"全世界的目光继续聚焦天狼星号这艘昂贵的油轮……"

卫来和岑今同时止步。

那船员奇怪地看向他们，下一秒反应过来，向着一边迅速旋动旋钮。

广播声大起来，飘在雾里。

"海盗方面态度强硬，拒绝船东提出的赎金谈判要求。沙特谈判团昨日在摩加迪沙召开新闻发布会，表示不排除提请武力解决的可能性。

"专家称，亚丁湾局势复杂，海盗问题由来已久。一旦用武力解决，可能导致整个海域航线瘫痪，后果不堪设想……"

卫来忍不住想笑。

这世界多好笑，沙特人在那头唱一出硝烟味越来越浓的戏，瞪圆眼睛、撸起袖子，摆出要肉搏的架势，支使着记者、专家、分析人士团团乱转。

全世界的目光都聚集在那里，摩加迪沙、天狼星号、沙特谈判团、海盗。

没人知道，最关键的那个人，此时此刻，在这里登船。

卫来转头看向岸上。

塔皮欧开着车一溜烟远去了。

岸与水相接的那条长长的灰色界线在缓缓后移。

船起航了。

第三章

CHAPTER.03

"不放过我的人很多，你要不要先排队？"

下了甲板，空气滞闷，供船员休息的房间有五六个，空间都逼仄，像老式火车带推拉门的小隔间。

船员专门给他们匀出一间，开门进去，两边是上下铺的单板床位，中间的过道窄得连转身都困难。

行李放到上铺，卫来和岑今各自坐了相对的下铺，一时间无话可说。半夜里因为突发变故而建立起来的一点熟稔，似乎随着日出天明散得一干二净。

大概是因为受伤，身心疲惫，岑今拉上帽子，这次连招呼都不打一声，倒头又睡。

卫来把铺位上的被子和枕头摞起来当靠背，倚靠着，百无聊赖。他希望自己不要睡着，下了偷渡船之后，还从来没在船上睡过觉——他觉得如果睡着了，一定会做不怎么愉悦的梦。

也不知过了多久，眼皮渐渐变沉，怕什么来什么，他又回到那艘偷渡船昏暗的舱里了。

空气混浊，体味、屎尿味、呕吐的酸味和馊霉味在封闭的空间里混合、发酵。舱板上、角落里，横七竖八的人，蓬头垢面、奄奄一息。黑暗里分不清男人女人，灾难面前，没有性别。

他看到小时候的自己，撑着柴一样的细胳膊，爬起来问旁边的父亲："为什么要离开家啊？"

事前一点端倪都没有，他是被父亲直接从小学课堂接走上的船，书包里还有课本，《语文》《算术》《思想品德》。

父亲没有回答，也从来没有回答。

他至今都没搞明白——很多人远离家乡，就好像在远方能找到清晰的生活和方向一样，其实只是换一个地方迷茫。

船身左右摇晃，航程长得似乎永无尽头。

卫来睁开眼睛，一时间有点恍惚，耳侧有极轻微的沙沙声。他手臂一撑想坐起来，忽然听到岑今说话："别动。"

她不知什么时候醒的，盘腿坐在对面的铺上，低着头正在画画。

拿他当模特？

卫来觉得配合一下未尝不可，因为昨晚的事，他对她生出不少好感。他保持刚醒时的姿势，同时发觉自己的睡姿并不那么雅观：一只胳膊垫在脑后，头歪着，一条腿搭到床下，另一条伸在床外。

他努力安慰自己：也许这样会显得身材很好，四肢修长。

没当过画画的模特，要一直保持这样的姿势吗？多久？至少半个小时吧，要不要聊点什么？就这么不吭声很闷啊。

额头上、小腿肚、耳朵后、胯下，开始莫名其妙发痒。

不过这个角度方便看岑今。她没有表情，铅笔的顶端高过纸的边，沙沙移动，脖颈上掠着微光。

她还戴同一条项链。

这项链应该有特殊意义，谁送她的？姜珉？

卫来皱起眉头：她不带感情地去听姜珉的讲座，在他的衬衫上烧洞，还说是在"了断"。

他忍不住开口："可以问你个私人问题吗？"

"问。"

"你和姜珉，是什么样的感情？"

她晃动着的笔端不易察觉地停了一下，然后一切如常："普通的男女感情。"

"普通的……是什么样的？"

"没灾没祸就和气相处，大难临头就各自飞。"

哦。

卫来脑海里浮现出广袤的一大片林子，无数的鸟扑棱着翅膀，飞得天南地北杂乱无章。

很合理，这时代男人女人都躁动，没有大难临头都怀揣一颗各自分飞的心。

"他有对不起你的地方吗？"

否则你背叛在先，哪儿来的脸去烧人家的衣服？

"也没什么……他多嘴，说了我不爱听的话。"

卫来很遗憾，分手后还絮叨个不停并不犯法，但也称不上美德："他到处宣扬你……背叛他？"

"也没有。结婚的时候，他说，经历了前度的劫难，感谢上帝没让他为了错的人死掉。"

她抬起眼皮，目光从画纸锋利的边缘上漫过来，一字一句地说："他说我是'劫难'。"

你本来就是他的劫难啊。

人家一读书人，经历过的最大坎坷可能就是没拿到全额奖学金。为了你的背叛吞药自杀，差点儿送上一条命，再也不能保护地球……不对，保护人类。

你还不准人家说你是他的劫难？

卫来忍住了，没有为姜珉分辩。很显然，岑今可以去救黑船上素不相识的人，也可以心胸狭窄——他怕哪天自己的衣服也被她烧两个洞。

垫在脑后的胳膊开始发麻，卫来不耐烦："画好了吗？"

她收尾，签日期："画着玩的，不打算留，你要看吗？"

画纸递过来，卫来的目光落到纸面的刹那，整个人噌地坐了起来。

铅笔、素描风，几头憨态可掬的小猪，一头领跑，另几头跟随。

卫来捏着纸边，这要是铝制啤酒罐，老早就被捏瘪了。

不是画我吗？

他忍住了没问，因为大致能预计她的回答：我只是让你别动，没说画你啊。

于是他尽量克制而友好地笑了一下："怎么会想到画这个？"

"经过冷藏库的时候，看到舱门上的肉猪标志，就画了。"

卫来把画纸递过去："其实我偶尔也画两笔，不过不是这种素描风的。"

岑今接过来，懒得起身，伸长手臂把笔和画纸反送到上铺空的地方，语气中是明显的敷衍："那有空切磋。"

看看时间，行程只走了一半。

只能尽量打发：吃海员餐、上洗手间、借速溶咖啡冲泡、看过期的报纸、继续睡觉。

终于等到船员过来敲门——进港了。

上到甲板，就该呼吸到斯德哥尔摩的空气了，岑今有一种终于熬过航程的如释重负。她起身理包，把摊放的画纸卷起。

卷到一半，忽然觉得不对，她又慢慢摊开。

她的那张画上，被人添了几笔。

——其实我偶尔也画两笔，不过不是这种素描风的。

真诚实，他的风格是寥寥几笔，但能抓住人的神韵。他画的明显是她。

她骑在领头的猪身上。

猪鼻子两侧延伸出缰绳，像马缰。

她一手狠攥缰绳，另一只手臂高高举起，像是振臂一呼。

后头紧随肉猪三头。

卫来一手拎一个包，一用力，两个行李包都拽上肩头："走啊。"

没事人一样。

岑今抬起脸看他，手上并不停，将那张画纸对折，食指和拇指指甲从折痕的纸头开始，一碾到底。

再对折，再碾，指甲刮擦纸张的声音响在狭小的空间里，有一种不祥的意味。

卫来盯着她指甲看，觉得她可能会上来挠他。

终于折完了，方方正正，她塞进外套的衣兜，说："走。"

上了甲板，眼前豁然开朗。

时近傍晚，同是四月，同样依临波罗的海，赫尔辛基阴潮未去，这里晴好到水光潋滟——这算是尤为反常，一般情况下，斯德哥尔摩和赫尔辛基是难兄难弟，你阴我冷，你雨我雪，谁也好不过谁。

下了船，出港，沿岸走了一会儿，看到一艘挂国际信号通信旗的中世纪多桅三角帆船，船身狭长，船首高高翘起，像长长的兽角。

咖啡的味道和小提琴声隐约传来，这是个开在帆船上的咖啡馆。

卫来招呼岑今："休息一下，喝点东西。"

这不是他的真正用意：这边的船到港，调度会收到消息，塔皮欧会通知麋鹿"船票"已经兑现——如果沙特人那头有新的进展，麋鹿是时候要打电话给他了。

岑今没异议。卫来觉得，她除了偶尔自行其是，大部分时间其实还挺省心，要么睡觉，要么闷头跟着他走。

两人坐到室外，近船头的位置，有个金色头发的帅哥在拉尼古赫巴琴，形状像只奇怪的木鞋，声音倒是悠悠扬扬，伴着风拂动高处的国际信号通信旗。

咖啡、沙拉和三明治送上来的时候，麋鹿的电话也如期而至。

"卫，虎鲨那里有消息了。"

卫来不动声色，伸手从沙拉里拈了颗小土豆送进嘴里："怎么说？"

"他们只给大方向，一步步牵你过去，具体地点还是不说——只说在红海见面，公海。"

卫来皱眉头，他对地理位置没太多概念："红海，是不是很狭长的那个海？"

沿边好像有很多国家。

"就是那个。我们商议过了，你带岑小姐去机场，在5号航站楼游客中心门口，有人会给你送机票，今晚飞。"

真是马不停蹄，卫来苦笑着搓了一下脸。

"飞哪里？"

"苏丹首都，喀土穆。很长的行程，没有直飞的条件，需要转机。"

卫来沉默了一会儿，然后一字一句道："你逗我呢？你以为我不知道苏丹在打仗？"

岑今听到了。

她低声纠正卫来："确切地说，是局部武装冲突。"

麋鹿显然做了应对的准备。

"卫，你听我说。首先，一个国家是很大的，完全可以南面在打仗，北面在唱歌。苏丹之前是打了多年内战，但现在已经基本结束。喀土穆是首都，还是安全的。

"其次，你去看地图，苏丹有一面的国境线紧挨红海，而且是位于红海中段，可上可下——从那儿去公海很方便。

"再次，第三点很重要，可可树这一阵子在那里保护军政要员。他会去接机，他会安排你在那里的一切，可可树！"

卫来停顿了一下，低声重复："可可树？"

那个讨厌人发际线到肚脐之间长痣、穿衣服讲究名牌、扎了满头小辫子、有好一段时间没见的可可树。

麋鹿从他的语气中听出了松动："是吧，我早就说了，你可以跟可可树在那里见个面……"

卫来笑起来，招呼服务员，加点了一杯黑啤。

麋鹿在那头说了句什么，他没听清："什么？"

"卫，我在问你，你和那个'湿气沉沉'的岑小姐，相处得怎么样啊？"

卫来以为自己听错了。

他站起身，走开两步："你再说一次？"

"你和那个'湿气沉沉'的岑小姐，相处得怎么样啊？"

卫来打心眼里佩服麋鹿："你都会用'死气沉沉'这样的词了。"

他很少能从麋鹿嘴里听到中文的、四个字的成语。

麋鹿目的达到，心情大好："卫，我就知道，你能听出来的！成语好难！你怎么样，和岑小姐相处得来吗？"

卫来说："挺好。"

"挺好？！"

"她还真不是个'死气沉沉'的人，有时候，忽然给你来一下子，怪吓人的。"

他低头看裤子，血手印还在，不过路人可能以为是艺术风格或者怪僻的装饰喜好。

"相处得挺好……那你们会结婚吗？"

这从何说起啊？卫来哭笑不得。

那个金色头发的帅哥在向岑今微笑。笑什么笑，你没戏的，她要嫁医生、律师，或者教授，不是拉琴的。

他压低声音："我看没什么指望。"

麋鹿惋惜："不能争取一下吗？卫，你们真的很搭，我连你们孩子的名字都想好了。"

卫来额头暴起一根青筋。

但他准备听下去，麋鹿不会无缘无故突发奇想。

果然——

"我这两天学中文，刚反应过来！卫，你叫卫来，未来，future。岑小姐叫岑今，曾经，也就是过去，past。你们要是有了孩子，可以叫 now，现在！"

老天啊。

"以后你们一家子就叫 past，future and now。我还可以为你们写一首歌，now's naughty，past's beauty，future's responsibility（顽皮的现在，美丽的曾经，有担当的未来）……"

要命。

卫来头皮发麻，赶在麋鹿体内的音乐细胞脱缰前阻止他。

"岑小姐十几岁的时候，计划就做到四十岁了。我可以向你保证，里头没我的位置，以后也不会有。"

现在她的计划指不定都做到八十岁了，没准儿葬礼都考虑好了。

卫来心头一动，忽然想佐证一下。

挂了电话，他坐回桌边。黑啤已经上了，顶上层层的白色细沫，像黑得过分的可乐。

"可以问个问题吗？你后来有再做过计划吗？比如老了，葬礼啊，谁先走一步啊……"

自己都觉得问得荒唐。

但可怕的是，她答了。

"有想过。理想地说，我希望我的丈夫比我先死，因为夫妻生活会有不少秘密，我先死的话，难保他不会对外胡乱宣扬，破坏我的名声。

"他先死，我可以有一段比较空闲的晚年，用来撰写回忆录……"

卫来想把自己淹死在黑啤里。

把计划做到那么远，初听可笑，细想可怕，又有那么丁点儿可敬。

但有些话他还是憋不住："这么按部就班……活得像列准点到站的火车，真不觉得无聊？"

"不觉得啊。"她说得漫不经心，"也就说说而已——我这列火车早就脱轨了……你没发现吗？"

休息完毕，卫来叫了辆出租车去机场，示意岑今和他一起坐后座。

路上，他开始善后。

岑今依照他的吩咐，将背包竖起帮忙遮挡，看他拆枪。

他像玩魔方，不慌不忙，也看不清究竟怎么弄的，好好一把枪在他手指翻转间就成了支离破碎的残片，弹夹、卡榫、撞针、撞簧、掰折的麻醉针剂，牛皮纸袋里，一片凄凉尸骸。

这些都带不上飞机，得处理。

卫来朝她伸手："熊爪。"

岑今不想给。

卫来很理解，大概是因为熊爪好看。这一把尤其小巧，黑色特氟龙涂层，没有护鞘，只有个套指的环，方便贴身搏杀，如果不开刃，挂在颈间，会是个漂亮的挂件。

女人不喜欢危险，但往往偏爱美丽而危险的事物，比如熊爪，比如皮相上佳的男人。

他继续伸手："熊爪。"

岑今还是没动："这熊爪是新的，第一次就饮我的血，算是我养的。"

不愧是写社评的，真有想象力。

卫来说："你养的……怎么着，你还指望它给你下个小的？"

又不是母鸡抱窝，养一下俩，然后子子孙孙无穷匮也。

"有意义啊，这辈子，这还是第一把让我出血的刀。"

难怪，凡事扯上意义就比较复杂了。让她这么一说，卫来还真觉得挺有意义——这把刀的背后，还有一船不知道有没有被救下来的女人呢。

"真想留着？"

听他的口气，似乎有通融的余地，岑今心里一动，点头。

"那给我。"

这是有招了？岑今半信半疑，终于把熊爪递过来。

卫来掂了掂重量，其实挺轻，安检不那么严的话，估计能过。

他抬头看岑今，温柔一笑："不行，过不了安检。"

岑今扭头看窗外，身上每一个细胞都在说：你不要再跟我讲话了。

车到机场，卫来已经盘算好，三件事，一件一件来。

先带着岑今兜圈，从一个垃圾桶，到另一个垃圾桶。每到一个，就扔点牛皮纸袋里的零部件，抓一些撒出去，像农民播种。

拆下来的子弹扔进不同区域的下水道，完美地拆解分离，那把枪今生今世都别想全尸聚首。

然后，去给自己买了咖啡。

岑今在不远处坐着等，萃取和装杯那么点时间，咖啡小妹就被他逗得乐不可支，末了还拿笔写了电话号码，连同飞过来的眼波，一起塞给他。

卫来过来的时候，她说："可以啊。"

卫来笑："随时找点乐子，不然多闷。"

"你要是找乐子找得目标专一，早儿孙满堂了。"

卫来凑近她，说："怎么说话呢，儿女成双可以，儿孙满堂，你觉得可能吗？"

他把手里搓好的小纸筒慢慢塞进岑今帆布外套的臂兜。

"你的熊爪，谈判回来之后，自己打电话找她拿。"

……

最后，去到游客中心门口，找了个最显眼的位置，当门一杵。

北欧人，尤其是男人，身材挺拔，肩宽腿长，平均身高都在180cm以上。这一方面，卫来居然丝毫不输——岑今站在边上看了他一会儿，忽然觉得用"衣服架子"来形容男人还挺贴切。

有个金发的年轻女人经过，甚至还回头看了他一眼。

等得无聊，岑今过去跟他说话："就这么干等，能等到机票？"

卫来看她："你很少玩这种接头吧？"

他给她解释："让你等，你就在这儿等，麋鹿会安排得合情合理，交递自然，不引人注意。做我们这行的，很多细节，外人未必看得出门道……"

话音未落，身后有人嚷嚷："圣诞树？圣诞树？谁叫圣诞树？"

卫来觉得……生活真艰辛啊。

岑今看他。

卫来希望她别说话。

知情识趣的就别说话，给人留点面子是一种美德。

那人大踏步上来："圣诞树？"

是个机场杂工，穿工装，提着放拖把的工桶，五大三粗，头发支棱着。

"说是黑头发男人，叫圣诞树，身边还带个女的，是你吗？叫你怎么不答应呢？"然后他一巴掌把一个信封拍进卫来怀里，"你的票。"

提桶走的时候，那人嘴里嘟嘟囔囔，好像是说他"傻""叫半天都不答应""呆子"。

卫来尽量不看岑今，面色镇定，抽出机票查验。

岑今还在看他。

卫来希望她别说话。

事与愿违。

"安排得'合情合理'，就是吼啊？"

当然不是。

你可以把烧人衣服说成"了断"，我也可以把麋鹿的安排说成出其不意、反其道而行之……

"事实上……"

"那走吧。"

她没给他再说话的机会，转身向候机楼里走，进门的刹那，右臂高高扬起，手指向内招了招。

像召唤、引领，还像骑在猪上，振臂一呼……

卫来觉得这个比喻很恰当，损人损得无声无息，春风化雨。

他把肩上的包带上挪，心情愉悦地跟上去。

不对，他忽然停了一下。

振臂一呼，骑的是猪，引领的好像……也是猪吧？

安检和通关都顺利，唯一让卫来有微词的是机票——红眼航班。

不过转念一想，要飞近二十个小时，总会有一段是夜航。再说了，沙特人够大方，出的票座是头等舱。

唯一剩下的事，就是等登机了。

做保镖的，最难熬的就是陪等，你又不能总跟客户聊天——人家会嫌你烦。再说了，岑今也不跟他聊天，她自己有画画可消遣，画纸和笔拿出来，勾勾描描，眼皮都不带抬一下。

卫来一心二用，既观察四周，也看她画画。

没什么危险，也许一切都如他所料，威胁岑今的只是变态的跟踪者。

她打的线稿渐出轮廓，似乎是一所小学校，有操场、旗杆，杆顶有旗。操场上三五成群的人生火做饭，烟气升到半天，和阴云接在了一起。

学校的铁门后，堵着床、课桌、石头，还有卡车。

正看得有趣，忽然有笑声混着行李箱滑轮滚动的声音，还有听不懂的语言，从头等舱候机室的门口经过。

卫来觉得很正常，国际机场，南腔北调。

但岑今的笔忽然顿了一下。她用的是铅笔，笔势流畅，骤然一顿，那一处的墨痕深过周围，尤其显眼。

卫来不动声色，目光掠向刚刚经过的乘客。

是一大家子，有小孩，也有大人，厚外套下露出长袍的边角，颜色鲜艳。其中有个小姑娘，结一头小脏辫，辫尾绑着彩色珠子，脑袋晃起来哗啦响。

卫来收回目光，说："航班是往喀土穆去的，机上应该有不少非洲乘客。"

岑今没说话，过了一会儿，继续画画。

只是没带橡皮，没法擦除，不管再怎么勾勒、画面多么精细，那个铅笔的顿痕，始终都在。

挨过了听广播、登机、起飞，机身趋于平稳，为了不打扰乘客休息，舱内终于熄灯。

灯灭的刹那，卫来长长吁了口气，觉得世界这才清静下来。

他打开机窗遮挡板，窗外并不是漆黑一团，相反，是有些透亮的墨蓝色，有云，像被撕扯稀薄的棉絮。

飞机也是船，漂在另一种"海"里。

他耐心等了一会儿，眼睛适应了舱内的半明半暗。岑今睡着了，呼吸轻浅。她是雇主，付钱的人，有理由睡得四平八稳。

但保镖不行，有例行程序要做。

他解开安全扣，起身。

登机的时候，卫来观察过大部分的乘客，基本确认没问题。不过保险起见，还得再筛一遍。

他先去找头等舱空乘："我去后舱找一位朋友，很快回来。但我女朋友刚做完手术，能不能帮我照看一下？有任何动静，请马上叫我。"

空乘微笑，语气中不无羡慕："你对你女朋友真好。"

卫来也笑——能不好吗，她出了问题，自己非但拿不到钱，连"王牌"的头衔都保不住。

他往后舱走，先看商务舱，然后看经济舱。经济舱很大，没坐满，有些人还没睡，顶上开着夜读的小灯，乍一看，像野地里散落的萤火。

很快扫了个来回，没有异常，他准备原路返回，伸手去掀分隔舱帘时，脚边忽然被轻轻一碰。

他低头看，是个滚来的小皮球，将止未歇，还在摆动。

昏暗的头排座位上，响起一个稚嫩的女孩声音："Excuse me.（对不起，打扰了。）"

卫来蹲下身子，把皮球掐在掌中，借着舷灯的条光，看清那个小小的身影。

咦？是候机时见过的，那个结小脏辫的黑人小姑娘。

她身边坐着的应该是她父亲，一直陷在沉思里，忽然被这动静拉回现实，有些茫然。卫来把小皮球递过去，小姑娘接了，父亲这才回过神来，跟他道谢。

同一时间，小姑娘递了什么过来："谢谢你帮我捡球。"

是颗橡皮糖。

一来一往，是生出交情的前奏，卫来不好掉头就走，接了糖，问她："你从哪里来？"

"卡隆。"

"卡隆？"

那父亲听出他语气中的惊讶："你是想到大屠杀了吧？"

"我们卡隆没那么有名，不像塞拉利昂有钻石，刚果有黄金——现在知道卡隆的，都是因为'四月之殇'。"

卫来想了几秒，才反应过来"四月之殇"指的是什么。

"你们把那次大屠杀叫作'四月之殇'？"

"因为发生在四月，后来国内有个作家出了一本书叫《四月之殇》，卖得很好，大家就都这么叫了。"

借着昏暗的遮掩，互相看不清面目，难得卫来居然会对卡隆感兴趣，这使那父亲产生倾诉的欲望。

"事情发生的时候，我们一家人恰好在外度假。但国内的很多亲友都罹难了。现在我们一家已经移民了，但每年这个时候会回去一趟——快到纪念日了。一想到这些，怎么都睡不着……"

"听说当时有一些国外的志愿者帮助你们？"

"是的，我们很感激。他们那个时候真是冒着生命危险——要知道，暴徒甚至枪杀了维和士兵。"

卫来记挂岑今那头，不便多聊，很快结束谈话。

回到座位，一切如常。空乘很尽职，一直守在岑今边上，看到卫来过来，低声跟他交接："没什么事，她睡得很好。"

那就好。

卫来躺倒。出发以来，这一身骨头终于能切切实实地舒展。他摸出屁股后兜里的记事本，在黑暗里哗啦啦地快速翻动，纸页的味道在鼻子上方飘散。

今天写点什么好？

其实岑今人还行，作为雇主，对比自己经历过的那些脑满肠肥、张扬跋扈、有钱鼻孔朝天、拿刻毒当个性、要全世界迁就的……

卫来要求不高，她已经过及格线太多，事实上，他还挺喜欢她的性格：大事自己拿主张，小事随意。

岑今翻了个身。

——他们那个时候真是冒着生命危险——要知道，暴徒甚至枪杀了维和士兵……

那时是怎样的混乱局势？她怎么熬过来的？卫来想象不出。对这世上大部分人来说，战争早就随着二战结束了——剩下的，都是与己无关的、新闻里的"冲突"。

她的呼吸有点重。

卫来皱眉，仔细听了一会儿，迅速坐起，去到她身边，俯身半蹲。

她的手偶尔反射性地空抬、虚抓，眼皮下头眼珠转得厉害。

应该是做噩梦了。

卫来低声叫她："岑小姐？"

叫了两次，没有反应，卫来伸手握住她肩膀，推了一下。

这次奏效了，有那么一瞬间，可以感觉到她身体的骤然松弛，然后，她睁开眼睛。

卫来一直觉得，她的眼睛像藏着一个世界那么幽深。

或许是被初醒的恍惚卸去防备，或许还陷在梦里，忘记了自己是谁——这一时刻，她的眼睛很亮，目光却很柔和，像初生的婴儿看世界，不带爱，也没有怂。

她看着卫来的眼睛。

卫来也看着她。

从来没跟人对视这么久。

他忽然觉得，舱内暗得恰到好处：看不到她的穿着、装饰、面色、肢体动作、微表情，也就不用接收那些乱花迷眼的芜杂信息。

他参加过特训课，课目分得很细，教你观察目标的衣着、习惯动作、随身配饰、嘴角是否翘起、眼睑是否收缩，恨不得细到身上的每根毛，只为剥出这人的真实面目。

为什么从来不教看人的眼睛？

卫来说："你做噩梦了。"

她点头。

"喝水吗？"

她摇头："有酒吗？"

头等舱有红酒供应，卫来揿服务铃给她叫了一杯，岑今接过来，像是喝水，一饮而尽。

昏沉的空气里多了微醺的酒香。

卫来笑了笑，就地坐下。有时做一场噩梦比真的死里逃生还累——这种时候，她可能不想动，不想被打扰，但一定也不想一个人待着。

机身有小的持续颠簸，应该是遇上了乱流，岑今问他："你做过噩梦吗？"

"做过，小时候常做。"

他眯起眼睛，看前排乘客的靠背，好像透过那层靠背就能看进早年的梦里。

"梦见海水从甲板的口灌进船舱，我被淹死了，像鱼一样翻着肚皮漂在船舱里，身上长满了苔藓。"

多残忍的梦，更残忍的是醒了之后还要踩缝纫机、啃硬得能划破嘴唇的面包皮。那时候他觉得，自己能熬过去的话，将来一定有大出息。

现在这出息，也不过尔尔。

他问："你呢，梦见什么了？"

"梦见卡隆……我离开卡隆之后，看过很长时间心理医生。"

卫来想起麋鹿说过的话。

——很多从战地撤出的人都有严重的心理创伤。

人的身体和心都是软的，拿去碰这世上的锋利和铁硬，当然会受伤。不过差可告慰，总还有机会可以愈合。

卫来想说些安慰她的话："刚才在后舱遇到一家卡隆人，他说，很感激那些当时救助卡隆的志愿者——你当时的选择，的确很让人佩服。"

扪心自问，自己做不到。

岑今笑起来。

开始是低声的冷笑，然后就有些失态，像是听到什么了不得的笑话。

她说："你是不是以为，我去卡隆，是因为我心怀悲悯、理想至上，想拯救那些水深火热的人？"

倒也没有，但现在听她的语气，肯定不是了。

"我在大学里主修国际政治关系，想往政界发展。

"但对有色人种来说，这并不容易。也许到三十岁、四十岁，也只是个高级助理、文秘，或者担有名无实的虚衔。

"我想走捷径、投机，给自己增加一段煊赫资本。我选世界上最危险的地方，因为我相信，多大危险，多大富贵。"

她说到这里，脖颈后仰，目光栖落在舱顶，笑出声来："结果，我运气不好。可能也是活该。"

卫来沉默。

她说过，她这列火车早就脱轨了。

麋鹿也说，从卡隆回来之后，岑今彻底退出了援非组织。

大概是因为，严重的心理创伤将她按部就班的计划彻底打乱了吧。

不过，这不该被说成"活该"。

卫来说："岑小姐，我觉得，做任何事，目的都可以不单纯。

"好比读书，可以是为钻研学术、拿学位、找工作方便，也可以是为结识朋友、躲避社会。冒那么大危险去卡隆，就算是为了求取富贵，也不丢人。

"更何况，你还救了那么多条性命。"

……

半晌没有听到回答，卫来低头："睡了？"

没有，她正看着他，眼神复杂，在他低头的刹那，自然而然地伸手搂住他脖颈，吻上他的嘴唇。

柔软、微凉、带甜的酒香。

完全出乎意料。

卫来的脑子居然比任何时刻都清楚，他一手控住她肩膀，说："岑小姐。"

她下巴微仰，气息轻轻地拂在他唇上："嗯？"

"人在晚上意志力最薄弱。你刚喝了酒，又做了噩梦，请你想清楚，现在是不是一时冲动找安慰——毕竟天亮之后，我们还要见面的。"

一两秒的静默之后，岑今看进他眼睛，说："我不记得刚刚发生什么了。"

卫来笑了一下："我也不记得了。"

重新躺回座位的时候，卫来其实有点后悔。

如果她不是客户的话，他大概也不会想做君子的。

毕竟天时、地利、人和，再加上感觉到位，这种机会，人生里不常有。

长长的一觉，醒的时间刚好，洗漱完了正赶上飞机派餐，头盘、主菜、甜点、浓汤，琳琅满目地摆了一桌子。

再看机座显示屏上的飞行信息，距离联程中转站土耳其只有一个指节的距离了——转机顺利的话，到达喀土穆时，太阳应该还没落。

不知道非洲是什么样子，是不是电影里常见的那样，干燥的热浪间，赤红色的土地上，捧出一轮血色残阳。

卫来和岑今没有再多交流，用餐时她的餐叉跌落，他帮忙捡了起来，岑今说了声"谢谢"，他回了句"没什么"。

对答自然，并不尴尬。人成熟的好处之一是很多事看得更轻，拿得起，也能尽量礼貌地放下，不像少男少女，一个人变心都能不共戴天。

如期降落。

第二程飞机延误，卫来陪岑今逛了免税店。路过机场书店时，看到报刊架上的杂志，封面上是一个眉头紧皱的沙特人的大幅头像，右下角有一艘按比例无限缩小的油轮。

标题是《消失的油轮——如何打破当前的僵局》。

卫来拿起来翻了翻，是记者采访多个国际谈判专家，从不同角度探讨谈判的切入点。他觉得对岑今有用，买了一本。

转头找到岑今，她在翻最新一季的时尚周刊，光亮可鉴的铜版纸上，珠光宝气满溢。

卫来粗粗一瞥，看到几个字：今冬流行元素……

时尚圈真是让人费解，这个冬天还没过完，已经忙着预测下一个冬天女人们喜欢穿什么了。

岑今说："这篇文章说时尚是个轮回，这个冬天摩登格纹和豹纹会再流行，不知道设计师们在礼服上会怎么翻新。"

这关注点……真是很难让人相信，她是去谈判的。

卫来把杂志递给她："你可能用得到。"

她瞥了眼封面，没接："哦，又是那条船。"

卫来觉得好笑："你好像一点都不关心那条船。"

"又不是什么大事。"

不是大事？广播里、电视里、报刊上，到处都在讨论，沙特人付了巨额报酬，请她专门走这一趟。

她居然说，不是什么大事。

卫来笑笑："看来是胸有成竹。你跟虎鲨关系很好？"

"谈不上。"她的纤长手指顺着一长排周刊的书脊轻溜，很快又钩出一本，"当初叛军射杀难民，我们在当地的医院里，收治了几十名重伤员。我忙着协调医务资源，还要写损失和局势报告，根本没时间去跟伤者建立友谊。

"但虎鲨我有印象，他颈部受伤，头和肩膀缠满了绷带，躺在走廊的角落里，像木乃伊。他只跟我说过一句话——我巡视病人的时候，他跟我说，谢谢。"

就这点交情，能把赎金砍到几折？更何况，把交情拿去换钱，大多数情况下，汇率都会惨不忍睹。

"那在你心里，什么才是大事？"

岑今笑了一下："有机会的话，你会知道。"

卫来也笑，话锋忽然一转："为什么选我？"

"嗯？"

"你知道我一定会问的。那场面试，不管从哪个角度去看，我都不是最好的候选人。你可别说是因为大家都是中国人，交流方便。我没那么蠢。"

短暂的静默后，机场广播响了，目的地喀土穆，是他们的航班。

岑今说："要登机了。"

擦肩而过时，她伸手抽出他握着的那卷杂志，温柔一笑："因为大家都是中国人，交流方便。"

卫来面色阴沉，忽然伸手，手掌控住她腰侧，用力往里一推，岑今站不稳，整个人被拉拽过来，跌撞到他身上。

他身体铁硬。

岑今迅速站稳，仰头看他。

现在才发现，他有一双可以褪去风度和温度的眼睛，看她时，像看偷渡船里了无生气的尸体。

"岑小姐，我知道你是一个很会做计划的人，但你最好不要把我列进你的计划，或者想利用我做什么事——否则，我不会放过你。"

岑今笑："那你就别放过我啊。"

她凑向他耳边，声音低得像在吐气，轻暖的气息在他耳郭处缓慢飘游，让他想起埃琳水母缸里那两只行动迟滞的水母。

"不放过我的人很多，你要不要先排队？"

说着，她轻掸他肩膀，像是上头落了灰，语气又缓和下来："和人对着干挺耗精神的，我们之间没有了不得的矛盾——我建议我们友好相处。"

卫来冷笑："那天在温室里，你同白袍讨价还价之后，是不是也跟他说，接下来要友好相处？"

他还记得面试的时候，这两人有目光交流，关系融洽，彬彬有礼。

岑今回答："事情谈妥，大家就可以做朋友了，当然要友好相处。以后有冲突，再翻脸也不迟。"

卫来没有说话，过了一会儿，眼睛里的冷意慢慢隐去，代之以熟悉的风度、礼貌、配合，甚至好感。

他说："好，友好相处。"

因为延迟，没能看到想象中的血色残阳。

到达的时候，日头几乎已经全部落下，夜色像倒扣的锅，和盖子之间露着没能严丝合缝的一线亮。飞机就这么顽强地从那线亮里挤进来，降落在热气上蒸的东非大地上。

机舱门开启的刹那，卫来觉得自己回到了赫尔辛基的桑拿房。

四月，这里的日间气温在 40 摄氏度左右，地表温度可达 70 摄氏度。

走进机场大厅，能脱的外套都脱了，脊背的汗黏在衣服和皮肤之间，热气裹在身边。首都的机场大厅居然只有小县城汽车站的规模，管理混乱，来往的人又复杂——岑今进洗手间换衣服的时候，他不得不在外头给她守门，挨了当地女人好多白眼。

她很快出来，穿黑色吊带，外罩下摆打结的浅灰格子衬衫，牛仔短裤，头发绾了个松髻，很多细碎的发丝被汗黏在了脖颈上，拿手里的杂志扇风。

卫来说："见到可可树，安顿下来就好了。"

岑今把杂志扇得哗啦响："建议你不要太乐观。"

在出口处，卫来一眼看到了来接机的可可树。

没办法，有些人天生就是这么显眼，宛如神祇被凡人簇拥——在一干穿着色彩鲜艳的裤子、掀着汗衫的下摆扇风或着传统服饰的阿拉伯人之间，除非是眼瞎，否则谁都不可能忽略可可树。

他穿西装、打领带，脚蹬擦得锃亮的黑皮鞋，带袖扣的白色衬衫精心地露在西装袖口的外面，腕上戴亮闪闪的一块积家腕表。

卫来故意拖时间，想看看他下一刻会不会中暑。

然而可可树已经看到他了，兴奋地咧嘴大叫："卫！My Christmas tree!"

卫来还是没动，倒是岑今在后头推了他一下："圣诞树，叫你呢。"

可可树是混血，有着偏白人的肤色和典型的黑人鬈发。他的父亲应该是西方的某个风流记者，和一个黑人女人春风一度后有了他，然后那个女人又把他扔在了采金人出没的可可树林里。

于是他从小采金、烧饭、做童军，继而做雇佣兵，然后被麋鹿的喋喋不休打动，走上了做专职保镖的道路。

第一次见面，他对卫来说："你知道吗？我八岁之前，就没穿过内裤！人生的第一条内裤是从一个喝醉的老头儿身上扒下来的，那叫一个臭！我蹲在河边一边洗一边发誓，我以后要穿最好最贵的衣服！"

多真诚，刚见面就跟你聊这么私密的话题，于是卫来交了这个朋友。

而可可树也一直在身体力行着河边洗内裤时许下的誓言：

——吃的用的可以不好、可以糊弄随意，但穿的东西，一定要品牌、顶尖，羡煞旁人。

——和陌生人初见时，要穿金着锦，以显示自己的财力、身份。

——和久别的朋友重见时，要盛装以待，以显示自己在分别的这段时间过得风生水起，并不落魄。

卫来走过去。

两人互相乜斜了对方几秒，几乎是同时大笑，然后伸手、碰拳、重重拍肩。

可可树还热情地向岑今打招呼："Hello!"

卫来问："这边局势怎么样？"

"糟糕。南部更糟糕，估计要打仗了。我保护的人在南方省，那边大批的军政要员和保镖……"

不是说"南面在打仗，北面在唱歌"吗？卫来觉得他们这趟不会往南走："不说南边，说这里。"

"也糟糕。前两天，有个西班牙外交官在公寓里被捅死了；再前一阵子，一个亚洲的工程公司的七名工人被绑架，谈判失败，政府军和反政府武装交火，营救失败，人质死了三个。再前几个月，就在这个机场，掉了一架飞机……"

卫来说："停停停！"

他扯了扯领口，更气闷了。

真糟心。

可可树看着他，看着看着，忽然乐不可支，露出一口不甚整齐的白牙。

"卫！我吓唬你的！

"你怕什么啊，越糟糕的地方，才越是我们的乐园啊。

"那些绑架、谋杀，都是有政治目的的，谁来针对你这种小人物啊！"

卫来懒得理他，可可树是那种哪怕周围子弹横飞，也只当成劲爆音效的人。

"开车来的？停在外面？"

"是。不过车子出了点状况。"

可可树解释，本来是有辆不错的越野车代步，但是他出发的时候，车子被调用了，所以，他只能在喀土穆找酒店借了一辆，较为简陋。

"车里有空调吗？"

只要能让他降温，简陋不是事儿。

"没有，但是有通风系统。"

听起来不错，卫来觉得没问题："那走吧。"

五分钟之后，在机场外头尘土飞扬的泥地上，卫来看到了那辆较为简陋的车。

突突车，国内俗称电动三轮车。

没有车顶，车厢是块硬纸板，竖在车座后头，两边没有门，通风非常自然。

卫来觉得自己没什么，但岑今说不好——几天之前，她还是穿晚礼服、有专人准备美馔的人啊。

"就不能找辆好点的车？"

可可树斜眼看他："你以为这是哪儿呢，整个喀土穆，交通灯一个巴掌就数得过来，就那还是外国人援建的，土路上多少驴车跑来跑去……"

这些卫来是相信的，但他也知道，越是贫穷落后，就越有豪华奢靡形影相生，这地方一定也有高楼、广厦、豪车、宴会，要说可可树搞不到车，他还真不相信。

"你不是在保护军政要员吗？"

"是啊，但我可以随便用他的车吗？就像你，可以随便用岑小姐的车吗？"

卫来皱了一下眉头，好像不能。

"再说了，谈判很可能在公海，也就是说，你们要从喀土穆往东，东面是沙漠，越往东走越穷。不是说不能引人注意吗？你们在沙漠里开辆好车，各国的卫星、间谍机构都锁定你们了，指不定怀疑你们干吗去呢。"他拽着西裤裤腿跨坐到车座上，神气活现，"岑小姐不是援过非吗，应该知道这边条件就这样，不介意吧？沿路我还可以带你们观光——青白尼罗河在喀土穆交汇，风光不错的。"

岑今笑了笑，抓住车框先上了车，坐定之后，杂志扇得频率更快："不介意。"

卫来没话说了。

车开了，突突突，让他想起小时候在国内看过的，田埂上冒黑烟的拖拉机。果然开出去没多久就是土路，灰尘大，来自四面八方，车里一团烟尘气。岑今闭着眼睛，拿杂志罩住口鼻，好几次颠撞到车框。

卫来横过手臂抓住她车座侧下方，像是一根安全带，把她的身体挡在靠背和手臂之间。

路过一片土房子，好多没房顶，不远处，传来驴抽气似的叫声。

没能看到所谓的青白尼罗河交汇。这里全城供电不足，大河沿岸黑魆魆一片，水面倒是泛光。路过沿河的某处垃圾堆时，听到咩咩的羊叫，难怪垃圾堆一股羊膻味。

岑今忽然问可可树："今天晚上住哪儿？"

可可树扯着嗓子回答："大酒店！"

可可树说的话，得打几个折扣变现，卫来琢磨着，应该是个小旅馆。

事实证明，他有点冤枉可可树了，确实是个"大酒店"——砖头砌的二层平顶小楼，进门处还用水泥铺了条车道，围匝一圈的土墙上涂了白色墙粉，上头用漆刷了两个单词：Great Hotel。

这让它和那些没顶的或者用塑料篷布搭顶的夯土房瞬间区分开了，且具备了一种叫作"档次"的气质。

有电，但电压不足，廊下的灯泡忽明忽暗，院子角落的棚下支着石头地炉，上头一口大平铁锅，黑人老板正在炒手抓羊肉。火很旺，羊油的嗞嗞声融进空气。

看到可可树他们，老板咧嘴笑，指向锅里："就快好了。"

岑今问他："电和水稳吗？"

老板摇头，拎着锅铲耸肩："忽然就有了，忽然就停了，说不好。"

"那先不吃了，我去洗澡。"

客房在二楼，卫来陪着她上去，先检查房间。门窗牢固，周围视野还算是空旷，民居都离这儿有段距离，屋里陈设简单，屋顶吊老式的三叶风扇，运转起来吱呀响，床上铺着棕榈席，另有一张折叠躺椅。还好，够两个人住。

洗浴的地方在角落里，水泥台围圈出两平方米不到，把塑料浴帘拉开看，里头一个水龙头、一个白铁盆，高处还挂了个木桶，底下凿十几个眼——卫来想了半天，才想明白这是自制"淋浴"。

他看向岑今："我在门口，有事叫我。"

岑今脱掉外罩的衬衫，伸手用力抓散发髻，甩掸了一下头发。这一路在电动三轮车上蒙的灰土，在昏黄色时明时暗的光下散散扬扬。

她跨进水泥台，也斜了他一眼，说："我能有什么事叫你。"

说完哗啦一声，她将浴帘一拉到底。横亘吊帘的铁丝晃荡了好久，帘上，光颤颤地描摹她的影子。

卫来移开目光。

但片刻前的场景似乎还在眼前：她衬衫下穿了黑色的半幅裹胸，白皙的皮肤被光打成蜜色，饱满的那一处线条很美，延伸到腰臀、肩颈。

卫来喜欢她的锁骨，略低头时，会现出深浅适中的窝儿，让人想在里头斟上琥珀色的酒，细细啜吸。

他开门出去，反手扣带，觉得自己的念头太荒唐。

楼梯口有人叫他："卫！"

转头看，是可可树。他终于脱掉了一身名牌衣服，只穿汗衫、裤衩、塑料凉拖，脖子上怪异地挂了个布包，正端着热气腾腾的木托盘，大踏步过来。

开饭了。

卫来就势坐到地上，托盘放下来，上有一盆手抓羊肉、一碟西红柿切片、一碟黄瓜切片和一摞卷饼。

"给她留了吗？"

"留了。"

可可树在他身边坐下，神秘兮兮地拎起脖子上的布包："真正的好东西在这儿。"

什么玩意儿？

扯过来一看，是两瓶淡色拉格啤酒。

卫来失笑："就这个？"

可可树把瓶头送到嘴边，上下两排牙齿像开瓶器一样好使，咯嘣开了一瓶，又开一瓶。

他说："朋友，苏丹是禁酒的，也不欢迎一切爱喝酒和跳迪斯科的外国人。"

是吗？卫来劈手夺了一瓶："给我。"

他和可可树瓶颈相碰，仰头咕噜噜喝下了一半，嘴里、食道、胸腔瞬间满是啤酒的泡沫味。

卫来长舒一口气，拿手背擦嘴，觉得这极短的一刹那，爽到死而无憾。

前方是半人高的水泥柱栏杆，把夜色里的喀土穆分割成等宽的条块，空隙足可以掉下去一个人。

身后的门里，偶尔传来水声。

卫来说："有酒喝，有肉吃，还算不错。"

可可树凑过来："还得有女人才完美——有兴趣吗？我可以安排。"

"走不开，岑小姐这里不能离人。"

可可树觉得他事儿真多："让她把门锁好不就行了，一个晚上，能出什么事？"

卫来一把摁住他脑袋，把他往边上狠狠一推。

这是让他住嘴，可可树揉着脑袋，不屈不挠地又坐起来，目光瞥向关着的门："她怎么样？听麋鹿说，她这个人怪怪的，明明一个人在家，却总穿参加宴会时才穿的晚礼服，坐在很暗的灯光里……多可怕。"

卫来拈了块羊肉送进嘴里："可怕在哪儿了？"

可可树神秘兮兮地说："你没听过恐怖故事吗？被魔鬼诱惑的女人独自在深夜的古堡里盛装打扮，和别人看不见的幽灵跳舞……"

卫来拎晃着手里的酒瓶子，眯起眼睛。

描述得挺有画面感，保镖是吃青春饭的，可可树老了之后，可以去街头讲鬼故事，阴森处擂一声非洲皮鼓，惊悚时拉一下中国二胡。

想到那场景，卫来没忍住，笑得被呛到。

可可树不知道他在笑什么："我还听说，她是一桩命案的嫌疑人？卫，你别笑，我可不是开玩笑。"

卫来说："想知道我怎么看？"

"怎么看？"

"我挺喜欢她的。"

他把瓶子里的残酒晃得涨满泡沫："她说话做事，让我觉得痛快——你懂吗？哪怕她跟我对着干，我也觉得，她行事怪痛快的。"

做人不在乎"死"字，作为女人不在男女情事上黏糊——要是兼而有之，真是近乎无敌。

这样的人，卫来没见过，也不好说岑今是不是，但她身上隐约有那种味道。

"只要她不算计我，我们之间没有利益关系，大家就可以做朋友。"

可可树的五官都变形了："朋友？

"卫，对我们来说，这世界上，只有我、你和麋鹿可以相信，懂吗？其他的人，通通不可信。哪怕是我老婆，我都不信！"

短暂的静默。

卫来拈了块卷饼，在上头依次摞上西红柿、黄瓜、羊肉，慢慢卷成筒。

"你娶老婆了？"

"嗯。"

"什么时候的事？"

什么时候……

可可树记不清了："去年……好像是七月还是八月……"

卫来想磨牙，还想拆了他满头的小辫子，给他染黑烫直。

"怎么没告诉我们？"

"又不是什么大事！"

不是大事？娶老婆都不是大事，那什么是？便秘，牙疼，母鸡难产？

两人互相瞪着，直到屋里忽然咣当一声。

卫来全身的肌肉骤然收紧，下一刻，手已经挨上门把手："岑小姐？"

岑今的声音传来："盆摔了一下，手滑。"

这样……

卫来吁了口气，重又坐下，因这插曲，之前和可可树说了什么，忽然接不上了。

他喝光剩下的酒，就着那块卷饼，一口，又一口，直到撑得胃里鼓胀。

他说："岑小姐应该还好。她一定有秘密，但她没必要对保镖交底。人家又不是你，见人就讲这辈子的第一条内裤。"

可可树耸耸肩："我是为你好，不要轻易相信谁，你哪知道她的皮下面是什么样的骨头和心肠。干我们这行，不怕客户多事、尖酸刻薄、吝啬小气，哪怕狂妄嚣张，那都正常，就怕……"

卫来笑。

这话在业内传了很久，在不同的场合，他听到过好几次，像是行业箴言、训诫，不知道出自何人。

就怕遇到真正的魔鬼。

但哪行哪业不怕遇到真正的魔鬼呢？

卫来去可可树房间洗了澡，但只走回屋这短短一段路，又出了一身黏湿的薄汗。

他觉得怪不合理的——这里不下雨，干热，不是应该把人烘干吗，怎么还出汗了呢？

敲门进屋，岑今正坐在棕榈席上托着盘子吃饭，头发半干，身上裹了块黑色披绸。

卫来对这披绸有印象，精简行李时，她给的理由是：可以当浴巾、睡裙、包头巾，有沙滩就当披纱，衣服不够还可以当裙子，半身、全身，都行。

用途之多，让他觉得自己要是生成女人，也非得入手一条不可。

她皮肤白，穿黑色尤其鲜明。

顶上风扇已经开到最大，分分钟都像要拽断吊钩。

岑今抬眼看他："你跟我住？"

卫来拉开折叠躺椅："按规矩是这样，当然，你可以要求我去门口睡——不过，如果有人破窗，我赶过来，就会慢一两秒。"

其实他的真实目的是睡在屋里吹风扇。

岑今垂下眼帘，耐心地用手里的叉子对付一块滑脱的羊肉："那你睡这儿好了。"

卫来松了一口气，躺下的时候，总觉得少了点什么。

直到熄灯的刹那，他才想起来："有蚊子吗？"

"北面偏沙漠气候，太热，蚊子少，要等凉快点了，才会出来。"

卫来在黑暗里苦笑，这作业条件，蚊子都不上工。

"你好像对非洲这里的人文都很熟？"

"术业有专攻，我学这个的。你对枪也很熟。"

听口气，不像是很有兴趣聊天，卫来不再说话，合上眼睛专心睡觉。

但睡不安稳，身体和躺椅挨靠的地方总是很快焐得很热。他只好不断地翻身挪地方，封闭的房间，空气被风扇搅拌，也不知道是不是摩擦生热，总觉得出的是热风。

也不知道过了多久，迷迷糊糊间，他忽然听到声响，那种骤然间万籁俱寂的声响。

风扇慢下来。

这一片的电流一定像水被沙子吸干一样快速抽退。

停电了。

空气闷热，身上黏湿，这还不如睡在野地里。卫来觉得自己挨不住了。

有人比他先挨不住。

床上有动静，岑今坐起来了，然后拿过边上的杂志扇风。

买这本杂志时，他预感会对她有用，但没想到是这个用途。

不过说来也怪，她挨不住了，他反倒躺安稳了，心头甚至生出一股莫名的优越感。

岑今烦躁得很，摸索着下床，应该没穿鞋，脚步轻得没声息，先去窗边开窗，闩卡得死，没成功，她又过去开门。

门倒是打开了，外头是青灰色的天，岑今倚着门框透气，像是门和墙上长出的纤瘦黑影。

也是挺不容易的。

过了一会儿，她折回来，停在他躺椅边，半蹲下身子，说："哎。"

临睡前跟她说话，她爱搭不理，现在她睡不着了，来找他聊天了？

卫来懒得奉陪，一副被人叫醒的不耐烦语气："嗯？"

"太热了。"

"太热……你把我叫醒，你就凉快了？做这种损人不利己的事有意思吗？"

岑今冷笑："装！再装！你早就醒了，两只眼睛放光，以为我没看见？"

这样……怪自己的眼睛太有神。

卫来只好坐起来。

"你想怎么样？"

"这房子是砖砌的，顶上是水泥板，水泥降温快，高一点的地方有风——我们可以上去乘凉。"

"……100 欧元。"

"什么？"

"半夜送客户上房，合约里没规定过，100 欧元。"

她向沙特人要钱，他就向她要钱——她以为只有她能剃别人的头？

古诗里说了，有头皆可剃，无剃不成头。

卫来想看她发脾气，他还真没见过。

半晌。

"……上次，你向我借了一根女烟抽，120 欧元，不谈价。"

非比他多卖 20 欧元。

卫来没好气："要现在结给你吗？"

"不用，这一路账不会少，都记着，最后结。"

卫来不怒反笑，顿了顿，凑近她耳边："就不怕账记乱了，结不清？"

他拨开她，长身站起，走到床前，唰一下把棕榈席拖下来。

这小楼营造之初，老板估计就没想过上房顶，没有修再往上的楼梯，廊顶也没有开能让人爬上去的四方口。

只能踩着栏杆上。

对他来说，小松筋骨。

卫来很快在栏杆上站稳，一手高攀住楼顶，另一只手接过岑今递过来的棕榈席，手臂试重似的荡了几下，最后一次使力，一下大力上抛，扔了上去。

棕榈席贴地拖行了几米，停住，他手臂用劲，拔身上去。

真有风，他俯身拿手掌贴了下地，水泥板微凉。

往远看，视野开阔，泥黄色的月亮弯倒，像大笑时露出的一口牙，大河睡在错陈了民宅的黑色泥床上，它要是忽然醒了直立行走，那些房子大概会像牛虻一样簌簌摔落。

岑今等了好一会儿，卫来才从檐上探头。

"我怎么上去？"

"我趴在这儿，你抓住我的手，站上栏杆，我再把你弄上来。"

"那等一下。"

她退回到黑色的门洞里，松开黑色的披绸，顺着边沿拿住边角，重新围裹，在背后系带，然后出来，把手伸向卫来。

卫来没接："不怕我把你胳膊上的伤口拉裂了？右手给我。"

岑今怔了一下，过了几秒才反应过来，换了右手伸过去，说："一时间没想到。"

卫来抓握住她手腕，示意她也反手抓住他的，交叉借力。

她也有紧张的时候，先倒坐上栏杆，侧身把腿搭上来，慢慢站起身子的时候，有轻微的颤抖，透过微湿的掌心，传到他手臂。

终于站直，岑今胸口起伏得厉害，抬头看，楼顶还在她头上一点。

"然后呢？"

卫来放低头颈："这里不好借力，你抱紧我脖子，其他的我来。"

要不是这位置不上不下，前无路后无门，她估计都不想乘凉了。

她先松一只手，嘘着气搂住他脖子，卫来伸出另一只手挡住她后背。这支点给了她安全感，牙一咬，另一只手也搂上去。

有汗从上头滴到她脖颈，一路下延。那道渍痕分外灼热，混着她的，滑进衣服里。

岑今耳根发烫，忽然有点不自在。

她回头往下看，说："要是摔下去怎么办？"

她的身子在往上走，卫来显然在试图跪蹲起身："要是摔下去了，报纸头条会写'沙特聘重金邀请谈判专家，两人夜半爬屋顶乘凉双双摔残'……"

话音未落，他忽然闷哼一声霍然站起，手自她腰侧滑到腿边，大力横托起她的身体，与此同时重心后仰，连退两步。

岑今还没反应过来，他已经把她放下了。

脚下，是坚硬的水泥平顶。

终于站实了，有风吹来。

岑今坐倒在棕榈席上，缓了好一阵子，再抬头看时，卫来站在屋顶的一侧边缘，月亮的边梢滑稽地斜钩在他发顶，像是要挑起一撮头发。

他的身体忽然斜倾，摇摇欲坠。

岑今有点紧张："喂！"

卫来站定，回头看她，然后过来坐到她身边，说："重温一下当年的训练项目，身子可以倾多少度回正。"

"不是被开除了吗？"

"是开除的没错，可不是因为技能不过关——那一期，我不是最好的，也至少能进前三。"

"所以，贝雷帽特训是专拣表现好的开除？"

卫来想了想："大概是我纪律太差。

"有一周高强度耐饥丛林训练，没吃的，只能吃蜗牛。教官给定了量，一天最多吃三只。有些人挨不住，吃了四只、五只。

"这些人要受处罚。具体是脱得只剩一条内裤，手和脚绑在一根木桩子上，罚捆一夜。这也就算了，关键是丛林里有白蚁，走路的时候会爬进衣服——马上密密麻麻爬上全身，还往……裆里钻。

"我设法弄开绑绳，跑了。这属于最恶劣的情形，不但当即开除，抓到了搞不好还得枪毙——贝雷帽特训允许一定百分比的死亡率。所以我跑得特别彻底，再也没敢回去。"

"后悔吗？"

卫来无所谓："不后悔……"

席子不够大，睡不下他，他双手垫在脑后，躺倒在地上。困意渐渐袭来，看月亮时，多了好几道叠影。

整个喀土穆，现在爬在房顶上看月亮的中国人，也就他和她了吧。异国、他乡、巨大的黑色苍穹、突如其来的潮涌般的苍凉，这一幕，他一生都会难忘。

他慢慢闭上眼睛："我就是条破船，在水里漂着……就这么着吧。我不像你，其实我知道，你即便脱轨，也一定有替补的计划。"

岑今没有说话。

"你说的，我们之间没有矛盾。我希望你可以一直平安，真心的。还有，有句话，老早就想跟你说了。

"你以后再写社评，适当收敛点吧。那些人真的不是什么善茬，想收拾你很容易。你一个人，要聪明点。"

他实在想睡了，周围的声音开始模糊，身体沉进香甜的睡眠，那是无边无际的淡灰色，意识恍惚的私密空间——有硕大密集的绿色叶梗蔓延，然后，深浅的翠色里，缓缓绽开瓷白的佛焰苞。

得抽空问问埃琳，那两枚白掌怎么样了。

恍惚中，他听到岑今低声说："我以后不会写了。"

一定是在做梦。

第四章

CHAPTER.04

"我不会收你钱的，我希望你……主动给。"

清早，有鱼腥味在鼻端飘。

不应该是在做鱼，因为有海气、腥气，还有絮絮的说话声。卫来睁开眼睛，天还没有大亮，像灰白色的布一样掩着地界的边角，再过一两个小时，阳光照进来，马上又该干闷燥热了。

转头看，岑今还在睡。

卫来起身，纳闷地循声走到楼板边沿。院子里停了一辆皮卡，后斗铺着厚的塑料布，里头杂堆着无数的鱼，镇着好几块大冰块。

车主盘腿坐在车头，手里托了个铁盘子，正捏着面包蘸酱黄色的豆泥吃。可可树站在边上跟他说着什么，肩上扛了个……

游泳圈？

也不像，上头怎么有密密麻麻的白色尖牙呢？

卫来蹲下身子，向着下头吹了声口哨。

可可树抬头，看到他时眼睛一亮，双手扛举着那个"游泳圈"过头顶："卫！看！看！"

看什么看！到底是什么玩意儿？

他好奇心起，摁住楼板，一跃身站到栏杆上，又下撤，手在栏杆上借了力，直接跳了下去。

那个车主嘴巴大张，半天才说："Wow..."

然后朝他竖起大拇指。

卫来也笑，细看可可树扛的玩意儿，伸手试了一下，面色略变。

硬的牙床骨，锋利的呈白齿状的排牙，前部细尖，后头扁平，指腹在尖齿上磨了下，皮都起了毛尖。

可可树兴奋得满脸放光："我一直请人帮忙……等好久了，苏丹港有海货送来，顺道帮我带的，鲨鱼嘴，真家伙！"

苏丹港的渔民有时捕到鲨鱼，会把牙床连带利齿完整地切割下来，风干，拿回去当挂件。

卫来接过来，头钻进去比了比大小，这条鲨鱼应该还小，大的鲨鱼嘴可以躺得下一个人——但即便小，把他"两断"也绰绰有余。

"你要这个干吗？"

"回去装在我车头，鲨鱼嘴！这可比三菱的鲨鱼嘴车头炫多了。"

"绑你车头……突突车？"

可可树气结："我自己在家买的车！越野车！你不是知道吗？"

卫来是知道，但是——

你也知道自己买车要买好的，接老子就弄了辆三轮车！

车主吃完饭，又卸了点海货给旅馆，这才开车离开。可可树扛着鲨鱼嘴不肯撒手——也就是欺负人家只剩嘴，你去抱条活的试试看？

看看四周没人，卫来蹲下来，声音随之压低："麋鹿那儿有消息吗？"

这是要进入正题。

可可树把鲨鱼嘴挨墙靠立，也过来，在他对面蹲下。

这是比较安全的交谈方式，双方对蹲，低位，容易隐蔽。两人合作，视角可以扫三百六十度，有什么风吹草动，方便互相提醒，而且交谈的声音往下走、内包，被人听去的可能性小。

"在公海谈判错不了，你们得往东走，穿过沙漠，到海岸。但热闹的港口，海盗一定不会去。听那意思，他们会指定个荒僻的渔村，在那里，快艇接上你们，进公海之后，上谈判的大船。"

"我怎么过去？"

"想不引人注意的话，可以坐大巴，或者开面包车、皮卡，这种车常跑沙漠线。"

卫来松了口气。

幸亏他没说：卫，你把那辆突突车开过去吧。

"我可以帮你搞到车。你列个表给我，可能要用到什么，枪、望远镜、药剂、急救包……我今天之内给你备齐。不过你这一路好像挺顺？大几千里，就这么平安过来了。"

对比之前那些险象环生的保镖经历，这一趟确实风平浪静得有点异样。

钱赚得太轻松，也会让人心头发毛。

卫来说："有两个可能。

"第一，那些威胁她的人，真的就只是威胁她，她只要离开赫尔辛基就安全了。"

他琢磨过，哪怕真的是了不得的恶势力要动她，最多在赫尔辛基动手，不可能关山万里追着她跑。毕竟写个社评，只是太岁头上动土的矛盾，又不是掘人祖坟。

"第二，对方来真的。我们更改了路线，临时甩脱了他们，所以目前都还平安。可是越接近谈判地点，就会越危险，因为对方很清楚地知道她要跟海盗见面，会守在终点坐等。"

但这样的话，问题又来了：能从沙特人和海盗那里两头搞消息，对方是什么人呢？

这可不是普通的阿猫阿狗办得到的。

可可树忽然抬了抬下巴，努嘴向他示意高处。

回头看，是岑今，她手臂横过胸前，揾住裹裙的侧边，站在房顶边缘。

卫来笑起来。

他站起身，大步走过去，在楼下仰起头。太阳出来点了，有些刺眼。

"岑小姐，是想下来吗？"

岑今点头。

卫来微微眯起眼睛，伸长手臂，食指比了个"1"。

"100欧元，不谈价。"

岑今盯着他看，卫来一挑眉，目光里不无挑衅——有本事你别下来啊。

正得意着，忽然被人大力搡开，他猝不及防，险些栽了个跟头。

就听可可树大叫："岑小姐，找我，50欧元！"

不是说要相互信任吗？

永远不能相信八岁前没穿过内裤的人！做人缺少最基本的廉耻心。

卫来气得牙痒痒。

可可树仰着脸咧嘴笑，笑着笑着，脸忽然垮下来。然后，他悻悻地走到卫来身边，说："她不要我。"

是吗？卫来觉得意外，刹那间全身舒爽。

同行以来，除了举报那条黑船，她就数这件事做得最漂亮了。

抬头看，她还站在原地，等得百无聊赖，对视几秒之后，冲他眨了下眼睛。

他决定不收钱了。

可可树有情绪了："我不喜欢这个岑小姐。"

卫来回答："你本来也不该喜欢她……喜欢你老婆才是正经的。"

午饭过后，麋鹿给卫来打了个电话，劈头一句："我在机场呢，终于把沙特人送走了。"

机场？

斯德哥尔摩机场？土耳其机场？有那么一瞬间，卫来几乎以为麋鹿也在走他的路线。

然后才反应过来，是沙特人离开赫尔辛基了。

"虎鲨那头说了，接下来会直接跟你们联系。沙特人既然已经派了岑小姐做代表，就别再掺和进来了，回去等消息就是。"

"你的意思是，我就待在喀土穆，等海盗联系我？"

"不是，你们往东北走，穿过努比亚沙漠到海岸，海盗的快艇会去接你们。具体地点，他们中途会跟你联系——西边很穷，基建不好，我已经跟可可树说了，让他帮你搞一部军用卫星电话，你不用担心通信。"

卫来觉得没问题："我跟岑小姐讲一声，明天出发。"

麋鹿祝福他："卫，尽情享受在喀土穆的时光！那是苏丹最好的城市！还有，跟岑小姐搞好关系，努比亚沙漠每平方公里只有零点几个人，她要是不理你，你都找不到人说话。"

卫来说："那这一路，我尽量少向她收钱。"

……

挂了电话，卫来列了张物品单子，交给可可树之前先去找岑今，看她有什么要加的。

她接过来仔细看，指尖一行行比着，有时低低地念出声："太阳镜，有；头巾，有；药，有……"

电力还没恢复，她在屋里洒了凉水，但并不济事。她皮肤透着红，额上汗津津的，有一滴忽然顺着鼻梁下滑，挂到鼻尖，透明、微颤，有些滑稽。

她头也没抬，拿手背抹了。

卫来顺手拿起边上的杂志，给两人扇风。

岑今抬头。

"饮用水要加多，至少一倍。苏丹二十多个州，只有两个州的水能达到国际饮用水标准，其他很多地方，用水都是从水洼里取的，我们不能喝。还要带一些电子器材保护套，从四月开始，这里多沙暴，沙子很细，进了器材里的话很麻烦。"

"就这么多？"

"嗯。"

挺好，都是他没想到的。卫来接过单子。

楼下隐约传来可可树的声音，好像又在跟老板显摆他的鲨鱼嘴。卫来把单子对折，掀起两个角，折向中间。

他折纸飞机。

最标准的折纸程序，就是机翼多折了一道，比普通飞机瘦。

然后他拿起来，左右端详，问她："知道怎么样让飞机飞得远吗？"

"你三岁？"

卫来说："你这人，活得一点幽默感都没有。"

他朝机头呵了口气，然后平端，向着门，眯起一只眼睛，瞄准。

纸飞机飞了出去，很稳，飞过门框，飞过栏杆。

卫来吼："可可树！"

两分钟之后，廊道里传来脚步声，可可树探头进来，兴奋又鬼祟，手里拿着拆了的飞机纸。

"就这么多？"

"嗯。"

"没问题！卫，你等我的飞机返回报告！"

他兴冲冲地离开。

卫来意味深长："看见没，男人都是三岁。"

晚饭的时候，外出置办装备的可可树回来了，进门时大摁喇叭，声响洪亮，绝非突突车可比。

是辆白色的二手海狮面包车，前任车主改装过，车顶专门切割了一块，有支架可以推起，钢板加厚，加防撞杠和减震器，车灯处罩铁架安全套，反光镜和四个门都加固，车尾处竖起一根高高的天线，上头……

卫来皱眉，这车改装得实在，但特丑，不显眼，很旧，车身蒙灰，唯有天线上头套着的塑胶小蜜蜂崭新，明黄环黑，两只小翅膀还是白色的。

卫来说："什么玩意儿？"

他想把那小蜜蜂给揪了。

"车载电线，电台啊！"可可树手伸出去晃天线，"沙漠里人都没有，信号也不好，不得靠电台解闷啊？"

卫来指着小蜜蜂："我说它。"

"装饰啊，多好看。好多当地人都装这个。"

是吗？

卫来觉得自己的主意真是不怎么坚定，可可树这么一说，他居然也觉得怪好看的。

车门推开，后半车都是装备。几大桶桶装水尤为醒目，吃的全部都是速食干粮，另有个编织筐，里头散放了椰枣、西红柿、西瓜，里面滑稽地插了部卫星电话，天线拉出一截，像脑袋上顶了根小辫子。

可可树交代他："横穿沙漠，一路狂飙的话，要十多个小时，我预计你们走两天，吃喝给你们备了五天的量，够意思吧？卫星电话拿到空旷的地方用，搜星效果才好；瓜果记得尽早吃，不然全烂了。"

但这还不是最让人感动的。

卫来看向车内，不敢相信自己的眼睛："这车有空调？"

"冷风机。"可可树伸手进去，铿铿地叩了叩铁壳，"旧是旧，噪声大，但效果不错……"边说边旋开开关。

一股久违的凉意迎面裹来。喀土穆被称作"世界火炉"，但此时此刻，他站着的这方寸地，是人间天堂。

无以为报，卫来给了可可树一个相当用力的熊抱。

可可树说："不客气，麋鹿说了，尽量给你找功能全的车，反正钱都是从你的报酬里扣……"

卫来摁住可可树的脑袋，一把把他搡开了。

晚饭过后，电力还是没有恢复。

旅馆老板送了蜡烛来，岑今就着烛光整理行李，有些冬天的衣物不再需要，行李包越理越瘪。

忽然看到那支金色方管的唇膏，她打开了旋出来看，膏体已经发软，油外沁，一片迷离水亮的红。

她有些惋惜，顿了顿，原样旋回，还是带上了。

卫来想起往事："我第一次去拉普兰的时候，没经验，带了治冻疮的软膏，真要用的时候，打开一看，冻成了硬坨。

"外瓶都砸碎了，软膏还是硬得像铁疙瘩。

"后来有只北噪鸦，一直在我头顶叫，叫声很难听。

"北噪鸦这么叫：'嘶——咔——克……'"

岑今低着头，叠起一件白色衬衫："然后呢？"

烛光放大她的影子，给她轮廓的暗影镀上了温柔的淡金色。

"然后我就把软膏扔出去，把它砸飞了，天上还飘下两根毛。"

岑今说："你编的。"

"你怎么知道？"

给埃琳讲的时候，埃琳深信不疑，还跺着脚说："完了，你会不会把人家砸死了，或者不能生了？"

"去那么冷的地方，药是救命的，谁会舍得扔掉？"

这倒是。

他当然没扔，那只北噪鸦一直在头顶叫，他用刀子剐了一块药膏放到火头上融，剩下的装进塑料袋，揣进怀里拿体温去暖。

"这么喜欢拉普兰？我记得面试的时候，亚努斯问你为什么上次接单是在那么久之前，你也说是因为去了拉普兰。"

卫来被她问住了。

为什么喜欢拉普兰？他还真没想过。

——因为那里冷。

极北、空旷、少人烟。

没有人烟，没有"人气"，也就没有复杂的关系。

——因为喜欢那个传说：当北极光出现的时候，不能吹口哨，不然极光会来抓住你的头发。

于是他经常在半夜里，向着夜空的极光吹一声口哨，然后闭上眼睛，等着谁来抓他的头发。

——因为他在那里，和驯鹿、北噪鸦、狼獾一样，只是一个在严寒里艰难求生的生物。

它们不会用异样的眼光看他，不会问他从何而来、家在哪里，不在意他脱轨，不关心河口什么时候泊了条船，会泊多久……

埃琳为什么不相信，他去那里，真的是为了度假？

……

岑今没有再问。

忽然有个纸飞机，嗖的一下，从外头的暗飞进烛火的光里，一头扎进收理到一半的行李包，屁股翘得老高。

可可树的声音传来："卫，任务我完成了。你给我评个 A，我才有面子返航啊。"

第二天一早，再次出发。

和可可树就在这里分开，一个往东，一个南下。

卫来朋友不多，可可树是难得的一个，但见面的机会偏又很少——一个怕冷，一个怕热，来喀土穆之前，两人已经两年多没见了。

这一次，满打满算，只一起"同了车""喝了酒""吃了肉""飞了纸飞机"，和他预想中老友久别重逢的场面，差了太多。

可可树大概也有同感，拽他到边上说话。

"你这辈子估计不会再来……"

真了解他。

"过两天，南方省的活儿差不多了，我就要回老家乌达，那里海拔高、雨多，平时也就二十来度，不热——要不然公海的谈判结束之后，你到我那儿住一阵子？让我老婆给你做饭吃。"

卫来笑："怎么可能，我要送岑小姐回去的。"

可可树惊讶："你不用送她回去啊……你不知道吗？"

"什么？"

"签的合约你没有细看吧？"

是没看，有麋鹿在，他基本不看合约，只负责签字。

"不知道也没关系，后面他肯定会跟你说：你保护岑小姐的期限是到谈判结束，不是返回赫尔辛基。谈判结束之后，你就自由了。"

是吗？

卫来脑子里有点乱："她为什么不回赫尔辛基？"

可可树摊手："我怎么知道？人家有人家的打算呗，没准儿她还有别的地方要去。总之谈判结束之后你的活儿就完事了，你管那么多！保镖和客户，还不就是一张合同的交情！"

说着他重又兴奋起来："怎么样，去我那儿吗？我老婆做的通心粉很棒，能气死意大利人！我还可以带你去看真正的非洲大草原，我们开巡猎车，喝啤酒，跟狮子睡觉，骑大鳄……"

卫来说："你带我去找死呢。"

他忽然兴致低落下去："再说吧，先把手上的事做了。"

车出喀土穆。

几乎没有过渡，视野里很快变得荒凉，铺天盖地都是极度干渴的土黄色。

起初还有公路，后来就断断续续，像沥青的残片散埋。轮胎一路碾压细软的黄土地，车屁股后头拉开浓黄的尘土烟幕。

卫来很想问她谈判完了之后有什么打算。

转念一想，又恼怒自己婆婆妈妈。可可树说得没错，保镖和客户，就是一张合同的交情，她有再多的打算，跟他有关吗？

他提醒自己：专注工作，离客户远一点。

冷风机嗡嗡响，是车内车外唯一的声音。

岑今似乎察觉到什么，知趣地不开口，一直看窗外的景色。

其实这样不好，长时间看单调的景色容易被环境催眠，司机要尤为小心。很多高速公路上的车祸就是这么来的。

果然，没过多久，她就睡着了。

卫来轻吁一口气。

她睡了，他反而觉得放松。

一路都没有遇到车，天边起伏的沙丘线上，时有指甲盖大的骆驼影子挪动。

偶尔看到一两棵树，不知道怎么长出来的，孤零零地冒在沙丘中央，没有叶子，枝和干都嶙峋惨白，很像抓向天空的手。

单调、死寂、枯燥，他的上下眼皮开始不自觉地往一处凑……

为了给自己提神，卫来开了电台。

二手车，没法去要求电台的滤波性好，信号艰难地接收中，密集的嚓嚓杂声似乎永无止境。

信号忽然接通，跳出没头没尾的一句话："我们要分外警惕，那些混进我们中间的……"

语音愤慨，铿锵有力。

听说南面要打仗，这是政府的……电台宣传？

卫来正想听下一句会讲什么，耳边蓦地响起岑今歇斯底里的声音："关掉！关掉电台！"

这一声突如其来，卫来头皮发麻，不及细想，紧急靠边的同时一把拽下电台繁复的插电线。

嚓嚓的响声消失了，车里只剩下冷风机的嗡嗡声。

岑今低着头，脸色苍白，搭放在膝上的手有轻微的抽搐。

过了很久，卫来轻声叫她："岑今？"

她抬头，笑得很勉强："没事，你继续听。我刚刚……做了个噩梦，一时没反应过来。"

车里开了冷风，她的后背却有一块汗湿，和衣服黏在了一起。

她的噩梦里，有电台？

岑今避开他的目光："车里闷，我下去透口气。"

卫来想提醒她外头热，真跟下去了，发现也还好——天色不知道什么时候暗的，日头似乎被遮住了，沙漠没了太阳，狰狞也去了大半。

他关掉冷风机，让机器歇会儿，车门和顶盖全开，通风散热。一番倒腾之后，他把西瓜抱出来，问她："吃吗？"

问得没什么诚意，她还没回答，他手里已经掉转了把直刃匕首，一刀插了进去。

瓜熟得恰到好处，豁口处一片瓤红。卫来把刀衔在嘴里，两手用力把瓜掰开。

车尾有轻微蹭响，是天线在晃。那只小蜜蜂在顶梢处，张着翅膀，晕头转向。

卫来觉得好笑。

"卫来？"

岑今的声音有些奇怪。

她盯着地面看，好多细小的砂石在打转。

卫来也开始觉得不对劲了。

风大起来了，空气里有土腥味、大牲口的尿臊味，向远处看，有厚重的浊黄色沙墙越拉越高，几乎和天顶连在了一起。连接处有一道闪亮的线，像横切过来的刀锋。

要出大事了。

卫来赶紧吃了一口瓜。

岑今还算镇定："沙尘暴，赶紧上车。"

卫来把匕首插进后腰别着的皮鞘，把瓜往编织筐里一扔，先关车门，末了跳进车子，把顶盖轰一声拉下。

车子外头更暗了，一片迷茫的姜黄，有细小的沙粒扑在风挡玻璃上。卫来把车子往空地里开了一阵，停稳之后，打开前后车灯。

他知道沙暴中的紧急措施：避开车道，打亮车灯定位，以免那些试图冲出沙暴的车子撞过来。

岑今拽了个保护套把卫星电话罩住，又让卫来帮忙，撕了几个大的塑料袋，用透明胶带粘包住冷气机。

对于主次问题，她倒是抓得到位：一要通信，二要冷气。

卫来觉得她小题大做："车门已经关好了。"

他没见过沙暴，但在新闻里看到过——沙暴来袭，待在家中，关好门窗，静候它过去就好。

岑今冷笑："非洲北部是撒哈拉沙漠，这里的沙尘暴是世界上最大的，卫星云图都能拍得清清楚楚……"

卫来在心里骂了句脏话。

不用她描述，他看见了。

正前方，沙墙滚滚，巨大的蘑菇云堆叠成近乎灰黑色的沙壁快速逼近，铺天盖地，像极了电影里的末日场景。

车子在万仞的沙墙之前，像一棵根基不稳的草芽。

卫来问："会死人吗？"

"运气不好的话，会死。"

话音未落，车顶、车前盖和风挡玻璃上响起噼啪的砸声，有大团黄色油漆样的黏稠脏雨顺着玻璃下滑。

岑今低声解释："沙暴顶端的那条亮线，说明有雨，但这里太干，下不大。"

果然，脏雨很快就停了，继之而来的是密集的细小沙粒，被强风裹挟着抽打车身。身侧和头顶一片窸窸窣窣，像是啮齿动物在快速啃磨。

这声音，听得卫来头皮发麻。

"我如果开车强冲，能冲过去吗？"

他曾经冲过雨云，那是难忘的经历，只眨眼工夫，就冲出了黑色的狂暴雨幕，一头扎进光芒万丈。

"沙暴范围太大的话，可能要冲十五分钟以上。能见度低，车灯不管用，撞到障碍物等同自杀，而且风速大的时候，快速开动的车子容易被掀翻。"

"所以只能等着？"

"你还可以求神、祈祷。"

卫来苦笑，眼前全然黑下来的时候，他的手下意识攥起，耳内出现短时间的混杂耳鸣。

车子应该整个被吞进了沙暴腹心，车灯不管用，什么都看不见，伸手在眼前晃了晃，真正的不见五指。鼻子里充斥着沙土的味道，伸手摸脸，发觉皮肤上不知道什么时候沾了一层细沙。电光石火间，他脑子里闪过那个西瓜。

完了，肯定不能吃了。

顿了顿，他忽然觉得不对：周围太过安静，像是全世界只剩了他一个人。

"岑今？"

黑暗里，她低声回答："这儿呢。"

卫来吁了一口气。

"不是沙暴吗？怎么一点声音都没有？"

天翻地覆、飞沙走石他都能接受，但静成这样，心头有点发瘆。

岑今笑："你紧张啊？"

卫来实话实说："有一点。"

"可能是沙漠干雾，能见度完全消失，骆驼都会迷失方向——应该是暂时的，沙暴在往前走，狂风快到了……你不觉得四下黑漆漆的，像坐在电影院看电影吗？"

这种时候，她居然能想到电影院！

他只关心这车子能不能扛得住，对了，还有车载天线上那只小蜜蜂……

岑今像是知道他在想什么："这是天灾，你担心也没用。我劝你省省力气，想想轻松的事，时间就不那么难挨了。"

这无所谓的语气……卫来想开门把她推下去。

不过，担心确实也没什么用。

卫来往椅背上一靠，头枕的部位好硬，硌得他脖子疼。

刚才说到什么？哦，看电影。

还真是他小时候的梦想。

"我在唐人街混饭吃的时候，听人讲起过电影院，屏幕怎么怎么大，有多少排椅子，心痒痒地想看。但没钱，饭都吃得东一口西一口，哪儿来的钱。"

岑今的呼吸轻浅，他知道她在听。

"后来有人教我偷溜进去，说那家电影院很杂，查票不严，让我一定要装得像。"

车门处咣当一声，是石块被风掀起撞了过来。

风终于来了。

顷刻间就换了天地，无数的砂石打向车子，嚓嚓声像是这辈子都不会停。车灯的光渐渐显露，像被筛子筛薄的雾，被风吹得在沙里颠簸。

有几次，车身忽然轻了一下，他的心也随之一提，然后和轮胎一起触地。

"我就混在人群中，头昂得很高，装出一副很有钱很骄傲的样子……也许装得太过了，你懂的，没人看一场电影会骄傲成那样……"

岑今轻笑出声。

"检票员忽然在身后吼：'站住！'我撒腿就跑。影院在三楼，我顺着楼梯往下跑，心都要跳出来了……后来踩滑了，滚到楼底，站起来一抹，一脸的血，是撞破鼻子了。

"那个时候我才发现，根本没人追我。一张票，检票员才懒得追我连跑三层楼。"

"那你还跑？"

岑今觉得他是那种抓住了就抓住了，还会笑着配合警察，说"辛苦辛苦"的人。

卫来说："我觉得被抓到太丢人。"

"丢自己的人也就算了，无非挨个耳光，或者被踢两脚，但骂中国人都是贼，就很不好意思了，一个人带累那么多人丢脸。"

他转头看岑今："你呢？北欧是高福利国家，你被人收养，物质上应该不差，常去看电影吗？"

毕竟刮个沙尘暴，她都能想到电影院。

岑今摇头：“我不去电影院，那里没有中文电影。刚到国外时，语言不通，看不了书，也看不了电视节目，像个傻子。

“养父母怕我寂寞，专门给我房间里配了电视、影碟机，买了很多中文的碟片给我看。”

又是咣当一声，这次，砂石砸在了车窗上。

卫来忽然想到：车身坚固，经得起砸，但是车窗是薄弱口，万一碎了……

他摸索着去找宽胶带，想给所有的车窗都贴一层。

岑今还是安如泰山。

“那个时候，海外的碟片大多是香港的，主演好像永远就那几个，成龙、周润发、周星驰……”

没错，唐人街有专门的影像店，光碟摞起来卖，小电视机四四方方，大多是粤语对答，古装时装电影，他也看过不少。

“遇到喜欢的，就翻来覆去地看。《大圣娶亲》看了很多遍，至今记得里面的一句台词。”

卫来找到胶带了，刺啦一声拉开，在风挡玻璃上贴下长长的一道。

台词？是不是那句“爱你一万年”？

他记得，当时唐人街街面上有个饭馆的小老板轧姘头，被老婆发现了。他老婆是个暴脾气的，从二楼往下扔男人的衣服鞋子，那男人在楼底下跪着，带着哭音号叫：“老婆你再给我一次机会，我爱你一万年啊……”

围观的华人笑得东倒西歪，出轨的男人哭得鼻涕冒泡。

她的声音很低，像是自言自语，说不清是惆怅还是恍惚：“我的意中人，是个盖世英雄。”

居然是这句？

这么文艺的台词忽然搬到现实里，卫来觉得既尴尬又好笑：是不是不管什么样的女人，哪怕是岑今这样的，少女时代都免不了要做个关于“意中人”的梦？

刺啦一声，又贴上一道。要保住玻璃，一面得数十道。

“在我最危难的时候，他会从天而降，赶来救我。”

卫来皱眉。

原台词是这么讲的？

“但是我没等到。”

卫来停下手上的动作，转头看她。

岑今抬起头，下巴微微扬起，唇角上挑，眸光在微弱的车灯下，泛出一丝奇异的妩媚和空洞。

"所以，我再也不等了。"

卫来色变。

她脸侧的车窗上，忽然有细白的裂缝四下张开，像蜘蛛密集四散的网。

卫来吼："趴下！"

他不及细想，一把揽住她的腰，翻身盖压在她身上，尽量往低处趴伏。与此同时，玻璃轰然碎裂，一直被隔在车外的沙暴喷涌而入。车里不知道是什么铿锵乱撞，高速飞窜的沙粒都成了细密的刀锋。

卫来喘着粗气，尽量趴低一点，右臂搂紧她的腰，左臂伸出去，摸到那个编织筐，在里头四下摸索翻找。

找到了，那部卫星电话。

卫来松了口气。

最重要的两样都保住了，不辱使命。

至于冷风机、西瓜、小蜜蜂……都随沙子去吧。

撑过最初的混乱，岑今不自在地闷哼了一声。沙尘呛进她鼻子，她一直咳嗽，额头抵着他脖颈。卫来低下头，尽量双肩拱起，给她留出空间。

岑今低声问他："你受伤了吗？"

"可能……吧。"

他说不好，擦伤无可避免，好像有玻璃碎块划过他的背，但暴露在沙暴里的身体很快麻木，没有痛感。

他问岑今："沙暴会持续多久？"

能感觉到车身在原地挪晃，渐渐移位打横。现在车里是强对穿风，也就是说，左右的车窗都坏了。

"一个小时左右吧，它一直在往前移动，后半程会变弱，就没这么大风沙了。"

一个小时？

得想办法往身上盖点东西，再这么耗一个小时，他后背得被磨烂了。

卫来低头看岑今："帮个忙，帮我脱一下衣服。我后腰别着刀子，你把我衣服往上脱，过肩颈的时候，用刀子割破，帮我包住头脸，我要去后面拿帐篷。"

岑今"嗯"了一声，手试图从外围走，卫来提醒她："从我衣服里走，外头有沙子，会割手。"

她缩回手，掀起他衣服下摆，手从他结实的腹部绕过腰侧，到后背。

从衣服里走。

其他地方不知道，只知道她碰到的这一块，衣服几乎扯烂了，都是条条缕缕的，有一处伤口黏腻，手触都是沙。

岑今没吭声，从他后腰拔出匕首，慢慢缩回来。

卫来听到匕首割破布帛和撕扯的声音，但不是割他的——她摸索着，手臂从衣服里环过他的腰，用撕扯下来的半幅衬衫扎绑他的后背。

然后，她稍稍欠起身子，把自己的另一半衬衫从背后抽了出来，说："你低一下头。"

卫来低头。

又欠了她一件衬衫。

账真要结不清了。

卫来很庆幸车里的可见度不高，岑今一定把他包得特别丑。

他慢慢把手臂从她腰后抽出："我过去的时候，你马上趴到座位底下，缩成一团，护住头脸，懂吗？"

"懂，我躲过炮弹，不用你教。"

卫来笑了笑，吁了口气，手臂下撑，眯着眼睛试图找准方位，做一鼓作气蹿进后车厢的准备，又说："年纪轻轻的，别这么悲观。等不来就多等等，就像等公交车，总能等到的。"

"哈？"

她居然断片了。

"世界不太平，人家没准儿因为什么事耽误了，比如船被劫了、遇上沙尘暴了，你得耐心点，别动不动就咬牙切齿地说什么'再也不等了'，多幼稚。"

话音未落，他眸光一凛，直接冲了出去。

他一走，岑今身上的那重罩护顿时消失，风沙声瞬间密了许多。她不及细想，迅速俯下身，头发被风扯起，把头皮拽得生疼。

一个玩纸飞机的男人，也好意思说她幼稚。

没等多久，只三五秒，后车厢忽然响起一声轻快的口哨，然后，卫来从车座顶上翻了下来，同时拉开了什么。

是一大顶帆布帐篷，恰恰把前车座罩在了里头，沙粒刹那间都打在了帐篷上，沙沙声密如急雨。

岑今抬起头，睁大眼睛。

眼眉上方，轻微的掰折声之后，渐渐出现一抹淡绿色的亮光，是照明棒。

亮光的上面，是卫来带笑的眼睛。

他还跟她打招呼："嗨。"

岑今没好气地坐起来。

卫来也坐下来，递包给她。

"你的那个披绸，可以拿出来披一下。"

纯粹出于好心，感念她废了件衬衫帮他。

谁知岑今不领情："我穿得见不得人吗？"

她穿了黑色的裹胸，露出肩颈和一段白皙的腰身，锁骨处两弯斜斜的浅窝儿，很是见得了人。

"你去过海滩吗？"

卫来点头，当然去过。

"那些比基尼女郎穿得不比我少多了？你看得目不转睛的；我穿成这样，你还要我披个披绸，碍着你了？"

生活中真是充满太多疑问了，她怎么知道他看那些惹火女郎看得目不转睛？

卫来赶紧把急救包递过来，希望换个话题："能帮个忙吗？"

他掉转身子背对她，两手抓住破烂的衣服下摆，向上掀脱到底，然后解下她包扎的布条。

岑今握住照明棒细看。

很多细小擦伤，两道见血见肉的割伤，沙子沾满伤口，让人不忍心盯着看。

她把照明棒插在车座边侧的空隙里，拿酒精浸了纱布，先小心清理。

卫来问她："你行吗？"

"虎鲨的头都是我帮着接的，觉得我不行，你自己来。"

卫来笑，宽阔的肩背肌随着呼吸轻微起伏，皮肤表面滚烫。

男人的身体好像天生就是热的，不像女人，总是偏凉。

岑今垂下眼帘，低头去拧皮肤黏合剂的旋盖。

卫来忽然问了句："电台是怎么回事？"

这个男人，他记得一切，然后挑不经意的时刻发问。就像那天，在土耳其机场摆满时尚周刊的书架前，问她："为什么选我？"

岑今沉默。

过了一会儿，她低头，微凉的手指摁压他伤口边缘，仔细地把黏合剂涂抹上去。

有几缕头发触到他背上，又酥又痒。

"卡隆屠杀的时候，胡卡人同时启动了电台进行煽动，广播里、喇叭里，每天二十四小时滚动播报：杀死卡西人，他们是我们的敌人，是臭虫、蟑螂。

"我们在小学校里设立了保护区，救助卡西难民。一批一批的胡卡人开着车围住学校，车上放带音响的大喇叭，朝学校里喊话：我们会很快冲进去，砍死蟑螂。我们会杀了你们，鲜血将滚滚成河。

"这声音每天都在耳边响，偶尔会停，但你一口气还没松完，嚓嚓的声音又来了，白天、晚上、梦里，无处不在。"

她停住了，失神地看着手上的黏合剂。

那声音似乎又响起来了，铺天盖地，掺杂着疯狂的笑和刀铁撞碰声。

——我们会杀了你们，鲜血将滚滚成河。我们要消灭一切蟑螂和保护蟑螂的人……

卫来说："嗨。"

他不知道什么时候转过身来。

岑今抬起头，原来如同眼睛一样，一个人的声音也会变，变得温厚低沉。

"是不是很难忘记？很难恢复？哪怕看了心理医生也不管用？"

岑今反问他："怎么样才叫恢复？"

她抬起左臂，内侧是熊爪的割伤，伤口在愈合，结暗色的痂。

"这叫恢复吗？但你始终都知道，它跟别处的皮肤不一样了。

"我想恢复正常，想把生活拉回正轨。我制订了计划，锻炼、读书、社交、交男朋友、看喜剧片。我看很多心理治疗方面的书，不管用，于是我听从建议，去看心理医生。"

她自嘲地笑。

"我看着医生的嘴，他说上一句，我就知道他下一句要说什么。他给的所有建议，我都能给出来。我的口才比他更好，说出来更有说服力。"

卫来伸手托住她左臂，指腹摩挲了一下伤口边沿：不错，恢复得很好。

他说："岑今，你看，我没那个资格说什么看开点、坚强、这个世界上没有过不去的坎——毕竟你的事，我没经历过，这世上大部分人都没经历过。"

如同战争的创伤，要几代人去平复。

"所以我只能说，如果有什么要帮忙的，就来找我。

"我不会收你钱的，我希望你……主动给。"

岑今看着他，没笑，也没说话。

卫来尴尬极了，过了一会儿才开口，声音很低，像恳求："能不能给个面子，稍微笑一下？还以为你会笑……这样我下不来台……"

"那你就在台上多站会儿，身材不错，肩宽腰窄，又不怕人看。"

她转过身蜷向座位，头深深埋下去，藏住唇角的浅笑。

如果，能早一点认识他，再早一点，也许，事情就会不一样了。

鬼使神差地，卫来居然低头看了一下自己的腹肌。

身材不错……是的，他也这么觉得。

外头的风沙应该小点了，细细的密沙声听惯了，觉得也怪好听的。

他长吁一口气，觉得放松。虽然外头有沙尘暴，车窗是破的，后背火辣辣地疼，车里被沙埋得一塌糊涂，但放松这种事，从来只跟心境有关。

卫来转头看岑今。

照明棒的光在消退，她安静地蜷在座位上，整个人看起来很小。

其实她个子不矮，只比他低了十多厘米，但他抱住她的时候，还是可以把她整个人都罩得严实。她的腰很细，一只胳膊搂得绰绰有余。

她提到好多次卡隆了。

如果，如果早一点认识，他会去救她吗？

卫来在脑子里过了一下可能性。

应该会，毕竟他朋友不多，就像埃琳或者麋鹿出事了，他能不管吗？她是女人，在那么危险的境地里，想想都好揪心。

如果她打电话给他，在那头哽咽或者哭，他会受不了的，哪怕少给一点钱……

等一下，钱就删掉吧……也不行，她又不是他什么人，没报酬就跑去救她，不合适，解释不清楚。

可以先记账。

所以，他会去救她的，虽然战乱的地方很危险，但可可树说了，越是糟糕的地方，才越是他这种人的用武之地啊。

他会去的。

也不知道过了多久，照明棒已经没有光了，黑暗里，岑今忽然叫他："卫来？"

"嗯？"

"沙暴好像过去了。"

卫来坐起身，仔细听了片刻，然后哗啦一声把遮蔽的帐篷拉下。

车内车外，连天接地，一片赤红色的沙雾。

说沙暴过去了并不合适，它只不过换了下一个地方逞凶，开始了新一轮的翻天覆地。

但它肆虐过的地方，像世界尽头一样安静。

能见度只有十多米，车子停在沙地里，轮胎下碾了丛盐生草。不远处有棵被风吹倒的枯树，像是一个人闪了腰，撑着地起不来。

车顶盖被沙卡住了，卫来使大力气去推，终于推开的刹那，沙子流瀑似的浇了他满头。

他倒不在乎，低头拍打头发，顺便吐出嘴里的沙。

要做的事还挺多。

——岑今，嗯，挺好，基本没损伤。

他把帐篷地布铺在车子旁边，推她过去坐下："这儿就是你的活动范围，别乱走。"

——卫星电话，也挺好，幸亏包了器材保护套。

他把保护套打开一点缝隙，把天线抽出、拉长，启动自动搜星，然后立在车顶。

——冷风机。

透明胶带贴住的地方都完好，但是塑料袋罩住的地方全部被沙击破，伸手拍了拍铁壳，沙子簌簌往下落。

这种电器，大量进沙是致命的。

冷风机，卒。

——桶装水和大部分后车厢的干粮储备……

虽然被沙半埋着，倒没有大的损伤，差可告慰。

——西瓜，卒；西红柿，卒；椰枣……

椰枣倒还可以，卫来捧了一把，呼一下吹散浮沙，找了两个塑料袋，一个里头倒了点水，攥紧了边口一通甩晃，洗净之后，装进另一个，然后转头看她："吃枣吗？"

岑今点头："送过来。我保镖说，这块布是我的活动范围，不能乱走。"

卫来不动："你保镖说，你自己来拿……"

他蓦地停住。

有嘀嘀的声音响起，悬宕在赤红色的沙雾里。

岑今抬起眼帘，低声说："接电话啊。"

沙特人走了，可可树回南方省了，麋鹿说："给你搞了一部军用卫星电话，虎鲨要直接跟你们联系了。"

岑今站起身，眼神渐渐深下去，又深回到初见的时候，表情淡漠，像一幅黑白分明的画。

卫来接了电话，说了两句之后递向她："虎鲨那头的，要跟你讲话。"

岑今不接："是虎鲨本人吗？跟他们说，我只跟虎鲨对话。"

显然不是。

卫来可不介意这个，只要能给清楚的指引信息，对方是虎鲨还是风干的鲨鱼嘴，都无所谓。

接完电话，后续的行程也差不多明晰。

他简单跟岑今说了说："虎鲨的人已经到公海了，他们说谈判地点定在一条大的远洋渔船上，船上的海盗都伪装成了渔民。"

岑今并不意外。

这是海盗的一贯伎俩，通常以普通渔船的面目出现，盯准要劫的货轮之后，再派出武装快艇攻船劫持。

业内把这个叫"子母船"。母船负责望风、掩护，必要的时候，还会发射肩扛式火箭筒袭击货轮，制造混乱助攻。

"让我们尽快赶往海岸，去越荒僻的村子越好。到了之后，用卫星电话给他们发 GPS 经纬定位，会有人开着快艇来接我们。"

卫来觉得有点不踏实：像场游戏，玩家隐秘得像铁面人，操控一切；而他们是透明人，一切信息都是暴露的，包括行踪。

岑今笑他："这种时候要什么平等，说白了，那是绑匪。"

"虎鲨可靠吗？会不会对你不利？"

"我跟他不熟，不会觉得他可靠。"

卫来皱眉。

他在地布上坐下来。

岑今看他："怎么了？"

"不怎么喜欢船，谈判在船上，大海中央，四面水一面天，万一出什么事，就是绝路。"

他可以在丛林隐藏，在山地求生，在雪原活命，但是大海……

海里，手把不住命，什么都随波逐流。

"如果，我是说如果……我保护不了你——那时候我肯定已经死了，你落到海盗手里，怎么办？"

岑今看了他一眼："作为保镖，你在客户面前说这么沮丧的话合适吗？单凭你这话，我要是去跟沙特人讲，绝对扣你 1000 欧元。"

卫来盯着她看。

为你担心，听不出来吗？

他真是疯了才会洗椰枣请她吃。

吃沙吧你。

他沉着脸起身，当她不存在，给车子清沙，重整装备，敲平并封住车窗上碎玻璃的硬碴，试车。

擦风挡玻璃的时候，岑今过来，止不住笑，说："哎。"

"岑小姐，让一让，你挡着我干活儿了。"

岑今打开车门，坐到驾驶座上。

"你不用担心我的安全，我个人对虎鲨来说，几乎没有价值。"

卫来冷笑：谁担心了？

他继续擦车。

"第一，海盗的目的是钱。油轮在他们手里是烫手山芋：不能开出海，货物没法销赃，还得养活船上的人质。多一天，就多耗一天给养的钱。所以，他们急于出手，对我寄予的希望，甚至超过沙特人。"

卫来抖开手里的抹布，用力甩了甩，全是沙。

"第二，海盗做的也是'生意'。劫持过往船只是他们目下的谋生之道，想做生意，就要讲规矩，如果连谈判代表都动，以后劫了船，没人会跟他们谈判——所以，即便虎鲨有一次谈判不顺，暴怒之下，他枪杀的也只是人质，而不是谈判代表。"

关他什么事，他是保镖，不是谈判代表，也不是人质，他现在只想把车窗擦干净。

"第三，我曾经救过虎鲨的命，这是事实，也是我的保障。不管虎鲨可靠不可靠，他都会给我面子。"

卫来用力打开引擎盖，探身进去看。还好，进了一些沙，但总体影响不大。

"第四，扣钱的事，说着玩的。"

卫来砰的一声关上盖门。

他笑得像是什么事都没发生过："坏了几块玻璃和冷风机，车子基本没问题。我想了一下，你要是嫌热的话，我们晚上赶路——沙漠晚上降温快，应该挺凉爽。我们原地多歇会儿，时间差不多了再出发。还有，水带得足够，你可以节俭地洗个澡，毕竟身上都是沙子，不太舒服。"

岑今从车上下来，看了他好一会儿。

"一说不扣钱，态度变化这么大，真不觉得脸红？"

卫来茫然："什么？"

"刚刚一直沉着脸，都不想跟我说话。"

说这个啊，卫来笑起来，他抬头看向车尾处，直直的一根车载天线，孤零零地斜着。

他说："刚刚确实心情不大好，但你不要多心，不是因为你。"边说边双手搭住岑今的肩膀，把她身子扳转向后，"看。"

"看什么？"

卫来感喟："小蜜蜂被刮走了。"

"可可树特意为我买的，很珍贵的临别礼物。你知道的，我跟他很久没见了，这是他第一次送我东西，我很看重。"

岑今看着那根天线。

他要是不说，她都不知道后面还改装了天线，什么小蜜蜂，她更是见都没见过。

她善解人意地笑："你特别珍惜？"

"嗯。"

"你习惯把自己珍惜的东西挂在车外头的天线上？"

卫来咳嗽了一下："确实欠考虑……"

岑今说："你节哀顺变吧，我去洗澡了。"

卫来很利索地支起帐篷，供她洗澡。

也许是因为沙雾不散，天暗得有点早。他把地布铺在帐篷门口，躺在上头歇息加守门。

这场景，他从前幻想过，觉得守着个漂亮姑娘洗澡，很浪漫，然后会发生更浪漫的事——然而真正发生了，他只觉得自己像个在澡堂看门的。

帐篷里有轻微的水声。

卫来问："里头暗吗，看得见吗？"

"越来越暗。"

他摸索着，从头下枕着的装备包里抽了一根照明棒，在帐篷的撑架上敲了两下，然后从门缝底下递了进去。

岑今接了，手背蹭到他的，他缩回了一看，腕根处沾上了些白色细碎的洗发水泡沫，很香。

卫来眯缝着眼睛，看那些小泡沫挨个儿消失，忽然问她："为什么不接那个人的电话？"

她回答："谈判需要气势啊，我是去跟虎鲨谈判的，为什么要跟他手下的人啰唆？"

"不一样吗？"

"不一样。宁可让他们觉得我麻烦、多事、浑身是刺、很难沟通，也不能让他们认为，这个来谈判的女人，谁都可以把她支使得乱转。"

她掀开帐篷出来，身上裹了披绸，头发湿漉漉的。

"我强硬，他们就只会推虎鲨跟我谈——你得咬定一个人谈，吃透这个人，逼他做决定。否则他的副手也来掺一脚，心腹也来谈一轮，一个脑袋一个意见，一张嘴一个决定，这谈判没法谈了。"

就好像沙特人来找她的时候，最初是赛德和亚努斯唱双簧，两个人你一句我一句，一唱一和。

她一直抽烟，漫不经心地掐灭烟头，然后说："不好意思，你们说什么？两个人一起说话太乱，我听不清。你们挑一个说话管用的人，再给我重复一遍。"

赛德的脸刹那间涨得通红，亚努斯的眼睛里掠过一丝愠怒。

但她无所谓。

跟那些谈钱即可的人，何必谈交情？更何况，很早之前，她就已经中止"交情"这种社会关系的编织了。

她低头看卫来："你洗吗？"

卫来撑着手臂站起来："洗啊。"

他两三下拆了帐篷。

岑今奇怪："你不进帐篷里洗？"

卫来回答："男人洗澡要那么麻烦吗？"

岑今上了车，尽量压低身子，借着车门的遮掩换衣服，偶尔瞥两眼卫来洗澡。

哪有洗得那么糙的？

他只穿了条短裤，像洗椰枣，塑料袋里兜了点水，拎起来，头探进去一通乱晃，然后抹了点洗发水，搓出沫，把塑料袋又拎起来，头再次探进去，又一通乱晃，再过遍水，完事。

身上更简单，毛巾掸一遍沙，再浸水擦一遍，结束。

看着看着，觉得他像个小孩儿，要人管，管他穿衣、吃饭、睡觉、洗澡、叠被、铺床。

有人管过他这些吗？

岑今起身时，无意间带到他的行李包，翻跌出一个袖珍记事本。

是拿来记账的吗？

她捡起来看，崭新，略一翻，页页空白，只第一页有字。

有点奇怪……

手里忽然一空。

抬头看，卫来手里攥着那个记事本，问得很不客气："怎么翻人隐私呢？"

岑今说："那叫隐私吗，就几个字，都没写什么。"

卫来一手拎过自己的行李包，把记事本塞到最里头，像是防她再拿。顺手从里头抽了件黑T恤，撑开了往身上套。

岑今又是纳闷又是好奇，她用胳膊抵住窗框，问他："你养瓢虫？"

记事本的第一页写：瓢虫生活观察日记。

卫来的动作停了一下，脸埋在套进一半的黑T恤里，含糊地"嗯"了一声。

"怎么会养那种……虫子？"

那种虫子，小不丁丁，有细细触手，想想都不舒服。

卫来一用力，黑T恤一拉到底，绷住全身："个人兴趣爱好。"

他绕到另一边，坐进驾驶座，关车门。

温度适宜，车灯全开，该上路了。

"好养吗？"

"不大好养，要耐心。"

车子发动了。

"养瓢虫到底有什么乐趣？"

他养只熊，她都不会这么想不通。

卫来说："瓢虫呢，一开始看可能会讨厌，觉得一身毛病，但是相处久了之后吧，发现还挺……讨人喜欢，就一直养着了。"

第五章

CHAPTER.05

Life in April

"帐篷里的事，反正只有你和羊知道。"

夜晚的沙漠，可见度并不低，银色的月光镀着每一处起伏的沙丘，还有沙漠线被碾过无数次的车辙印。

有卫星电话的 GPS 经纬定位，卫来并不担心迷失方向，而没有指定的会合地点，更让他感觉轻松——大方向不变就好，也许日出的时候，就能看到海岸。

夜越来越静。

经过游牧民的帐篷，车灯扫过无数或惊起或趴睡的羊。

经过淘金者的营地，有人茫然地从帐篷里探出头来看，帐篷边散着空罐头和水烟壶。

经过补给的小镇，没有灯光，没有人声，低矮的房子像随意搭建的积木。车子在空空的街道上急速穿过，后头惊起几十米的沙尘，又伴着车声的远遁落下一条新的辙痕。

这样的沙漠，几近温柔。

卫来觉得，这足可列入生命里最美好的时刻和场景之一。

没法准备，没有预期，跟踉撞上，温柔到只能拥抱，舍不得推开。

岑今低声说："这路要是永远走不到头就好了。"

卫来看了她一眼："你说这话时，能考虑一下司机的感受吗？永远走不到头，你是想累死我？"

岑今笑："我帮你开一段？"

卫来摇头："别抢我的活儿，你时不时跟我说句话就行，省得我犯困。"

她今晚表现不错，没有倒头就睡。

岑今说："我现在很想吃东西。

"林永福的手艺很好，我第一次吃他做的菜，是糖醋咕噜肉，肉块外面裹了一层薄的糖醋芡，很脆，酸里带着甜，又有一点辣……

"我请的那个日料厨师长，每餐都会做北极贝。冰镇，玫瑰红的裙边，凉凉的，味道很鲜甜，很嫩，又很滑，酱碟里点一抹芥辣……"

卫来说："停停停，你还是睡觉吧。"

他今天就吃了压缩饼干、几个椰枣和一口瓜，经不住刺激。

岑今惆怅地叹了口气。卫来飞快地瞥了她一眼，她细白的牙齿轻咬下唇，这一瞬间，既馋又可爱。

比起初见，她现在给他的感觉，真的很不一样。倒不是说哪一面是伪装——有一种矛盾的调和、难解的兼而有之。

"能问你个问题吗？"

"你对客户，一直这么多问题吗？"

卫来摇头："不是。我一般都很冷酷，不大讲话，像一堵墙。"

"然后这墙到我这儿就成精了？"

卫来大笑。

说不清楚。

一开始，他可能只是想让旅程轻松点，随时"找点乐子"，不然多闷啊——他是一堵墙，她是一幅画，这一路就是画挂在墙上，风吹沙打，参观客都没一个。

然后，他其实是想跟她说话，不乏故意跟她对着干，也不乏故意想逗她的意思。

那又怎么样，雄孔雀多么高傲，遇到异性，还不是拼命地开屏、扭腰、抖擞羽毛、屁颠屁颠要去吸引对方的注意？

他说："也不是，对他们没兴趣，所以没什么话讲。"

车子里静了好一会儿。

远处起了狼嗥，被风送过来。

沙漠里有狼，他是知道的，但是这种时候，大自然给他配这背景音，太不友好。

岑今转头看他："你说这话……是对我有兴趣？"

卫来目不斜视："聪明人说话，别拐弯抹角。我对你有兴趣这件事，没遮掩过，表现得好像也并不含蓄，你要是一直没察觉——那当我没说，高估你了。"

不是说，人有三样东西是无法隐藏的吗？贫穷、咳嗽，还有喜欢。

那索性摊开了晒太阳，哪怕没有回应，至少得一个光芒万丈。

"如果我对你没兴趣呢？"

卫来无所谓："很多人对文学有兴趣，文学对他们有兴趣吗？也不妨碍他们看书、买书啊。"

"你刚才要问我什么问题？"

哦，对了，问问题，他差点儿忘了。

"为什么那么喜欢穿晚礼服？"

"因为漂亮啊。"

"就这个原因？"

"嗯。"

卫来觉得，她说了真话，但不是全部。

但没关系，爱漂亮挺好，他也喜欢看女人打扮得漂亮。

后半夜，他让岑今不要再硬挨，想睡就睡。

自己也偶尔停车，小睡几分钟，或者抽根烟，精神提起来了再继续开。

又一次停车的时候，卫来开始觉得冷。沙漠的日温差很大，有些时候晚上甚至能降到零下——这里虽然没那么夸张，但降温幅度也够呛。

他转头看岑今，她似乎也觉得冷，整个人在座位上蜷成了一团。

卫来起身，从前头跨进后车厢，拿了条盖巾过来帮她盖上。把盖巾的角掖进安全带时，他无意间看到她的脸，心里咯噔了一下，凑近去看。

这一番动作，可能弄醒她了。

普通人或许辨别不出，但他分得清装睡和真睡，看气息频率、眼睛是否平静，还有睫毛的拂动。

他仔细看她睫根，然后对着她的睫毛轻呵了口气。

她的眼睛动了一下，睫毛微拂——清醒时的条件反射，装不出来的。

卫来笑起来。他伸出手去，指背虚顺着她的眉，到脸颊，到嘴唇。

然后他低下头，吻在她眼睛上。

嘴唇可以感觉到她眼睛的轻颤，还有睫毛，一直拂着他唇边，酥酥地痒。

他在心里说：我知道你醒着。

岑今醒来的时候，听到了海浪声。

她坐起身，有点茫然。天还没有大亮，海风是凉的，车子停在一处岸礁，车门全部打开。卫星电话斜挂在车头的反光镜上，天线拉得老长。

她向来路看去，有一片低矮的小渔村，只几十户，棚屋都歪歪扭扭的，像是要倒，有只孤独的山羊在空地上慢慢地走。

卫来呢？

她下了车，手搭在眼睛上，四下看了一会儿，终于找到他。

他在海里，随着浪一起游泳。白色的浪头把他整个包住，岑今以为他要消失了——下一秒，他又冒出头来。

她盘腿坐到地上，一直盯着他看，直到他上岸，抹甩脸上的海水。

岑今闭上眼睛。

眼眉上，好像还能感觉到那个柔软的吻，炙烫，风吹不凉。

忽然有水珠弹了满脸。

她睁开眼睛，卫来正对着她笑。

他在她身边坐下，一身的水。短裤湿透了黏在身上，后背上有小的伤口撑开，那一片的水渍都带血的颜色。

岑今皱眉，然后移开目光。

这不是她该管的事，她不管。

卫来指了指斜挂的卫星电话："我发了GPS经纬定位过去，也跟他们通了电话，约了明天的时间。"

"明天？"

"赶了一夜的路，我觉得你需要休息，养养气势——不是说谈判需要气势吗？"

岑今"嗯"了一声。

顿了顿，她起身去拿自己的包，翻到烟盒，弹了一支出来低头衔住，点上了深吸一口，然后仰起头，把烟雾慢慢吐出去。

烟雾模糊了她的脸。

卫来忽然觉得，有一些事情，倒退回从前了。

她走过来，在他身边坐下，说："休息一天也好，养足了精神，一鼓作气，早点了结这件事。"

"没那么容易吧，不是说有些船被羁押超过二十五个月，谈判一直不顺利吗？"

他并不想这场谈判黄掉，但也不想它顺利到风驰电掣般结束。

岑今唇角扬起一抹讥诮的笑："那是双方都没什么诚意，谈判代表也没什么能力。我来谈，不会这么久。"

"这么自信？不是说你不了解虎鲨吗？"

"我不需要了解虎鲨，我了解人就行了。"

卫来笑："说得好像一切都在你掌控之中，你连身边最亲密的人都不了解。"

岑今敏感地看向他："你说谁？姜珉？"

"这么聪明和精于安排，当初怎么会被他抓个现行？是他更难对付，还是你太疏忽？"

岑今微笑："你说这个啊。

"我比谁都了解姜珉。

"他在人多的地方讲话会很紧张，汗流浃背，所以要带两件衬衫，中途替换。

"他从国内出来留学，遵从家人的意愿移民，很多想法都很传统。他是个好人，为人很宽容，但有些事绝对不能接受，比如，女人给他戴绿帽子。"

卫来一怔，有一丝异样的感觉爬上心头。

岑今还在笑，在手边的石块上磕了磕烟。

"他性情温和、胆子小、晕血，对一些惨烈的场面严重心理不适——这样的人想死的话，会选择比较温和的方式，不会跳楼、割腕或者走极端。

"他从来就没想过，是谁把他的药倒了一半，掺了维生素进去。也没想过为什么他的朋友会'凑巧'去找他打球，门又为什么'凑巧'没关严，让那个朋友发现了自杀现场。"

卫来盯着她看："你安排的？"

岑今没有看他，用力把烟头往土地上摁。

"所以，你说，他有什么资格说我是他的'劫难'？如果他觉得后来遇到的女人才是他的真爱，那他最该感谢的，应该是谁？"

渔村醒得早。

先是有一只山羊遛弯，然后炊烟上扬，人声渐杂，有人扯网缀补，有人在岸礁上晾海货。天色只微亮，已然拉开了这一日闹腾过活的节奏。

面包车很显眼，也稀奇，有几个拽山羊来洗澡的小孩好奇地围着看。卫来跟他们讲话，他们听不懂，都大笑，然后七嘴八舌地说话。

卫来也听不懂他们说的话。

他回头看岑今，她也不懂："非洲有些国家语言不统一，地方部落语言有上百种，但渔村要对外出海货，一定有会英语的，你问问。"

卫来压服一群爬上跃下的小孩，吼道："English! English!"

小孩们大笑，拽着山羊回村，过了一会儿又回来，簇拥着一个脸膛发红、满头鬈发的中年男人，尖着嗓子回应卫来："English!"

卫来很纳闷：就不能把山羊留在这儿去喊人吗？小孩腿脚灵活，跑得太快，小山羊跟不上，四肢趴在地上被拖着走，一脸的生无可恋。

那人叫桑托斯，自己有条快艇，经常驾去公海跟也门的渔船交易——临近的几个国家局势都不稳，几乎没人监管，小打小闹的走私越界比比皆是。渔民也不懂什么法规条例，只觉得打鱼卖鱼，是天经地义的事。

这里像个贫瘠的世外之地。

桑托斯说，这小村叫布库。

"没有电话。想打电话，开车出去，往北二十多里地有个大点的村子，设了村公所，里头有部电话。那里还有警察，一个星期去一次村里，处理纠纷。布库村没有纠纷，警察不来，出事了大家自己解决。"

一个星期去一次村里，这警力配备……

"大家都在海边钓鱼，村里就我有船，有几家买得起网——我们的网都是头天张在公海里，第二天开船去拉鱼……

"住的地方？你们自己去村里看，哪家没有人，你们就住吧。

"你们是《国家地理》的吗？"

他居然知道《国家地理》。

"前年来了个美国人，说是《国家地理》的摄影师，拍了一堆照片走了。去年来了个法国人，也说是《国家地理》的摄影师，拍了一堆照片走了。你们的机器呢？"

桑托斯探头朝车内看。

卫来指给他看破了的车窗："路上遇到沙尘暴，摄影机被吹跑了。"

桑托斯恍然。

渔村里的棚屋，真是……一言难尽。

难怪歪歪扭扭——没有技术难度，卫来看一眼就知道怎么盖的：全部都是用树枝、树棍，粗粗削磨了打进地里，用稻草绑了围起来。树棍间的缝隙有大有小，顶上拉一张大塑料布，讲究点的人家会在塑料布上铺盖茅草。

风大一点，就倒一点，再大点，再倒点，还有羊来啃——因为是用稻草绑的，有些羊会贪方便来吃草，啃着啃着，棚屋更歪了。

歪得不能住了，就再盖。

这样的棚屋，盖得有成本吗？真是谈笑间就盖好了房子，风一大，羊一啃，卒。

哪家没人住？越歪的棚屋越没人住。

卫来把车子停在门口，进棚屋里搭帐篷。日头一正，马上又会热浪滚滚，棚屋虽然歪，加上帐篷，两重阴凉，岑今会待得舒服点。

想起岑今，他回头看了一眼。

她坐在车里等，没什么表情，垂着眼帘，并不管好奇的村民怎么看她。

从海里游泳出来，一切就不对劲了。卫来隐约觉得，昨天晚上，他可能做错什么了。

他想不明白。

帐篷搭好了，他去车里提行李，岑今想下车，眼前忽然一暗。

卫来挡住了。

她抬眸看了他一眼，又坐回去。

卫来说："是不是我昨天晚上亲了你，你觉得我太浪荡了？"

"不是。"

"那是为什么？"

"因为你太不浪荡了。"

卫来听不懂。

这一路，孤男寡女，杳无人烟，欲望一控制不住，他可以对她做任何事。

他没有，只偶尔放肆地想一下。

昨天晚上，他可以更肆无忌惮，他也没有，甚至有些舍不得——有时候喜欢了，会不自觉地轻声细语、轻拿轻放，就好像爱花，他从来不攀折，情愿去养，撮细土壤，架起阴凉，风来挡风，雨来遮雨。

折了花，只在床头香一宿有什么意思呢，相比占有，他想要的更多。

岑今笑："那天在飞机上，确实是我先招的你。你让我想清楚，是不是一时冲动，在找安慰……是，我就是在找安慰。

"我以为你也一样，难得聊得来，看得对眼，这一路无聊，你情我愿的话，接吻、上床，未尝不可。毕竟你没娶我没嫁，冲动一下，又不伤天害理。

"但是你认真了，你吻我的眼睛，我就知道你在意了。"

她仰起头看卫来。

哪个急色的男人会那么有心情，那么温柔地去吻一个女人的眼睛？

"这样就太不好意思了，我是玩玩，你是认真的，这怎么行，多不公平。

"不过也还好，谈判要开始了，三五天内，我可以了结这桩事。到时候，大家各走各路——你应该知道吧？我们的合约是到谈判结束，虎鲨点头的那一刻，你就自由了。"

她再次要下车。

这一次，卫来让开了。

岑今掠过他，一直走进棚屋，低头掀开帐篷，矮身钻了进去。

地布铺得平展，她坐下来，帐篷的飘门在晃，晃出缝隙的同时，晃进外头的嘈杂和白亮。

天真热啊。

小渔村里的外国面孔和面包车比岸礁上搁浅的鲨鱼还要新鲜，卫来几乎经历了全村人争先恐后地指戳和观看，还没收门票。

其中以小孩最为好奇和热衷，再加上他们无所事事，简直围着他不走了。

桑托斯觉得，外国朋友既然不通土语，自己有责任在一旁陪伴，哪怕没有酬劳，也是件风光荣耀的事。

有他居中翻译，卫来和小孩们很快打成一片。

门口叽里呱啦，闹腾得岑今脑袋疼，她把飘门掀开一条缝——

卫来坐在棚屋门口，旁边居然还有头驮水袋子的灰毛驴。驴都跑来看热闹了？

他身侧围满上蹿下跳的小孩，一个最矮的小黑孩，两手攀着他肩膀，拿他后背当山爬。

你不知道自己背上有伤吗？

有那么一瞬间，她想大踏步走过去，把小孩拽下来扔到一边。

她咬牙。

不是她该管的事，随便他，后背被踏烂了都活该。

卫来忽然回头。

她飞快地掩上飘门。

过了一会儿，有人进来，在帐篷撑架上敲了两下："岑今？"

"嗯。"

他掀开飘门，半蹲在门口："跟你商量个事。这村里没有水井，最近的淡水洼在两千米开外，渔民没水的时候，都向有驴的人家借，驮水袋子去打。

"刚有个小孩打了水回来，我看了，水都是浑的。我倒了点我们的水给他们喝，他们都稀奇坏了，说没见过这么清的。

"我想了一下，明天就上船的话，我们车上的水还挺富裕——我给你留足喝的，剩下的，我用我们的换他们的。

"他们的水，我可以简单做一下过滤，你洗澡没问题。可以吗？"

岑今没看他："随便，可可树送你的水，又不是我的。"

卫来有些感慨："刚开始倒给那些小孩，他们都不敢喝，说没喝过这么清的，怕喝死人。"

岑今说："觉得这世界差别好大，是吧？有人捧一手金子都觉得不够，而有人为了一口水会送命。"

卫来沉默了一会儿，起身。

岑今以为他要走，但并没有。

她抬头看他。

卫来笑起来。

初次见面的时候，她就发现他很喜欢笑：满不在乎的、敷衍的、狡黠的、笑里藏刀的。

他说："岑今，其实，你不想跟我产生瓜葛的话，说一声就行，不用讲那么多。我喜欢你，我就说出来了，没别的意思。我只是不喜欢让人猜，也不喜欢藏。"

就好像那一次，察觉了埃琳是来真的之后，他很直接地跟她说："埃琳，我们真的不来电。"

埃琳说："电要靠摩擦才会有啊，你老离我那么远，都不摩擦，怎么来电啊？"

他头疼："我觉得你连自己的想法都搞不清楚。你想明白了再来找我。"

生活中确实充满太多疑问了。

……

卫来继续说下去："现在我懂你的意思了，我会约束一下自己，不会让你不舒服——离谈判结束没几天了，不想看到你总板着脸。友好相处行不行？我比较喜欢看到你笑。还有啊……"

他蹲下身子。

"不要说你是玩玩的，玩不是你这样的。真的玩玩，不会在乎我认不认真、吻你哪里，也不会在乎要把姜珉救回来——玩家没有心的，你有。"

他知道她有，她在白袍面前盖上盖碗的时候，他就知道。

岑今的嘴唇极轻地翕动了一下。

这棚屋好热。

她慢慢闭上眼睛，说："你这个人真啰唆。昨天晚上没睡好，我困了，睡会儿。"

她躺下去，侧过身，脸颊隔着地布，贴住温热的沙地。

卫来看着她。

为什么要闭上眼睛？

他也曾经这么做过，因为不想让人看到真实的眼神、发红的眼睛。

他笑起来。

真像个小姑娘。

临近傍晚，村民和小孩们对外来客的好奇终于耗尽，三三两两地离去，小心地捧着白铁盆或者水袋里的水，头都不回一下。

世情也是凉薄，之前那小黑孩恨不得黏在他背上，现在回家吃饭，都不招呼他一声。

卫来自嘲似的站起，拍拍身上的沙，开始滤水。

他拧开水袋口，倒了些水在手心细看，晃动的浊黄；凑近闻，没什么异味。

如果村民长期依赖这样的水生活，大的危害应该没有，过滤的程序相对简单，净水片可以应付。

他掂了掂水袋的分量，在先前借来的铁桶里放了几片净水片，找了件干净的棉布 T 恤绷紧了蒙住桶口，然后把水袋的水倾倒进去。

岑今过来看，蒙布上滤了些细沙杂质，水透过蒙布落到桶底，淅淅沥沥。

卫来笑："现在有净水片，方便很多。以前在野外，我会做滤沙层，或者削木头，用木纤维过水，很麻烦。待会儿我再烧一下，你就可以洗澡了，喝都没问题——不过你还是喝桶装的吧，保险。"

岑今问："你怎么知道我今天又要洗澡？"

在沙漠里其实没那么讲究，有的人十天半个月都难得洗一次。

"这么热的天，汗都黏在身上，不用水洗不舒服。车窗都坏了，昨晚吃了一晚沙吧？再说了，明天要谈判，你不得彻头彻尾收拾一下？古代人做什么大事之前，还得沐浴焚香呢。"

岑今看着他："你中文很好。"

"你也一样啊。"

她在沙地上坐下："我不一样，我养父母是大学教授，研究人文，从某种程度上讲，我也是他们的研究课题——一个学龄前的孩子，在文化环境迥异的国度生存，她的本土文化要怎么保留，异国文化又要怎么兼容。"

卫来惊讶地看着她。

岑今猜到他在想什么："不用多想，他们没把我当成试验品，对我很好——你说的，做一件事，目的可以不单纯。

"我有中文老师，定期上中文课。我养父母时常请中国留学生来家里和我交流，我后来交的男朋友，姜珉，也是中国人。

"你不一样，你那么小就被带着偷渡到欧洲，生活一直动荡，但你说起国内，一点都不陌生。"

一个水袋倒空了，卫来垒了石头围灶，顺便抽了根棚屋的木棍，拗折成几段，生火，然后把铁桶架上去。

棚屋更歪了，它大概没想到除了风和羊，今日还会遭此一劫。

卫来说："小姐，这世上有一种街，叫唐人街。我连打麻将都会，你信不信？"

三教九流，藏龙卧虎，各色面孔，各样企望。不敢说从街口望进去能看尽上下五千年，看个人生百态绝无问题。

"被人道组织解救出工厂之后，我其实是被寄养，但没你那么好的运气，我从车线、缝衣服转成了扫地、擦窗、洗马桶……一气之下，我就跑了。

"就在唐人街混，打工换饭。虽然也是做活儿，但自由啊，你对我不好，我就换一家，还能偷偷砸你家窗户，反正你也不知道是谁砸的。

"有个老头儿，在国内是教师，戴黑色圆镜框的眼镜，像账房先生，费了种种周折来到国外，家人却没能申请成功出国——他做不了本行，只能给人打工，洗地、擦盘子，估计心里很寂寞。和我熟了之后，他说：'卫来，我教你读书啊。'

"我说：'去你的，老子忙着呢。'"

岑今笑起来。

卫来看了她一会儿，他不是说假话，他真的喜欢看她笑——尤其是看着他笑的时候，眼睛里有他。

"后来他说，要不这样，我晚上在家做饭，你可以来吃，但是吃饭的时候，你得听我上课，行不行？"

他看着岑今："他要管我一顿饭，你懂吗？这还有不愿意的吗，让我叫他爹我都愿意。"

有奶是娘，有饭是爹，都比他亲生爹娘靠谱。

于是到了晚上，卫来就去吃饭。有时中午没吃的，他就饿着肚子硬撑，撑到晚上一起吃，吃穷这个傻老头儿。

老头儿在他耳朵边叨叨地讲，还像模像样地备了块小黑板和粉笔，在黑板上一笔一顿地写。

开始卫来不听，后来当消遣，边吃边听，还跟老头儿犟："这个小三角形的内角和是180度我同意，但是旁边这个三角形，跟我头一样大，内角和至少200度！"

岑今差点儿笑出眼泪："你蠢啊你。"

卫来低下头，唇角弯起。

你以为我不知道三角形的内角和都该是180度啊，逗你笑呢，小姑娘。

铁桶里的水突突地响，水泡在面上聚合，又炸开。

水要开了。

卫来的意识忽然恍惚。

他记得有一次，老头儿在讲，他在吃，老头儿忽然敲着黑板说："这道题我讲过很多次了，同学们，谁来答一下，啊？我告诉你们，越不举手我就越提问他……"

卫来嘴里含着米饭，差点儿笑喷："就我一个人！还同学们！你梦游啊！"

老头儿怔怔地看着局促的斗室，像是大梦一场，然后攥着手里的粉笔坐下来，过了一会儿，摘下眼镜——卫来记不清了，他到底是擦眼镜，还是擦眼睛。

岑今轻声说："水开了。"

卫来回过神，长吁一口气，上前拎下铁桶："一大桶，够洗了吧？"

岑今想了想，摇头："再多烧点吧。"

卫来觉得没必要："一桶足够了，比你昨天用的水多多了，烧多了也是浪费……"

"多烧点。"

行吧，你最大，你说多烧就多烧。卫来不想跟她争，去到最近的一户人家，连比带画的，又借了个桶回来。

天黑下来。

岑今进帐篷洗澡，卫来又当了一回看门的。其实棚屋没有门，只有个供人进出的框，村民好像也不习惯有门，大多在门口拉块布——村子只那么几十户，这么多年下来，都沾亲带故，反正都穷，并不防着谁。

卫来主要的职责是赶羊。

这里的羊散养，都趁晚上凉快时出来遛弯、啃草、闯门，然后被赶，可能是家常便饭。只片刻工夫，临近的几家已经几次大嚷大叫。每次卫来探身去看，都能看到从门里慢条斯理地走出一只羊。

他赶了两三只，眼见天黑得厉害，转身折了两根照明棒搁到高处照明，再一转头，又来了一只，正往门里钻。

卫来摁着它脑门心，就把它推出去了，骂它："有人洗澡还往里去，要脸不要？"

话音未落，身后飘门呼啦一声，岑今出来了，裹着披绸，拿毛巾擦头发，边走边说："没洗完，剩了大半桶。"

早说了用不了这么多，卫来一脸的"我就知道会这样"。

角落里有床，扎起的木棍搭在石板上，凹凸不平。岑今过去坐下，漫不经心地说："你去洗吧，不要浪费了。"

卫来说："我洗澡方便得很，只要擦一下……"

他及时刹住了话头——岑今的脸色忽然沉下来，还怪凶的。

真是，还不是沙漠用水不宽裕，要是足够，谁还不想洗啊——吃了一夜沙，海里泡完带出一身的盐，又是搭帐篷又是烧火的，他也想痛快地洗个澡好吗？

他矮身钻进帐篷。

里头的照明棒很暗，光笼罩着两个铁桶，其中一个桶里的水，几乎就没动。

说了一桶足够，非让他多烧一桶……

卫来掀脱衣服，脱到一半，心里忽然一动。

他慢慢坐倒在地上，看着那桶水——他知道自己一定笑了。

真是……

120

岑今坐在床上，头发擦得越来越慢，凝神听帐篷里的动静。

你倒是洗啊，你不是进去睡觉了吧？你不是把水喝了吧？

"岑今？"

水声终于响起来，哗啦哗啦。

"嗯？"

"明天海盗就会过来了……那些海盗，是什么样的人？"

岑今皱眉："这怎么讲得清楚。"

"大致给我讲讲吧。照面之前，我总得知道对手是什么样的人。是加勒比海盗那样，还是维京海盗那样？船上会升海盗旗吗？一个骷髅头，架两根交叉的大腿骨那种？"

岑今笑："胡说八道……海盗大多是渔民，很穷的渔民。"

她思忖着该怎么样把这事说清楚。

起初的时候，索马里的渔民日子还挺好过的。毕竟国家海岸线有3000多公里，鱼类资源很丰富。但是后来，二十世纪九十年代，前政府被颠覆，国家进入了十年的内战状态，到处是军阀割据。国家秩序的坍塌，带来了一系列的问题。

首先是货币贬值。索马里先令成为世界上最不值钱的货币，2000索马里先令只约合人民币4毛钱，而且还在贬值。

其次是欧美捕捞船只的到来。军阀各自混战，海岸线门洞大开，欧美捕捞船趁乱而来，在索马里海域采取灭绝性的捕捞政策，甚至驱逐渔民。自己国家的海域，自己捕不了鱼——政府没能力管，因为没政府——而渔民捕不了鱼，就没了生活来源。

再次……

咦！

进来一只羊。

岑今盯着羊看。

它也盯着岑今看，面相很纯良。

岑今慢慢把腿缩上床，心里默念：别过来，我刚洗完澡。

羊好像对她确实也没多大兴趣，过了一会儿便偏转头，好奇地盯住了帐篷的飘门。

水声传来。

女人是水做的，这一刻，岑今觉得自己是坏水做的。

她在心里说：去，乖，进去。

然后，羊就进去了，慢条斯理，毫无心理负担。它大概以为，和历次闯门一样，这不过就是一个春风沉醉的晚上。

卫来的吼声传来："要不要脸！流氓！"

帐篷里一通桶撞、水翻、羊叫。

然后，飘门一掀，卫来出来了，全身水淋淋的，大概还没顾得上擦，只套了条短裤，手里……

没错，他一只手攥着山羊的两只前蹄，沉着脸往外提拖。山羊一脸被侵犯的惊恐，两只后蹄在沙地上踢踏，屁股死命往后赖。

——你干吗？你干吗？我就看看，你干吗？

岑今掀起披绸多出的一角，慢慢给自己扇风。

"卫来，你是外国人，刚到人家的村子。这羊是村民的财产，你要是把它弄死或弄残了，村民再合伙把你弄残了——这可是外交事件。"

卫来咬牙，有那么一瞬间，他确实起过把羊宰了的念头。

但就这么放它出去，他心有不甘。

他继续把羊往外拖。

岑今的目光一直追过去。卫来停在棚屋外，挑了根又粗又牢靠的栅棍，把羊硬生生提站起来，两只前蹄跟栅棍交叉，绳子三绕两绕，捆了个扎实。

卫来抹了把脸上的水。

幸好都快洗完了，桶虽然翻了，但费的水不多——他进了屋，摘下帐篷撑架上挂着的毛巾，悻悻地边擦身上的水，边坐到岑今边上。

她继续扇风。

卫来忍不住问："你就没看见那羊？"

"没有。"岑今很诚恳，"当时我一直在想怎么回答你的问题，所以……完全没注意。"

行吧，明知道她脱不了干系，但他能怎么着？

卫来吁了口气："那说回索马里，海盗是什么情况？"

岑今看着他："发生那样的事，就……过去了？"

至少抱怨两声、咒骂两句……居然没事人一样继续聊海盗，心大得可以在里面开船了。

卫来说："怎么着，不就被羊给看了吗？"

岑今笑笑："谁知道呢，帐篷里的事，反正只有你和羊知道。"

卫来牙痒痒的："它刚一进去就被我轰出来了，几秒的时间，能发生什么事？"

岑今偏过头不看他，裙裾掀得不紧不慢，自言自语："那谁知道啊，一眼万年，瞬间即永恒，宇宙大爆炸也就一两秒啊，然后万物生。"

卫来气笑了，齿缝里迸出字来："岑今。"

岑今转过头。

他伸出手指点她，没戳到，还算是克制。

他说："你也是运气好，是我的客户。"

雇佣关系、一纸合同，这些对他确实还都有约束的效力。

换作麋鹿，这么挑衅他，老早就被拆了骨头下锅炖了。

换作可可树，老早就被劈成柴炖麋鹿了。

你运气好，还能在这儿坐着，你要真是我女朋友，哪会跟你费这话，早就拖过来……

岑今斜眼看他："是客户怎么了？"

她微侧着头，下颌扬起，脖颈一侧漂亮修长的美人筋把他的目光一路牵向锁骨的浅窝儿和圆润的肩膀。

卫来喉咙发干，再说话时，声音低沉沙哑，急需一盆冷水内淋外浇。

于是他说："你现在给我讲一下海盗。"

是该说回海盗了。

照明棒的光又快耗没了，整个渔村都没有亮儿，风送来海浪声和略腥咸的气息。

岑今说："海盗就是渔民，很穷的渔民。

"索马里爆发内战以来，社会和教育体系都已经崩塌，文盲率很高，接近八成。官方语言也不是英语，有时候，小一点的海盗团伙，一群人中也没一个会英语的。想和船东谈判，还得掏钱雇个懂英语的，还要支付长途话费。"

卫来想笑：给他打电话的那个海盗，英语还算顺畅。看来虎鲨是当地最大的海盗头目这话是说得通的——手下的各类"人才"还算齐全。

"他们的仇恨一直在发酵：一是世代打鱼的海域，自己不能去，去了还要被外国渔船驱赶；二是灭绝性的捕捞政策，使得海里很难捕到鱼，断了生活来源；三是军阀混战，本来就饿殍遍野，联合国送来的救济粮，还都让有枪的人给抢了……"

卫来沉默。

记得白袍跟他说过，虎鲨起初也只不过是个领粮食的难民。

"几年前的印度洋海啸，又意外地揭露一场生态灾难：欧洲一些国家利用这里的政府无能，将本国的核辐射垃圾、化工有毒废料运到这里倾倒。海啸把这些有毒垃圾翻上了海岸——那些沿岸居住去捡垃圾废料的人，很多受到辐射感染，一年内就有300多人死亡。"

卫来纳闷："欧洲离这儿挺远的啊，千里迢迢过来倒垃圾？"

"欧洲对核辐射垃圾有处理标准，一吨的处理成本是 1000 美元左右。但是他们辗转和这里的政府签了合同，倾倒一吨，支付 8 美元，这么一算，运输成本根本不算什么。"

卫来叹息。

他想起唐人街那个老头儿摇头晃脑念的古文："人之生，譬如一树花。"

子宫结胎，都是在同一棵树上长、同一棵树上开花，但飘去哪里就很难说了：粪坑、酒席、堂前、脚下。

那里金贵，有毒垃圾要封存、隔离、高科技处理，难道这里就低贱？8 美元，哗啦一倒，继之以感染、变异、死伤。

"所以可以理解为什么当地渔民仇恨一切，仇恨外国人，也仇恨政府。起初，有外国船只经过，他们上去打劫、搞破坏、扣押船员，纯粹出于泄愤。

"忽然有一天，他们发现，船东居然找中间人向他们递话，表示愿意支付赎金把船给拿回去——原来不打鱼，也能赚到钱。

"然后，一个行业就产生了。"

照明棒彻底不亮了，羊立起的影子斜拉在沙地上，伴着一两声呜咽似的咩声。

"除非将来这个国家可以真正强大，否则海盗问题很难解决——现在亚丁湾的护航舰队越来越多，但海盗的袭击没有减少。

"而且，有人做过调查，索马里的民众超过半数赞同这种行为，他们觉得海盗是英雄，给他们出了气。另外，海盗拿到赎金之后，会花天酒地——那一地带依托着海盗的消费，又形成了一条特殊供应链：食品、烟酒、女人。换言之，海盗又养活了一大批人。"

她一口气说了很多，条分缕析。受曾经的职业影响，这是她做事的习惯，说什么都要说清楚内因外因、前因后果。

她看向卫来，不知道他会不会觉得很闷。

太暗了，她看不清他的表情，只能看到他的轮廓和眼睛。

岑今忽然想起了什么，又补充："明天见到海盗，不要带着猎奇的目光看他们。除了那些头目，他们大多是跟风的穷人，赤脚、不识字、满怀愤懑，生了病没钱治，分到了钱就花天酒地。不用跟他们争辩逻辑、道理、是否违法，他们不懂。"

卫来沉默了一会儿，笑起来："你口口声声跟我说这条船不重要，暗地里还是做了不少功课啊。"

"功课倒没怎么做——在土耳其的时候，有个人塞给我一本分析海盗的杂志，无聊的时候，我就翻了一下。"

卫来心中一动："你看了？"

"不然呢，拿来扇风吗？"

"杂志上还说了什么？"

"还说有专家谴责那个第一个付钱的船东，觉得他开了个很烂的头——如果海盗不知道还能赎船这回事，也许就没有后来那么多劫案了。截至目前，亚丁湾的船只劫持，支付的最高赎金是150万美金。"

难怪全世界的目光都聚焦天狼星号。这一次，海盗叫出了2000万美金的高价，船东们都怕沙特人再开一个烂头。

卫来压低声音，形同耳语："能问一个……问题吗？"

他想问的，应该属于商业机密，所以不自觉地压低声音，生怕隔墙有耳——尽管墙外其实只有羊。

岑今的身子倾过来些，声音也故意压得很低，像接头："你说。"

真是……也挺能演的。

"沙特人的心理价位，是多少钱？"

岑今伸出手，指尖触到他手背，然后轻轻写了个"5"字。

"500万美金？"

"最多500万，给我的酬金是30万。"

2000万和500万，这都不是对半砍了，这是要从海盗的牙缝里生拉硬拽出1500万美金来。

卫来皱眉，总觉得无从下手。

"有把握吗？"

岑今笑："开始我答应了，后来我又涨价了，我要50万。"

卫来也笑："真巧，涨价那次，我好像看到了。"

记得白袍亚努斯被她的坐地起价气得跳脚，这还不止，她还不接受一半定金制，要求所有的钱一次性打进账户，拿到钱之后再出发。

卫来一直想不通："他怎么就答应了？"

"因为我跟他说，给我50万，我把赎金谈到300万。"

卫来倒吸一口凉气。

300万。

海盗舍得吗？这都不是吐骨头，是直接往外吐肉了啊。

"小姐，你要怎么谈？"

岑今说："上了船之后，你别漏掉我跟虎鲨的每一句话，就知道我怎么谈了……你不信我谈得下来是不是？"

卫来说："我信。"

他躺下去，双手交叠着枕到脑后。床上的树棍削得凹凸不平，有一些枝瘤还在，硌得他后背疼。

他又说了一次，刻意用轻佻和无所谓的语气："我信啊。"

岑今冷笑了一声站起，把披绸裹紧，说："那走着瞧。"

她一路走进帐篷，卫来躺在床上，看着她的身影微笑。

他自己都说不清——当她说出"我把赎金谈到300万"的时候，他居然有一种莫名的兴奋和骄傲。

她离开的背影，像个冲锋陷阵的斗士。

去吧，去海盗的世界里兴风作浪，搅他个人仰马翻好了。

愿意为你保驾护航。

他闭上眼睛，将睡未睡的时候，唇角还忍不住弯起，喃喃了声："300万。"

……

月色皎洁。

棚屋外，那只前蹄被吊起的山羊认命了，脑袋耷拉到一边，百无聊赖。

我不就看看嘛……不就舔了你一下嘛……

矫情。

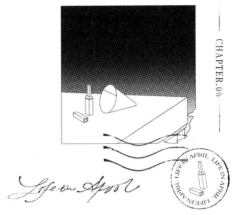

第六章

CHAPTER.06

Life in April

"看起来，虎鲨不像是知恩图报的人啊。"

卫来醒得很早，一半是因为今天会见到海盗——这些人多次占据世界媒体的头条，但很难得见。

众多西方记者为了猎奇闻风而至，却因为索马里局势太过危险，只能悻悻地停留在邻国肯尼亚观望，然后喊出高价购买海盗的故事。

这甚至催生了又一新兴产业：很多肯尼亚骗子穿着破衣烂衫打扮成海盗，找那些记者领取酬金，大肆宣讲自己惊涛骇浪的海上生活，如何血腥暴力、残忍无情——而实际上，其中有些人连海都没见过。

另一半是因为……

得赶在村民起床之前，把羊给放了，不然说不清楚——谁会相信他捆羊不是为了宰来吃肉？

这羊半趴半吊着，居然也能睡着，松绑的时候醒了，眼睛睁着，十分迷茫。

山羊生就一张老成沧桑的脸，卫来越看越气，伸手把它脑袋推歪："滚，别让我再看见你，你最好把昨晚的事给忘掉，不然我宰了你。"

大概是因为捆了一夜，前蹄发僵站不起来，山羊在地上趴了好一会儿才起身走开，步子迈得一板一眼，两瓣屁股肉一耸一动，尾巴还摆了一下。

如何能忘啊！专家研究发现，哺乳动物的记忆力都很好。羊也一样，有些不但能辨认出人类的面孔，记忆的维持甚至能保持两年之久。

它会经常回忆起这个感情激越、春风沉醉的晚上的。

被绑了一夜。

岑今也没有再睡多久。

虽然之前她总是漫不经心地说"又不是什么大事""不过是一条船"，但事到临头，还是没法等闲视之——毕竟要面对的是世界上最大的油轮、迄今为止开出的最高赎金，以及被各国媒体渲染成"最危险"的海盗。

洗漱完了，吃了些干粮，她进帐篷换装。

卫来用折叠柄的钛碗烧水，手里撸了条速溶咖啡。等水开得差不多了，他便撕了口全部倒进去，拿勺子搅了搅，然后端到一边放凉。

近乎原始的村子，永远抹不去腥咸和羊臊味的地方，忽然袅袅升起咖啡的味道，这让他觉得刺激又浪漫。

岑今出来了，到脚踝的浅色牛仔裤、半袖的白T恤，相比前几天，穿得略保守。看来她也知道在海盗面前收敛性别特征——真奇怪她起初带了足足五套晚礼服，是准备在哪儿穿？

她指了指卫来身边开口的行李包："船上该有的都会有，东西我们可以少带，备三五天换洗的就行。行李都放我包里好了，你的包就不用带了，放车里吧。"

桑托斯之前说过，村里没人偷东西，所以不需要门，也不需要锁。丢东西的事发生过，极偶尔的一两次，都是羊造的孽。

岑今在地上坐下，取出那支金色方管的唇膏，旋开。

管身明亮泛金，可以当镜子用，膏体软得没了形，她拿指腹抹了点颜色，轻轻抹在嘴唇上。

卫来看得出神。

初见她的时候，就觉得她像明度很高的黑白照，唇红和锁骨旁的朱砂，是有人拿手指蘸了朱红，给照片上的色。

朱砂？

他留意去看，她真的还戴着那条坠石榴石的锁骨链，这么久了，行程几变，装束几变，两人的关系都翻天覆地——唯独这条项链，她从来没取下过。

一定有特殊的意义，谁送她的？

岑今感觉到了，当镜子用的那截方管一倾，浅金色镜面折射着阳光正对着他的眼睛："看什么？"

卫来没避开，直直迎上："口红颜色很好看。"

很适合她，是酒红色，不那么厚重，衬得她皮肤瓷白。

卫来觉得这颜色本身就很性感，有红色的火热和黑色的压抑，自由放纵又保守克制。

岑今说："我其他的口红颜色更漂亮，结果被人从箱子里扔出去了。"

卫来纠正她："那叫有礼貌地拿出，小心地放置在一旁，不叫扔。"

咖啡凉得差不多了，没有多余的盛具，他抽了张白色防油纸卷成圆锥形，锥尖处折了个弯角防速漏，然后把咖啡倒进去，递给岑今。

剩下的，自己就直接拿碗喝吧，不讲究。

她接过去，很快喝完，又递回给他。

卫来本来准备随手一扔——防油纸就这好处，可降解，短时间内耐高温高湿，可以折来当杯子、碗、碟子，实用又不占地方。

他心里忽然一动。

他轻挪了一下纸杯——杯口外沿有个浅酒红色的唇印，清晰到能辨出细细的唇纹。

岑今没看他，她在补妆。

卫来把纸杯轻搁在行李包夺拉的把手上，纸杯站不稳，摇摇欲坠，再加上有时会有风，某个瞬间，它忽然栽进行李包拉开的宽缝里去了。

它自己掉进去的，不赖我。

他看向岑今："能问个问题吗？"

"你有不问问题的时候吗？"

"这不能怪我，是你要我每天都写对你的看法的——问清楚点，写得也实在点。"

"那你写了吗？"

还在酝酿。

"……反正交货的时候不会缺斤短两就是了。"

"又要问什么？"

"那个，"卫来指向她的颈间，"那条项链背后，是不是有故事？"

岑今停下手里的动作。

太阳出来了，有光照在她手里金色的方管上，一片炫目的亮——以至于他看不清她的表情。

"是，但我不会告诉你。"

没关系，卫来觉得自己有足够的耐心。每一个问题，都一定对应一个答案，合适的时候自然会浮现；不当的时机，下再多香饵，也钓不上来鱼。

"那换个问题，是男人送的吗？"

"不是，我自己买的。"

他说："哦——"

调子拖长，心里忽然轻松。

他站起身走到车边，摸了盒烟出来，抽了一根，点上——可可树给备的，大概是苏丹最廉价的烟，包装简陋，烟气特别重。

但他不在乎，吸了一口慢慢吐出，眼前结起烟幕。

不是男人送的就好。

虽然到底好在哪儿，他自己也说不清——谈判一结束，他也得麻利地滚蛋不是吗？

烟幕在散，散出土道尽头走过来的两个人。

卫来微微眯起眼睛。

两个人都瘦高，黑人，穿敞怀的花衬衫、黑色大裤衩，用白 T 恤包着头。其中一个人戴了墨镜，另一个人……

扛枪。

AK 系，突击步枪，枪身油亮发黑，枪口随着他的走动幅度很小地一上一下。卫来的脊背下意识挺起，喉结不易察觉地滚了一下。

这小渔村的气氛也变了。

本该是吵吵闹闹的早上，就像昨天，炊烟四起，孩子们去给小山羊洗澡，渔民忙着缀补拉坏的渔网。

但现在，村道上只剩下茫然遛弯的羊。

每间棚屋里都有人，每个人都不出来。恐惧的眼睛亮在棚屋的缝隙后头，目光偶尔和对面人的在空地上相碰，被大太阳晒蒸着发抖。

昨天，他和桑托斯谈起过海盗。

桑托斯说："海盗，我们知道的，沿海的村子都知道。

"索马里海盗名气大一点，不过离我们很远，不会到这里来。再说了，小渔村有什么好抢的。

"我们出海的时候，遇到过一两次。凶的时候他们抢船，不凶的时候只把货抢走……

"最怕他们带着枪闯进村子来，好在很多年没有发生过这种事了……"

那两人走得更近了，来意明显，目标明确——只有这棚屋外头停了辆面包车，站了个外来人。

他们要找的，就是外来人。

卫来低声叫她："岑今？"

不用他提醒，她已经站在他身后了，说："他们……来了啊。"

……

那两个人在几米开外停住。

卫来能感觉到自己没什么存在感——那两个人都只盯着岑今看，面色怪异，上上下下地打量，很不友好，然后开口："她是来谈判的？"

语气也很生硬。

卫来代答："是。"

"那走。"

真是没一句废话，卫来失笑："我们东西还没收好。"

"那赶快收。"

海盗都这么言简意赅吗？还是因为英语不好，所以尽量少说？

卫来做最后的整理，翻出装备包，里头有可可树给他备的武器——手枪是沙漠之鹰，在人家的 AK 面前，简直是小打小闹的玩意儿……

他刚掂起来准备别进腰后，耳畔忽然响起拉开枪栓的声音。扛枪的那个端平枪身，枪口几乎堵到他耳边，吼道："不准带枪！"

卫来说："嗨，嗨，冷静。"

他食指钩住枪，慢慢举起双手做投降状，然后站直身子，转身，先看岑今，说："你站我背后。"

岑今站过来，那个端枪的似乎很紧张，眼神凶悍，枪口紧紧抵住他肋间。

卫来看着他，态度温和："我是保镖，保镖没有不带枪的道理。"

戴墨镜的那个人走过来，伸手抓住枪身往后带，将枪口带离卫来的身体，说："枪不能上我们的船，你们是来谈判的，谈判的人要和平，不能带枪。"

放屁，你们也是来谈判的，你们为什么带枪，还指着老子？

卫来压住心头的火，顿了顿，笑起来，说："行吧。"

他手腕轻轻一抖，把沙漠之鹰甩脱到几米外的沙地上："那不带了。"

端枪的人并不放松警惕，脚伸出去，很快把那把枪蹭过来踩在脚底，然后动作迅速地捡起，插进自己后腰。

卫来慢慢放下双手："我可以继续理包吗？"

"理，快一点。"

卫来在心里骂了句脏话，走到岑今身边，拎起包身抖了抖，压低声音道："虎鲨至少应该跟他的手下讲一声，你救过他的命，这些人见到你的时候，要讲点礼貌……看起来，虎鲨不像是知恩图报的人啊。"

岑今没说话，顿了顿，轻声说："不带枪，行吗？"

卫来眉心皱起："我不想吓你，这是最糟糕的情况，很危险……"

岑今垂下的手不自觉地攥了一下。

卫来尽收眼底，不动声色。

他拉起包链，轰一声带上车门，忽然笑起来，说："没事，逗你呢。不让我带枪……他们的枪都是我的，我想用就用——省得自己带着怪沉的。

"上了船之后，万一打起来，你睁大眼睛，别错过我任何一个潇洒的动作……你就知道什么叫王牌保镖了。"

出发。

端枪的海盗慢慢转到两人身后，白 T 恤包着的脸只露眼眉那部分黝黑的皮肤和一双阴晴不定的眼。

他说："走。"

这像话吗？

卫来的火忽然上来，背包往地上狠狠一砸。端枪的那个海盗下意识想扣扳机，被戴墨镜的海盗迅速扣住了枪栓。

卫来盯着戴墨镜的海盗看。这人四十来岁，也是白 T 恤裹头，眉梢……

难怪他戴墨镜，他脸上有道斜的刀疤，从眉骨上方斜到颧骨……按照这走向，眼睛可能没保住啊。

卫来决定叫他"刀疤"，另一个就叫"AK"吧，动不动就端枪，枪是你的命啊？

他笑了笑，说："你们要是这样，我就不高兴了。

"你们大概是抢多了船，不知道该怎么正常对待人了吧？枪在后头押着人走，什么意思啊？

"知道什么叫谈判吗？谈判是坐一张桌子旁，面对面，平起平坐，喝喝茶、聊聊天、笑一笑，把事情给谈了。

"拿枪押人，你当我们是战俘还是人质啊？虎鲨也这德行？那不用谈了。或者现在打个电话给他，大家聊聊什么叫礼仪规矩，聊妥了再继续。"

AK 的眼里掠过一丝暴怒。

气吧，谈判就从这里开始，谁先控制不住，谁就先输——岑今说过，海盗想拿到赎金的迫切心情，不亚于沙特人想拿回船。为了"生意"长久，海盗也不可能去动谈判代表。

他就赌这两个虎鲨的手下不敢造次。

果然。

过了一会儿，那个刀疤咳嗽了两声，把 AK 的枪口慢慢摁下去，说："Please.（请。）"

孺子可教，终于知道规矩了。

卫来笑起来，弯腰捡起背包，掸了掸包上的灰，然后看岑今："走啊。"

岑今站着不动："他开枪怎么办？"

"哈？"

"你砸包的时候，万一他控制不住开枪，把你打死了怎么办？"

说这个啊，卫来想了想："打死我，你会心疼吗？"

岑今笑："你自己作死，我为什么要心疼？"

她扭头就走，卫来看了一会儿，大步跟上去，伸手拉她胳膊，忽然想起她胳膊上有伤，手顺势上移到她腋下，抓住肩膀把她拉住了。

岑今被他拽得一个趔趄。

难怪假面舞会上，那个东欧女人说岑今的肩膀偏瘦——他一只手就把她的肩膀给包住了。

岑今瞪着他。

挺好，知道生气了，终于不是那副"湿气沉沉"的样子了啊。

卫来说："能不能对'王牌'有点信心？我这个名头，不是拿钱买来的。"

"海盗那么穷，当然会省子弹，估计也没受过多少射击训练。就他端枪那角度，肘那么浮，枪口那么飘，你觉得能射得到我？"

"我也就只有一条命，虽然有时候拿它出来装腔作势，但我不拿它来玩的。"

岑今的脸色慢慢和缓下来。

卫来笑，他喜欢讲道理的聪明人，那次帮她精简行李的时候，他就看出来了。

海盗停在不远处，估计在等，很不耐烦，但吃了他先前那一呛之后，也没催。

"事实上，我挺遗憾他没开枪的。我目测了一下，我只要一矮身，给他来个扫腿，他仰跌下去，子弹都会喂天……很潇洒的动作，你没眼福……走吧。"

他伸手，手掌微微用力，看似无意地从她后腰抚到腰侧，借着这一推，很巧地占了点便宜。

见他们终于动了，两个海盗松了口气，遥遥在前头引路。

能感觉出渔村气氛的舒缓，回头看，有些人从棚屋里偷偷探出头来。再走一段回头，三三两两的人站在空地上，不知所措地朝这边张望。

他问岑今："现在还觉得谈到300万很有把握吗？"

岑今示意了一下前头的两个人："我不相信他们出来之前，虎鲨没有交代过要讲礼貌。如果这是虎鲨授意的，那他就是故意想给我一个下马威——心里不踏实的人，才会这么装腔作势。"

挺自我陶醉的，只有虎鲨装腔作势吗？你起初不也装模作样，拒绝接听电话，说什么只有虎鲨才能跟你讲话？

有一道极细的光从他脑子里掠过，像是在提醒什么，但他没能抓住。

卫来皱起眉头。

很快到了岸礁边，近海的海水清澈，有一艘轻型冲锋舟荡在岸边，船头拉出又脏又污的缆绳，盘扣在一块凸起的礁石上。

极目远望，这海看不到边。要是麋鹿在，一定会咋咋呼呼地说："卫，看，这快艇像个饺子，都不够塞红海的牙缝！"

不知道那艘谈判的母船停在哪儿，估计至少需要一个小时航程。卫来问岑今："红海……应该挺文静的吧？"

他对这一带的地理环境不熟，当她是教科书——她援过非，又系统研究过这里的人文，总能答个八九不离十的。

岑今说："红海算是亚非间的内海，风浪一般不会很大，不过也很难说……"

卫来刚放下的心又提起来了。

"这海之所以叫红海，有一个说法：当撒哈拉的红色沙尘暴侵袭过来的时候，狂风卷起红色的沙尘，把天空染成红色，大海会卷起赤红的海浪，海岸边耸立着红色的岩壁……"她耸耸肩，"我也不知道这些日子会不会刮沙尘暴。"

这不是废话吗，前两天刚刮过一场。

麋鹿这王八蛋，说什么能跟沙特人做生意，等于铺开一道颤巍巍的金桥，这世上有那么好赚的钱吗？都是血汗钱。

刀疤抢先一步上了船，AK 跟上的时候，忽然痛呼一声跳开了去——他踩中了一颗有棱角的小石子。

鞋子真是人类的伟大发明……

又有一线极细的光亮从他脑子里掠过，再次滑脱，他还是没有抓住。

卫来心头生起一线寒意。

这不是他第一次出现这种情况，以前也有，一次是翻车，还有一次是中枪。

业内有个说法：死神带了镰刀，一茬茬收割人头，像收割稻禾。他们这种边缘人离死神太近，危险来临的时候，可以预先看到死神镰刀上的反光。

这反光，就是脑子里那线极细的光亮，是不祥的征兆，也是活命的提醒。

到底是什么呢？

——天气会变糟、沙尘暴会很快侵袭，还是虎鲨那里摆下的其实是个圈套？

AK 不耐烦地催促他们上船。

卫来扶住岑今上了快艇。快艇很小，像块舢板，没遮没挡，艇里有桶续航用的引擎汽油，艇中间横架了块板，应该是座位——现在成了天然的隔断，把海盗和他们分开，像楚河汉界。

引擎轰然有声，快艇起航，向着看不到的海心深处疾驰而去。

高速行驶带来了风和一起一落的颠簸，岸很快退得看不见了，四周都是碧绿色，阳光照过来，粼粼耀人的眼。

红海是世界上温度最高的海，夏季温度在 30 摄氏度以上，以至于有人戏称在红海的浴场洗的都是热水浴——这么上照下蒸着，卫来自己都有些受不了。他打开行李包，翻了件衣服出来，张开了帮岑今搭上。

她低声说了句："有点晕。"

卫来伸手虚环住她，防止她受不住颠簸磕撞。这样日晒雨淋的海上生活，本来也不该是她这样的人经受的……

刀疤负责掌舵控制方向。海上的浪虽然不大，但船越小，因水流而起的颠簸就越频繁——AK 似乎也有点不舒服，缩在船舱里，嘴里骂骂咧咧，枪搭在肚子上，枪口不知道是有意还是无意，依然朝着他们。

然后他脚一抬，架在那块隔板上，脚底板正对着卫来的脸。

脚心一个红印，刚被小石子给硌的。

一点礼貌都不讲……

电光石火间，卫来忽然想到了什么，手臂下意识收紧。

岑今奇怪地看了他一眼。

卫来没看她，他的目光在刀疤和 AK 间来回扫了一回，忽然笑起来。

他转向岑今，伸手抚进她的头发，手掌包住她脖颈后侧，硬把她转向自己，语气和表情一样轻佻，用英语说："昨晚上你带劲得很，老子都为你疯狂了。"

用了俚语。

他余光看似无意地扫向那头。那个刀疤没吭声，包住头脸的白 T 恤有点松垮，露出无意识收缩的上唇肌——典型的厌恶表情。

AK 则怪异地看了一眼岑今，眼神轻蔑又不屑。

岑今盯着卫来看。

卫来还是笑着，凑近她耳边，改用中文说："来，推开我的手，用英语让我收敛点，一直保持跟我调情的状态。重要的话我们用中文说，记得低声。"

岑今的眸光闪烁了一下，很快勾唇笑起来，她低下头，伸手推开他手臂，说："讨厌。"

卫来大笑，肆无忌惮地再次挨近，低头吻她耳郭，像是耳鬓厮磨："会游泳吗？"

"会。"

她有点紧张，卫来捉住她垂下的手，用力握了一下。

"现在，我说的每一句话，你都听好了，自己分辨，照做。

"待会儿如果打起来，尽量往船舱里缩，像那天遇到沙尘暴一样，趴得越低越好。

"如果还危险，就往海里跳。不要游远，流弹会伤人。尽量靠近船，但不要靠近引擎，以免受伤。我会下去找你。"

岑今在他的怀里点头，轻声问："为什么？"

"这两个人，不是海盗。"

两个人里，AK咋呼些，也更好对付；刀疤有点深藏不露，喝得住AK，应该是个领头，但身上没武器——卫来仔细观察了，这么热的天，穿得都清凉，别说枪了，他身上连刀都没插一把。

步骤拟好：夺枪、抢船，己方零伤亡，对方看运气——谁让你们送上门来的？

他仰起头，百无聊赖地打了个哈欠，然后转身，背对着那两人摇摇晃晃地站起，长长地伸了个懒腰。

AK在后面吼："坐下！坐下！"

卫来微笑，余光觑准浪的起伏，右腿忽然用力下蹲。船身迎来一下大的摇晃，他装作重心不稳惊慌失措，大叫"哎呀"，狼狈之至，向后就倒。

敌对警惕的双方，正面去扑，对方第一反应是开枪，但因意外狼狈地倒向对方，对方的本能反应是推开。

果然，AK的骂声在身后响起。

卫来唇角轻弯，等的就是这个。

AK的手推到他后背的刹那，他的背肌骤然收缩，两只手臂迅速探向身后，又准又狠，抓住AK的左右肩胛，当他是垫在身后的一条毛毯，大力向外抽抛。

AK被抛得晕头转向，脊背弓起，像被人扔出海面的鱼。与此同时，卫来身子后滑，如同溜盘转向，一手接住跌落的AK-47，另一只手从AK后腰探过，大力抓住他裤腰，硬生生把他从半空拽回挡在身前，顺势抽出那把沙漠之鹰。

刀疤刚在船身的晃荡中坐定，眼前已经变了天地——

AK在对面坐着，喘着粗气，下巴被沙漠之鹰的枪口粗暴顶起，眼神张皇不定，腋下探出AK-47黑洞洞的枪口，直直地指着他。

刀疤紧张得喉头发干，下意识拉灭引擎。

整个海面都安静了。

有海鸥张着翅膀从快艇上方掠过，清亮短促地叫一声，空气里留存的余响像映着阳光的悬宕蛛丝，颤巍巍地拉向无穷尽。

半响，卫来的脸从AK脑后探出，笑着跟他打招呼："这个时候，你是不是应该……双手举过头顶？"

出乎意料，刀疤居然很硬气，虽然没敢妄动，但也没投降。

行吧，不强求，双手举不举过头顶都没差——反正待会儿一样要绑住。

卫来用膝盖顶了一下 AK："起来，看见缆绳没有，把他绑了。"

AK 瑟缩着，慢慢站起身，仰头的刹那，卫来注意到，他向刀疤使了个眼色。

这是还妄想着绝地反击？为免后患，就该把这两人手脚都打残了再细审……

AK 忽然暴喝一声，向着刀疤冲了过去。卫来还没反应过来，他已经跟刀疤抱作一团，双双倒栽下船。

船身外侧泛起巨大的水花，卫来赶过来，看到两道拼命向外游的水线。他举起枪，眯着眼睛瞄准了一会儿，又缓缓放下。

他俩是不是傻啊，这是红海中央，没船等于没命，跳海逃生，这不等于自杀吗？

某一个瞬间，拼命划水的 AK 忽然一个仰泳翻身，脸色诡异又狰狞。

卫来忽然反应过来，吼："岑今！"

她刚扶着船舷站起来。

卫来向着她的方向直冲过去，单手揽她入怀，没有丝毫停顿，脚下用力，蹬开船身，借着一蹬之势游鱼样斜蹿入海，借着势头迅速下潜。

船在海面上爆开，向下的冲击波推着海水涌过来——还好，他已经潜得够深，借势一翻身，旋即上浮。

他没关系，无装备潜过 30 米以下，但岑今不行，骤然增加的海水压强可能会让她深海醉、耳膜、眼膜、内部器官都极容易受伤。

等到浮出水面，这才发现沙漠之鹰还攥在手里，他把枪插进后腰。

岑今大声咳嗽，大概是呛到了水。卫来搂住她，踩水保持住平衡，然后回头去看。

未尽的黑烟四下卷滚，快艇已经成了残渣，看不到那两个人了——本身就是反方向各自逃亡，也好，离他们远一点，会更安全。

但是……

卫来苦笑，最担心的事情终于发生了。

他低头看岑今，说："咱们得游回去了。"

这快艇的速度在 60 节以上，按时间推算，这里离岸 30 千米左右。体力好的人，一次也就游两三千米，那还是在泳池环境——海泳要复杂得多，尤其是浪，会把你一切前进的努力都给抵消掉，踩半个小时水还在原地踏步。

如果这海里再有鲨鱼……

麋鹿和虎鲨都是畜生！

顿了顿，卫来忽然觉得骂得好像多此一举。

麋鹿和虎鲨，本来……也是畜生吧。

卫来料想得没错，岑今的体力根本跟不上，再加上深海的海浪推力绵延沉厚，游了不到两千米，她的嘴唇就没了颜色。

他过来扶住她，不忍心再说什么——她已经挺努力，也尽力了。

岑今缓了好一会儿，眼睛被海水浸得睁不开，太阳很快晒干她脸上的水，皮肤难受得发紧发黏。

卫来把她的额头搂到自己怀里，尽量不让她被晒到。

岑今说："要不然你自己走吧，我真游不动了。"

卫来笑："那我的报酬怎么办？你死了，我拿不到钱，'王牌'的头衔也保不住了，失手的人没资格领这头衔。"

岑今疲惫地笑，过了一会儿低声说："有命在，不怕挣不到钱。王牌什么的，你去换个名字卷土重来，再接几单，又是新的王牌。"

"这么说，你的命不要了是吗？"

岑今连说话的力气都没了："不要了。"

卫来想了会儿，说："行吧，保镖保护不了想死的人，你自己都不要命了，我也用不着帮你捞——死一个总好过死两个。"

他低头，很快地在她嘴唇上啄了下，然后松手，翻身潜游开去。

岑今笑，似乎觉得世事就该如此，是人就有落幕之地，这里并不差。

她不再试图去划水。

太阳很暖，水漫过口唇、眼睛、眉头……

身子忽然一轻，有人从水下抱住她的腿，哗啦一声浮出水面。

岑今并不惊讶，低头看，卫来正抬手抹甩脸上的水。

他大笑着说："我在水里捡了个姑娘，决定带回去解闷玩儿。你没资格说话，你是被捡的。反正你把命丢了，是被鲨鱼捡还是被我捡，你都没发言权。"

岑今笑起来。

她闭上眼睛，低头抵住他额头，喃喃了句："你这个人……"

卫来腾出一只手拽住自己的黑色 T 恤下摆，把衣服直接掀脱到她身上，把她像海盗一样包住头脸，只露一双眼睛。

"别晒脱皮了，捡你主要是看你好看，晒丑了我就不要了——毕竟一路带回去，还怪沉的。"

……

真想"一路带回去"，也要靠命数。

卫来让岑今尽量"静漂"——海水密度大，红海的密度尤甚，人在完全放松的状态下，可以设法在水面上漂浮。这样的话，他一路带着她游，可以稍微省点力气，也有助于她恢复体力。

但即便是这样，前进还是越来越难：水程太长，阳光太炽，浪的阻力太强，以致静漂很难维持，在海里很容易失去方向感。两个人脱水都渐渐严重……

又一次短暂的休息，他累到眼前发黑。

如果这里不是荒僻的渔村，而是在苏丹港附近，就会有很多船经过，就会把他们救起来……

岑今的意识已经开始恍惚，她奇怪地盯着远处看："那是什么？"

卫来抬头。很远的地方，像是有白色的纸片在飘。但一定不是船，船没这么小。

"泡沫吧，或者塑料。"

过了一会儿再看，那东西还在，并没有被海浪推走，好像有什么东西牵着。卫来心中一动，他又看了一会儿，说："可能是汽油桶，空汽油桶。"

他决定过去。

有空的汽油桶也是好的，可以当游泳圈用。虽然有游泳圈也解决不了脱水和体力衰竭的问题——至少可以省力一点。

游近了，果然是汽油桶，两个，隔着一段距离。卫来用尽最后的力气带着岑今游近一个，让她攀住桶身。

岑今没攀住，差点儿滑进水里，卫来也随之下沉，下意识胡乱抓，抓到绳子一样的东西。

脑子里闪过一个念头，这念头让他忽然振奋。

卫来伸手搂住岑今——海水几乎没过了嘴，他尽力仰头，另一只手摸索着挨到汽油桶边，低声说了句："小姑娘，我们有救了。"

岑今在呛水，卫来尽力把她往上托："抱住我的脖子，用力。"

她没力气了。

卫来想了想，伸手摸下去解她裤扣，她察觉到了，身子敏感地往后一缩："你干什么？"

卫来说："难道我还能侵犯你？我就算有这心思，现在也没这力气——我要你的裤子。"

他仰头长吸一口气，闭气下水，手抓住她牛仔裤的边缘往下拽。

裤子是紧身的，被水浸得黏在身上，这一拽险些把她整个人拽下去。卫来憋住气，潜至更深处，一只手搂住她的腿，另一只手借力把她裤子往下脱。

贝雷帽特训有水下快速脱衣项目，原因是：当你作为一个国家的战士，从海路潜袭别国，发现计划泄露被包围的时候，要在水下快速脱掉代表身份的军装——这样就有被错认为平民的可能，从而多争得一线生机。

还以为这技能永远都用不上了……

一次成功，他攥着裤子浮出水面，把岑今的胳膊绕在自己颈上，低头摸索着，用裤子把她和自己绑在了一起。

幸亏她知道要在海盗面前保守一点，这次穿了长裤——要是穿短的，还真不知道拿什么来绑。

绑完了，卫来如释重负，终于有力气腾出手来攀住汽油桶——他要尽快恢复和保存体力，才可能支撑得更久，直到救援人员到来。

他低头看岑今，她起初还下意识想保持点距离，但很快意识溃散，把脸埋在他胸口。

真是感谢沙特人选了她来谈判，换个脑满肠肥的男人，他也得这么救、这么绑——非但毫无乐趣，下半辈子都有阴影了。

岑今喃喃道："怎么就有救了？"

卫来回答："你没捕过鱼吧？

"记不记得桑托斯说过，布库村里只有他有船，另外几个人有网。他们头天把网张在公海里，第二天去拉鱼。这两个汽油桶是浮球，下头连了张带铅坠的拖网，捕鱼用的。

"桑托斯昨天给我们当翻译，一整天都没出海，今天该来拉鱼了……我们在这儿等着就好。"

时间一分一秒过去。

卫来的体力恢复了些，但意识开始陷入无边的混沌——除了日头的偏向，周围的场景一成不变，海浪周而复始地起伏。远处海鸥掠过，像天际划出的道道黑线。

夕阳把海面都染成赤红色的时候，不远处忽然冒出一个驯鹿的头，长睫眨巴眨巴，一定涂了睫毛膏。

出现幻觉了。

卫来用力闭了下眼睛再睁开，在心里骂了一句。

他低头看岑今："你得跟我讲话。岑今？"

她人都已经在没意识的边缘了，卫来伸手包住她腰侧，用力攥了一下。她惊得浑身哆嗦，身子下意识缩起，眼睛忽然睁大，问他："到了吗？"

卫来笑："到哪儿？这是做着梦呢？"

她这才反应过来，抬头看到一半都已经压坠下海平面的太阳，低声说了句："天要黑了啊。"

海面上起了风，海水有些发凉，岑今拉下头上罩的黑 T 恤，大口呼气，然后重新伏到他胸口。

卫来低下头吹她的头发，打湿的发缕有时被吹开，露出颈部白皙的肌肤，濡湿、透粉，他想上手摩挲两下。

"你得跟我说话，我要是晕了，我们都会漂走，然后沉底。"

她有气无力地点头，想了会儿，问他："你怎么看出来他们不是真的海盗？"

卫来说："上次看黑船，不是看得很准吗？怎么，你也有看不出的时候？"

岑今没力气嘲他，鼻子里哼了一声，闭了下眼睛，睫毛滑过他胸口，酥痒得很。

他说："五点。"

有那么多？

"第一，他们给我打过电话，还要跟你通话——你拒绝了，说只跟虎鲨谈。我原话回复过去，他们没异议，也就是说，起初态度还行。

"但是从通话到见面，再到引着我们上了一条装好炸弹的船，他们对我们的控制在变强，态度也在变差，这让人怀疑他们的最终目的。

"第二，你虽然提过海盗是穷人，经常赤脚，但海盗未必都赤脚。毕竟抢了那么多船，拿钱买鞋不稀奇——怪就怪在他们明明不习惯赤脚，非要装作赤脚。

"那个 AK 被小石子硌到了之后叫痛，脚底板一抬起来，我就看到了，脚底连硬茧都没有。

"第三，你说头晕的时候，那个 AK 也不舒服——在岸上那么神气活现，动不动就端枪，一到海上就蔫了，我怀疑他也晕船——海盗可以晕车，不应该晕船吧。

"第四，跟你调情的时候，我说了句俚语，说'我为你疯狂'，我用的 nuts about you，他们听懂了，两个人都听懂了。"

在索马里，英语不是官方语言，有些海盗团伙里，会英语的人都很难找——在他的理解里，即便"会"，也只是比较简单的正常对话。

俚语的掌握可不是那么容易。麋鹿学中文，脑袋差点儿削尖了，还常常穿凿附会，追着他振振有词地说："姐夫不应该爱小姨吗，一家人不该相亲相爱吗？"

他就停在这里。

岑今果然问了："第五呢？"

"个人敏锐的洞察力，工牌的基本素质。"

岑今抬起头，没好气地盯着他看。

卫来眉毛一挑："看什么？"

岑今想咬他一口，就是没力气。

她讲黑船讲了四点，他就非要多掰出那么一点……

她盯了他半天，忽然失笑。

这个人，没事人一样，总笑，被沙暴埋了也笑，在水里被泡得快虚脱了也笑，还总扯一堆有的没的。真没见过他发脾气，土耳其机场那次，他翻脸了几秒钟，又笑回来了。早上他砸了包，也是故意的。

水流有了轻微的变化，隐隐地，远处传来突突的马达声。

卫来说："这声音挺动听的。"

桑托斯他们本该早就出海。一般来说，当地渔民拉网都在午后，并不避开大太阳——网拉上来之后，趁着回程的时间，他们可以在船上剖鱼，利用海上强烈的日照把鱼晒得半干，这样回去之后，只需要再晾几天，鱼干就成了。

今天出海晚了，是因为早上村子里来了海盗，还把两个外国游客给带走了。

这是村里的大事，村民们聚在一起议论纷纷，连羊都凑过来听。话题从如何上报政府到还要不要出海拉鱼，最后集中在后者。

毕竟外国人只是外国人，但鱼关系到会不会饿肚子。

一方认为海盗居然在渔村出没，现在海上一定不安全；另一方则觉得海盗刚刚出没过的地方反而会太平无事，再说了，不把鱼拉回来，吃什么？

船声渐近，到底哪一方胜出，一目了然。

卫来长吁一口气，拽松两人腰间缠着的裤子："来，自己把裤子穿上，来人了。"

岑今冷笑："现在让我穿了？谁脱的？"

卫来说："我真没力气潜下去给你穿了，要么你就被人看。"

这种紧身牛仔裤过了水，又被拧成绳，想在水下穿上，费的功夫不是一星半点。

男人也会累，此时此刻，再美的腿都吸引不了他。

岑今很看得开："那被人看好了，我又不是没穿着比基尼在沙滩上走过——那时候边上的男人可是成百上千。再说了，我在这里是外国人，不怕听他们的闲言碎语，反正听不懂。"

这脸皮用什么做的？

船在近侧停住，船上传来桑托斯他们嘈杂的惊呼骇叫。

卫来咬牙，末了心一横，一个猛子扎下水去。

进水的刹那，他的身子蜷缩掉转，就势脱下自己的短裤，顺流潜深，摸到她脚踝之后把短裤给她套上，一路上浮着顺势提穿，边缘拧紧了倒掖进她腰内，防掉。然后哗啦一声出水，眼眉之上带下无数水线。船上几个人蜂拥着伸手下拉，卫来抱住岑今，在她耳边咬牙切齿："老子为你脱得就剩一条内裤，你最好记得这恩情。"

他用力把她抱高，船上的人把她接了上去。

又有人来拉他，卫来摆摆手，攀住船舷缓了一会儿，然后双臂用力，一个提跃上了船。

出水的一瞬间，他希望船上的渔民永远忘记这一幕：一个王牌保镖，只穿一条内裤，内裤后头还别着把枪……

布库村的人和羊，是他这辈子再也不愿意见到的人和羊。

他筋疲力尽地在船舱里坐下，顿了顿，伸手到背后去拔枪。

桑托斯正急急地跟他说话："海盗把你们扔下船的吗？我们村派了人去另一个大村子报警了，就是不知道今天警察上不上班……"

忽然看到锃亮的枪身，桑托斯打了个寒噤，向后瑟缩了一下。

船上其他几个渔民也不约而同地僵住。

卫来没察觉。眼睛被海水渍得难受，他一直闭了又睁，然后拆枪，控干里头进的水——枪进水了之后，如果贸然再开容易炸膛，所以得清理一下。

他握着卸下的弹膛甩水，无意间抬眼，那几个人又是往后齐退。其中一个大概是想捡边上的鱼叉自卫，看到卫来看他，吓得飞快地把手缩了回去。

卫来哈哈大笑："没事……不关你们的事，你们先拉鱼，但要帮我个忙……"

他把弹膛啪一声拍进，试了下枪栓，然后冷笑着看向远处的海面："带我在这一带绕两圈……万一有人落水，我们还能救个人呢，是吧。"

渔船在偌大的海面上兜了两圈之后，天开始暗下来。桑托斯小心地点起渔灯，拉网拉上来的活鱼在舱肚子里蹦跶、翻白眼，鱼鳃一翕一动——没有渔民敢上去处理，都抱腿坐着，脸色不定地互相看。

在海上找两个人，跟捞针也没太大分别。

卫来说："行了，回去吧。"

桑托斯赶紧掉转船头，马达响起，船尾开始翻浪，船头有一盏微弱的橘红。

开出一段之后回看，泛水光的夜色像紧追不放的嘴，迅速吞掉船尾拖出的白色浪痕。

岑今向他身边靠了靠，低声问："那两个人……会死吗？"

卫来说："我觉得不会。"

做好周密计划要杀人的人，连船只爆炸这种后招都能想到，不可能不做万全的脱身和接应方案——不管是用什么方式，那两个人平安脱险的概率，可比他们要大多了。

岑今不再说话。

感觉上，度过了一段长长的沉闷水程，最后靠岸的时候，卫来甚至不觉得那是村子——布库村没有点灯的习惯，从海上看，只黑魆魆的一片，并不觉得和荒郊有什么区别。

卫来带岑今回到棚屋。

面包车在门口停着，除了暴晒一天，车里像个暖房外，其他都还完好。岑今想进屋，卫来拉住她，示意了一下车子："不在这儿住了，上车。"

车出布库，他让岑今把行李包递给他，自己翻拣了衣服，边开车边穿上，无意间从后视镜里瞥到岑今："你不换衣服？"

"大部分都丢了。"

她带的行李本来就少，更何况重要的行李，包括卫星电话，都毁在那条船上了。卫来暗地里咒骂了声，从包里拣了一件自己的衬衫扔给她："凑合着先穿吧。"

后座传来窸窣的声音，卫来把后视镜拗翻了不去看："我知道大致的方向，今晚应该能到桑托斯说的那个大村子——那里有电话，我得尽快跟麋鹿他们连上线。不然的话，所有事都要断在这儿了。"

岑今"嗯"了一声："好了。"

他把后视镜拗回的瞬间，看到她正低头系扣子，衬衫下摆斜在膝上——他的衬衫，她能当裙子穿了。

卫来踩下油门，让她帮忙看车外——不知道那个所谓的"大"村子有多大，万一也只有几十户，错过的可能性很高。

幸好没有——村里有电话，也就同时通了电，开了半个多小时之后，岑今看到不远处的灯光，及时提醒了他。

卫来掉转车头，车子缓缓进村。

这里比布库村多了些文明社会的气息：虽然也有歪斜的棚屋、遛弯的羊，但偶尔可以看到砖泥砌成的屋子。最亮的一处在开阔的泥地上，是旧的集装箱改成的房子，屋檐下缀了个灯泡，集装箱上开了几扇门，门上钉着白底黑字的牌子，是村公所的办事处。

中间的一扇门大开，里头闹闹哄哄，居然有人在排长队。卫来停下车，大踏步进去，所有人都诧异地看着他。

岑今也过来了，站在门外等。

队伍是从屋角的一张桌子那儿开始排的，有个穿白衬衫的黑人正跟排在最前面的人说着什么，看到他时，也愣住了。

卫来沉声问："电话在哪儿？"

"隔……隔壁。"

卫来也不理他，转身去往隔壁，那人这才反应过来，大声叱喝着追过来："嗨！嗨！我是警察！"

卫来撞开隔壁的房门，拉下灯绳，回身把岑今往那个警察的方向轻推了一下："跟他说，我们是国际游客，被海盗打劫了——随你怎么发挥，不要打扰我打电话

144

就行。"

他带上房门，也把吵嚷声关在了门口。

没人再进来，这种局面，他知道岑今控制得住。

卫来长舒了一口气，走到桌子前头拿起话筒。拨号，长久的等待，甚至还经历了一次人工转线，那一头终于有人接电话了。

"喂？"

麋鹿的声音，久违的赫尔辛基气息扑面而来，似乎还带一丝这个季节没有融尽的冰凉。

卫来说："我。"

第七章

CHAPTER.07

LIFE IN APRIL. LIFE IN APRIL LIFE IN APRIL. LIFE IN APRIL.

Life in April

"卫来，你知道自己不要脸吗？"

听到麋鹿的声音，卫来忽然发火。

挺多人都说他脾气好，埃琳起初也是被他的笑和性子给迷住的——她小时候被继父家暴过，后来又交过几任人渣男友，觉得男人最迷人的特质就是不发脾气。

埃琳并不了解，他不是不发脾气。

是人都得发泄，只不过生气这种事，对内伤肝，对外树敌，一不小心还殃及无辜——他更倾向于找个稳妥的出气方式。

他、麋鹿和可可树，构建了一个足够稳固、内部循环的散气口。

因为彼此了解、气味相投，知道各自都是什么鸟。

他偶尔接到麋鹿破口大骂的电话，从伊芙不做家务到有个蠢货劫他的单，新词怪词层出不穷，他也只是随口"嗯""啊"，间或歪一下头倒耳朵，像是能把那些污糟的话给倒出去。

可可树也会在他情绪失控劈头盖脸地发泄之时，忽然冒出一句："卫，你说这一期杂志封面上的那个大胸女模的胸会不会是隆的？"

……

这一天积了很多火，从被人拿枪顶着到快艇爆炸，再到在海里泡晒，接通电话的刹那，卫来全部发泄了出来。明知道应该不是虎鲨的错，还是把他捎带进来。

——信不信老子割了他的牙床，也做成晒干了的鲨鱼嘴？

麋鹿从起初的发蒙到唯唯诺诺，一直"好的""是的"，但也没漏掉关键的信息，艰难地试图插话安抚他的情绪——

"卫，你懂的，虎鲨不可能这么做，除非他不想混了……

"你们现在在哪儿？你把大致位置告诉我。

"我打个电话给沙特人，你在这儿等着，我会尽快回拨……"

挂了电话，卫来渐渐平静，看看时间，刚刚风暴一样的发泄，也只五分钟不到。

他笑起来。

有点记挂岑今，他推门出去找她，她倚在那间排长队的办公室门口，也不知道在瞧什么热闹，一直笑。

那件牛仔色的男人衬衫出乎意料地适合她，袖口高挽，下摆到膝上，两条长腿随意地叠着，换了双最简单式样的黑色人字拖，脚尖微微点着地，人字拖在白皙的足趾间晃晃悠悠，好像随时要掉下来。

卫来看了她好一会儿。

他有时候会奇怪，为什么自己觉得她像个小姑娘——她即便年轻，也早不是娇憨的少女。

现在有点明白了，同行以来，她偶尔流露出的一些表情，在他看来，是初见时的那个岑今永远也不该有的。

那个岑今，是黑白分明的画，瞳孔幽深，藏得住一个世界，走不近，也触不到。

卫来点上一支烟，借着烟气舒缓这一天绷紧的神经，等电话，也顺便看她。

她过来了。

卫来问："瞧什么热闹呢？"

岑今笑出来，说："那个警察。"

这个村子是今年才被警力覆盖到的，政府把它划进了这个警察的负责范围。

这位住在城里的公务员，每周上一天班，往返要四个小时，一般中午到，下午到晚上处理公务，第二天早上走。

每次来，村里都像过节一样热闹。村民们积攒了一周的恩恩怨怨，都在这一天集中爆发。

——他家的羊啃了我家的房子，她的儿子揍了我的儿子，男人打了女人，儿子骂了老子，说好给我的东西不给，借走的锅还没还，弄坏了我的东西想赖账……

大几百户的村子，每天的口角少说几十起，以前没警察，大家都自行解决，该撕撕该端端，现在有了警察，忽然都骄傲兼文明了——

"你敢不敢跟我去警察面前评理？他下周上班。"

"去就去。"

于是每周的这一天，办公室门口都排起长队，单等着警察给主持公道，也不要索赔什么，就想从警察嘴里听到一句："是你赢了，他不对。"

只这一句，神清气爽。

"我们两个'遇劫'，是他在这儿遇到的最大案子。我估计他也不懂这种对外程序，很紧张，说明天回去报告上级，又说会代表政府妥善安置外国朋友。

"今晚我们可以在这儿住，他的宿舍让给我们了。村公所的水缸是村民负责打水，我们也可以用……"

电话响了。

卫来掐灭烟头："高兴就再看看热闹，我接个电话。"

电话接起，麋鹿说的第一句就是："真跟虎鲨没关系，他派的人在港口被放翻了。"

原本是说，不准去热闹的港口，确定位置之后直接从渔村接人——但那两个海盗在船上憋了太久，想顺便去港口寻点乐子，自忖反正是渔民打扮，不至于引起怀疑。没想到会被人盯上、放翻，连带着快艇都丢了——对海盗来说，快艇是一笔不小的资产。两个人六神无主，拖了很久才战战兢兢地把消息回报给虎鲨，据说至今还在港口，不敢外逃，也不敢回去。

"跟虎鲨连上线了，我也说了你们现在的位置——虎鲨的第二条快艇已经连夜下了水，这趟派了四个人。"

"连夜？"

麋鹿赶紧解释："不是，用不着赶路，你们歇你们的，什么时候愿意什么时候动身——那几个人是虎鲨派去保护岑小姐的，说是绝不能再让这种事发生。"

卫来莫名有点欣慰：看起来，虎鲨对岑今还是尊敬的，救命之恩这话，不只挂在嘴上说说。

"这次来的人可靠吗？里面会不会有内鬼？"

"可能性不大，索马里海盗很排外，一般一条船上的都是老乡或者知根知底的人，外人想混也混不进去。"

卫来沉默了，过了一会儿才低声说："麋鹿，真有人想杀她。"

麋鹿觉得他这话奇怪："当然了，如果不是有人要杀她，还有你的事吗？沙特人直接一张机票把她送到摩加迪沙，在当地雇几个便宜的雇佣兵保护她不好吗，犯得上用你？你自己不也说过吗，有危险的话，更证明了你的价值。要是一路太平无事，说不定客户私下里还嘀嘀咕咕，觉得根本没必要雇保镖呢。"

说着说着，麋鹿也好奇了："对方什么路数，看得出来吗？会是岑小姐得罪过的那些人吗？黑手党什么的？"

"不会。"

"为什么?"

"因为功夫太烂了。"

真是什么组织雇来的杀手的话,至少得有过得去的枪械和拳脚功夫。今天那两个人,那叫什么玩意儿,几乎眨眼的工夫就被他制住了。

他觉得头疼。

根本说不通,能进沙特人的客房窃取行程,又能放翻海盗,地域跨度如此之大,不是一两个人能做到的,至少也得是一个组织。

但一个行动严密的组织,又怎么会派出如此蹩脚的两个人呢?

麋鹿给他支招:"你再回忆一下,有没有什么可疑的,我可以帮你查查看。"

可疑的……

卫来眉心紧皱。

对付那个 AK 的时候,曾经撩开过他外衣,从他腰后拔枪,当时……

"其中一个人后腰上有个文身,圆的,里头好像是……"

想不起来了,当时速度太快,一晃而过。

麋鹿觉得哪怕想得起来都没用:"文身这种私密的东西,你让我怎么找?总不能一个个掀衣服去看……卫,你休息吧,这一天累得够呛了。还有什么事吗?"

卫来没有挂电话,他犹豫了一会儿,低声问麋鹿:"她怎么办?"

"什么她怎么办?"

"我和她的合约签到谈判结束,现在明知道有人要杀她……到时候她怎么办?"

"你管这么多,她救过虎鲨的命,虎鲨会安排人送她的。"

"虎鲨也只能在海上嚣张,出了索马里,他什么都不是。"

麋鹿回过味来:"那你想怎么样?"

"在船上或许暂时安全,但谈判结束,一下船,她可能就会有生命危险。我就不管吗?"

麋鹿啧啧:"你说出这种话,可真稀奇。'保镖和客户,就是一纸合约的交情,12 点合约结束,我都不会待到 12 点 05 分。'这是谁说过的话,嗯?"

卫来没吭声。

"我不知道你们这一路是不是走出什么交情来了,我只知道,合约就到那个时候结束,接下来,人家没雇你。你要是不放心,就让她继续雇你,不然你有什么理由继续陪在边上?"

卫来忽然恼火:"我让她继续雇我就是,婆婆妈妈。"

他挂掉电话。

气闷得很,他回过头,有点意外——她就靠在门口。

卫来笑："偷听人家讲电话？"

"门半开，你没说不能听，我刚好过来——怎么能叫偷听？"

卫来顺势在桌子上坐下："都听到了？"

岑今走进来："听到了。"

听到了也好，用不着他重复了。

他说："后半程你得雇我。"

岑今笑起来，过了一会儿，她看向他的眼睛，慢慢摇头。

卫来不动声色："为什么？"

岑今想了想，说："没钱。"

又睁着眼睛说瞎话了吧。

"岑今，我知道沙特人给了你50万美金。再说了，命是土，财是树，有土才长树。没命的话，你抱着那么多钱干什么？"

岑今说："我说真的。"

她很无所谓地在桌前的椅子上坐下，仰头看着他："没有钱，我花钱很厉害，欠的债也多，50万美金到手，第二天就花出去了。"

卫来盯着她的眼睛："就为这个？"

岑今说："是，我真没钱。"

卫来冷笑，腾地起身出去，动作很大，身下的桌子都被推得挪了位，桌脚和地面间发出难听的蹭磨声。

岑今没动。

过了一会儿，他又回来了，砰一声关上门，大踏步过来，把手里的东西往桌上一扔。

是那个小记事本，还有一支笔。

卫来说："没钱没关系，我让你赊账，给我写张欠条，我当你付过钱了。"

他把记事本和笔推到她手边。

岑今有点无奈："今天你也看到了，不是玩的，真的很危险……"

卫来打断她："我要你教我什么叫危险？我做这行，本身就是从一个危险地去到另一个。赶紧写，我没兴趣白白保护你，别耽误我赚钱。"

岑今掀开那个本子，第一页上有字。

——瓢虫生活观察日记。

卫来说："翻页，在第二页写。"

岑今忽然来了脾气，把笔往桌上一拍："我不想写，我不想欠人钱，我也不想雇保镖。"

她腾地起身，刚起到一半，卫来一手摁住她的肩，又把她硬生生摁回去了。

他居然在笑："你有资格说这话吗？

"在海上的时候，是你自己不要命的，忘了吗？我顺手把你捡回来解闷玩儿的，写什么、写多大金额，都是我说了算。"

岑今咬牙，过了一会儿把椅子一拖，本子哗啦一声翻到第二页："写什么？"

"写你欠我的钱，日期是今天，金额……我单趟报酬多少，后半程还收多少，写清楚，是你主动借的。"

岑今忍住气，低头去写，再不看他。

卫来笑，觉得她像个被罚写作业的小学生。

他故意挑她刺。

"欠条会写吗？格式呢，开头不空格的吗？字写得这么差，真好意思说学过中文？还有这个'今'字，你最后老顿笔，像个'令'字，你识字吗？"

岑今气得把本子一推，抬头吼他："你能不能……"

卫来迅速搂住她的腰，把她身子往上一抬，低头吻了下去。

我知道你要说：你能不能安静点。

能啊。

卫来自己都奇怪，这个吻持续了那么久。

全身最敏锐的感官都打开了，能感知、察觉和在意一切。

——她的身体在他手臂的围抱里变沉，也更柔软。

——舌尖轻撩她唇内时，她的脖颈忽然上仰，睫根水润，气息更急促。

——牙齿轻轻咬住她的唇时，她推在他胸膛的手蓦地蜷起，指尖微微发颤……

原来接吻也会有意思，有这么多可以发挥的。

岑今大概说对了，他的确是认真的。

认真的喜欢比单纯的上床有意思。

上床是大火燎原，火舌肆虐，翻天覆地一场，死去活来一回。

认真的喜欢是看细草萌芽，有足够的耐心等浓淡不同的绿染遍近山远脊。这些事他以前不屑做，现在每个细小环节他都乐此不疲。

那个警察敲门，说："Hello，在吗？"

卫来松开岑今。

她跌坐回椅子里，胸口剧烈地起伏，半松的衣领间露出透粉的白，半晌，才低头拿手背轻轻去擦嘴唇。

卫来问："什么事？"

"我的事办完了。你们是外国人，村子接待你们的话，要你填张表、签个字。"

办完了？排队到门口的人纠纷都解决了？难怪外头那么安静。

卫来过去开门。

那个警察拿着文件夹，很客气地把表格递过来——是他刚刚拿尺子认真标画的。

卫来粗粗一扫，其实要填的也是常项：姓名、国籍、出行目的、联系方式——这警察其实没有任何接待外国游客的经验，但还是努力尽职尽责，以体现本国事事有章程。

卫来浑身燥热，问他："有洗漱的水吗？"

警察指指集装箱边角的几口缸："随便用。"

卫来大踏步过去，掀开一口缸的草盖，里头有断了柄的塑料瓢，他舀了一勺，直接从头顶淋下去。

舒服点了。

警察愣愣地看他，卫来解释："我知道你们的水珍贵……我从北欧来，那里冷，这里太热，受不了。"

警察恍然，黑红的脸膛上露出抱歉的表情，好像国家的地理气候也是他的责任："我们这里，是挺热的……没事，你用。"

……

卫来跟警察聊了会儿，粗填了表，问了附近的情况，也聊到海盗。警察说："我们这里很少有海盗的，海盗也不敢来大的村子，你放心。红海最有名的是索马里海盗，但是他们离这儿好远呢……"

真自信，今晚上说不定就会来四个你知道吗？

卫来甩了甩左臂，间或握拳舒缓臂肌——他左手掌根到肘心，一直发酥发麻。余光瞥到岑今出来，她不声不响地打了水回屋去擦洗，过了一会儿又出来，把过完水的衣服晾到晾绳上。

卫来盯着挂上晾绳的衣服看——她把他的也给洗了。

警察说了句什么，他没听清："什么？"

"我说那个屋子，"警察指了指集装箱尽头处的那间，"是我的宿舍，但是里头就一张床，只够你睡。我问了岑小姐，你们不是夫妻，可能要分开住，我为她借了张棕榈席来。"

这是不是有点……反了？

卫来确认了一下："我睡床？"

"是啊，岑小姐可以睡电话间，席子铺在地上就好。我住办公室，有事你们叫我。"

懂了，这里男人的地位比女人高，优先受照顾的是男人。

卫来笑起来。他拍拍警察的肩，说："你别管了，我会安排。"

岑今不需要他"安排"，她根本没有床是给他睡的意识——他洗漱完了进屋的时候，她已经躺下了。

卫来关了灯，把棕榈席铺到地上，躺上去。

真好，躺平的感觉，的确比在海水里泡着来得舒服。

集装箱上开了小窗，横竖焊了两根铁条，从窗口可以看到那根晾绳，他的衣服在绳子上荡荡悠悠。

他忽然想起埃琳的话。

——你对将来没有计划吗？也该存点钱，娶个喜欢的姑娘，买大的房子，过安定的生活……

安定的生活是什么样子的，他不知道。

他觉得自己的命运就是条破船，永远都会在水里漂。这一生的人事纷扰是船上吹过的大风、刮来的大浪，过了就过了。他不想招惹谁，也不想载谁上船。

安定的生活是什么样的？是衣服不用穿了就扔，总会有人洗干净、晾晒了收藏，还是以后他都会惦记着回家，因为家里有人等他？

过了很久，他才沉沉睡去。

又梦见那条船，在海里漂。

上了甲板，他看到岑今坐在高脚凳上，面前支着画架。她没有穿晚礼服，而是穿着他的衬衫，赤着脚，回头看着他笑。

你又在这儿，你在画什么？

刹那间风云色变，有大浪从一侧咆哮着翻涌过来。船身骤然倾斜，岑今从凳子上摔翻到甲板上，一路滚向船舷。

他全身的血顷刻冲到大脑，冲了几步扑了上去，一把抓住她的手。

浪盖过来，冰凉的水瀑从他头顶砸下。他努力睁开眼睛，看到她的黑发被风吹得凌乱，身子在半空摇晃。

他说："别怕，来，手抬高，过来钩住我的脖子，像上次我们去屋顶乘凉那样……"

岑今没有抬手，只是看着他微笑。

他忽然发现，她抹了口红。

是不那么厚重的酒红色。

那支口红不是和行李一起炸毁在海里了吗？

……

卫来翻身坐起，坐起的刹那，后背冰凉，像是梦里的那场大浪真的来过。

他迅速去到床边，叫她："岑今？"

她做噩梦了，同那次在飞机上一样，身子轻微地痉挛，手反射性地空抬、虚抓。卫来听到她一直喃喃道："车呢？我要上车。"

他攥紧她肩膀，用力推了一下。

几秒钟的等待之后，岑今慢慢睁开了眼睛。

卫来说："你做噩梦了？"

她没说话，眼神茫然。

"又梦见卡隆了？"

还是没说话。

"是同一个梦吗？"

她终于缓过来，轻声说："做个噩梦真累，比被人追杀了一路还要累。"

卫来笑，手臂穿过她腰后，把她抱起来圈进自己怀里，说："给我讲一下你的梦。噩梦如果不讲出来，人会永远停在梦里的。"

岑今还是没说话。

窗外有月亮，月光移照在那条晾绳上，衣服在月光里呆板地晃荡，像个讷言又笨拙的怪东西。

良久，她低声说："你相不相信？虽然我援非的动机不那么单纯，但是我到了那里之后，看到他们生活那么辛苦，我还是真的想做点事情的。"

卫来低下头，下巴轻轻蹭到她嘴唇："相信。"

"我到卡隆的时候，当地的局势已经很紧张。当权的是胡卡人，卡西人有个流亡在外的解放阵线，双方打过几次仗了。联合国看不过去，出面调停，在邻国安排了一次双方的谈判。

"胡卡总统飞去谈判之后，国内一片混乱。激进分子叫嚣着说：'总统不能当叛徒，我们不跟蟑螂缔结和平条约，决不跟他们分享权力。'

"那天，一大早广播里就有消息，说是谈判取得了重大进展，和平指日可待。总统即日就会回国，颁布具体方案。

"我们当时的办事处，在一所小学校里，里头有工作人员，也驻扎了一部分维和士兵保障我们的安全。晚上的时候，入睡前，我忽然听到轰的一声巨响，跑到窗口去看，看到很远的地方有大的火球，把那一片的天都给映红了。

"所有人都聚到学校的广场上，电话不通，电视没有接收信号，紧接着又停电——没人知道发生了什么事。维和士官让我们放心，猜测说可能是武器库爆炸了。"

她有点失神，停了好一会儿。

"到半夜的时候，确切的消息传来。胡卡总统回国的座机在快降落之时，被火箭弹击中，机上政府人员无一生还。

"我当时只是感觉震惊，但维和士官们马上变了脸色。当晚他们不睡觉，全员值勤。气氛很紧张，我听到他们念叨了很多次：'要出事了。'"

她的身子瑟缩了一下。

"凌晨的时候，城里所有的电台广播几乎都在同一时间响了起来，满城回荡着胡卡人暴怒的声音，他们说：'卡西人杀死了我们的总统！我们绝对不能再容忍了！'"

卫来低声问她："是卡西人干的吗？"

她摇头："不知道，直到今天都不知道。"

时至今日，都没人知道真凶是谁，双方还在互相指责：胡卡人说是卡西人借谈判为名行攻击之实，卡西人说是胡卡人中的激进分子故意刺杀总统以挑起矛盾。

然后，事情就发生了。

早饭过后，有国际组织和维和士兵标志的小学校里迎来了第一拨逃难的人潮。那些人拖家带口，带着紧急收拾出来的行李，满脸惊惶。

有人号啕大哭着说："杀人了，胡卡人在街面上杀人了！"

有两个维和士兵开车出去转了一圈，回来的时候，车窗被砸碎，拉回来一车身上带血的难民。

车子疾驰进学校操场，接应的士兵马上关校门。

恐慌在小学校里蔓延开来，岑今因为刚撤离战乱的索马里，反而是相对镇定的那个。她安排人登记名单、安抚民众、关闭校舍所有入口，请维和士官拨出几名士兵，在难民群集的区域外围持枪巡逻。

有个女人惊恐地拽着她的衣角不放。

岑今蹲下身子，指向高处飘扬的地球与橄榄枝图样的旗帜："这里是国际组织营地，无论外面发生了什么事，请放心，你们在这里是绝对安全的。"

卫来叹气。

他觉得，很多话不能说得太满，就比如他自己——如果他把岑今带回去了，麋鹿大概会嘲笑他一辈了的。

——你不是说，绝不跟客户发展除了钱之外的任何关系吗？

不过没事，对策他都想好了，麋鹿敢说，他就敢揍他，说一次揍一次。以麋鹿的德行，打三次应该就老实了。

"后来，他们是不是并不安全？被杀了？"

岑今笑了笑："不是，有维和士兵，有国际组织的工作人员，确实绝对安全。"

下午的时候，陆续有胡卡暴徒像闻到了腥膻味的狼，三三两两在学校外围转悠，手里都提着刀，怪叫，砸啤酒瓶，但并不敢靠近。

他们隔着一道栏杆威慑似的练习劈刀，或者把刀在石板上反复拖磨，发出刺耳的金石声。离得最近的时候，可以看到刀身上斑驳的血迹和刀头下滴的血。

难民聚集在操场上，瑟缩成一团。有人受了刀伤，医疗组的工作人员过来裹扎。

伤者恐惧极了，话都说得断断续续："有人集中发刀……大箱子打开，长刀倒了一地，广播里通知胡卡人领刀，说：杀死蟑螂，杀死一切包庇蟑螂的人……"

无数胡卡人拥到街头领刀，喊着煽动的口号把长刀举向天空。阳光下，无数的刀身反射出一片交叠的刺目光海。

卫来动容："这种都是有预谋的吧？"

怎么可能前一晚才坠机，几个小时之后，广播和武器都备好了？

岑今说："后来才知道，屠杀计划三个月前就开始筹划了。三个月里，这个计划也不是没有泄露，据说有一些欧美国家的情报部门得到了消息，联合国也听到一些风声，但他们没有重视。他们可能觉得卡隆反正总是在叫嚣和冲突之中，能闹出什么事啊，不会来真的。也有可能是，当时大家更关注科索沃局势、伊拉克局势，卡隆这种小国家，没黄金、没钻石、没石油、没利益，也就没关注。"

谁都没想到，这一次不但是来真的，而且从上到下，军方主导，全民参与，把整个卡隆都拖进了血色深渊。

"我们被困在小学校里，通信时断时续，一片混乱。哪怕联系上了上级，那头也人仰马翻。因为事情发生得太突然了，没有先例，都还在开紧急会议，讨论、想办法，只会回复你说：'等一等，有消息会告诉你们的。原地待命，不要擅作主张。'"

他们只好一遍又一遍地安慰难民：

——你们在这里绝对安全。

——军队马上会来，放心，局势马上就会稳定。

难民们不敢睡觉，在操场上坐着，围着披毯，砍开学校里的桌椅当木柴生火做饭。

那一夜，操场上火光不灭，映着一张张惊怖的脸。很远的地方传来喇叭和音响声，那是属于杀戮者的狂欢。

这场景，终生难忘。

岑今倚在门框上，对边上轮岗休息的维和士兵说："借根烟。"

她就是从那个时候开始抽烟的。

又过了一天。

第三天的早上，远处传来隆隆的车声。所有人都屏住气息，有一个难民爬上旗杆，第一个看清车身的标志，大叫："联合国！联合国的车队来啦！"

绝望之后的巨大惊喜，像最盛大的节日狂欢。操场上一下子沸腾了，有人抹眼泪，有人冲上去和值勤的维和士兵抱在一起，或者拉着他们一起跳舞，更多的人推开挡住校门的车子，像迎接亲人一样冲向联合国的车队。

卫来低头，岑今的眼睛像积了水一样亮，然后缓缓闭上，像是不想他看到。他贴住她的脸，感觉到那里一片濡湿。

他轻声说："救援队来了，这不是好事吗？"

她也以为是好事。

但那种狂欢的气氛，在救援士官尴尬的眼神里，慢慢冻住了。

救援士官宣布了撤离的命令：撤离外籍公民，撤离志愿者和工作人员，撤离维和士兵。

不能带走任何一个卡西人。胡卡人在街上设了无数路障，会登车检查，拽下任何一个企图蒙混逃离的卡西人。

岑今蒙了，问："为什么啊？"

不止她一个人问，所有经历了这不眠不休的两天的工作人员和维和士兵都在问。有士兵愤怒地摔了枪，有工作人员大吼："这种时候不能走啊！"

岑今说："很多难民在哭，有人下跪，抱着我的腿，让我救他们。我觉得他们很可怜，自己的国家不保护他们，只能寄希望于外国人。"

那个救援士官吼："这是命令！你们去大街上看看，美国人在撤侨，法国人在撤侨，西方人都在撤侨！今天早上，比利时维和部队已经先撤出去了！"

大家一下子不说话了。

维和任务一般是多国共同维和，但是所占的比重不同。比利时的维和力量是当时卡隆最大的一支，也是最具威慑力的。

他们居然已经撤走了。

异样的死寂之后，撤离开始了。

那些有撤离资格的人一个接一个地上车，不敢抬头看难民的眼睛，嘴唇翕动了好久，只能说出"sorry"。上了车，有人把帘布拉起，好像这样就可以把车外这个即将成为地狱的地方给忘记。

卫来想不通："为什么要撤呢？"

岑今也是后来才知道，胡卡人枪杀了八个比利时维和士兵。

"杀死维和士兵是很冒险的行为，可能带来两种结果：一是激怒西方国家，招致大量增兵报复；二是震慑这些国家，让他们知道卡隆的局势已经失控，维和士兵也不安全，从而迫使这些国家撤兵。"

消息传到比利时国内，一时炸开了锅。顶不住压力，比利时开了个头，美国、法国以及其他的西方国家都开始布置撤离了。

胡卡人很聪明，算准了这些西方人绝不会为了没有利益的地方牺牲士兵的性命。

"但当时我们不知道这些情况。我觉得不能接受，做着人道主义工作的人，在这种时候离开，等于把难民丢给屠刀——连我都不能接受，你可以想象，我那些满腔热忱的同事，那些真正心怀理想的人，是什么样的反应。"

有几个人拒绝上车，说："我们不走，我们长了外国人的脸，只要把联合国的旗帜升起来，亮出身份，这里就是保护区。国际上是认可保护区的，比卡隆更惨烈更大规模的战争都有，保护区一直存在，我们不走。"

那时候，岑今已经上了车，她看着底下的几张脸，热血忽然冲上了脑子。

她冲下车，说："我也不走。"

卫来安慰她："你很勇敢，真的，那些被你保护的人，终生都会感谢你。"

"勇敢？"

她盯着卫来看，忽然大笑，笑得上气不接下气。

"我那时候二十一岁，冲动，鄙视坐在车上的人，当然，也不排除心底有一点妄想：你们撤离了，我在最危险的环境里坚守，等局势稳定下来，我会获得你们想象不到的荣誉……

"但现在我后悔了，如果再给我一次机会，我永远不会下车。我不怕别人说我懦弱，我会第一个冲上车走。

"我一直做噩梦，梦里，又会被扔回到那个时候的卡隆。周围都是大雾，雾里传来广播和长刀在石板上拖磨的声音，然后我一直找车，找那辆车身有'UN'标志，可以把我带走的车……"

她全身发抖，卫来搂紧她，凑到她耳边说："别说了，岑今，不要再说了。"

岑今没再说话，把头深深埋进他胸膛。

卫来想起她第一次做噩梦的时候，在飞机上。

醒来的时候，她要吻他，被他推开后，她说了句"我不记得刚刚发生什么了"。

然后，那一夜就过去了。现在回想，她那一夜过得也许很艰难。

他低头问她："我现在吻你的话，你会好受点吗？"

不管合不合适，男女间亲密的举动有助于转移注意力和缓解失控的情绪。

岑今说："你抱着我，我好很多了。"

卫来说："好。"

他不再说话，静静听她呼吸。她的身体在放松，情绪在变缓——噩梦会放大人一瞬间的情绪，尤其是在晚上。

过了一会儿，岑今说了句："上次撞到你，觉得你身体铁硬，硌得疼。现在发现也不那么硬，还挺舒服。"

卫来问："要摸吗？"

"哈？"

这念头忽然收不住，他放下岑今，坐起身子，干脆利落地把身上的 T 恤脱掉："来。"

岑今哭笑不得："大半夜的，你胡闹什么……"

她推开他的胳膊想往床边缩，卫来揽住她的腰，直接抱过来，一手捉住她手腕："你说话能不能小点声，隔壁的隔壁住着警察你知道吗，我又不是要侵犯你。"

岑今气得咬牙："我不想摸你……"

卫来攥住她的手，硬摁在自己腹肌上停了几秒，然后松手。

如他所料，岑今没有忙不迭地收回手。

她好像有点犹豫，掌心放空，指尖和掌根蹭着他的腹肌，然后抬头看他。

卫来说："你想做什么就做，我知道你好奇。"

她"嗯"了一声，半晌，手掌轻轻压摁下去。

不那么铁硬，他有皮脂，摁下去之后，能立刻感觉到肌肉不同于皮肤：有弹性、阻力，还有吸附力。

她不好意思往上，也不好再往下，过了一会儿抚上他手臂。那里又不同，像腱子肉，带着韧性胀满手心，但手臂空攥时，肌肉又会忽然变硬——真叫铁硬，感觉咬都咬不动。

岑今忍不住问："你们……男人，怎么练成这样的？"

卫来大笑，手臂收紧了箍住她的腰，说："跟你们不一样是吧，知道为什么异性相吸了吧？"

他凑近她耳边，压低声音："但是我更喜欢你那么柔软……什么时候让我摸回来，嗯？"

岑今耳根发烫，想挣脱他："卫来，你知道自己不要脸吗？"

卫来奇道："一个男人，抱着自己喜欢的女人，不想着怎么要人，在那儿琢磨要脸……这是什么男人？"

他翻身把她压倒，手从她腰后一路上移至颈后，找准方位，狠狠摁了下去。

岑今还没来得及说什么，忽然觉得眼皮发沉，意识一片混沌。恍惚中，听到卫来轻声说了句："睡个好觉。"

卫来在床边坐了很久。

他毫无睡意，脑子里一直翻腾着岑今刚刚说的话。

——再给我一次机会，我永远不会下车。我不怕别人说我懦弱。

……

也不知过了多久，他的脊背忽然一凛。

他抓过那把沙漠之鹰，很快侧避到窗边，借着月光，看到逐渐走过来的、高高低低的四条人影。有两个人背着枪，枪身高过头顶，随着走动的步幅，没有规律地摇摇晃晃。

卫来松了口气。

算算时间，确实也该来了。

他正想收枪，门外忽然响起那个警察惊惧的声音："什么人？"

这么警醒干什么！

卫来迅速开门出去。有人打起手电，光柱直直刺到他脸上，他伸手挡了下光，然后半眯起眼睛，食指竖到唇边，说："嘘……"

手电光移开了，卫来看清身前站着的人——破衣烂衫，像渔民，都很瘦。卫来的目光无意间下行，看到两个人赤脚，一个人穿塑料凉拖，还有一个穿踩扁了的可乐瓶，边上穿孔，用绳子绑了扎在脚上。

卫来笑，真奇怪，从来没见过海盗，但看一眼，他就知道他们是。

海盗并不爱光脚，有条件的话，还是想尽量穿鞋的。

为首的那个海盗想说话，卫来赶在他之前，食指再次竖到唇边。

这手势，全世界都懂吧。

果然，那人愣了一下，声音随之降低，说的是英语，发音很生硬，舌头怎么也捋不顺："你，保镖？"

卫来点头："岑小姐睡着了，不要吵到她。"

他又转头看那警察："私事，你回去睡觉吧，别管，就当什么都没发生过。"

几个海盗很知趣，自行分了组，守住集装箱外围四面。守门口的是那个唯一能讲两句英语的，穿着最高档次的鞋——一侧脱了胶的塑料拖鞋。

从来都是当别人的保镖，卫来平生第一次，被别人围起来保护，尽管只是沾岑今的光。

卫来站在门口看了会儿，问他："有烟吗？"

那个海盗走过来，从衣兜里翻出一撮奇奇怪怪的干叶子给他，比画出往嘴里送的手势："嚼，好吃。"

这是一种阿拉伯茶叶，被海盗们用来当兴奋剂。

卫来握住茶叶，说："谢了。"又说，"你看着点，我去打个电话。"

他进了电话间，拨给可可树。

等接通用了一段时间，卫来捏了点茶叶送进嘴里嚼。

好吃个屁，又苦又涩，但他没吐，似乎吐出去就输了。总能把你嚼得没味道，嚼成一堆烂渣。

可可树终于接了，声音很飘，像是喝醉了。背景音里，有怪笑和突突的枪声。

卫来问："有战事？"

"刚打了一小仗，赶跑了一小队反政府武装。庆祝呢，我换岗了，下来喝酒。这帮人玩起来很疯，枪子随便放。"

卫来觉得说不出地厌恶，从没像现在这样厌恶战争。

战争是全身上下都流淌毒汁的花，还以为和平年代，这花即便没绝种，也该担惊受怕地收敛，现在才知道，它像个死缠烂打的幽灵，永远试图沐着血雨腥风绽放。

"什么事？找我什么事？"

可可树喝醉了，说话也有点大舌头。

"我记得，你老家在乌达。那里……离卡隆近吗？"

可可树嘿嘿笑起来。

"近，邻国，隔着一条很大很大的河。我记得那时候，有一阵子，河水忽然变红了，很多人去河边看，还有人在河里捞起过漂下来的尸体。

"后来听说，有一群难民想通过河道逃过来，但是没有船……胡卡人追上他们，就在河边……砍呀……砍……"

他打了个酒嗝。

卫来心里有点堵："那当时你应该听说过很多事，有没有关于保护区，或者自愿留下来的志愿者的？"

可可树说："哈，保护区。"

感觉他就差在那头发酒疯跳舞了。

"那些西方人，以为自己长了一张跟黑人不一样的脸，圈出了保护区，人人都要给面子——在其他地方可能是这样，但是这里……

"卫，黑奴贸易，四百年，被运到全世界做奴隶。你觉得他们从骨子里会对白人亲善吗？

"而且卡隆当时的事，超出了全世界的预计——联合国后来说，'四月之殇'是二十世纪最黑暗的篇章，最黑暗哦……啊，最黑暗的是天空，星星在一闪一闪……"

卫来不得不打断他："说保护区的事。"

可可树嘟嘟囔囔："保护区嘛……有支撑下来的，也有被冲破的。其实你保护的那个叫……哦，岑小姐，还挺厉害。我就听说有法国牧师被杀的，躲在教堂里的难民都被杀了……"

卫来低声说："如果岑今在那里遭遇过不好的事，你觉得会是什么？"

“谁知道，女人嘛，哈，她那么漂亮……”

卫来垂下的手攥紧，晒干的茶叶在他掌心碾成了细末。他蓦地打断可可树，说：“别说了，过去的事了。”

可可树一头雾水："什么……你跟我说什么？咦，卫，你怎么会打电话来？我们聊了吗？刚刚是我在跟你聊吗？"

卫来问他："如果一个人不开心，总是纠结过去的事情，怎么帮她忘掉？"

可可树说："加倍对她好咯，逗她开心咯。她现在开心，当然就忘记过去的事了——像我，现在有钱，有老婆，有房子，我就不大记得我没内裤穿的时候了……哈，卫，我有没有跟你讲过，我的第一条内裤，是从一个老头儿身上……"

卫来砰地挂掉了电话。

他在黑暗中坐了很久。

回房的时候，看到那个海盗盘着腿坐在晾衣绳下，不紧不慢地嚼茶叶。

走到床边，岑今已经睡着了。

以前他没有注意过，现在才发现，她睡着的时候是侧睡，身子蜷缩在一起，是最没安全感的睡姿。

卫来俯下身子，轻轻搂住她。她的呼吸轻缓，长睫的睫尖柔柔触在他唇上。

他觉得，她整个人像是罩在一个铁壳子里，硬邦邦的没有温度。那些被她的社评骂得跳脚的人这么看她，沙特人这么看她，麋鹿也这么看她。

但只有在这个铁壳子边守得够久的人才知道，这里头住了一个小姑娘，偶尔会偷偷出来透气，挺可爱，也让人心疼。

卫来凑到她耳边，低声说：“岑今，不管过去发生了什么，都不重要。”

岑今一觉睡到第二天下午。

醒来的时候，日头偏斜着晃进屋里，四周如荒村一样安静。她一时间茫然，几乎忘记了身在哪里。

窗口有人影晃动，她抬头看，是卫来在收衣服，腰身挺拔、肩背宽厚——手心忽然发热，昨晚的手感好像还没退去。

再抬头时，卫来正看着她，说：“你醒啦。”

他收好衣服，大步进来。

岑今下床，说：“怎么这么安静？”

卫来拉过她，搡向门口：“你自己看，你的四个保镖铁塔一样站在四个方向，这村子一上午就几乎没人敢出来晃，架都不吵了。”

还有那个警察，本来一大早就该回城了，但他冒着扣工资的风险，硬是不走，追着卫来问："这些人真不抢东西？一会儿就走？什么时候走？"

卫来回答："等岑小姐醒了再说。"

海盗都来了啊。

她那被快艇爆炸炸得四分五裂的、关于"此行是为谈判"的意识终于黏合复位。

要不然说女人的思维就是怪呢，她第一反应居然是——

"我就剩一身衣服了。去跟海盗谈判，一谈三五天，人家会笑我每天都不换衣服……"

人家有空笑你不换衣服吗？海盗三五个月就穿一身衣服吧……

"还有，我穿拖鞋……"

海盗还光脚呢，唯一一个穿拖鞋的鞋子还没你的结实。

她外穿的衣服到底还剩什么，卫来粗翻了一下。

真没了，除了昨天在海里泡完洗了晒干的那套，就剩一条短裤、一条打底裤，其他的披绸、口红、衬衫、吊带、长裤等，都淹海里了。

岑今看了卫来一眼："本来，我带了一箱子的衣服出来……"

开始了，女人就喜欢翻旧账。

"雇你做保镖也是撞了邪，衣服一天天见少，越来越少……"

她忽然住嘴。

卫来盯着她看，说："再说啊。"

她不说了，偏开了头不看他。

卫来笑，阳光照在她身上，居然隐约能看到腰身曲线的轮廓。这衣服穿她身上，真是好大。

他伸出手去，一左一右，攥住她腰侧左右富余出来的衣边，慢慢往手里收拢，然后往身侧一拽。她身不由己，被衣服带过来，差点儿撞进他怀里。

卫来低声说："你的说法我是同意的……你的衣服还可以再少点，我会努力。"

岑今抬起头："占人便宜，占得好爽吧？"

卫来纠正她："占人便宜这种事，两相情愿。没你鼓励，我也走不到今天。要是我第一次放肆的时候你就给我一个耳刮子，我现在走路都避你三步——你敢说发展到今天这个局面，你没责任？"

岑今盯着他看了几秒，终于笑起来，有点不好意思，头埋到他怀里。

卫来低头问她："咱们现在算是什么关系？"

岑今说："你说的，两相情愿啊。"

她喃喃的声音像是自言自语："不管从前，不问以后，尽情享乐好了。和有情人，做快乐事啊……"

卫来恍惚记得，这好像也是一部很老的港片里主题曲的歌词。

和有情人，做快乐事，莫问是劫是缘。

你是我的劫呢，还是我的缘啊？

这村子几乎是感恩戴德送走他们一行人的，就差没敲锣打鼓了。

那警察一直跟送，以确保海盗真的会离开、不骚扰村子。卫来挺佩服他——没配枪，成天处理鸡飞狗跳的琐事，真遇到事了，居然还挺有胆气。

出村的时候，他无意间看向道旁的屋子。一个当地女人正好奇地探头向外，蓦地触到他的目光，吓得赶紧拿头巾蒙住了脸。

卫来心念一动，对岑今说："等我一下。"

他拽着那个警察又折回村子。

村里女人多，按当地习俗，从头到脚披彩色布或薄纱——这么多女人，总能让她们出让两块新的吧。

运气不错，真让他收到两块，一块黑色的，一块带暗金纹的棕红色的。要给钱时，那女人死活不肯收，紧张地用当地语大喊大叫。那警察翻译说："你快走吧！求你快走吧！"

卫来哭笑不得地把披纱放进行李包。

真正的海盗没拿村民一针一线，倒是他过了一把白吃白住白拿的瘾。

见到岑今时，她奇怪得很："你干吗去了？"

卫来没吭声，上了快艇之后，取出那块棕红色的披纱给她，说："盖上，别晒到了。"

岑今接过了张开，仰头看时，透过披纱的阳光被筛成了道道温柔的金线。

岑今问他："送我的？"

卫来点头："你现在穿我的衣服、拿我的礼物，小姐，你要考虑一下怎么回报我。"

岑今说："不就穿了你的衣服、拿了你的礼物吗，我还盘算着哪天要了你的人呢。我不知道怎么回报，要不然打欠条吧，反正现在债多不愁。"

卫来哈哈大笑，嚼着阿拉伯茶叶的海盗不懂他笑什么，一脸茫然地发动引擎。

几乎是转眼之间，日落下的村子就和海岸一起，被远远地抛在了后面。

快艇比前一艘大，大概是为了让岑今坐得舒服，速度明显放慢，船身也没那么颠簸。行到中途的时候，海盗甚至给两人一人递了一瓶易拉罐的可乐。

岑今说："在他们那儿，能喝上一瓶可乐，是件挺奢侈的事——应该是虎鲨的礼物，给谈判开了个好头呢。"

卫来笑着拉开口，仰头咕噜噜喝下去了一大半。带气体的碳酸饮料刺激着胃部，全身居然升腾起近乎兴奋的感觉。

……

不知道开了多久，也不知道海盗是怎么辨别方向的，只知道天已经黑下来的时候，正前方忽然出现了一条黑魆魆的大渔船。

不亮灯、没声响，有点像鬼船，又像浮出海面静伺猎物的海兽。

为首的那个海盗朝那个方向大吼了几句什么，然后扬起枪身，突突突朝天放了一梭子。

像是个暗号，船上亮灯了，有渔灯、电筒光，还有船身自带的灯光——是条红海上最常见的斑驳铁壳大船。前后桅的桅灯荡在高处的夜色里，像两只诡异的眼睛。

快艇驶得再近些，卫来看清船上的人。

有二三十人，三三两两聚堆，都是黑人，或坐或站。有人表情木讷，有人目光凶悍。有人抱着重机枪，黄澄澄的子弹带一圈圈绕在脖子上。有人吃细砂糖，指间捏搓的砂糖簌簌落在甲板上。

有个十一二岁的小海盗，威慑性地冲快艇龇出白牙，很快被边上的一个大个子打了个耳刮子，大概是让他老实点。

到了一个只曾耳闻、见所未见的新世界了啊。

第八章

CHAPTER.08

"别做梦了，今晚你都别想亲亲了。"

快艇在渔船边停稳，上头放下舷梯，卫来候着两个海盗上了之后，自己插在中间，第三个上，然后把岑今拉上来。

船上的人都围过来，像是看什么稀罕的动物。

那个小海盗也想看热闹，拼命往人群里钻。边上有人嫌他烦，一脚把他踹了个跟头。小海盗大怒，翻身跳起来，唰地拔刀，指着那人吼："You! Die! Now!（你！死！现在！）"

海盗虽然不通英语，但多次打劫，需要跟人质沟通，所以对于一些威慑性或是高频的单词是熟练的，比如die（死）、eat（吃）、sit（坐下）、go（去）。

最常见的组合就是you、die，后头加now、today或者tomorrow，意思是：你现在要死了、你今天要死、你明天肯定死。

每一句说出来，对人质来说，都是莫大的煎熬。

小海盗凶悍的话刚出口，先从快艇上船的那个海盗头子一巴掌就把他掀开了去："滚！"

人群中爆发出哄笑，小海盗悻悻地抽了抽鼻子，眼睛朝那人狠狠翻了一下。

十一二岁的小孩，脸小，眼睛显得尤其大，眼珠和皮肤一样漆黑，衬得眼白特别白。这么森冷的一记白眼翻过来，卫来心里都咯噔了一下。

这么小，这么狠，混在这群人里，用不了几年，又是红海上一头吃人的鲨。

而在其他地方，他的同龄人可能还在逗小猫、抱小狗，或者抱怨作业太多。

外围蓦地爆发出一阵大笑，声音怪异，沙哑咽哳，说："又见面了！今！"

人群让开一条道。

卫来终于见到这头让人闻风丧胆的虎鲨。

黑人，并不高大，甚至有些肥胖臃肿，下巴前突，嘴唇翻卷，硕大的脑袋往左歪，呈固定的角度，和左肩连在了一起，脖子上围了条白色盖巾做遮掩。

腰间有枪，出乎卫来的意料，居然是把工艺精美的镀金转轮手枪，估计是从哪个货轮的船长那儿抢来的。金灿灿的枪身很是彰显身份。

他发不好"岑"这个音，所以叫她"今"。

虎鲨大笑着走过来，说："沙特人没有骗我，很久不见了，今！你头发变短了，哈，比那时候瘦！咦，你现在好像不喜欢笑……"

卫来看了一眼岑今。

当年是长头发吗？小姑娘，是不是总扎个马尾？比现在胖一点……婴儿肥？真可惜，那时候认识她的话，可以在她脸上捏两下，手感一定很好……

岑今笑了一下，说："太累了。"

"我知道！沙特人跟我说了。今，你在船上绝对安全！那些人敢来，我会轰了他们的！你看！"

他指边上，那里有个年轻的海盗正抱着一个肩扛式火箭筒。

"如果他们靠近，我会连船带人轰他个稀烂！来，来，你吃饭了吗？进来。"

如果不是这船、这海和这诡异的人群，卫来真要以为是进到了热情好客的主人家。

进船舱的一路，像是看猴子耍马戏。虎鲨几次忽然发怒，咆哮着冲上前，对着遇到的海盗或抽或踹，然后转头跟岑今解释：

——我让他把这里弄干净的！这头猪，不打就不会动！

——说了有重要的客人来，穿上衣服！

——说了这里的淡水不可以动！为客人准备的！

……

卫来啼笑皆非，瞅了个空子，低声对岑今说了句："海盗也不是那么好管啊。"

岑今说："海盗的自律性很差，谁也不服谁，看多了就知道了。"

舱内不大的饭厅里，已经备下了一桌"盛宴"。

卫来早就知道，对海盗的美食和厨艺不能抱以期望。

主食是土豆烧海鱼，估计是调味料怪，盖不住鱼腥味。剩下的都是罐头之类的速食，一看就知道是抢来的——外包装上各国文字都有，居然还有中文的。

喝的是听装的可乐和啤酒。

关上门，饭厅里留了四个人，岑今、卫来、虎鲨，还有那个通英语的海盗头子，虎鲨叫他沙迪。

人数对等，两坐两站，在谈判桌上开吃。卫来也心不在焉地拿了罐茄豆的罐头，用勺子舀着吃，就着手边的啤酒——沙迪看了他一眼，大概有点羡慕，但不敢像他这么放肆。

卫来也坏，故意刺激他——举起啤酒罐，做了个"来，干杯"的手势。

沙迪将身子转向另一侧，估计再也不想跟他有任何交流。

不过吃归吃，他没漏下谈判桌上传来的每一句话。

虎鲨："今，不知道合不合你胃口。我们在船上吃得都很随便，没法做大餐，等谈判成功，我带你去博萨索……"

臭流氓，谈判成功后你们就各走各路了好吗，谁同意你带她去博萨索的？

岑今："有吃的已经很好了。"

虎鲨："这一路很辛苦吧？但也没办法，那么一条大船，我必须得小心……"

岑今："这个我理解，应该配合你，没关系。"

虎鲨："沙特人跟我说你会来做谈判代表，我起初都不敢相信。你救过我的命，今，我不可能对你开高价，我愿意把赎金降到1000万美金，以显示我的诚意……"

岑今笑了笑："船的事以后再聊，咱们很久没见了……我离开索马里之后，你去哪儿了？还是直接转做这行了？"

虎鲨有点愣怔，顿了顿才反应过来："是……啊，不是，我休养了一段时间，你懂的，我受伤了……"

岑今露出关切的神情："对了，伤口恢复得正常吗？我记得当时医务官说过，想痊愈很难。有没有什么后遗症？"

……

卫来差点儿笑出来。

岑今这"跑题"的功力也真是登峰造极。虎鲨几次提到船和赎金，她接的都是风马牛不相及的事：红海的天气、海里现在多产什么鱼、索马里的新政府……

一直到这顿饭结束，话题始终也没能掰回来。岑今在饭桌上问的最后一个问题是："今晚我住哪儿？我真的很累，过来的路上吹了半天海风，很想好好睡一觉。"

看得出，在接待岑今这件事上，虎鲨是花了心思的。舱里专门收拾了小隔间出来，几平方米的地方摆了张单人小绷床、一张小桌子，角落里还拉了帘供洗浴——墙壁上高点的地方有个水龙头，皮管接着隔壁的水箱，低处开了洞，废水会流到外面。

没有为卫来准备，大概根本没把他当回事。岑今关门洗澡之后，沙迪带他去熟悉了一下附近的通道和洗手间，原路返回的时候说："你可以去甲板上睡、去驾驶室睡、去饭厅睡，只要能躺下一个人的地方，哪儿都行。"

卫来说："不用了，我睡岑小姐屋门口就行。"

沙迪说："哦。"

他从兜里翻出一小撮茶叶，送进嘴里慢慢嚼起来。卫来在岑今屋门口坐下，估摸了下过道的宽度："放不下棕榈席，给我一个垫子就可以，我可以坐着睡。"

"一个垫子就可以？"

"可以。"

沙迪继续嚼茶叶，嚼着嚼着，忽然龇牙一笑，露出和皮肤对比强烈的白牙来，说："你不用假装，你可以进她房间睡，我昨天晚上看到的。"

他嚼着茶叶走了。

卫来坐了半晌，心里骂了一句。

有一种千年打雁被雁啄了眼的感觉。

他咬牙敲门。

岑今刚洗完澡，裹好了披纱过来开门，没见着人，低头看，才发现他在门口坐着。

"你坐着干什么？"

卫来抬头看她："被人欺负了。"

岑今笑笑："你也有今天啊。"说完了门一摔进屋。卫来大笑，伸手抵住门，笑完了才起身进去。

她坐回床上，桌上立了盏照明用的渔灯，瓦数不足，幽黄色的光像是随时会熄灭。她就坐在光里，裹棕红色的披纱，披纱上缀着的暗金纹泛出奇异的色泽。

像一幅画一样，依赖这微弱的光而生。光如果没了，她也就不见了。

渔灯的光又飘忽了一下，卫来左臂上忽然起了奇怪的痉挛。他倚住门，想借这倚靠把突如其来的不安压服下去。

岑今奇怪地看他："你怎么了？"

卫来笑起来："告诉你一个秘密，我从没对别人讲过。"

岑今半信半疑："什么秘密？"

卫来伸出右臂搂住她的腰，把她带进怀里，低头吻住她的鬓角，厮磨了好一会儿。

"我最初在唐人街混的时候，因为吃不饱，偷过东西。但是又要脸，没在街里偷，会专门跑到远一点的、白人住的地方。不敢偷大的，能吃饱就行，面包啊、牛奶啊、饼干啊。"

岑今微笑，脸贴住他的胸口，静静地听他的心跳："然后呢？"

"有一次，被人发现了，我跳窗逃跑。户主是个暴躁的中年白人，在后头吼着说，我再敢去，就要我好看。

"我好一阵子没敢再去，但有一天，饿得实在受不了，又转悠到那一片，发现他们家屋里桌子上有吃的。

"那人也在，正对着电视机健身，中途转了个身，我吓得想跑，但是他好像没看见我，又转回去继续健身，过了一会儿就离开客厅了。"

他的口气不对，岑今紧张地问："陷阱吧？"

卫来低头啄她嘴唇："真聪明。

"我又在门口观察了一阵，觉得没什么异样，就偷偷跑去开门。我身上带了铁丝，拧不开的门，我可以撬。

"刚碰到就被电了，没电晕，电飞出去一米多，左半边身子都是木的，嘴巴里一股金属味。我都佩服我自己，看到那人出现，我居然爬起来就跑，拼命跑。

"一直跑回唐人街，我才发现左边的手臂不能动了。我当时很慌，害怕这条手臂是不是要废了，又不敢跟人说，说了太丢人……也没钱去医院。"

岑今心里挺不是滋味的，她伸手回搂住他，轻声问："亲亲我，会不会让你好受点？"

卫来笑："会，不过等会儿亲，让我说完。"

"我还算幸运，担心了一夜，第二天，发现手臂又能动了……但是从那以后，有件奇怪的事情发生了。"他压低声音，"每当我有什么强烈的感觉的时候，比如恐惧、狂喜，或者紧张，我的左臂会先于其他的感官，第一时间察觉到。"

他横过左臂给她看："就好像有一股电流，从腕根到肘心……真奇怪，是不是？"

是好奇怪，第一次听说。

卫来说："一提到这件事，我心里就特难受……要亲好久才能缓过来。来，亲亲。"

真是胡说八道。

他低头吻她，岑今咯咯笑着避过，手指摁住他左臂内侧，说："我有个问题啊，当你情绪特别强烈的时候，你的这条手臂会抖个不停吗？像……帕金森综合征那样吗？"

卫来面无表情："你再说一遍？"

岑今忍住笑："会不会是电击让你这条手臂提前老龄化，所以一有情绪就控制不住？那这就是一种病，跟奇怪没什么关系，应该早点看医生……"

卫来说："等会儿……我把压在心底很多年的、挺伤感的秘密告诉你，你给我下一个得了帕金森综合征的结论是吗？"

他伸手拽开她环住自己腰身的手："去，去，跟你这种人，没法分享秘密。"

岑今笑得收不住："别啊，不是说要亲亲吗？"

卫来说："别做梦了，今晚你都别想亲亲了。"

他搡开她，帘子一撩进了洗澡间。隔着一层帘布，岑今还不死心："真不亲了？"

卫来打开水龙头，把脑袋直接送到水龙头底下，说得含混不清："岑小姐，别打扰人洗澡好吗？"

就知道她不会善罢甘休，果然，洗好了出来，她笑眯眯地盯着他看，还拍床边："来，坐这儿，说会儿话。"

卫来过去坐下，拿换下的衣服擦拭湿漉漉的头发，目不斜视："岑小姐，说话可以，别动手动脚啊。"

岑今偏挨过来："动手动脚怎么了？"

卫来说："咱们保镖也属于卖艺不卖身的，你要是骚扰我，我可以向沙特人投诉你的。还有啊……沙特人雇你来谈判，要是知道你跟虎鲨拉了一晚上家常，会作何感想啊？"

岑今一条胳膊支到桌面上，托着腮看他，似笑非笑，说："傻子，第一轮谈判已经结束了，你知道吗？"

"哈？"

谈了吗？什么时候谈的？第一轮都……结束了？

卫来正想说什么，舱外忽然传来一声枪响。

他骤然色变，一手揽过岑今的腰，迅速把她护压到身下。与此同时，他伸手抓过那盏渔灯，往桌角狠狠一磕。

哗啦一声，外罩玻璃碎了一地。

灯灭了，隔间没有窗，瞬间漆黑，有人凄厉地惨叫。岑今急促的喘息响在他耳边，似乎想说话。

卫来说："嘘……让我听一下动静。"

他凝神去听，有那么一小会儿，有嘈杂声传来，但都是索马里语，听不懂，然后惨叫声忽然消失，没动静了。

不像是船上哗变，否则早有人破门而入了——虎鲨应该还是控场的老大。

那这枪声是……走火？

也不知道等了多久，外头传来脚步声。

卫来低声吩咐岑今："蹲到门边的角落里去，那里是死角。其他听我的，见机行事。"

岑今点头，摸着黑过去。卫来从行李包里翻出那把沙漠之鹰，屏住呼吸靠蹲到门边。

脚步声越来越近了。

门缝下微透的那线光蓦地黑下来的时候，卫来一把拉开门，枪口直直抵住那人胸口。

居然是沙迪。

他还在嚼茶叶，吃了这一吓，嘴里的茶叶都差点儿喷出来，说："嗨！嗨！"

第一反应很真实，不像是图谋不轨，卫来收回枪，皱着眉头看他："你在这儿干什么？"

说完看了看廊道，左右都没人，应该没埋后手。

"巡船啊，船在海上的时候，每晚三次，这是规矩。"

"虎鲨呢？"

"在驾驶舱，打牌。"

"刚才有枪声。"

"是啊。"

居然一脸坦然！

卫来纳闷了，那是枪声啊。

"走火？"

沙迪摇头："不是。"

"为了招待岑小姐，不是做了很多菜嘛，吃不完，最后虎鲨说，拿出去给大家分了。

"不够分，有两个人抢罐头，开枪了。"

卫来头皮发麻："抢罐头？"

"是啊。"

"是不是有人中枪？我听到了惨叫。"

"是啊，扔海里去了。"

"被打死了？"

"没有，扔的时候还没断气，但迟早要死的。船上没药，也没医生，有也救不了。"

沙迪耸耸肩，像在说一件司空见惯的事，说到末了，又从兜里掏出一小撮茶叶，补进嘴里。

关上房门的时候，卫来觉得脑袋很蒙，心脏附近一圈凉飕飕的。

为了抢罐头开枪，这里的价值规则是什么，一粒子弹不比罐头贵吗？

他转头看蹲在角落里的岑今："你听见了吗？"

"听见了。"

卫来苦笑，缓缓坐到地上："不觉得不可思议？"

"不觉得，他们为了争一瓢水、一个土豆，都会开枪的。跟你说了，海盗的自律性很差，情绪暴躁，很难管。有时候，一条船谈判下来，人质零死伤，海盗自己死一堆，因为动不动就火并——最荒唐的时候，人质要求上厕所，这个海盗同意了，那个不同意，两人也要火并一场。"

"虎鲨都不管吗？"

这是他的属下啊，矫情点说，属下等于财富、资源、支撑、实力，他就一点都不心疼？

岑今笑起来："你知道，拿到赎金之后，船上的人怎么分吗？

"虎鲨和重要的头目会拿大头，剩下的，参与的人均分。也就是说，这条船上的人，人人有份。假设天狼星号最终真的以三百万美金成交，虎鲨几个会分到两百五六十万，剩下的海盗，一人拿一万美金左右。

"手下的小喽啰是二十个还是三十个，根本不影响虎鲨分到的钱。人死得多了，他再上岸招募一批——他名声大，想跟他混的人一大把。再说了，新来的人更便宜。"

"至于剩下的这些人，"岑今压低声音，"你不觉得他们很希望同伴死得越多越好吗？死得越多，个人均摊的越多啊。你等着瞧，赎金真正谈下来之后，这船上还会有场大的火并。"

卫来哭笑不得："这是什么世界啊？"

"真实世界啊，跟你要吃饭、睡觉、洗澡一样真实。"

卫来沉默了很久："一人分一万美金左右，也不少了。拿这钱做点小本生意，别再当海盗了。"

岑今说："又幼稚了吧？他们拿到了钱，会去买酒、买烟、找女人，或者碰毒品，不到半个月就花光了，然后再两手空空地出海，盯上新的货轮。"

居然有人比他还没计划，卫来不相信："就不会存起来？"

"存着管什么用呢？这种污糟的大环境，你以为真能给他们提供安稳做生意的出路？你不当海盗，钱很快会被抢走；当了海盗，指不定哪一次火并就死了，那还不如及时享乐一把。"

卫来无话可说，有那么一瞬间，眼前晃过那个小海盗凶悍的脸。

他叹气："也不知道这些人的出路到底在哪儿。"

岑今笑："要出路也简单，先立国，有个强有力的政府。稳定经济，保护海防。渔民有业可持，谁会想当海盗？所以啊，你也不用感慨，这不是那条贩人的黑船，你帮不了他们。我们呢，来了就走，没法普度众生，也就只能做谈判的事。"

终于说回谈判了。

卫来的好奇心重又勾起："第一轮谈判真的已经结束了？"

"是啊。"

"那取得什么进展了吗？"

"你猜啊。"

卫来想了想："虎鲨说愿意把赎金降到1000万美金，这算吗？"

岑今冷笑："这能算吗？虎鲨就是只狐狸。"

她好整以暇地站起："他故意的，打感情牌，说什么救命之恩，装作很肉痛的样子喊出1000万美金——索马里劫船，截至目前赎金的最高纪录才是多少？"

他这是典型的怕人割他肉，先假意血淋淋地自割一刀——看，我已经大出血了，我已经让到不能再让了，你还好意思跟我谈价？

卫来也起身："所以呢，你的进展到底是什么？"

岑今倚住门："也不多，就两点。"

又是她的主场了，卫来忽然觉得好笑——风水就是这么轮流转，这一路以来，一条船又一条船，有时她看出端倪，有时他发觉不对。

"第一是，这一顿饭，虎鲨有十一次提到了船或者赎金，都被我鸡同鸭讲地挡掉了。我就是要让他着急、心虚，摸不透我的想法，晚上睡不着觉——守着这条船，他就没法去劫别的船，多守一天，他就多浪费一天，那些分不到钱的海盗就多躁动一天。我还可以稳坐谈判桌，他的屁股已经粘不住凳子了。"

好像也是，卫来想起虎鲨每次提到船时，岑今那泰然自若的跑题功力，一会儿扯海，一会儿扯鱼，连北欧下雪都拿出来讲。如果这个谈判代表不是救命恩人，虎鲨大概要掀桌子发飙了。他这辈子都没见过下雪，北欧下不下雪关他何事。

"第二呢？"

"第二是，从上船到进舱，我看到了很多事，找到了能扎进虎鲨心里、让谈判打开突破口的一根刺。"

"是什么？"

"说出来就没劲了啊，明天你看我表现好了。"

真是……

卫来想大笑，拉过她狠狠搂进怀里，说："岑今，你要是生在古代，进了后宫，得是个奸妃啊。"

"那你呢，你做皇帝，会为了我乱朝纲吗？"

卫来想了想："那倒不会，为了一个女人，坑那么多老百姓，多不好意思啊。不过可以为了你不做皇帝，做皇帝太累，还得应付那么多女人——有你的话，我觉得就够了。"

岑今在他怀里笑，顿了顿说："累了。把我抱去床上，我要好好睡一觉，养足

174

了力气，明天好好宰鲨。"

居然支使起他来了，卫来又好气又好笑，顿了顿，搂住她的腰，手臂顺到她的腿弯，打横抱起来送回床上，问她："我睡哪儿呢？"

"地上随便躺，有碎玻璃，记得扫开。"

听起来好凄凉。

卫来低下头："真不让我占便宜？晚上我会睡不着的。"

岑今笑："你自己不要亲的，你想怎么占？"

卫来笑，伸手抚上她的腿。这披纱质地轻薄细滑，熨帖地包着她的身体。他一路摩挲向上，到腰线、小腹，岑今的呼吸渐渐急促，胸口起伏不定。

卫来忽然绕开那一处，低头吻在她耳边，轻笑，说："晚安小姑娘，不想让你睡不着觉。"

留着力气，明天宰鲨去吧。

宰完了之后，我们再喝酒、吃肉、拉着有情人探讨快乐事也不迟啊。

第二天，虎鲨正式摆出了谈判的架势。

早饭吃过后，饭厅重新打扫布置，无关物事一应撤去，只留一桌两椅以及桌上放的淡水和淡啤。

照例是二对二。

虎鲨清清嗓子："今，我们今天得谈谈正事。关于那条船……"

岑今打了个哈欠："昨晚没睡好，船上太晃。不过你们常年住在船上，不觉得吧？"

卫来差点儿笑出来：岑今要是想跑题，真是分分钟让人吐血——他几乎有点同情虎鲨了。

虎鲨不得不接话："你刚上船，确实会不习惯。但是多谈判几天……"

卫来觉得这戏刚开头就喜感十足：虎鲨的确是狐狸，没说两句，又把话题拗向谈判。

岑今打断他，用眼神示意了一下沙迪的方向："让他出去吧，今天想聊点私事。"

又聊私事？虎鲨的眼睛里掠过一丝不耐烦，克制了再克制，还是让沙迪出去了。

岑今聊的还真是私事："你今年多大了？"

虎鲨张了张嘴，还没来得及说话，岑今已经自顾自往下说了："我记得，当年接治你的时候，你是三十三岁还是三十四岁？现在六年过去了，四十岁左右吧？也不算小了，海盗是个体力活儿，精力和体力都有点跟不上了吧？"

虎鲨耐着性子："今，毕竟六年啦，人都会老的。"

岑今看似无意地指了指门外："但这船上的，除了你，可都是青壮年啊。"

虎鲨不以为然："他们是年纪轻点，那又怎么样？"

"比你狠哪。"

虎鲨哈哈大笑："比我狠？今，你在开玩笑吗？我一不高兴，就可以捏死他们。"

岑今等他笑够了，才不紧不慢地开口："不需要都比你狠，有一两个就可以了。人人都知道，想取代你，就得做到比你狠。你是怎么当上海盗头子的？难道不是因为做事比上一个狠，及时抓住时机弄掉了他？"

虎鲨笑得有点勉强——这倒是真的，海盗中间不存在礼让、传位、找接班人，想上位，凭的就是谁下手更狠辣。

岑今没漏掉他表情的微妙变化："年轻人嘛，胃口很大，总想往上爬——你狠的程度，是个参照，取代你的人，有样可参，一定会比你更狠。有没有想过某一天，你也会被后来的给干翻？"

虎鲨不吭声了，过了一会儿耸耸肩："今，这种事总在发生，做海盗的都这样，聊这些没有意义，不如我们来谈谈……"

岑今再一次把话头转开："但是，我们假设你运气很好，这船上的人都服服帖帖，你是不是从此就没危险了？"

她开始掰手指。

"第一，亚丁湾的护航编队在不断增加，实力火力远超海盗。哪一次运气不好，你就会死在混战里，或者被抓进监狱，蹲一辈子。

"第二，你频繁劫持船只，让索马里政府颜面扫地，他们一直在通缉你、想方设法要抓你。

"第三，你杀过人质，拿过大额赎金，跟很多船东结仇。他们会善罢甘休吗？也许有一天，他们就会派出一支特遣队要你的命。"

虎鲨沉不住气了："我们做海盗的，什么都不怕！"

岑今看都不看他："第四，你是最著名的海盗，劫过最贵的船，其他海盗会不会想黑吃黑？据我所知，索马里自成组织、有火力配备的海盗团伙，加上你，至少有四个啊。"

虎鲨有点动气："那又怎么样？从古至今，做海盗的不都这样吗？敌人来自四面八方！"

岑今故作惊讶："哦，你知道啊。"

她给自己倒水，泠泠水声里，虎鲨的不耐烦渐渐被压服，他又一次努力争取话题："今，我们是不是应该……"

岑今说："我们再假设……"

卫来实在忍不住，把脸转向舱壁，狠狠地笑了几秒，又转回来，一副淡漠严肃的样子。

"我们再假设，你运气还是很好，成功避开了这些危险……十年后，你五十岁的时候，会在哪儿？"

虎鲨没听明白："哈？"

"还当海盗吗？"

虎鲨大笑："那太老啦，今，红海上哪有五十岁的老头儿当海盗啊。"

岑今意味深长地笑："那你五十岁的时候，会在哪儿呢？"

虎鲨怔了一下，他从来没想过这个问题。

岑今帮他说："你没法洗手不干，人人都知道你劫过无数的船，以为你腰缠万贯，单等你落魄了过来吸血剜肉；你杀过人质，永远在政府通缉的黑名单上；你没法逃去国外，因为你没有外交身份……"

虎鲨听不下去了，霍然站起，身子前倾，两手重重地拍在桌面上："你到底想说什么？"

卫来眉头一皱，向前两步。

岑今冷笑，一字一句地说："我想说，我可怜你。

"现在你人模狗样地跟我谈判，说什么自己是红海上最凶残的虎鲨，其实只不过是条没有未来的死鱼，要么死于船上的火并或死于暗杀，要么被抓去坐牢或落魄到饿死。你拿到赎金有什么用？有那个命拿，未必有那个命花……"

虎鲨大吼一声，两手在桌上借力，向岑今直扑过来。

岑今坐着不动，唇角勾起一抹笑意，卫来眼疾手快，上前一步，一脚踹在桌边。

桌脚和地面发出难听的蹭磨声，桌子被踹开两米多，桌上的水杯、淡啤砸了一地。虎鲨整个人趴在桌面上，面目狰狞，像只学不会游泳的旱鲨。

饭厅门被踹开，听到动静的沙迪慌乱地冲进来。岑今眼锋一冷，厉声说了句："滚出去！"

沙迪吓了一跳，猝然止步于门口，不敢再往里走，但也不敢离开。

虎鲨翻身下桌，从腰里拔出那把精美的镀金转轮手枪，咔嗒上膛，大踏步走向岑今。卫来挡过去，虎鲨喉咙里发出嘶嘶的重音，仰头看卫来，枪口重重抵住他胸口。

卫来说："冷静点可以吗？"

海盗果然都暴躁，即便是声名赫赫的海盗头子。

虎鲨眼睛充血，肥厚的嘴唇翻卷，脖子上的盖巾因剧烈的动作扯开了些，卫来看到近乎触目惊心的伤痕。

饭厅里的气氛一时僵着。

感觉上，这死寂延续了很久，直到岑今轻轻地笑起来。

她站起身，走到两人身边，轻轻推开卫来，自己不动声色地抵上了枪口。

枪口正抵住她的脖子，白金链上的那颗朱砂痣样的红色石榴石吻着黑色的枪口边缘。

卫来死死盯住虎鲨搭在扳机上的手。

岑今说："想开枪吗？来啊。"

她往前走。

虎鲨尴尬极了，似乎意识到自己的冲动，步步后退："今，我们是朋友，我们谈的是船，不是吗？我想……"

他后腰撞到了饭厅边的操作台，没法退了。

岑今伸手去拿他的枪，卫来有点紧张，怕她操作不当或者虎鲨稍有动作会走火。

好在虎鲨还算配合她。

她拿到枪，翻转着看了看，咣当一声，随手扔在操作台上，然后柔声说："但是，你还可以有其他的选择。"

她看着虎鲨的眼睛，压低声音："我给你赎金，给你洗手退休的机会，让你和政府修好，要求他们对你的一切既往不咎。你会成为政府的座上宾，可以拿到外交身份，带上钱，彻底离开索马里，找一个不打仗的和平国家，买房、买地，娶个女人、生很多孩子，放心地享用一日三餐，养花、养宠物，安安稳稳地活到五十岁、六十岁、七十岁。"

虎鲨没反应过来："什么？"

岑今笑起来。她伸出手，帮虎鲨把盖巾重新围好："好好想想我的话……今天的谈判就到这里。"然后回头看卫来："走吧，去外头看看风景。"

上了甲板，一派鱼腥味。

这船是伪装成普通货船的，谈判的时候，其他海盗不能无所事事，于是把枪械放下，真的在捕鱼。

有钓鱼的，有拖网的，甲板上已经积了好大一堆。有人忙着给各种海货开膛、清肠，地上的血迹混着水大摊地往外漫延。有海螃蟹奋力拿钳子拱开带血的鱼头鱼肠，艰难地往外爬。

岑今绕开满地狼藉，顺着舷梯往上——舷梯一路通到驾驶室的顶层，视野很好，有一种被喧哗声裹住的安静。

云层很厚，没有阳光，海面不那么亮，是一种近乎深沉的暗蓝色。极目远望，没有第二条船，这使得脚下的船孤独，但也安全。

岑今迎着海风抓理头发，越理越乱，但她乐此不疲，末了索性闭上眼睛，听任发丝乱吻面颊、眉心、眼睫。

卫来笑她："心情不错啊。"

他向下看，虎鲨上甲板了，心事重重的模样，间或抬头看这个方向，满目狐疑，但知趣地没来打扰。

岑今说："当然，我知道有人想杀我，但虎鲨的船上，应该是这一路最安全的地方。"

卫来挪揄她："还以为你胆子大不怕死，原来也会担心安全的问题。"

岑今说："最怕死的人，不一定是胆子最小的人啊。"

"那是什么人？"

岑今沉默了一会儿："眷念最多的人吧。"

卫来内心深处某个地方忽然柔软了一下。

他笑起来："我想起一件事……受训的时候，特训官说，心底有眷念的人，其实不适合做保镖。

"保镖要心无旁骛，把'我'放到最低。必要的时候，为了客户的安全，性命都能抛到一边。

"所以，他们喜欢招募没有根的人，像我这样的，像可可树那样的。"

业内有个形象的比喻：有根的人出了意外，像大风拔起树木，地上留下凄凉的大坑，让人看了心酸。但这些没根的人就是飘萍一蓬，风吹走了就吹走了，眼前落个干净。

人就是这么多情且残忍的感情生物——你同他说，有人死了，他会耸耸肩说，哦，死了人啊；但如果这消息的到达伴着伤痛的画面、悲痛欲绝的家人，他也会陪着心酸、掉眼泪。

"所以，保镖的退出，只有两种情况：一种是死了或残了，还有一种就是有了眷念，有了家庭，这命忽然有了意义，长出根，扎到土里，不再飘在钱上。"

岑今问他："你有眷念吗？"

卫来笑。

这个问题，他之前想过，觉得人生里没什么称得上眷念：麋鹿也好、可可树也好，埃琳也好，都是他这艘破船在航程里遇到的和风、细雨、好天气，值得感念。但船是船，天气是天气。

"你有眷念吗？"卫来伸出手，慢慢抚上她搭在船栏上的手。

她的手在他掌心里瑟缩了一下，然后她笑，戏谑地说："我啊？那你会为了我，不当保镖吗？"

"会啊。"

岑今没想到他答得这么干脆，一时语塞。

卫来握紧她的手。

很奇怪吗？理所当然啊，像海水涨落、草木枯荣、下雨时撑起伞、落雪时多加衣。

岑今低声说："卫来，你都不知道我是什么样的人。"

卫来笑，海风吹来，空气里弥散着淡淡的腥咸味。他一生中的重要时刻，好像都发生在海上。

"岑今，谈判结束之后，跟我走吧。"

岑今笑起来，笑着笑着就沉默了，她抬头看他，眼睛里的那个世界，笼罩在一层水光背后："你确定吗？我们才认识……半个月。"

卫来的目光落在远处的海面上："有人说，小孩子应该跟着父母长大，这样才会心智健全。但是我不记得我妈，又被我爸给卖了。

"还有人说，童年时期的教育很关键，会影响人的一生。别的孩子读书、认字、交朋友的时候，我在缝纫机边车线，啃没有营养的面包皮，手指头还被针戳了一个洞。"

岑今笑，渐渐含泪，泪让笑更温柔。

"又有人说，钱来之不易，要存着，防天灾、防大病、防变故，但我拿着钱去北冰洋包破冰船，看极光，钻进帐篷睡觉，然后回到赫尔辛基，变成穷光蛋。

"我这辈子，都在跟那些'有人说'背道而驰。所以，认定一个女人要多久、我喜不喜欢她、为了她愿意放弃什么，我不遵从任何条条框框，也不要任何人给我意见。

"谈判结束之后，跟我走吗？"

"好。"

她忽然这么干脆，卫来反而不习惯了："答应得这么干脆，不犹豫一下，摆摆架子，刁难一下我？"

岑今笑着上前，轻轻伏进他怀里。

海风把她的乱发拂到他脸上，甲板上响起海盗刚鼓噪起又迅速被人呵斥而压下的怪叫。

卫来觉得，自己这艘船，这一刻，大概是泊到了最温柔的浅滩。

他低声说："就这么跟我走了，都不问问我带你去哪儿？"

她在他怀里摇头。

不问了。

心甘情愿迎来这最放肆任性的疯狂，这疯狂里，你是唯一的航向。

她说："下了船之后，我跟你走，直到……"

直到你不愿意再带着我。

第九章

CHAPTER.09

Life in April

"那我希望这风暴，可以刮得再猛一点。"

谈判第三天。

岑今觉得该换一身衣服，早上起来就在行李包里翻拣，左手拿起来，右手放下去，翻来覆去都是那几件。

巧妇难为无米之炊。

她抱起那套在海水里泡过、洗了晾干、陪她度过了前两轮谈判的白色 T 恤和牛仔裤。

都已经穿得皱皱巴巴。

岑今感慨："将来，虎鲨那头如果撰写天狼星号谈判回忆录，提到我的时候，会不会写那个女谈判代表，几天不换一身衣服，还穿双拖鞋……"

卫来接下去："把赎金从 2000 万美金谈到 300 万美金，相信我，这功劳比你一次性穿五套晚礼服跟虎鲨谈判来得耀眼。"

岑今笑，大概也觉得无计可施，只得抱起衣服，准备去浴帘里换。

卫来说："等等。"

他从行李包里拣出自己的那件牛仔衬衫："穿这件吧。"

岑今瞥了他一眼："一看就知道是男人穿的，我穿着当睡衣可以，穿去谈判，不怕人笑话吗？"

卫来拿掉她手里的衣服，把衬衫硬塞进她怀里："听话，穿这个，我有办法。"

岑今看了他一会儿，半信半疑地接受了。

出来的时候，她把牛仔衬衫穿得板板正正，纽扣一颗不漏，直扣到领口，整个人像是罩了个面口袋。

卫来坐在床上，盯着她看了半天："你有点审美没有？过来。"再给你扣个黑框眼镜，你就是港片里最讨人厌的女教导主任了好吗？

岑今没好气地站过来："你有！"

卫来笑："我有男人最朴实的审美，我只知道你怎么穿我最喜欢。"

他把她拉近，抬手给她解扣子。

解了两颗，看了会儿，他皱眉，似乎觉得不满意，又往下解一颗，领口往边上斜拉，眼底映入让人喉头发紧的画面：凌乱的衣衫拥着一片半遮半掩的起伏有致。

岑今低头看自己："你就让我在虎鲨面前穿成这样是吗？"

卫来色变："想什么呢？在虎鲨面前只准解开一颗扣子懂吗？"

那你给我解这么多？

岑今气得伸手去拧他的嘴，卫来坏笑着偏头避过，手臂把她的身体往自己这里一带，轻轻吻住她微露的隆起。水湿和灼热激得岑今倒吸一口凉气，挣扎着骂他："不准闹……我还要……谈判……"

后面的话，忽然颠簸成沙哑的一字一字。她身子软得避不开。

好一会儿，卫来才松开她，伸手滑进她的衣衫，把她因挣扎而滑落的一侧肩带慢慢送回肩上，说："看见没有，在别有用心的人面前，不要解三颗扣子，不然后果很难预料。"

岑今咬牙："滚蛋！不要你帮我弄衣服。"

卫来大笑，哄她："别，我接下来保证规矩，真的。"

他从行李包里拿出匕首，低头咬拽开皮套，在她衬衫下沿缀边的地方割了道口子，横切，然后拽住角边，向着旁侧撕了一圈到底。

衬衫下摆处因为撕拽，生出许多白色的线头布屑，岑今猜到几分："给我束条腰带吗？"

虽然显腰身，但是腰上横缠这么一条，也挺傻的。

卫来没吭声，把布条切成两段，伸手束拢她一侧腰边富余的衣服，用刀子钻了个对穿洞。

岑今想明白了，自己从他手里抽了根布条，沿着那个洞穿过，捻了褶皱扎起，然后把扎口蹭挪到衣服内面。

这一侧扎好，他已经帮她扎好了另一侧。

很男人的方式，刀钻绳扎，潦草、直白、粗糙，乍看像回事，经不起推敲，但似乎又有一种说不清楚的性感。

岑今笑起来。她觉得喜欢，胜过她所有精心缝制、缀满华丽亮钻和繁复花边的

182

晚礼服。

卫来伸手捏捏她的下巴，说："不要再去惹怒虎鲨，他脾气太差。"

岑今不以为然："是要小心，但如果他有事求我，在我面前，他就会越来越小心翼翼。昨天我给了他选择，如果是你，你会选哪一个？"

"这还用问吗？是人都会想安稳活到老吧。只不过……"

岑今挑眉："只不过什么？"

只不过给你赎金，给你金盆洗手的机会，给你政府的特赦，给你外交身份，给你安稳的后半生……

这不是机会，也不是单纯靠某一个人的力量可以做得到的。诱人是诱人，但近乎缥缈。

虎鲨又不是傻子，怎么会相信你啊。

这一天的谈判，从吃早餐开始。

吃的都是罐头，金枪鱼和茄豆的。难得有咖啡，小袋速溶的，加了无数白砂糖，一口喝下去，舌尖上好多半融的糖粒。

岑今没料错，虎鲨心事重重，但比昨天更加收敛和小心翼翼。

他没什么心思吃东西，几次欲言又止，末了找了个时机，以一副很轻松的口气说道："今，昨天你跟我说的，都是开玩笑吧？"

岑今低着头，手里的勺子刮起罐头里剩的最后几颗豆子："我跨洲过来，还差点儿被人炸死，就为了跟你开玩笑？我这么喜欢讲笑话？"

虎鲨清了清嗓子，似乎不想表现得很在意："今，我劫了很多船，也杀过……不少人。政府想抓我都来不及，怎么可能放过我？"

他干笑，不安地舔嘴唇，但眼睛里分明闪过一丝希冀。

卫来看得分明，想笑，又觉得有点悲凉。

海盗也是人，被逼到枪口和海上，大抵是因为没选择。忽然告诉他有条路，他哪怕装作不动心，也会长时间盯着去看、去闻、去嗅，去踩地面是不是坚实的。

岑今吃完了，扯过纸巾擦擦嘴角，把空罐头往边上一推："你杀过多少人？有两百个吗？"

虎鲨吓了一跳："没，绝对没那么多。"

他现在只恨自己当初杀人的时候欠考虑，身家不那么清白。那时候觉得反正要死在海上，多杀一个就多一个人陪葬。

岑今说："给你讲个故事。知道二战和德国纳粹吗？"

虎鲨点头。

知道就好说了。

"二战后期，德军节节败退，寄希望于最新武器的研制。领头的科学家叫冯·布劳恩，是党卫军少校。由于当时的劳力已经严重短缺，他使用了集中营的奴隶工。死于武器研制的劳工，大约有两万人。

"然后，盟军攻进德国。冯·布劳恩偷偷找到美国人，私下达成了协议，以自己掌握的技术做交换，要求美国人帮他逃离对战犯的审判。

"他成功了，被安全送去美国，隐藏不光彩的历史，开始为美国人效力。又过了很多年，他参与和促成了美国的一桩大事件——阿波罗登月计划。

"他赢得了很多荣誉，拿到了美国国家科学奖章，被人称为'现代航天之父'，最后安稳地病逝在医院里。"

虎鲨听得很不耐烦，岑今讲完的时候，他甚至有点恼怒。

"这能一样吗？那是科学家，他帮美国人把人送到了月亮上！人家是科学家，有学问！我是什么？我汽车都不会造一辆！"

岑今笑起来。她凑近虎鲨，一字一句地说："你搞清楚，冯·布劳恩逃脱审判，最关键的不是因为他是科学家，而是因为在这个以'交易'为法则的世界上，他有美国人需要的价值。

"索马里政府不需要你造汽车……你想想看，你对他们有什么价值。"

有吗？他有价值吗？虎鲨张了张嘴，居然想不出任何一条，顿了顿，他说："今，你告诉我吧，我们是朋友。"

"你最大的价值在于，你在声名最显赫的时候，主动向政府低头。你去投诚的时候，要有火力、有属下、有威慑力、有声势。如果你走投无路或者是被打成了一条死狗时再去投诚，那你一点价值都没有。"

虎鲨的喉结滚了一下："你让我投降？这不是主动把自己送到狼的嘴里吗？他们会抓我去坐牢的。"

岑今笑笑："会吗？我觉得不会。

"这一届索马里临时政府完全无作为，国内战争不断，各地军阀割据，没人买它的账，外交不行，内政不行，海盗猖獗，它颜面扫地。

"这个时候，有一个把红海搅得翻天覆地的海盗，明明可以让它吃不下饭、睡不着觉，但他就是那么谦恭，忽然向它投诚了。你觉得，它会把这海盗送去坐牢呢，还是欣喜若狂，把这当成一桩政绩，喜气洋洋地向全社会公告呢？

"多有面子的一件事啊，甚至可以趁热打铁，给你特赦、外交身份、名利，让其他海盗都眼红：原来跟政府合作，有这么多好处。"

虎鲨咽了口唾沫。他给自己倒了杯水，仰起脖子咕噜噜一口喝干，然后用衣袖抹了抹嘴唇，脸腔发红，明显有点亢奋："今，你继续说。"

"送你去坐牢有什么意思呢？这只会封了其他海盗想投诚的路。而且你进了牢门，再无声息，很快就会被忘记，红海上也马上会蹿出第二头虎鲨、第三头虎鲨。"

她压低声音："现在是不是觉得，跟政府修好，并不是一件遥不可及的事？"

虎鲨嘿嘿笑起来。

他说："如果有这个机会，当然想试一试。但是今，你认识政府的人吗？我记得你为国际组织工作，你是不是已经……升职了？"

岑今微笑："你太高看我了，我退出国际组织很久了。现在我就是个偶尔动笔写写文章的。我不认识政府的人，他们也不认识我，他们看都不会看我一眼。"

虎鲨的笑僵在了脸上。

卫来叹气，不动声色地靠近岑今。

虎鲨的变脸不是个好征兆，谁知道呢，他也许又会像昨天那样大吼、暴跳、向着她冲过来，或者拔枪。

果然，他口气里有愠怒。

"今，你讲了这么多，说得这么好，结果你不认识政府的人，有什么用！"

岑今淡淡地瞥了他一眼："你可以派你的手下，去跟政府的人搭线啊。"

虎鲨的面色渐转狰狞，像是听到了这个世界上最可笑的事："一个海盗，可以见到政府的人吗？谁会相信他的话？刚一露面就会被抓起来，被毒打，甚至坐牢！只有说话足够有分量的人才可以去搭线！你跟我扯了这么多，听起来很好，其实都是狗屎！狗屎！"

他站起来，双手握拳，重重捶桌，桌子上的杯碟颠扑起来，又落下。

卫来得到点安慰：还好，虎鲨今天表现得还算克制，没有威胁岑今，有点进步。

岑今就在这个时候开口："可以去搭线的、说话足够有分量的人，眼下也有啊，你也不陌生。"

虎鲨慢慢冷静下来。

他有点琢磨出岑今的套路了。女人就是这么狡猾，她总会故意让他着急、发怒，然后抛出解决之道。

他问："谁？"狐疑的目光从她身上转到卫来身上，"他？"

卫来觉得压力很大——不要胡猜好吗？老子认识的唯一一个非洲人是可可树。他虽然来历确实不明，但一定不是索马里流落在民间的王子。

岑今说："沙特船东啊。"

卫来笑起来。

就好像一盏灯霍然打开，一切一览无遗，无数的铺垫、跑题、设套、激怒、引导、规劝，看似不成章法的东拉西扯、天马行空，这一刻终于散去迷雾，亮出底牌。

他长吁一口气，有种尘埃落定的快感。

虎鲨茫然："我劫持了他们的船，他们恨我还来不及，怎么会帮我呢……"

岑今打断他："你是劫持了他们的船，但船不是还完好无损吗？船上的二十五名人质不是还好端端地活着吗？现在船在你手里，该怎么用，拿去换钱还是换钱和前程，就看你的了。"

卫来觉得，谈判到这里，几乎等同于结束了。

这一晚入睡前，他少有地没跟岑今胡闹，洗漱之后就安稳地躺到地上，枕住行李包，仔细回想过去这段时间关于谈判的一切。

她一定早就想好了怎么对付虎鲨，所以一路以来，表现得像是对天狼星号不屑一顾。

小隔间黑暗而又安静，两个人的呼吸清晰可闻。

甲板上忽然传来沉重的闷响——即便是身处同一条船，依然是在两个世界，他们从来都搞不清这些海盗在热衷什么。

卫来低声说："我总算明白沙特人为什么雇你来谈判，换了是我，除了把虎鲨揍得死去活来逼他就范，大概也想不出别的招儿。谈判有什么诀窍吗，能不能点拨我一下？"

以后吃不了保镖这碗青春饭的时候，他还能去卖化妆品、搞搞环保，或者偶尔帮人出面谈个判。

岑今轻笑："我上船之前，虎鲨一定既头痛又紧张，一门心思认定我是来砍价、从他嘴里夺肉的，即便我救过他的命，此一时彼一时，现在我是他既得利益的最大破坏者。

"所以，我出现的时候，一定要第一时间粉碎他先入为主的感觉，把他认定的一切统统颠倒，才有机会牵着他走。"

她让虎鲨觉得她是来帮忙的，给他平时求也求不到的机会，同时也扭转沙特人在他心里的印象：他们不是付钱的冤大头，而是他谋求新生活的贵人。

"谈判进行到现在，我已经成功偷换了主题：虎鲨考虑的不再是要多少赎金，而是怎么跟沙特人达成合作……那条船会变成叩门砖和代表诚意的礼物。"

卫来大笑，说："好家伙……"

明明是从你手里抢的，当礼物还回去，反而经常能收获感激。

大概是因为失而复得这种事，是概率太小的惊喜。

他问："接下来，是不是该趁热打铁，极力促成虎鲨同意赎金为 300 万美金？"

岑今闭上眼睛，在黑暗里缓缓摇头："虎鲨这种人，生性多疑，顾虑又多，只适合敲打，促成反而坏事。"

第四天。

一大早，天就是黄灰色，卫来去甲板上遛了一回，看到很多海盗扒着船栏，手搭起凉棚往远处看。

那里，团云卷起的赭黄色更重。

卫来问了几个人，没人听得懂，好不容易找到沙迪，他正囫囵吞吃一条水煮的海鱼，说："大概是沙尘暴。"

又是沙尘暴？

卫来头皮发麻："那怎么办？"

沙迪觉得他太过紧张："红海刮沙尘暴，有时候会持续一个月呢，我们天天都要给船清沙，早上起来，厚厚的一层，刚清完，又来一层。"

"风浪会很大吗？"

"会吧，"沙迪耸耸肩，龇牙一笑，"不过很少翻船——翻船也不怕，我们有小艇。"

海盗都是这么安慰人的吗？卫来无语，在海水里干泡着的经历，他实在不想再来一次。

更烦的是，不同于之前的干脆利落，今天的谈判异常耗时。

虎鲨的果断狠辣、杀伐决断，在小小的饭厅里闷蒸成犹豫、反复、患得患失。这么一个凶悍的海盗，抱着头，絮絮叨叨，像思路混乱的老婆子。

"今，如果、如果有意外，如果不像你说的那样顺利，我怎么办？"

岑今在画画，手边摊了十多支或长或短的铅笔——她故意的，第四天，按照计划，她应该心不在焉，虎鲨也应该焦躁。

她回答说："也是啊，哪有十足保险的事——人在床上睡着睡着，也会睡死了呢。"

说话间，笔端或拖或带，勾勒出气势汹汹的百米沙墙：满纸的沙尘暴，只左下角有辆车窗破碎的小车。画幅上展示不了，她自己知道，车里还有两个人。

她看了一眼卫来，他显然注意到了画的内容，回应的眼神里微微带着笑意。

真好，这世上有些事，你一个眼神，他都知道。

虎鲨像困兽一样，在桌边走来走去。

"我就这样把船还给沙特人，一分钱都不要，我怎么跟其他人交代？"

岑今吹开纸面上的铅屑："谁让你白白还给沙特人了，赎金还是要收点的——你不趁机要点钱，打算将来两手空空地去国外吗？"

原来并不耽误拿钱，虎鲨一喜，但紧接着，心头又生出另一重不安："可是……拿了钱，沙特人会生气吗？一生气，不帮我搭线了怎么办？还有，他们如果说话不算话，拿到了船，就再也不管我的死活……"

他忽然又犹豫：那还不如多要点钱呢，钱是实在的，但美好的生活，美好得太缥缈了。

岑今在纸面某处细细画起什么："所以啊，看你还能给他们提供什么好处咯，你不该让他们勉强地帮你，要让他们积极主动，拼命想为你促成这事。"

这不是胡扯吗？沙特人讨厌他还来不及，怎么可能为他做事，还"积极""主动""拼命"？

虎鲨后背冒汗，内火又想往外蹿了，他努力压制了一会儿，忽然转成一副笑脸，往岑今边上一趴。

"今，你提示一下我吧，不要绕来绕去了，我们是好朋友啊。"

卫来感慨：能屈能伸，难怪虎鲨能当上海盗头子。不要脸也是种能力，不是人人都能做得到的。

岑今瞥了虎鲨一眼："仔细想想，你还能为他们做什么。"

虎鲨想得抓心挠肝："还能做什么……我最多以后都不劫他们的船了，但那么多海盗，我不劫，还会有别人劫的……"

岑今说："不对，你应该去劫，但又不能劫。"

她抽开那张画纸，顺手递给卫来。

卫来盯着纸面苦笑，她画了一只神态惊恐的小蜜蜂，旁边还标注一行字：卫来珍视的小蜜蜂。

女人真是记仇。

而边上的虎鲨已经彻底糊涂了："什么叫应该去劫，但又不能劫？"

岑今唇角微扬："海盗有不成文的规矩，先到先得。你先盯上的船，其他海盗一般不会再去动。以后，沙特人的船到了亚丁湾，你每次都派船去盯去跟，每次又出于各种原因没下得成手……懂吗？"

虎鲨看着她，嘴巴慢慢张大："你是说……"

岑今伸手抚平一张新的纸："有什么能比用海盗护航来得更保险呢？沙特人每年有上千条船要过亚丁湾，收到这份大礼，你觉得他们会不会乐歪了嘴？"

……

板上钉钉的事了，虎鲨还是迟迟不拍板，总担心有什么没考虑到的，时而焦虑，时而狂喜，时而沉默，时而又喋喋不休——这断断续续答疑式的第四轮谈判，从早上拖到中午，又拖到下午。

卫来出去抽了次烟，向沙迪借的火。船身有明显的晃动，空气里弥漫着土腥味，稍远一点的海面上一片黄雾蒙蒙，船栏上已经落了细小的沙尘，伸手去抹，指腹上带起细碎的土黄。

沙迪向卫来打听："谈判怎么样了？会很快结束吗？能不能让岑小姐快一点？"

卫来有点意外："你们这么急？"

沙迪说："等钱用啊。有了钱，可以买大桶的酒，吃又软又香的面包，还可以去找女人……

"越拖越烦，说什么世界上最大的油轮，二十五个人质，一天要吃多少饭？要派很多人在船上看守，也要吃饭，这都是要花钱的！"

他嘟嘟囔囔："希望赶紧拿到钱，少一点也行。你们岑小姐到底会不会谈？让她凶一点啊。昨天晚上还有人跟虎鲨吵，怪他太贪心，说1000万美金太多了，气得虎鲨差点儿开枪……"

看来海盗这边也不是铁板一块，各有各的盘算。

卫来隐约觉得，今晚一定会有个结果，单看虎鲨什么时候给出定音的那一锤。

晚饭过后，船已经晃得很厉害了，沙尘暴开始从红海上空横拖而过。沙迪说这只是开始，按照经验，半夜才是风浪最大的时候。

海盗们开始往水下放沉重的铁锚，锚链磨到船沿，哗啦作响。有人慌乱地去收那些会被风浪撼动的外挂零碎，饭厅外一片喧哗。虎鲨手里握着那部卫星电话，按照规矩，谈判的结果要由岑今通知沙特人，那之后才会转成海盗和船东的直接对话。

虎鲨一生的黏糊好像都用在这一天了，甚至递电话给岑今的时候，他都还在犹豫。

"今，那些都要我自己谈吗？"

岑今说："我只谈天狼星号。"

虎鲨喃喃道："你不能帮我跟沙特人都谈好吗？我去谈的话，总觉得要费好多力气，很周折，要很长时间……"

岑今冷笑："太好的东西，总要费点力气才能得到。太容易到手，你不觉得心慌吗？"

虎鲨终于把卫星电话递过来。

岑今拨号，虎鲨屏住呼吸，两手扒住桌子，掌心摩挲到细小的沙粒，这才发现饭厅里都已经有了沙尘的迹象。

接通的刹那，虎鲨的心都几乎提到了嗓子眼。

岑今对着那头说了一句话。

"我完事了。"

她说完了长身站起，笑着把电话抛回给虎鲨："接下来都是你的事了，祝你好运。"

看得出来，岑今心情很好，回房时船身的乱晃和脚步不稳都没影响她的兴致，几次忽然停下，倚住墙身近乎任性地问卫来："我表现得好吗？"

像个求表扬的小姑娘。

卫来无可奈何："还行不行了你？没喝酒就醉了。"

这话提醒了她："我得朝虎鲨要酒。"

按照惯例，谈判的时候，海盗会备很多酒，专等后面拿到钱了大肆庆祝。

她摇摇晃晃又回饭厅，出来的时候，一手一瓶拉格啤酒，示威似的朝他晃了又晃，像攥着两颗手榴弹。

回到房间，她想办法开酒，桌角磕不掉瓶盖，卫来的那把刀又没撬口，岑今想折回去找虎鲨要开瓶器，卫来说："我来吧。"

他左右手各拿一瓶，瓶口的盖沿齿口处相交相抵，瓶身放平，向着两个方向狠狠一拽。

啤酒味混着细密的白沫喷出少许，卫来递了一瓶给她，跟她瓶颈相碰："恭喜你。"

岑今仰头喝酒，卫来陪着喝了一口，眼见她都不停，咕噜噜下去了快小半瓶，终于忍不住抓住瓶底把酒夺了下来："知道你高兴……但能缓着点吗？"

岑今笑，这一口喝得太猛太多，酒劲倒冲，脸颊到脖颈渐渐泛红。她拿手背抹了抹唇角，抱膝坐到床上，重新把酒拿过来，瓶颈握在手里，晃了又晃。

瓶子里酒沫涨起，卫来自觉大概是管不了她——想喝就喝吧，到底是了结了大事一桩。

出乎意料地，她眼底掠过一丝惆怅，头轻轻靠住膝盖，低声说："谈判都结束了啊。"

卫来笑，伸手抚摸她的头发："事情了结，心里反而空落落了？"

岑今喃喃道："你会给一个月做计划吗？一项一项，一件件完成？"

"没做过。不过，一件件完成，不是挺有成就感吗？"

岑今说："但是时间也过去了，完成了一个月的计划，一个月就走了；完成了一年的计划，一年也走了。"

"时间哪有不过去的？这个月圆满了，还有下个月啊，大不了再做新的计划。"

岑今的声音低得像是耳语："没有，这个月还没圆满，事还没完……"

她躺到床上，慢慢蜷起身子，又是那种很没安全感的睡姿。

卫来拿过她手中的啤酒瓶，放到床脚边，低头吻了吻她的额头。

真奇怪，本该是庆祝的气氛，突然间竟有点压抑了。

卫来放她休息，自己先去洗澡。沙迪所说的大风浪好像提前来了，洗到中途，船身忽然一个大的倾侧，要不是他眼疾手快抓稳了水龙头，大概会从帘子里跌出去。

但除了他，其他人和物都没这么幸运——半盛着酒的酒瓶子骨碌碌滚到墙角，渔灯从桌上跌下，发出铿的一声，所幸没碎，亮光在低处摇晃。

连岑今都尖叫了一声。

卫来掀开帘子看，然后大笑出声，险些笑出眼泪。

她大概躺得离床沿太近，居然以最滑稽的姿势被抛下了床——说是抛下床也不合适，上半身下来了，两手狼狈地撑着地，两条腿竖在上头，整个人像个倒栽的萝卜。

如果可以选，这一定是她这辈子最想从他脑子里删掉的画面。

还笑个没完了，岑今恼羞成怒："你滚蛋！"

反正也没形象了，她爬起来，凶他："出来，我要洗澡！"

卫来笑得收不住，穿好短裤出来，好心提醒她："抓紧水龙头啊，待会儿洗到一半栽出来，你说我是扶你还是不扶？"

岑今说："你滚蛋。"

来来去去都是这句，社评上骂人就句句见血，现实里，她骂人的话还真是贫瘠得可怜。

岑今洗得很快，船晃得太厉害，她还真怕一个没注意从帘子里栽出去，顾不上擦干就裹着披纱出来。

刚出帘子，又有一轮新的摇晃，她后背紧紧贴住墙，放低重心坐到角落里。渔灯滚到她脚边，她抬头一看，卫来躺在床上——像是长成了床的一部分，怎么晃都没见他动。

岑今奇怪："你为什么可以？"

卫来说："如果你也在偷渡船上睡过三个月，经历过比这大得多的风浪，你的后背就会像长出吸盘，稳稳占牢一处地方，别人拽都拽不动。"

岑今说："胡说八道。"

卫来向她伸出手："那你过来啊。"

岑今吁了口气，候着船稳点了，慢慢起身，扶着墙壁挪过去，手伸给他。

指尖相触的刹那，外间忽然响起一阵狂欢似的鼓噪。岑今身子一颤，卫来抓住她手腕，把她拽抱到自己怀里。

海盗歇斯底里的狂叫也像风浪，一波高过一波，混着海上的沙暴，撼动这小小的隔间。

岑今笑，头低下埋在他胸口，听他强有力的心跳："虎鲨大概是把消息通知下去了。"

不讲究什么文雅克制，海盗的狂欢历来如此：鼓噪、尖叫、摔打，玻璃砸碎的声音、铁器的铿锵乱碰，甚至要打个头破血流，才称得上是庆祝。

卫来低声问她："想要吗？"

岑今没听明白。

她怔了一下，看着卫来的眼睛，渐渐反应过来："这种时候？"

她忽然有点尴尬，撑着床面从他身上跪坐起来。

卫来说："海盗的船上，红海中央，外头刮着可以掀起浪头的沙暴，一间屋里的男人女人，不陌生，也不熟得过头——这一生，也难得碰到这样的时候。"

岑今咬住嘴唇，船身又是一倾侧，卫来伸手稳住她的腰。

低处的渔灯被晃得颠了个个儿，幽黄色的光柱笼住她的脸，几缕头发半干，在光里慵懒地扬起，她的眼神闪烁不定，再看不清里头是个怎样的世界。

只觉得是一片深邃的黑，像没有止境的海，带温度的柔软，迎着他的目光，慢慢泛起让人耳热心跳的意外。

她伸出手，缓缓移动，然后停在披纱围裹起的披边，说："那我希望这风暴，可以刮得再猛一点。"

卫来一直觉得，披纱，四四方方的一块布，作为女人的裹身衣物，性感归性感，但也实在太危险了啊。

岑今显然是他见过的最喜欢把这块布作为室内穿着的人，所以他的操心从开始到如今，从未停过——

你就真不怕这披纱掉下来？

万一系得不紧、动作过大、被什么突出物拖到拽到，或者，被他拉下。

神奇的是，她的手法很好，想象中的那一幕始终没有发生。

而他不管想过多少次，也从来不曾真的去拉——关系进展到那一步之前，付诸行动未免下作——虽然他的脸皮够坚厚，但毕竟是王牌保镖，还有那么一点点要脸的骄傲。

操心和好奇很久的事终于发生，这一刻，有一种得到解答的如释重负：不是疏忽、意外、拖或拽到，也不是心不甘情不愿。

她纤长的食指微勾，在披边处轻轻一挑。

棕红色带暗金纹的披纱在明暗不定的灯光里蓦地落下，有那么一刹那，落停了他的呼吸，也落静了这个世界。

真的还在船上吗？外头真的在刮沙暴？

如果有人告诉他这一晚船会翻，他也无所谓了，只求翻得慢一点——这一刻就完蛋的话，势必遗憾终生，下辈子都要脾气暴躁。

他长吁一口气，目光毫不遮掩地顺着她身体起伏的曲线上下流连。

岑今说："我也就只能主动到这里了，你还没有动作的话，我会很没面子。"

卫来笑："如果我就是没动作呢……其实岑小姐，你误会我的意思了，我问你想不想要，是问你要不要再来两瓶啤酒，你是不是想歪了？"

岑今温柔地笑："有种你再说一次。我会拿沙漠之鹰轰了你的脑袋，明天去跟虎鲨说，是船太晃，枪走火了。"

卫来哈哈大笑，在笑声中猛然坐起，手臂一个侧带，翻身把她压在身下。

怀中突如其来的柔软饱满和弹性细腻激得他喉咙发紧，种种男女间的套路、章法、技巧，忽然不想再用。

有那么一瞬间，他像个刚上路的新手，恨不得乱拳打死老师傅，又像为财疯狂的人乍入宝山，满目琳琅，不知道该抓什么往衣袋里塞。

手上拢捏揉捻，得陇望蜀，放不下这处，又想到那一处放肆。

隔间外，海盗们混乱的鼓噪忽然变成了铺天盖地整齐划一的。他们有节奏地敲、击、砸、顿，嘶声齐吼着："Money! Money! Money...（钱！钱！钱……）"

有人要钱，有人要权，有人连夜赶科场，有人辞官返故乡，而他，只是想要人而已，为余生，为这一刻，要个女人。

忙忙碌碌，大家各得其所。

外头惊涛骇浪，这里风浪始生。

渔灯的光寸寸隐去，小隔间搅进一片明暗不分的暧昧混沌。卫来刻意不去吻她嘴唇，不想错过她因经受不住而发出的任何声音——反正船上这么嘈杂混乱，她就算惊叫出声，别人也只当是风浪太大。

然而岑今比他想的能忍。

她咬住嘴唇，身子绷得很紧，除了呼吸急促和偶尔因他手重倒吸气之外，喉间几乎不曾溢出半点声音。

像打针的人懂得要忍痛，她知道会发生什么，蓄留了力气来应对。

这不行，情场如战场，一战攻坚，只能一方胜出，容不得你剩半分力气支撑——这想法有都不要有，有也要给你碾磨成沙，让沙暴一起吹走。

他的手自她小腹探下。

这意味太过明显，她下意识想并住双腿，卫来早有准备，双膝抵压住她腿侧，让她动弹不得。

岑今咬紧牙关，两手深深抠进绷床边缘的绳隙。卫来的手覆过她内裤表面，绵密而又轻薄的绣花手感。

是那一次帮她精简行李时，无意间翻出的那条蕾丝绣花的吗？

好像真的是，果然该是他的，就是他的——提前出来跟他打声招呼，混了个脸熟。

他轻笑，手掌滑至她腿侧，摩挲那一处敏感的肌肤。

男人的手，指腹粗粝，她坚持了不到两秒，挣扎着要坐起，坐起的刹那，卫来的手指忽然探进最后的那层遮挡。

岑今失声叫出来，瞬间瘫软回去。

她大概是疯了才会答应他。他问她"想要吗"的时候，就该让他滚蛋，滚回海里，滚回沙漠，滚回赫尔辛基去。

更要命的是，这煎熬中渐渐生出快感。岑今全身出汗，头发被汗黏得粘住脸颊、脖颈，嘴唇不知道什么时候被咬破，嘴里漾起细细的铁腥味。

他缩回手搂住她，低头吻她嘴唇。她的嘴唇明显发干，脖颈处却又有让人销魂的濡湿。

有异样的灼热抵住她身体。

……

岑今觉得，身体已经碎成了千万片纸屑，缓缓飘高。她徒劳地伸手想抓，但每抓住一片，手边就滑脱更多片……

感觉变得扭曲而敏锐，意识恍恍惚惚，像是出了窍。

看到海盗们在大口喝酒，发癫般狂笑，有人设赌局，有人毫无章法地扭打在一起，还有人叽叽咕咕笑着说话，嘴里冒出一大串晦涩难懂的索马里语……

看到船外黑色的海浪卷起，像慢动作，一帧一格。无数发亮的沙粒彗尾般从眼前缓缓飘过，飘进浪头，浪面上甚至激起无数战栗的细小涟漪。

浪头歇下的瞬间，看到月亮，被沙暴滤过，血红色，血腥而又温柔。

她的身体轻飘飘的，一直向上，像是一伸手就能触到月亮……

快感忽然延展成丝，细细长长，自下钩住她足踝，密密裹住她全身，把她拉回来，拉进这斗室。

她睁大眼睛，看到自己。

躺在床上，闭着眼睛，眉心微蹙，软得像要融化，没有一丝抗拒。有个男人在她身上肆意挞伐，横冲直撞，拱起的脊背上一片汗湿的水亮……

这男人，是她选中的。

得她邀请，得她首肯，可以对她为所欲为。

天色微明。

船停在前后两拨沙暴交接的间隙，左右摆晃，水面偶尔泛上打着漩儿的水沫，水沫里带细沙。

舱里鼾声四起，横七竖八躺满了酩酊大醉的海盗。有人抱酒瓶，有人抱枪，地上吃剩的残食撒得东一处西一处，偶尔看见一摊血——受伤的人大概都不知道自己受伤了。

……

岑今昏睡过去。

卫来反而丝毫感觉不到疲倦，大概是被喂饱了，兴奋到睡不着。

——睡觉有什么意思？做再美的梦，也美不过眼前。

他拂开岑今的头发，低头吻她眼睫，碰到她的刹那，她似乎有感觉，眉心蹙起，无意识地喃喃了声："好疼……"

卫来意识到什么，掀开为她盖上的那块披纱。

她身上好多吻痕瘀青，腰上的瘀青尤甚，他的手印形状都模糊可辨。

有些位置的吻痕，他自己都说不清楚怎么会有。

昨晚发生了什么，他也记不真切了，只记得要了不止一次，畅快疯狂到淋漓尽致。她的体力远不如他，到后来几乎失去意识任他摆布，只剩被颠扑到断断续续的呻吟。

卫来把披纱给她盖上，手背蹭到她脸侧，她又下意识地缩了一下，脸上掠过一丝似乎还未尽的痛楚。

他低下头，嘴唇轻轻覆住她的。

无论他怎么需索，她都顺从；无论他怎么疯狂，她都承受。他沉溺放纵弄疼她的时候，她也只是眉心微蹙，在睡梦里无意识地呢喃出一声"好疼"。

也许该说一声谢谢。

也许什么都不用说，爱她就可以了——爱藏不住，她会懂的。

第十章

CHAPTER.10

"要好好生活，吃好穿好睡好；要好好想念

对方，纪念日送花，每年扫墓。"

一船的人都或醉或睡，只有他一个人醒着，也挺难挨。

岑今睡得很熟，卫来不想吵她，又找不到其他事做，于是开始整理行李包——反正谈判已经结束，马上就会下船，迟早得理。

以往，他的衣服都是胡卷乱塞，难得现在有兴致，无师自通，齐边、掖角，叠得四四方方。

卫来暗赞自己潜力无穷，将来还可以搞搞家政啊，这世界上赚钱的机会真是到处都是。

他翻理了一下家当：两个人的护照、几件衣服、小包装的洗漱用品、一小卷画纸、小记事本、带唇印的简易纸杯、混糅在一起的几国纸币……

武器只有匕首和沙漠之鹰，如果再有凶险，这装备实在寒碜。

卫来沉吟了一下，开门出去，回身锁死。

一路叹为观止：这些海盗昨晚得闹成什么样子？四仰八叉躺着的人中，居然有一个还扮成了女人，身上围了窗帘巾，像穿着超短裙，胸口高高耸起。卫来忍不住俯身去看，原来胸口一左一右都倒扣着小铁碗。

这手感……

他屈指弹了下，铿铿作响。

还是自己更有福气。

走到廊道尽头，他拉开通往甲板的舱门。

有风，不大，可见度只有两三米，满目苍黄。

昨天沙迪说，红海上有大的沙暴带过境时，港口都会封港，所以现在，这偌大海域也许只剩这一条船。

难怪像被弃置多年一样安静。

地上积了一层薄沙，卫来走了两步回头，看到自己的脚印，清晰得像印了鞋模。

他要找虎鲨，虎鲨一贯睡驾驶室，手里有卫星电话。

果然在那里找到了虎鲨，里头躺了四个人——明明那么大的地方，非要摞麻袋一样叠躺。虎鲨被压在最下头，涎水流了半张脸，呼噜打得山响。最上头的是那个十来岁的小海盗，躺得大大咧咧，睡着的脸上一片志满意得。

把老大压在下头，想必梦里都是在笑的，但虎鲨醒了就是另一回事了。这几个人估计都脱不了一顿狠抽。

卫来把小海盗抱到一边放下，小海盗的身体又软又轻，还不耐烦地皱眉——他也就这个时候才像个小孩。

其他几个，挨抽就挨抽吧。岑今说了，他们不是菩萨，普度不了众生。

他从虎鲨怀里拽出那部卫星电话。

卫星电话外拨普通号码，话费不便宜，所以他准备打完就塞回去，不跟虎鲨提这事：发现不了最好，发现了也无所谓，虎鲨最多会瞪他几眼。

但他会原谅虎鲨的小气，他现在心情愉悦，可以原谅全世界。

卫来坐到驾驶室周边的围栏上，把卫星电话的天线拔出，然后拨号。

他只记得三个号码。

第一个是麋鹿的。

麋鹿接得很快，刚听出他的声音，就向他表示恭喜："卫，沙特人昨晚就给我打电话了，我知道谈判成功了，太好了，又是一单！至今没有失手，恭喜你啊。"

是值得恭喜，但于他来说，最值得恭喜的可不是这件事。古人显然也认同，所以总结出的人生三大快乐事里，有个"洞房花烛夜"，但从没提过什么"谈判成功时"。

他轻描淡写地通知麋鹿："后半程岑小姐也雇我了，我会带她一起回去。"

麋鹿说："哦——"调子拖得很长，有点不相信，"她为什么会雇你？"

"我表现好呗。"

"那她出价……还合适吗？"怕卫来多想，他赶紧解释，"我不是要抽你的份额，你自己谈的，全归你……我就是问问。"

卫来说："出价很贵。"

她出的是人，当然全归我，你想抽份额……尽管来试试。

联系完麋鹿，拨第二个，可可树的。

可可树照例拖拖拉拉，好久才接起，像是刚睡醒："喂？"

"我。"

可可树反应过来："卫，你……谈判……谈完了？"

"差不多了，你呢？"

可可树也快了，南苏丹的单子接近尾声，这一两天就会回乌达。

卫来说："帮个忙，替我安排一下，下船之后，我要在第一时间拿到新的装备。岑今在海上遇险你也知道，我得准备起来。走过的线路不安全，我不准备折回。那辆车扔在村子里，舍得你就扔，不舍得就让人去处理。"

可可树说："我看下地图，你等会儿。"

那头传来哗啦翻动大幅纸页的声音。

"卫，我听说海盗的船现在停在红海，他们回索马里的话，要一直往南走。你让他们送你到苏厄边境，一个小镇，科姆克，那里我有朋友，可以给你准备武器。"

苏厄边境，小镇，科姆克。

卫来把这些词记住了。非洲的地理知识他不熟，地名又佶屈聱牙，遇到关键的，只能反复去记，然后转述给懂的人。

"不想走回头路的话，你可以考虑埃塞俄比亚，跟苏丹接壤。我们把那里叫埃高——那里是高原，现在是小雨季，马上迎来大雨季，不热，你会喜欢那里的。"

真是亲如兄弟，知道他不喜欢热。

通话的末了，可可树旧事重提："你真不来乌达？卫，你考虑一下，你从没来过我家——你再来非洲，可能是下辈子的事了。"

卫来说："再看吧。岑今上了岸就很可能有危险，乌达那么远……"

夜长梦多，他担心会出事。

可可树纳闷："她真就不知道是谁要杀她？"

"问过，她说不知道。"

"你就这么相信她？"

"什么意思？"

"我只是觉得，是人都该有点意识。对方从北欧追到非洲，追到大海……一个人，自己招惹过什么了不得的人物，哪怕不十分确定，心里总该有点大概的轮廓。她可以把怀疑的方向跟你讲讲啊，也省得你完全摸不清头绪……"

第三个电话拨给埃琳，只想问一声，那盆白掌活得好不好。

都怪那个厨师林永福，神神道道地跟他说什么"花木很玄的，保旅途平安""你平安，它就长得好"。

开始他只当作笑话，并不在意，但渐渐变得患得患失——他希望这一路平安，希望看到听到的，关于他和她的，都是好征兆。

埃琳回答："很好啊，长得漂亮极了。卫，这花真的会给人带来好运，我跟你说……"

信号断了。

卫来抬头，风大起来，新一波沙暴过境。沙尘或者雨雪过大的时候，会干扰卫星信号。屏幕显示正在重建信号连接，但卫来觉得没必要了。

他把卫星电话重新塞进虎鲨怀里。

你平安，它就长得好。

既然"长得很好""长得漂亮极了"，说明是个不错的征兆，不是吗？

回到隔间门口，想起房门锁死了，卫来拧了一会儿没奏效，只得找了根铁丝，鼓捣着撬开。

推开门，一愣。

岑今已经醒了，还躺在床上，有点紧张地抬头看这个方向。见到是他，她的神色明显松弛，轻吁了口气，又躺回去。

卫来关门："这么紧张？"

岑今说："你跟一个男人好了一夜，醒来一看，他跑了，把你丢在满是海盗的船上，外头还有人撬门，换了你，你不紧张？"

卫来过来，在床边坐下："那有人撬门的时候，你还四平八稳地躺着，不赶紧起来拿家伙自卫？"

岑今闭上眼睛，说得慵懒："床都没凉就被男人抛弃了，这么惨还自卫什么啊，听天由命，该怎么着怎么着吧。"

卫来又好笑又心疼："就这么不相信我？"

他低头想吻她，她把披纱拉上遮住脸，说："你滚蛋。"

卫来隔着披纱吻她嘴唇："岑小姐，你如果这样，我要向沙特人投诉——昨儿晚上你拿枪逼我，说我不做就轰了我脑袋，我含泪从了你，完事了你就让我滚蛋，讲道理不讲？女人就可以不负责任吗？"

岑今气笑了。

卫来也笑，俯下身子，把她面上的披纱拉低，额头轻轻抵住她的，问她："疼吗？"

岑今点头，眉心蹙起一道细细的痕迹，他真想把它给吻平了。

"哪里？"

她低声说："腰很酸，不想动；腿那里火辣辣的，自己碰到都疼。"

卫来把披纱拉开些。她皮下的微出血慢慢成瘀血，比起先前看到的，瘀青和紫斑都更加明显，重灾区在腿、腰和胸上，他偏好哪里，还真是一目了然。

卫来心疼："我以为，你会很喜欢……也会很舒服……"

岑今瞥了他一眼，似笑非笑地说："就算纸喜欢笔在它身上写字，使的力气太大，纸也会破掉吧。你昨天晚上那样，凭什么觉得我不会疼？你多久没碰过女人了？"

"我前半辈子都没碰过你，太兴奋，没控制好……下次我会注意。"

岑今警惕得很："下次？什么时候？隔几秒？"

卫来啼笑皆非："你定就好。"

她扬起下巴："定多久都随我？"

"随你。"

"我要说一年呢？"

卫来笑："也随你。"

笃定她不会。

果然。

岑今咬牙，顿了顿，凶他："今天之内，都不准……那样碰我了。"

卫来说："好。"

他把手臂横到她背后，把她揽进怀里，尽量不去碰她身体。她笑起来，面颊上忽然泛起红晕，声音低得像耳语，只说给他听："其实……除了有点……疼，别的，我都很喜欢。"

卫来微笑，不知道该怎么更喜欢她才好，顿了顿才轻声问她："今天想下船吗？"

她摇头："今天不想动，犯困。你去跟虎鲨说，我们在船上歇一晚，明天再下船。"

也行，反正那群海盗还醉得不省人事，今天返航的可能性不大。

看得出她是真累，整个人都懒，她很快又闭上眼睛，喃喃着说："没力气说话，你要说就说，我听着。"

卫来"嗯"了一声，动作尽量温柔，蹭吻她脖颈、眼睫、耳郭、锁骨，也会摩挲她头发。岑今显然很喜欢，也不抗拒，不知不觉就缩到他怀里。

原来这样也很好。

肌肤相亲是浓烈，耳鬓厮磨是悠长。

以后，要在一起住了吧。

她的衣服会和他的叠放或挂悬在一起，悠悠晃晃，互挨互碰。那情景，想到了居然会觉得心动。

他的床……

典型的单人床，床垫子很硬，如果有她，也许要换大一点的、软一点的，枕头也要多加……

或许应该换个地方住，他并不是很放心她住那里——那幢公寓死过人不是吗，保安马克还因为这事被捅过一刀。

埃琳的话真有道理：存点钱，娶个喜欢的姑娘，买大的房子……

他一个人可以糙，带上她就不行了，她愿意，他都不愿意。

"可以问你个问题吗？"

"你说。"

"当初面试的时候，为什么选我？"

岑今在他怀中的身体忽然僵了一下。

她慢慢睁开眼睛，有点无奈，又有点好笑："你不问个清楚，永远不罢休是吗？"

"我只是觉得，也许现在这个时机，我可以问了。"

岑今静静看了他一会儿，低声说："过一阵子我会告诉你，但不是现在，可以吗？"

时机还是不对吗？

卫来笑起来，顿了顿说："那可以承诺我一件事吗？"

"什么事？"

"岑今，你要承诺我，我不是你设定的任何计划。"

岑今看进他的眼睛。

好久，她忽然眼眶发酸，轻声说了句："傻子。"

她伸出手，钩住他脖颈。卫来低下头，头埋在她颈窝，听到她在耳边说："我这一生做过的所有计划，都比不上你这个半路杀出来的意外。卫来，你这么好，我计划不了的。"

到了傍晚，海盗们陆续爬起来，这船也才渐渐有了大面积的活气。

卫来去找虎鲨，撞上了意料之中的一幕：那两个曾经睡在虎鲨身上的海盗正抱着头乱躲，虎鲨骂骂咧咧，伸脚狠狠去踹。拖鞋不紧，一脚就踹飞了，其中一个海盗讨好似的把鞋捡回去，虎鲨握了鞋头，顺势就抽了上去。

啪啪啪，声声打肉，听得人头皮发紧——这还不如挨踹。

也有意料之外的：那个小海盗居然在边上狂笑，有时虎鲨刚抽过，他也跟上去，啐一口，或者踹一记，十足的狗腿子。

卫来觉得自己之前的同情心用错了地方——他现在只想看这小兔崽子挨揍。

虎鲨不愧是海盗头子，表情收放自如，看到卫来，立刻换了笑脸，跟他打招呼："嗨……"

然后卡壳，他根本没问过卫来的名字。

卫来耐心地帮他接下去："卫。"

他讲了接下来的安排，提到"苏厄边境""科姆克"，虎鲨一直点头，一脸惋惜："今就这样走了？我还想请她去博萨索吃饭。不行，我要跟她说一下，她救过我的命，是我的好朋友……"

卫来挡在他身前："岑小姐在休息……她明天在苏厄边境有重要的谈判，需要理一些资料，建议你别打扰她。"

虎鲨立刻就相信了，惋惜转成了羡慕："今很厉害，她说她退出了国际组织，原来是专门做谈判工作了……我以后去了国外，都不知道要干什么……"

语气中居然有浓浓的惆怅。

卫来差点儿乐了：跟政府的谈判往往旷日持久，有时候会有长达一两年的考查期。也就是说你答应了什么，就要在一段时间内照做，政府认可了，才会进入下一步。

虎鲨居然现在就考虑去国外之后要做什么工作了，是不是早了点？

……

趁着天色还亮，渔船起锚开航。卫来回舱的时候遇到沙迪，给别人塞阿拉伯茶叶估计是他的嗜好——又给卫来塞了一把。

卫来不好拒绝，只得往嘴里送了点。

边嚼边聊起这糟糕的天气，沙迪居然很乐观："一直往南，说不准很快就出沙暴了。"

卫来奇怪："出沙暴？"

"是啊，沙暴是一条带于。"沙迪比画给他看，"红海太窄啦，边上都是沙漠，风大的时候，沙子吹起来，横拖过海，就是一条沙蛇……但是红海很长，没有沙暴能把整片海都吞下，我们一直开，就会开出沙暴……"

沙迪忽然抱怨他："昨天晚上喝酒，想叫你一起，敲门，你都不答应。"

卫来吓了一跳："你敲门了？"

沙迪说："是啊。"

"你……听到什么了吗？"

沙迪皱眉："你睡得太死了，卫，保镖要警醒……我也不知道你在干什么，我就听到沙沙……沙沙……沙沙沙……"

他当然只能听到沙沙沙。

当时他在饭厅，和一群人喝得醉醺醺的，忽然想起卫来，大声说："喝酒要叫上朋友一起，我去叫卫！"

周围的人敲盆打碗，给他让开一条夹道，沙迪头重脚轻地出来，走错了方向，一路跌跌撞撞地走，最后一头栽在通往甲板的舱门上，然后拼命打门："卫！出来！喝酒！"

没人应答，沙迪气得踹门。舱门是用铁闩闩住的，当然踹不开，于是他好奇地把耳朵贴在门上听。

外头在刮沙暴，密集的沙粒打在门上，沙沙，沙沙，沙沙沙。

……

沙迪脸色严肃："卫，你是保镖，要警醒，不然很危险的……"

这一晚卫来睡得不实。他知道船夜航了一段时间，知道船什么时候停的，也知道临近黎明的时候，船再次开航，然后再次停下。

停下之后不久，沙迪过来敲门，说："岑小姐，到地方了，船不能靠岸太近，接下来要坐快艇——你们准备好了就可以出发。"

卫来捡起床下的啤酒瓶盖，正正打在门心上，以示自己很警醒："知道了。"

沙迪走了之后，他低头看着怀里还在睡的岑今，说："起床了。"

岑今困得眼睛睁不开，很不情愿地埋头往他怀里缩。卫来笑，低头吻她耳后，手也不老实，尽往她身上怕痒敏感的地方招呼。

她咯咯笑着躲他，终于忍不住睁开眼睛："滚蛋，你不学好。"

卫来笑："拆字的话，'好'字不就是一男一女在一起吗？我都学得这么好了，还要我怎么学？"

岑今说不过他，起来冲了澡，出来的时候穿着上船时的衣服，白T恤、牛仔裤，身上的印痕和瘀青倒是遮了大半，但脖颈、锁骨和耳后那里……

她似笑非笑地看着卫来，好像在说：怎么办吧？

卫来苦笑，忽然冒出一个馊主意："让人看见也没什么吧，你想啊，黑人皮肤偏黑，他们的吻痕可能都看不出来……所以他们看见了，也猜不到是什么……"

岑今哭笑不得："你是不是傻啊？"

她低头从行李包里抽出那条黑色的披纱，仿着阿拉伯女人的头巾系法，前后缀连了结住，只露一张脸。

她皮肤白，黑纱一衬，尤显黑白分明，眼波水亮。

卫来拉她过来，端详着道："嘴唇上个颜色会更漂亮。"

岑今说："你以为我不知道吗，口红不是都丢了吗？说起来，当初我准备了几十种色号，然后有个人……"

又来了。

卫来笑："给嘴唇上色，未必只有口红可以啊。"

他低头吻住她的嘴唇，力道比从前都大。岑今疼得一激，卫来顺势握住了她的腰上提，加深这个吻。

松开她时，他十分满意——唇上的皮肤最薄，经不住厮磨，只片刻已经泛绯红、水亮。

卫来说："这颜色最适合你，我以后系统研究一下，掌握好力道和时间。你想要深点还是浅点，都可以……话说回来，你以后也用不着买口红了，我可以代劳，想补妆的话说一声就行……"

岑今咬牙："你……"

卫来帮她说下去："滚蛋是吧，没门。"

上了甲板，没人对岑今的装束好奇，毕竟当地的女人大都这么打扮，外国人有样学样也正常。

渔船边已经放下快艇，正随着略显浑浊的海流荡晃。海面上依然雾蒙蒙的一片黄，但显然已经出了沙暴的中心地带，可见范围向外延展了好多。

掌舵的还是沙迪，负责送他们到苏厄边境的海岸。

虎鲨的依依不舍倒是真的，钱的事谈妥，可以心无旁骛、纯粹地来谈谈交情和恩情了。

"今，你救过我的命，我都没能好好谢谢你。本来想请你去博萨索，但是你的保镖，王，说你有事。"

什么"王"，是"卫"好吗？前后鼻音不分念不出"岑"这个音也就算了，脑子还不好使，是该退休了。

"以后我真去了国外，有机会的话，会去找你的。今，我会好好请你吃饭，你帮了我好多忙……"

卫来先下到快艇，伸手来扶岑今。岑今都握住他的手了，忽然又松开，转身对着虎鲨说了几句话。

虎鲨一定没明白，因为他一脸的茫然，嘴巴半张。一直到快艇开出去了，他还站在船栏边，一动不动。

受沙雾影响，快艇的速度偏慢，海风有些大，沙粒偶尔打人的脸。岑今坐在船舱里，把披纱拉高，遮住脸。

卫来低声问她："跟虎鲨说了什么？"

"跟他说，做人要见好就收，再得意也要留后手。"

"他听得懂？"

"好像没懂。"

"为什么跟他讲这个？"

"还记得我谈判的时候，提到的那个纳粹科学家吗？"

卫来点头。

岑今说："那只是典型的一个，其实当初被保护着进入美国的纳粹科学家有几百人之多。德国战败的时候，争抢这批科学家的，远不止美国。

"他们敏锐地察觉到，战争即将平息，战后重建会改变世界格局，谁掌握了这世界上最优秀的头脑，谁就可能率先胜出。

"美国最先抢到，运气很好。但你知道最后这批纳粹科学家怎么样了吗？"

卫来想了想："不是说，逃脱了审判，拿到了美国身份，得奖的得奖，拿钱的拿钱吗？"

岑今笑："那是之前。

"二十世纪七十年代末开始，美国有计划地驱逐了数百名纳粹科学家。"

卫来觉得既凄凉又好笑，过河拆桥这一套，美国人玩得挺溜啊。

岑今回头，看向黄雾里隐得几乎看不到的那条渔船："虎鲨确实杀过人质，他以后能不能如愿过上好日子，谁都不敢说，不是向政府投诚就能抹杀一切的。也许会有人找他报仇，也许有一天政府也会翻脸——你有价值，你也有罪，等你的价值耗尽了，会比谁都惨。"

卫来沉默，忽然有点同情虎鲨：耀武扬威、张扬跋扈，自以为一切尽在掌握的时候，也常常正是开始悲凉的时候。

他问岑今："虎鲨以后会怎么样？"

岑今笑起来，顿了顿，示意前方："有空去为他操心，不如想想我们自己吧。"

卫来顺着她的目光看过去，一条赭黄色的海岸线浮在晦暗的海浪尽头，南北向无限延伸。

沙迪放慢快艇的速度，靠岸时，引擎像在捯气，半天才突突那么一下。

卫来扶岑今上岸。

这里大片的岸礁，往内是望不到头的赭黄色泥泞，难得的是，居然能看见稀疏的灌木和绿树。沙迪赤脚下来，把快艇掉头，提醒他们："你们知道这是边境吧？"

"知道。"

"那你们知道苏厄关系不好吧？"

"……"

不知道，可可树没说。

"你们知道苏丹和埃高的关系也不好吧？"

"……"

"你们知道苏、厄、埃高这三个国家关系都不好吧？互相之间都打过仗。"

"……"

沙迪最后撂下的话是："祝你们好运啊，再见。"

卫来看着快艇远去的那道水浪苦笑。

有点尴尬，让岑今下了船跟他走，结果把她带进了非洲版的《三国演义》。

岑今倒是不在意："走啊。"

卫来说："好像……有点危险。"

岑今噗地笑出来。

"苏丹不危险？之前打了多年内战；索马里海盗不危险？刚劫了世界上最大的油轮。你从海盗的船上下来，皱着眉头讲前路危险，不觉得好笑？"

卫来笑起来，顿了顿说："你跟着我走，我真把你带进危险里，你会怪我吗？"

岑今说："跟着你走，又不是说着玩的，是我的决定。真的遇到危险，愿赌服输，有一半是我的责任，只怪你一个人就没劲了。"

卫来微笑。

她真是个很好的旅伴，自己当初怎么会因为她上车喜欢睡觉就嫌弃她呢。

他握住她的手，说："走吧。"

岑今任由他牵着走，边走边提出很多要求。

"遇到集市，该给我买新衣服了，没衣服穿了。"

"好。"

"给我买双鞋吧，拖鞋不好走路。"

"好。"

"给我买支口红吧……"

卫来看了她一眼。

她马上补充："有些颜色，你亲不出来啊，比如酒红色……"

"也许喝醉了亲可以呢，不许说滚蛋。"

……

卫来蓦地止步。

他俯下身子，皱着眉头看泥泞地上多而杂乱的车辙，然后伸手撮起辙边的烂泥，稀软、带水，分明是不久之前留下的。

论理，这里应该很偏，怎么会一下子来这么多车？

岑今想问什么，卫来冲她做了个噤声的手势，双手撑地，贴耳去听。下一秒他迅速起身，说："有车，不管来的是谁，找地方先藏一下。"

四下看过去，他在心里骂了句脏话。

灌木、高树、泥地，根本躲都没处躲。

只这片刻的工夫，车声已经听得见了。土坡高处快速驶下一辆黑色的敞篷吉普越野车，有个人穿红色背心，站在后车斗里，架起枪身，像是要瞄准谁。

与此同时，身后也隐隐传来声音，卫来转头一看，很远的地方又是一辆，也是敞篷越野车，开车的人穿迷彩服，车子开得更猛，车屁股后头甚至激起溅高的泥浆。

岑今笑了一下，说："咱们别跑了，反正跑不过车，跑了也难看。"

卫来把她拉近身侧，迅速打开行李包，把沙漠之鹰推进脚下积起的淤泥里，匕首交给岑今掖进披纱，低声吩咐她："看我眼色，到时候我吩咐你。"

两辆车驶近了，同时打弯绕开，车尾摆了个弧，惯性不减，绕着两人转了个圈才慢慢停下。

卫来笑笑，慢慢举起双手，表示自己不构成威胁。

岑今低声说了句："卫来，如果有很糟糕的事情发生，先杀了我，我从来不受欺辱。"

卫来不动声色，目光从一辆车转到另一辆。

三个人，三杆枪。

他低声回答她："你不相信我一次能对付三个吗？"

穿迷彩服的那个探出头来，把卫来从头到脚端详了个仔细："哎，你，叫圣诞树？"

十五分钟之后，偌大海岸边，视线可及之处，只剩了一辆敞篷越野车。

卫来躺在后车座上，拨可可树的电话。

接通的刹那，他气不打一处来："送个装备，搞那么大阵仗，把老子吓得魂都飞了一半。"

岑今正倚在车架上吹海风，闻言看了他一眼。卫来马上用手掩住话筒，解释："夸张而已，我怎么会被吓到。"

可可树理直气壮："知道我在南苏丹保护的谁吗？军政要员！为了你，我厚着脸皮开这个口，不然就以我的本事，顶多去给你搞辆面包车。谁的手能伸到边境去！也不想想！

"我客户发了话，才叫得动驻军的大兵给你送车和装备！就这还不知足，啰啰唆唆……"

卫来笑。

刚那几个大兵是说过：上头发了话，他们很当回事，天不亮就到了。海岸线太长，搞不清"圣诞树"上岸的地点，索性开车沿岸兜巡。兴致来的时候，还飙了几回车。

不是不感动的——可可树保护了重要人物一场，末了没为自己谋算，反而帮他讨了个大人情。

卫来说："那我郑重地感谢你。"

可可树趾高气扬："当然！卫，这车可不能随便扔，人家还要的——你最后停哪儿了跟我说，我让人把车开回去。还有啊，认识我算你运气好，你看见通行证了没？"

通行证？

卫来坐起身。

刚翻看帆布袋里的装备，确实看到地图里夹了几张纸，还以为是随意塞的，没留意。

他把那几张纸拿出来——纸质略厚，页眉有国徽标志，盖满印章，主体内容是阿拉伯文，看不懂。

可可树得意地说："普通人想要都没有呢，那是特别通行证！边境可以通行，凭这个可以进埃高。昨晚上特意为你们加急办的，也是看我客户的面子。你知道办起来多难吗？审批都得好几周，记得和护照一起出示……"

卫来心里蓦地一沉。

挂了电话之后，他觉得头疼，摁揉着眉心躺回后座。

可可树可能好心办坏事了。

之所以不走回头路，就是想尽力避开对岑今不利的那一伙人，尽管隐约觉得，对方终有一日会找上门——但这个特别通行证一办，就增加了暴露方位的危险。

而知道位置之后，想打听他们的行迹就会很容易——在这种地方，两个亚裔的外国人还是很显眼的。

岑今察觉到他的异样："怎么了？"

卫来坐起身，伸手把她拉坐进怀里："问你个问题……你真的不知道想杀你的是什么人？"

岑今说："你第二次问了，你觉得我应该知道吗？"

第二次问，第二次答，问和答都如出一辙。

卫来沉默。

第一次问时，她这么答，他觉得正常，毕竟那时在赫尔辛基，她因为写社评四面树敌，给她寄恐吓物件的人也不止一个。

但现在，可可树的那句话是有道理的。

——从北欧追到非洲，这种仇，可不是在社评上骂两句就能结得下的。

——是人都该有点意识、有点轮廓、有个怀疑的方向。

卫来试图引导她："你好好想想，有没有招惹过什么人，对方一直追着你不放？"

"有啊。"

卫来一怔。

"招惹过一个男人，他追着我不放，我跟他好了，现在还跟着他走了。"

卫来哭笑不得，末了大笑，搂住她狠狠亲昵了一会儿。

行吧，随便吧，不管来的是谁，他都得保护她不是吗？

岑今问他："咱们去哪儿呢？"

这车在泥泞地里停很久了，满满的装备、补给，万事俱备，只差一个方向。

卫来实话实说："论理应该选择最合适的路线回赫尔辛基，但我们都知道，只要你的威胁没解决，回去还是留在这儿，同样危险，没太大差别。"

岑今"嗯"了一声："那你就当没这种危险，这个时候，你会想去哪儿？"

卫来笑起来，如果没这种危险，刚接完单，赚了一大笔钱，还得到了自己喜欢的女人，心情大概好到要上天的。

"当然会带着她看新鲜，一路游山玩水，也会去可可树家里逍遥，吃穷他。"

岑今说："那就这么着呗。"

什么？

卫来还没反应过来，岑今已经舒服地躺进他怀里，从帆布袋里拿出地图，展开了细看："埃高……这里，西北，有塞米恩国家公园，赛门山地，有很多动物，狮尾狒、埃塞俄比亚狼，还有豹……

"援非的时候，当地的同事给我讲过非洲哪里好玩：肯尼亚的动物迁徙、博茨瓦纳的荒野雄狮……我都没看过。从卡隆离开时很匆忙，再没来过。"

她抬头看卫来："埃高这么近，去看看吧。你不喜欢热，以后估计也不会再来，趁这机会，我们去看看，嗯？"

卫来沉默了一下。

她说得认真又自然，不是闹着玩的，也不是央求。

卫来觉得，自己不会真的驳回她任何一个要求，只是——

"知道有人要杀你吗？这种情况下，你真的有心思考虑去玩？"

岑今笑，眯起眼睛，把地图搭在车架上，给两个人搭起一方小小的凉棚："卫来，我们要约定一些事。"

"你说。"

他看不清她的表情，地图把光遮住了，她的脸藏在阴影里。

"刚到非洲的时候，有一天，前辈把我们这些新人召集起来，有男有女，在一间房间里，传看一些因为太过血腥不能对外公开的照片，有男人的，也有女人的。

女人的你懂，会更悲惨一点。

"前辈说，你们来到这里，机构当然会极力保护你们的安全，但世事没有绝对，我需要你们清楚：当事态失控的时候，最极端、糟糕和没有尊严的情况，也有可能发生在你们身上。

"我们一张张地传看，有人看吐了，有人看哭了，我一直攥着手里的照片，把照片的角都攥皱了。

"前辈说，现在，请嘱咐你最亲密的同事：当这种情况真的发生，而你又无能为力的时候，你希望他怎么做。现在就约定好，不要临到关口再犹豫，来不及。

"我们沉默了很久，然后互相拜托。我对每个人都说了，与其受到那种轮番的欺辱后毫无尊严地被杀，请预先就把我杀了。对比有些照片里的情形，死得早点是一种幸运。"

卫来大致猜到了，心里有些难受，环抱住她的手臂略收紧了些。

岑今笑："人都不喜欢讨论那些讨厌和避讳的事，但这不代表它们不会发生。卫来，我知道你听过我和白袍在温室里的谈话，我的有些想法至今还是没变。我不知道是谁想杀我，但我很清楚，再强的保镖陪着，流弹也可以要我的命。或许有一天，我正笑着跟你讲话，一颗子弹就会在我脑子里炸开。或许，海上的那种爆炸会再次发生，对方会加派人手，情形会更凶险……"

她压低声音："我们要约定好，如果再次发生，如果你自己都身陷险境，卫来，请你不要拼命去保护我。"

卫来沉默了很久，然后笑起来："怎么可能，我是你的保镖啊。"

"我跟你走，不当你是我保镖，我当你是我爱人。"

"爱人比客户重要，当我是爱人，我不是更应该为你拼命吗？"

岑今低声说："你不懂，就好像那次传看照片一样……你要是因为我死了，比我自己死更让我难受。"

卫来哗啦一声掀开遮挡的地图。

岑今微微闭上眼睛。

没有温度的亮光照过来，照样刺眼。

卫来说："岑小姐，你要是这么悲观，我可就不高兴了。我还在想着以后怎么过日子，你净在这儿说些要死要活的话，扫不扫兴？"

岑今笑："就知道你不喜欢听，只是做个约定啊，未必会发生。"

"这么喜欢约定？那行，来，做。"

他伸出手，其他手指内屈，只留小拇指拉钩用："手指，来。"

岑今笑，有样学样，小拇指轻轻钩住他的。

卫来说："我们约定，首先，这位岑小姐，如果想嫁人，我活着的时候，只能嫁给我，严禁考虑医生、律师、教授；我死了的话，你随意——漂亮姑娘，追求的人一定大把，不用为我守寡，不人道。"

岑今眼圈泛红，努力维持笑容。

"第二，如果其中任何一个人死了，另一个人绝对不能死。要好好生活，吃好穿好睡好；要好好想念对方，纪念日送花，每年扫墓。可以适当流泪排解情绪，但一次不能超过十分钟，不然伤身。"

岑今头埋进他胸膛，吸着鼻子点头。

"第三，从现在开始，不说丧气话，不被不相干的人影响心情。买衣服、买鞋、买口红，游山地、游公园、看埃塞俄比亚狼，白天补妆，晚上亲热——这是我要特别强调的，嗯？"

岑今噗地笑出来。

卫来也笑，顿了顿，柔声说："答应的话，盖章吧。"

他钩紧她小拇指，大拇指与她指腹相抵，然后低头，轻轻吻在她手背上。

真奇怪，从前他觉得，上了床后，男女关系会告一段落。麋鹿和伊芙确定关系之后，他和可可树轮流在边上鼓噪："行啦，到手了，了却一桩心事，把她放边上晾一晾吧。现在可以陪兄弟打牌、喝酒、泡夜场了吧？"

现在发现，不是告一段落，只是刚刚开始——怎么会是了却一桩心事呢，她会藤生蔓结，长成他一辈子的牵挂。

……

车子顺着泥泞的土路，歪歪扭扭驶离海岸。

路上居然看到了路牌。

路过一棵树，枝丫上挂了幅画。风把画幅吹得东摇西荡，偶尔晃向这头。卫来看得分明，上头画了块肥皂。

这什么风俗？

岑今说："广告，没处贴，他们会往树上挂。"

好孤独的广告。

车进科姆克小镇，他们的运气很好，赶上一周一次的集市。其实这集市规模不大——从头走到尾五十米都不到，两边各类摊头，卖鸡、棕榈油、肥皂、编织的鞋帽，还有衣服。

卖衣服的是个小窝棚，一根绳拉出十来件色彩缤纷的廉价长裙。不过聊胜于无，岑今下去翻拣，卫来将车子停在外围，笑着看她。有个当地女人过来兜售小商品，手臂上挂着几十串金灿灿的饰物，坠子做成贝壳形状，粗看不错，仔细一看就知道做工蹩脚低劣。卫来摇头，那女人着急，语言又不通，急得掰开小贝壳给他看。

原来小贝壳里有红色的油膏，卫来还是不明白，女人索性用手指头抹上一点，往嘴唇上送。

这是当地人自制的口红，用的天然染料和混合油膏。卫来起了兴致，掰了几个看，大概是技术不过关，没色号之分，颜色都一样。

他买了一个，链子在手背上绕足了两圈。

有只鸡咯咯地乱跑，杀鸡的操刀在后头追。

窝棚里，岑今正在比量一条海蓝色的长裙，卖主抱着一面四方的镜子围着她转，给她看前后效果。

卫来拿起卫星电话，拨通了麋鹿的号码："帮个忙，帮我查一下岑今当初牵涉的那桩谋杀案。"

麋鹿没反应过来："什么？"

"她的死亡威胁如果跟那些社评无关，那到底是谁追着她不放？想来想去，也就可能跟人命有关了，她不是曾经被牵连进一桩河豚毒素的命案吗，帮我起起这案子的底，可能会有线索。"

麋鹿纳闷，顿了顿，问他："你是不是喜欢上岑小姐了？"

否则平白无故，怎么会对她的事情这么上心。

卫来说："是啊。"

麋鹿悻悻，承认得这么爽快，让他除了帮忙，无话可说。

他提醒卫来："她当初是嫌疑人，听说是证据不充分，所以洗脱了嫌疑。如果你查到末了，发现她真的是凶手呢？"

真的是凶手，反而诡异地说得通了——也许是被害者的家人阴魂不散地想复仇。

岑今转向这边，给他看衣服的效果，卫来冲她眨了下眼睛，意思是：很漂亮。

然后他回答麋鹿："真的是凶手也没什么，要看死的那个人是不是该死。"

岑今买好裙子过来，卫来欠身打开车门，把她拉上车子，但不急着走，理由是："这集市多有意思啊，看看呗。"

真是胡说八道，这小集市有趣在哪儿了？人少，东西也没什么好挑拣的。

但卫来好像真的兴致很高，在这儿停留了好一会儿，而且他挑东西很大爷——自己不下车，看中了什么，遥遥向人家招手，于是那些人屁颠屁颠地过来。货品笨重的话一次拿一件给他看；货品轻小的，索性连摊都挪过来了。

末了，这个小集市完全改了规模，几乎是以敞篷吉普车为中心，向四面辐射。

车后斗里装进一张大的棕榈席，卫来的理由是：一路游山玩水，总会随时随地下车休息，有席子方便。

卖鸡的则奋力宰杀了一只，正帮他洗弄切块，还附赠当地特有的香辛调料。卫来买鸡的理由是：路上可以烧烤着吃，好过总吃干粮。

草帽买了两顶，遮阳；草鞋要了两双，穿着玩。

……

岑今哭笑不得地看他在边上咋呼，把小小集市的人支使得人仰马翻。

终于再次出发，车里装满了有的没的，集市的摊贩依依不舍，就差列队欢送了。

车子上了土路，喧嚣声渐渐被抛在了后头，岑今看向他，说："故意的吧？唯恐人家不记得你。"

卫来承认得爽快："是啊，我做了个计划。"

岑今并不问他的计划是什么，只揶揄他，回了句："难得你也会做计划。"

卫来笑。

和麋鹿通完话之后，他真的做了个计划。

岑今可以当这一路是游山玩水，他不可以。她的事一天不解决，他心里就多一天横着刺，不能痛痛快快地过日子。

离开虎鲨的船，意味着安枕的日子也过去了，接下来要一路提防，随时小心，夜里都要留只眼睛睁开，以防不测。

这种憋屈的日子，什么时候是个头？再说了，也真不符合他的个性。

不是说，最好的防守就是进攻吗？

他有一种久违了的、要设套狩猎的冲动。可可树帮他开了个头，反正特别通行证一办，行迹不再隐秘，他索性在这个小集市又把网张大了些。

来吧，我就站在高处，不避不躲，画下场子画下道。要解决什么事尽早，别耽误老子逍遥快活。

中午时分，日头渐渐高起，沙尘横飞，又晒又热。岑今呛得咳嗽，卫来把车子停到道边，给岑今盖了草帽，给自己也盖了一顶。

两人面面相觑，同时爆笑。

卫来骂了句。

岑今也很无奈："这车就没个车盖？以前在电影里，看到架枪开这种车的大兵，还觉得很帅——难怪镜头都只有两秒。"

这种车要在大太阳底下或者瓢泼大雨里开两个小时，车上的人可怎么挨啊。

卫来看向她："岑今，咱们得商量个事……你同不同意，在任何情况下，实惠实用是第一位的，咱们不该追求那种华而不实的东西？"

"同意。"

卫来说："那就好办了。"

他跳下车，把车后的那张棕榈席拖下来，对着车子比量了下长短，把棕榈席横推到车架顶上，又找了绳子，截了几截，从席面挨近车架的地方钻进去，扎牢。

比改她衣服那次，更直接粗暴。

岑今差点儿笑出了眼泪。这车子本身还算风骚彪悍，忽然罩上个棕榈席，像时尚人士剪了个锅盖头……

不愁这一路没有辨识度了。

重新上路之后不久，遇到一座边界小城，被一条干涸的河一分为二。河这头是苏丹，那头是埃高。两边都拦了绳，设过境处，有守卫把守。

苏丹这一侧，已经排了长长的队。很多过境的人，持的证件五花八门。卫来把车开过去，以车代步，跟在队伍之后慢挪，果然很快就引起了守卫的注意。

两个背枪的守卫过来，把车风挡玻璃拍得砰砰响，吼道："下车！排队！不能开车！"

卫来故意不理，充分享受四面八方的注目，直到其中一个守卫取枪，示威性地把枪栓拉起平端时，卫来才笑了笑，把那几张特别通行证一股脑儿地递过去。

他不认识上头的字，不知道哪几张是用于苏丹、哪几张是用于埃高的，不过守卫一定认识。

果然，两个守卫的面色微变，交头接耳了几句之后，态度转好，说："请从这边走。"

那两人在前头引路，专门为他们解开了一大段拦绳。车子驶入缺口，顺着倾斜的河岸下到干涸的河底。埃高那边的守卫显然也注意到了，大踏步迎上来。

证件再次奏效，和苏丹那面一样，车检都没有进行。不过埃高这里的程序还是要更严一点，护照和通行证都被拿去盖章、登记，然后放行。

拦绳放开的刹那，卫来说："岑今，好日子来了，咱们要迎来凉爽的新世界了。"

岑今大笑。

埃高虽然地处非洲、热带，但海拔较高，尤其正处在小雨季往大雨季的转变期，进入山地之后，温度有时甚至会低于 20 摄氏度。

这温度，对在苏丹那种地方蒸了十多天的他们来说，不啻天堂。

所以入境之后，即便大多是沙砾路，车子还是一路狂飙，借助卫星电话的 GPS 定位定向，先南行一段，然后折向西边。随着地势攀高，地貌渐渐不同，到下午时，车子明显进入山地。阳光还在，但不那么炽烈了，偶尔会经过坐落在稀疏树木间的棚屋。

遇到的行人个个带伞，有撑开遮阳的，有当拐杖拄着走路的，还有直接拿伞当棍子赶野狗的。

岑今忽然担心："如果下雨，我们的车顶会漏水吗？"

卫来说："下小雨应该没问题，编织得挺密。"

然而运气不好，翻到半山腰时，遭遇一阵急雨。豆大的雨点打得棕榈席砰砰作响，雨水帘幕般顺着席子低垂的两侧流下。卫来紧急转向，把车子开到高处的一棵矮树下。

有浓密的树冠遮挡，棕榈席上的声音小了许多，雨帘也转成了时断时续的雨线。不远处就是悬崖，边侧的山谷里雨雾蒸腾。

等了一会儿，雨见小，却不见停，岑今蓦地打了个哆嗦，说："冷。"

让她这么一说，卫来也觉得有些凉飕飕的——山地的温度本来就已经在降，下雨再加上山风，体感差异会很大。他翻了下行李包，没有厚的衣服，岑今把披纱裹在身上，看似多了一件，实则有它不多，没它也不少。

卫来好笑，问她："要过来吗？"

岑今等的就是这句，马上爬起来，钻进他怀里缩成一团。卫来拥住她，用披纱盖住她裸露在外的小腿。

男人的身体好像天生就是热的，窝进去又舒服又温暖。岑今很快舒缓过来，看到席子沿边断续的水线，忽然生出促狭的心思，踢掉拖鞋，拿脚面去接水滴。

足背上很快接住一大滴，透明饱满，晃晃悠悠，眼见就要顺着足面滑下，卫来在她腰上拧了一下，说："你就不怕感冒吗？"

岑今不高兴，脸一埋，说："管得着吗，我乐意。"

话是这么说，伸在外头的那只脚却悄悄缩回来，又缩回披纱底下。

卫来大笑，低头蹭她面颊。前几天太热，和她温存时，她身上总带着濡湿的薄汗；现在气温一降，她皮肤微凉，手感爽滑细腻到让他舍不得松开。

卫来说她："现在乖成这样，当初怎么就那么凶。"

岑今乜斜了他一眼："哪里凶，我只是不太热情而已。第一次跟你说话，我不是很客气礼貌吗？你不能看我和白袍或者虎鲨谈判时严词厉色，就认定我很凶，那只是一种策略。"

还真是，卫来想起来了。

岑今第一次跟他讲话时，礼数确实周到，称呼他"卫先生"，询问时先抱歉，说"希望不是太突兀"。

她显然有着良好的教养，即便冷淡，你也挑不出她礼仪上的过错。

"为什么不热情点，知道麋鹿评价你'死气沉沉'吗？"

岑今答得慵懒："热情这种事分人，别人我提不起劲……下次见他，我还是死气沉沉，他不高兴，就来咬我啊。"

卫来苦笑，拿她没办法，但必须承认，这答案他十分满意——他没那么博爱，不希望自己的女人和朋友打成一片。

不热情值得鼓励，理当继续保持，哪天麋鹿评价说：卫，这位岑小姐真是热情如火……

他才要气急败坏吧。

雨声细碎，没有人，也就没有搅扰。远处的山谷里涨起白雾，总有某些情境遗世独立，让人想要天长地久。

岑今轻声问："六年前的这个时候，你在哪儿呢？"

卫来想了一下："六年前……应该在……马来西亚吧……"

他忽然笑出来。

"是在马来西亚，当逃兵。当时我藏在巴生港，等着蛇头通知，准备偷渡。你懂的，不敢从正规渠道走，怕被抓回去枪毙。我考虑着偷渡去印尼，只要出了马来西亚，我就安全了。"

"那你当时身上有手机吗？"

"有啊，从旧货市场买了一个，整天盯着看，等蛇头的通知。"

"号码是多少？"

"不记得了。"

岑今毫不留情，掐住他腰肋处的软肉一拧。

卫来疼得吁气："疼……疼……真不记得了。"

岑今不放手。

卫来说："岑小姐，我真不记得了，六年前买的手机和号码，只为和蛇头通话……你能记到今天？"

岑今不讲理："我要号码。"

卫来哭笑不得："为什么啊？"

"六年前的这个时候，我不开心，想打电话给你。"

卫来说："小姐，咱们得实事求是，六年前我根本不认识你，那时候我心里只有蛇头……"

换来毫不留情的又一拧。

卫来说："行行行……"

他跟她商量："我以后去要给你行吗？那手机，下船后我就扔给艄公了。我们先坐的机动船，快到地方的时候'换猪崽'，被倒到了当地的小船上……艄公穷得很，当手机是宝贝，可能还留着呢。我以后去要给你行吗？"

岑今终于满意了，问他："那我给你打电话，你会去卡隆接我吗？"

卫来吸取教训："会！哎，哎，疼……"

答"会"也不行，又掐！

岑今说："不准说瞎话，要实事求是。"

现在你想起"实事求是"来了？卫来差点儿气乐了。

他说："应该不会去接。我不认识你，即便接到这通电话，也只会当你是拨错了。"

岑今认真想了一下："那我要怎么说才行？说我是你六年后的女朋友吗？"

卫来实事求是地说："我会当你脑子有病。如果是可视电话，能看到脸和身材，我大概会有心情跟你闲聊，权当解闷。但是又看不到，我话都懒得跟你讲……"

"那要怎么样才能说动你去接我呢？"

卫来说："你就死了这条心吧。如果我们当时认识还有可能，不认识的话，卡隆那么远，还正处在战乱中，你真觉得我会去？"

岑今眼神里掠过失望，不吭声了。

卫来有点心疼，还真是见不得她露出这表情："反正六年前的事，不可能再来过，为什么这么执拗啊？"

岑今的声音很轻："因为我们认识的时间太短了，总想回到从前，找一些可能性。"

卫来心里一软。

他想了一会儿，说："要不这么着吧……你打通我的电话之后，不要说什么你是我六年后喜欢的人，这种话我不会信的。"

"那要怎么说？"

"你要说，你是我将来会爱上的人，你在我的船上——这么说的话，即便不认识你，我也许真会去卡隆。"

"为什么？"

卫来沉默了一会儿："我小的时候，在偷渡船上待了三个月，没日没夜在海里晃，所以我一直觉得，我的命运就像一条船一样，起航不受自己控制，也不知道要漂去哪里。

"后来，忘记了是谁跟我说的，他说，人的一生里，放得下的代表过去，放不下的就是'命运'。

"我觉得，我没什么放不下的，父母、故乡，财富、名利，都放下了。还能放不下什么呢？可能就是爱了。"

那时候他并不觉得自己会真的爱上谁，但很难说，再玩世不恭的人心里，也许对爱都有期待。

"我始终认为，我认真爱上的人，一定会成为我的'命运'，永远不会放下，因为我舍不得她成为过去。她真的出现的话，一定会在我的船上，一直陪着我。"

卫来低下头，微笑着看岑今。

所以，如果你在电话里说，你在我的船上，我也许真会去卡隆。

他曾经只为了喜好就去拉普兰待了四个月，不是吗？

为什么不能为了一个打动他的电话去卡隆呢？

第十一章

Life in April

"全世界都没路了，我还是你的路。"

傍晚时分，雨细成了牛毛，但卫来没有再赶路的意思——埃高的路很差，尤其是山地，多悬崖，很多地方都直接禁止夜间通行。

他觉得就地过夜就不赖。

晚餐重点是烤鸡。他拿刀子劈了粗细不等的树枝，粗的搭烤架，细的削成串签。一系列准备工作做完，天已经全黑了。

橘红色的火生起来，带着潮湿的呛味，针尖似的雨丝密密簇簇往火头上去，没挨近就蒸成了水汽——岑今形容说，像扑火的蛾子，都成了烟。

听着怪凄凉的。

但烤鸡是真香，卫来的手法挺好，他自己说，在冰湖过活的时候，顿顿是鱼，除了实在不能举火的时候生吃，其他时候，他都用烤的。烤多了无师自通，自然琢磨出一套技巧。

而这技巧的重中之重在于——

他把烤好的鸡翅递给岑今："必须有想象力。你现在不能觉得自己在吃一个简单的鸡翅，你要想象着它被红酒煨过，色泽鲜艳，上头撒了牛奶渍过的洋葱粒，还有微融的细盐。"

然而他的心思都白费了，岑今的想象力从来都不在吃上——风声、叶声、残存的雨滴声，一点动静都能惹得她一再回头。

什么都看不到，只有浓得化不开的黑。

每看一次，她就往卫来身边凑一点，卫来憋着笑，就是不说破。

她忍不住问："你说……山里会有老虎吗？我非洲的同事讲过，它们脚下有肉垫，走路的时候不发出声音，慢慢接近你背后，把你往后那么一拖……"

说得自己后背发凉，又回头看了一眼。

卫来说："别问我啊，这个你是专家——埃高有老虎吗？老虎狮子应该更多在大草原上吧。"

岑今喃喃道："好像没有……有埃塞俄比亚狼和豹……"

卫来叹气，让她换位置——背靠车，面向他，中间是烤架和篝火。这样总该没有怕有人背后偷袭的烦恼了。

真是服了她了，她居然能低头往车底盘下看。

"万一有什么东西，从车底爬过来，拽住我的脚往下一拖，速度很快，你想救我都来不及……"

看来除了爱情片，恐怖电影她也看过不少。

卫来说："直说了吧，你是不是想让我抱着你？"

岑今说："你滚蛋，胡说八道。"顿了顿又补充，"但是晚上睡觉，你要抱着我……我最怕那种两个人一起睡觉，然后其中一个人被叼走了，另一个人都不知道……"

说着，她又打一个寒战。

车上有帐篷，但是地势不平，不方便扎帐；而且山地太湿，潮气重，卫来权衡了一下，还是决定在车上睡。

他用帐篷罩住棕榈席，以防晚间渗雨，又把帐篷的边角尽量往车底盘上扎绷，即便有漏口，也至少做出种圈围的感觉。

然后他吩咐岑今："我睡前头，你，去后车座睡。"

岑今眼巴巴地看着他。

卫来说："看什么看，我说正经的。做人要独立点，我不想抱着你睡，压得我胳膊怪酸的。"

岑今气得直接就把自己摔进后座，身子蜷起来，脸埋进皮垫，再不看他。

卫来说风凉话："哎，小姐，你讲不讲究？你知道那垫子是谁屁股坐过的吗？脸还埋那么深……"

这比热脸贴冷屁股还悲凉，只能蹭冷屁股坐过的冷垫子。

岑今头也不抬，伸手摸到一双编织拖鞋，没头没脑地向着他的方向扔。

卫来伸手捞住，哈哈大笑。

收拾到末了，他拨散火堆，亮红的火星在黑暗里上下蹿跳。他过去抱起岑今，说："好了，事做完了，接你回家了。"

岑今赖了一会儿，终于忍不住笑，任由他抱起来。

卫来倚住车身，抬头吻她，火星高飘，零碎的光亮一点点飘灭在黑暗里。席子边沿积了好久的一滴雨落下，挟着最后一点橘红的水光滴入他后颈，顺着滚烫的脊背一滑到底。

明天，一定要找个有顶有床、有遮有挡的地方。

这一晚睡得很好，只半夜里醒了一次——他听到窸窣的动静，身体的反应比意识快，手里的枪迅速端起，然后才想起要睁开眼睛。

隔着风挡玻璃，他看到一双绿幽幽的眼睛。

那是只埃塞俄比亚狼，瘦到有些小，尖尖的耳朵耸起，尾巴在屁股后头轻轻晃着。

它在拨弄早就熄灭的火堆，翻找吃剩的鸡骨头。

卫来吁了口气，放下枪。和埃塞俄比亚狼对视了一会儿之后，他用口型说了句："吃吧。"

那狼好像听懂了，并不怕他，又低下头去，不紧不慢地在灰堆里翻弄，齿间偶尔传来细细的啃骨声。

埃塞俄比亚狼走的时候，慢慢吞吞，一点一点融进夜色。

卫来低头看岑今。

她睡得很熟，呼吸轻缓匀长。

小姑娘，如果今晚没有我，你就要被那么大的一头狼给拖走了，你知道吗？

第二天开拔，一路随心随停。小雨季名副其实，有时能短暂地迎来日光，但刚翻过一个山头，又会陷进绵绵细雨里。

两人换着开车。车子大多在山地蜿蜒前行，这一路只经过了一个大的城镇。和山地村落的唯一区别，就是城镇里会有水泥造的房子，也会有零落的兜售小商品的窝棚。

卫来带岑今喝了一回土制咖啡。

是埃高当地人爱喝的咖啡，在一个木柱子搭起的草窝棚里，四面透风。窝棚里搭了口锅，用来炒咖啡豆，炒好的豆用捣杵粗粗捣碎，加了水放进火罐里烧沸就好。

器具都很简陋，盛咖啡的是搪瓷小碗，两个人一人端了一碗，边吹凉边小口地抿。面前的条凳上放着糖碟，好多糖粒撒到泥地上，不少非洲红蚂蚁爬进爬出，艰难地把糖粒背走。

岑今喝了两口，来了玩心，拿勺柄在一只蚂蚁前头画沟壑，截断人家的去路。

卫来看到了，皱眉："你就不能让蚂蚁过点好日子？"

岑今直接在蚂蚁身边画圈："不行。"

四面受困，可怜蚂蚁搞不清发生了什么，细细的小腿在地上拼命地挠。

卫来说："遇到狼就腿软，看到蚂蚁就欺负人家，我就见不得你这样欺软怕硬的。"

他捡了根树枝，伸过去供蚂蚁攀附施救。可怜蚂蚁刚爬上去，岑今就拿勺柄敲树枝。

于是蚂蚁又摔下去。

卫来再救。

蚂蚁再摔。

……

在卫来看来，反正岑今喜欢，逗她陪她，也不费劲。

在岑今看来，反正闲着无聊，有人陪她逗她，那就继续玩呗。

在小贩看来，反正咖啡钱也付了，就是客人没喝两口咖啡，只顾鼓捣蚂蚁了，怪浪费的，他不是很欣赏。

在蚂蚁看来——

讨生活容易吗？老子是工蚁，负责找食物，连生殖能力都没有，你们这种把自己的恩爱建筑在蚂蚁的痛苦上的人能滚吗？

进入赛门山地的时候是傍晚。这里刚下过一场雨，正迎来落日前最后一抹水意淋漓的金色灿烈。

从高原上层层拔起、犬牙交错的大悬崖正笼在这行将退去的日光里，崖身因凹凸不平而明暗不定，乍看上去，像杳无人烟的斗兽场遗迹。

而体感也从凉变成了冷。岑今在副驾驶座上缩成一团，两层披纱裹在身上也形同虚设。卫来翻出帐篷的地布给她围上，地布因为防水、不透风，裹上了反而比一件厚外套还管用。

大概是近塞米恩国家公园的关系，路上遇到的行人渐多。这里的主要运力是驴，驮米袋、柴火、包裹。卫来停车，向赶驴人问路。这儿好过苏丹，英语勉强算是通用，简单交流基本没什么障碍。

打听了才知道，这一地带前一阵子发生过军事冲突，塞米恩国家公园已经不对外国人开放了。但因为管理混乱、保护力量不足，很多村民私自进入公园居住，里头现在甚至有村庄、通道和简易宿营地。

卫来哭笑不得："那现在到底是能进还是不能进呢？"

那人也讲不出个所以然来，末了建议他往前再开一阵，先在共达镇住下。那是距离塞米恩最近的一个大镇子，算是中转站和这一带的中心，不少外国游客来了，都会在镇上停留。想打听消息，那里更合适些。

谢天谢地，前路居然还有个大镇子、中转站、中心。

开了没多久就到了，和他想象中的"大"有点差别，但卫来已经可以接受。这里虽然不大，但确实可以称得上热闹，街面上一眼扫过去，也有大几十号人。有几头驮货的驴站在街边休息，偶尔尾巴往旁边甩，胯间送下来几粒表面光滑的驴粪蛋。

目光上溜，有几处店面上居然有灯牌和拉出的电线，虽然上面有脏的灰迹，但是太给人希望了——有电线就可能有电，有电就可能通水，有电器，有伴随电器而来的一切方便……

卫来转头看岑今："住这儿？"

镇上只有一家旅馆，规模不小，临街，带了个餐馆，据说入夜后就会改成酒吧。入口在边侧，里头是个大院子，院里三三两两的人，有男有女。女人都穿色彩明艳的长裙，外头松松罩着白色沙马。

车子开进去的时候，大概是因为他们扮相独特，吸引了不少目光。

卫来微笑，忽然觉得眼前的场景像画，远近分层。

这些人和目光是前景。

各色的目光之后，中景是低矮的客房，有几处房顶做平，围栅栏，做成露天的阳台，上头摆一张小桌子，顶上罩大遮阳伞。

而远景……

远景是青灰色的苍茫山峦，高高低低，正在渐暗的暮色里牵连成线。

太阳落下去了，一天又过去了。

以他这一路的肆意张扬，对方如果行动迅速，最早今晚，或者是明天，大概就会盯上他们的梢了。

卫来隐隐有种感觉——

这里，会是某些事情了结的地方。

卫来选了最好的一间客房，边侧有小木梯可以通往顶上的露台，上头有一张桌子、两把椅子，带一把大的伞，遮阳遮雨。

如果不是心头压着一桩大事，闲暇时尽可以和岑今上去坐坐，哪怕互相不说话都可以。

晚间的时候，酒吧里开始热闹起来。客房都没灯，说是限电，院子里拉了根颤巍巍的电线，吊着个橘黄色的灯泡。电压不稳，灯泡忽明忽暗，像这嘈杂夜里的一颗柔弱心脏。

于是住客除了进酒吧消遣，都在院子里三两闲坐。几个年轻的埃高女孩聚在一起，和偶尔走近的男人低声说话，时不时发出轻快的笑声。

有个当地女人进到院子里兜售沙马——埃高女人喜欢穿明丽的窄裙，外罩披纱样的白色沙马。因为山地气温低，这里卖的裙装和沙马都稍厚实些。岑今觉得自己需要，很有兴致地过去挑选。

卫来起先还陪着她，后来感兴趣的人太多，围过来的都是姑娘们，他一个男人杵着怪不自在，于是退到边上去等。

耳畔忽然响起一个女人的声音："要女人吗？"

卫来转头看去，是之前聚堆的埃高女孩中的一个。

他反应过来，那些女孩都是站街女。

这女孩很漂亮，年纪很轻，二十岁不到。事实上，那几个都不差。埃高人肤色介于黑白之间，是美丽的咖啡色，据说埃高女性是非洲女人里最漂亮的，前凸后翘、身段妖娆，摘下不少世界和区域性的选美桂冠也是事实。

卫来的眉头皱起。

那女孩回头瞥了一眼岑今，说："我知道她和你是一起的，但女人是不一样的，你可以换换口味。"

卫来大笑。

他喜欢说话直白的人。

他摇头："你可以问问别人。"

女孩并不死心："只要两美金。你长得帅，我喜欢，可以再给你便宜点，最低一美金。"

卫来愣了一下，觉得自己可能是听错了。这女孩之前说的"要女人吗"，真是他想的那个意思吗？

"两美金？做爱？"

女孩点头。

"一次？"

"一晚上，你可以几次就几次。"

卫来难以置信。进入埃高之后消费不多，当地货币是比尔，结算都是岑今来的。他只知道这里是东非又一个很穷的国度，但究竟穷到什么程度，他没什么概念。

他打量了一下那姑娘，这脸蛋、身段，在别处，多少男人得费尽心机拿香车和玫瑰来讨好——两美金，玫瑰都买不到几朵。

他摇头："试试别人吧，祝你好运。"

女孩的脸忽然垮下来，下一刻，她恶狠狠地攥住卫来腰间的皮带。

卫来没躲，问她："想干什么？"

"你问过肉金了，不做也得付钱！"

女孩回头又看了一眼岑今，她正跟小贩结账。

"否则我就大喊，让你的女朋友听到。我还会把我的衣服拽开，说我让你摸过了，但你不给钱！"

卫来说："是吗？你知道在我看来，你像什么吗？"

话音未落，他忽然伸手揪住她的沙马，几乎没费什么力气，一转身，把她撞摁在墙壁上。

女孩猝不及防，尖叫了一声。

院子里忽然安静下来，所有人都看向这边。

卫来并不回头，微笑着一字一句道："像只要咬人的小狼狗，但是忘了长牙。现在不只是我女朋友，所有人都在看这里。来，把你之前威胁我你要做的事，都做一遍。"

那女孩尴尬，低声说："你放开我。"

挣扎无果，她脸上又浮起职业性的微笑："我刚才只是开玩笑，男人要大度。"

卫来笑，另一只手忽然举起，像是要抽她。女孩吓得下意识偏头，眼睛蓦地一亮。

她认识他手里那张折起的淡绿色美钞，至少是十美金。

卫来的手攥起，把那张纸币团在掌心，说："我这个人不喜欢树敌。能做朋友就做朋友，哪怕是假朋友，也至少比结仇来得让人心里舒服……不要再来打扰我。"

女孩马上点头。

"我知道那几个姑娘跟你是一起的，也别让她们再尝试——你做得到的。"

女孩眼睛发亮："没问题。"

"你住这旅馆吗？"

"我在酒吧帮忙，这几晚都在。"

很好，卫来微笑："那这几天，如果附近来了什么奇怪的人，比如总在周围转悠，又如老是盯着我和我女朋友看，记得跟我说一声，你不会吃亏的。"

女孩兴奋地舔嘴唇："好，我帮你留意，我做事很认真的。"

卫来大笑，和她击掌。手掌相碰的刹那，他把团起的纸币让渡给她。女孩紧紧攥起，咯咯笑起来，然后步伐轻快地离开，走到院子正中时，大声说了句："是个玩笑，没什么。"

说完，她甚至原地转了个漂亮的圈，像是落幕行礼。

院子恢复了先前的嘈杂，岑今抱着新买的衣服过来，似笑非笑地瞪他："整天胡闹。"

卫来也笑，拉她进屋，反手带上门，把她压到墙上一通热吻。

黑暗中，岑今喘得厉害，身子一路下滑。卫来伸手捞住她的腰，问她："你知道那女孩是干什么的？"

"知道，性服务在埃高合法。"

"不吃醋？"

"分走我的人我才吃醋，她分走我什么了？"

卫来大笑，打横抱起她，放到床上。

然后他打开抽屉，摸到蜡烛和火柴，抽出火柴划着——这里停电显然是常事，蜡烛大概点过许多次了，烧得只剩寸长。卫来懒得再出去要，直接点上。

"点蜡烛干什么？"

"方便看你。"

岑今脸上发烫，拿衣服扔他："你滚蛋，吹掉。"

卫来欺身上来："你可别横，今天是为了你。"

什么意思？岑今很快就明白了。

这一次，他几乎没有弄疼她，手上很有分寸，极尽温柔之能事。

但有些感觉，远比疼要命。

岑今也没想到自己会失控，只觉得是忍到了极致，忽然爆发。

骂他、推他，不顾一切要逃开，被他捞回来之后流着泪咬他，指甲在他后背抓出血痕。而当赤红色的烛光在眼睛里颠扑到熄灭之后，一切又忽然转成了抵死缠绵。她记得自己主动吻他，不放开他。

激情过后，已是后半夜。月光透过窗子，把桌边一角照得白亮。那里蜡烛融成了一摊，有一些滴滑到桌子边沿，未及落下便已凝干，像严冬里房檐上挂下的冰锥。

岑今羞得要命，卫来偏偏不放过她，伸手把她带进怀里，手指捏住她下巴，逼她看他，问她："你自己知道你会这么发疯吗？"

岑今不吭声。

"我怎么发现在床上就不能对你好呢，你知道自己咬人多疼吗？你这是虐待你懂吗？"

岑今忽然恼羞成怒："不准告诉别人，不然杀了你！"

卫来哈哈大笑，岑今气得抓过衣服去蒙他的脸，被他轻易拨开，低头吻住她的嘴唇。

这个吻不带任何欲望，长久而平静，吻到她睫根发潮，以至于他都松开她了，她还是有些恍惚。有那么一瞬间，她想忘记前因后果，只这么肌肤相亲到天荒地老。

直到卫来递了件东西过来。

冰凉，线条生硬，是那把沙漠之鹰。

"忘记跟你说了，这两天也许会有事发生，从现在开始，你要随身带着这把枪——会开枪吗？"

他牵着她的手，带她一寸寸熟悉枪身、管座、膛室、保险机柄，卸了子弹让她试开枪，感受枪身的空震、滑套后移和击锤下压。

岑今低声问他："会很危险吗？"

"哪有不危险的事，人在床上睡着睡着，也会睡死了——你自己说过的，忘记了？"

"可以不死人吗？"

"我尽量吧，一般我们都不希望死人，命是大事，多了结一条就多一重麻烦。但是对方如果太过分，我也用不着客气。"

岑今不说话了。

那把沙漠之鹰，她以前只看卫来用过，到了自己手里，才知道很重，外形生硬剽悍，枪身很凉。

特别凉，贴着她身体好久也没见暖。

岑今的眼眶忽然酸涩，颤声说了句："卫来，其实我……"

没有回应。

她抬眸去看，他睡着了，唇边犹带餍足的笑。

第二天，岑今一直睡到近中午。卫来比她醒得早，但早不了多少——她睁开眼睛的时候，他正背对着她站在床边，刚把皮带系好。

听到动静，他回头看她，似笑非笑。

岑今开始还有点茫然，渐渐回想起昨晚，脸上发烫，拗弯了枕头拿过来遮住。

床侧微微一沉，是卫来坐下来。

"我算是明白，你之前为什么说希望你丈夫比你先死——夫妻生活的确会有不少秘密，传出去了，不太动听……"

岑今咬牙切齿："你有完没完？"

卫来拨开枕头。"对你狠点，你反而乖乖的；对你好了，你就兴奋得像个小野猫，又咬又挠。要不是后来制住你，我看你能蹿到房梁上去。"

岑今垂着眼睛不看他，睫毛一颤一颤的，半晌憋出一句："疼吗？"

卫来大笑。

"你以为我是你？就你那牙口和咬人的劲，权当给我挠痒痒了。"

岑今起身看他，肩上的牙印几乎已经看不见了，背上有几道红印，有些地方破了点皮，里头渗着血珠点点的红——她也不知道自己忘情的时候会这么放肆。大概不管男人女人，忘情到极致，总会夹带点毁坏的冲动。

她把下巴搁到他赤裸的肩上，从后头环抱住他，静静感受他身体的温度。他上背宽厚，中央有道深陷的脊沟，两侧肌肉硬朗结实，只是轻拥，已经觉得很有安全感。

岑今低声问他："你为什么会喜欢我？"

卫来笑："这种事怎么说得清楚。"

就像他接受所有三角形内角和都是180度，从来不去想为什么。

是说不清，她不是他保护过的最漂亮的女人，他的客户里有过名模，也有过性感巨星，他最多带着男人的目光打量欣赏，跟同僚开开无伤大雅的玩笑，然后继续做回表情冷漠的一堵墙。

打动你的眼睛的和打动你的心的往往是两种人。你可以清楚地说出什么人可以惊艳你的眼睛，却说不好谁能叩开你心里的门。

岑今说："我也说不清楚，如果早知道会这样……"

早知道会这样，面试的那一天，还会选他吗？

有个声音在心底说：绝对不会。

但是如果不选他，就要永远错过了吧？

她有片刻的失神，直到卫来追问她："话别说一半，早知道会这样，然后呢？"

岑今笑，岔开话题："看那里。"

卫来循向看过去，是燃尽的蜡烛，摊成薄而细腻的平面，沿边凝着滴垂的三两根。

世事纷扰是蚀人的火，人就是蜡块，从生到死，一点点磨着受着，熔软熔化。即便没有爱、陪伴了错的人，也可以这么熔下去，以生打头，以死结尾，没什么两样。

可是如果足够幸运，遇到对的人，他就像根蜡芯，火来的时候，会帮你燃出光、亮和热，然后一直作陪，直到最后一刻。

卫来觉得奇怪："让我看什么？"

岑今说："我让你看，蜡烛烧完了，要去朝老板要新的了。"

开门出来，空气湿潮，早上可能刚又下过一场雨。卫来松了松筋骨，下腰的刹那，看到那个埃高女孩倒悬在他的视线里，往这个方向跑，跑到院子中央又停住。

大概是顾忌他那句"不要再来打扰我"。

卫来笑，起身迎过去，示意她跟他走到一侧墙边。这个角度方便讲话，也方便看到岑今在屋里的动静。

女孩有点兴奋，给他递了根烟，划了火柴帮他点上："有人打听你。"

卫来心里一动，但并不想表现得太着急。

他不紧不慢地吸了口烟，问她："你叫什么名字？"

"吉妮。"

"谁打听我？"

"也不是打听你，是打听你的车。"吉妮指着他停在院子角落里的车，"说是吉普车，上头盖着棕榈席，全埃高也只有这么一辆吧。"

她咯咯笑起来。

卫来不动声色："你继续说。"

"天不亮就进镇子了，开的是辆面包车，车上有两三个人。他们没住店，听说住到人家里去了。"

"哪一家？"

吉妮不说，手心向上，要钱的姿势，笑得意味深长。

卫来也笑："昨天要你打听，今天就有消息，别是你编的吧——你知不知道，消息太灵通，也会让人怀疑的。"

吉妮冷笑："我们这种人，没有固定的工作，没事就聚在一起聊这聊那。镇子这么小，早上来了头狼，从哪个方向来的，叼了什么走，没到中午我们就都知道了，我有必要编吗？"

"我要知道他们的住处，多少钱？"

吉妮舔了舔嘴唇："十……美金？"

"好，待会儿给你。"

吉妮笑起来，伸出的手垂下去："你出大门，左转，一直到街尽头，有一排住户，墙是石头砌的，棚顶有绿有红。他们住红顶的那间。车子开到屋后的林子里去了，轻易看不到。"

"车上的人有什么特征吗？"

吉妮想了一下："还挺普通的，跟当地人差不多，就是其中一个戴墨镜。"

她给他解释："现在是小雨季，经常下雨，出太阳的机会少，大清早的戴墨镜，很奇怪的。"

卫来的眉头皱起。

墨镜……

难道是之前在假的海盗船上遭遇过的那个刀疤？他没淹死吗？被救起来了？

吉妮斟酌着，看他的脸色："没别的了，我什么时候可以……拿钱？"

卫来回过神来:"还有最后一件事。你卖他的消息给我,会不会也把我的消息卖给他?"

吉妮瞪大眼睛看他,先是不明白,蓦地反应过来,脸颊涨得通红:"我没有,我只是打听……"

卫来伸出手指竖到唇边:"嘘……"

吉妮停住,胸口剧烈地起伏。

卫来微笑:"我知道你没有,我只是提醒你,吃两家饭的人,会挨两家的刀,所以你得坚定一点——跟我做朋友,一定比做敌人好,因为不但有钱拿,还有命花。

"我走了之后,你去找我女朋友拿钱,记得对她客气一点,尽量配合她——她脾气很好,没准儿会多给的。"

卫来回房的时候,正赶上旅馆老板送咖啡过来,给他们解释:"住客都有,咖啡是房费里带的。早上过来,你们没起,这是补的。"

说话间,大门口进来几个男人,都是当地人打扮,年纪不大,脸上带着腼腆,瑟缩着,你推我挨地往里走。

见岑今盯着看,老板冒出一句:"这些是要去南方打工的,过来找姑娘。"

岑今笑笑,回答:"是去肯尼亚吧,也是不容易。"

这对答没头没脑,卫来听不明白。

老板走了之后,岑今给他解释:"埃高因为这些年经济一直不好,很多人背井离乡,偷渡去肯尼亚打工,几乎形成风潮。而这风潮里,又生出一个惯例。

"因为在肯尼亚性服务非法,肉金又太贵,谁也不舍得拿自己辛苦攒下来的钱在那儿找女人,所以偷渡之前,他们要找个家乡的女人,温存一晚。

"你没注意到吗?这小镇外来游客不多,却很热闹,就是因为这里是个会集的中心——附近十里八村的男人,有这个需要的,就到这里来找女孩,谈妥了之后,就可以在旅馆开房。"

卫来盯着那几张脸看了一会儿,心里迅速想出一个主意来。

他从床下拖出那个帆布袋,挑了两把伯莱塔M9带上,匕首插进后腰带扣,又掏出一把四指铁指虎——这玩意儿是套在手指上的,上头带锐利尖刃,一拳下去,不残也得伤。

岑今坐到床上,沉默地看着他。

卫来自己都觉得不忍心,想了想,还是换了一把普通的指虎,然后抬头看着岑今笑:"以后,你如果遇到男人在打斗,千万要躲开,没有被轻轻一碰这种事——最轻的一下子,都够你恢复十天半个月的。"

准备得差不多了，他站起身，长舒一口气："我要走了，有什么要说的吗？"

岑今说："如果能谈判，就不要动手好吗？"

卫来笑，伸手拉她入怀，轻轻拥住她。

"我下面说的话，你要记住。

"我一直认为，最好的保护，不是把你关在门窗紧闭的屋子里，让对方怎么攻都攻不进去，而是你和我都要处在变动之中，让对方捉摸不透。

"待会儿，我走了之后，你准备好足够的美金。吉妮，那个埃高女孩，会来找你拿钱。

"你让她配合你，偷天换日——你告诉她，外面有人监视你，你要逃跑，你的男朋友会在镇外接应你。你换上她的衣服离开，用沙马遮住脸，没人看得出来。她要待在这个房间，至少一个小时之后，才能离开。"

岑今低声问他："我要逃去哪里？"

卫来笑："带上那把沙漠之鹰和你昨天买的那套衣服，找个洗手间再换一次——很多人认识吉妮和她的衣服，为了避免引人注意，你要再换衣服。

"然后去街面上选一个老实的、来找姑娘的男人，告诉他，你愿意跟他过夜，但要求回到这里，选房间开房。"

他示意她看斜对面一间空着的小客房："就定那间吧。

"你就在那里等，我会去找你。记住，听到我的声音才能开门。万一那个男人不老实，你就开枪，枪口堵在枕头上，可以消音。"

岑今抬头看他："那你一定要回来。"

卫来笑起来："当然，我还要回来接你回家呢。"

走是走了，但卫来并没有立刻去那片棚屋。他在附近的街面上逗留了片刻，像个普通的游客，摆弄黑木雕，又挑拣羊皮画。

直到看到岑今出来——她裹着沙马，只露一双眼睛，截住一个年轻的男人，也不知道说了些什么，那男人耳根通红，看都不敢看她，任由她拽进门里去了。

真不知道回头是该夸她还是该训她。

卫来吁一口气，看街面上人来人往，顿了顿，唇角微弯，觑准一个方向，忽然发足起跑。

他眼里只有方向，其他的都是障碍——拨开人、绕过摊贩、跃过驴背、墙面借力、急速下坡、迂回着借助每一块大石和每一棵树的掩护……

这镇子外围，不管哪个方向，跑得够远，就是进了山地——他假设在旅馆外围，对方也设了眼线盯梢，对比岑今在他们眼皮子底下的大变活人，他要简单直白得多。

就是让你们眼睁睁地跟丢。

山地是最好的掩体，山、石、水、树，以他受过的特训，没人能在这里盯住他。

估摸着跑得差不多了，他停下脚步，倚在一棵树下静候了会儿，然后上树，借着密叶罩掩，取出单筒微型望远镜扫了扫四周。

视野里，只有一只失群的瓦利亚野山羊，长长的弯角像京剧人物头上插的雉鸡翎。

卫来回忆来时的方位，然后换向折回。如果他的计算没错，按照他的路径，会到达那间棚屋的背面。

一路顺利，到达棚屋之前，他先看到了吉妮说的那辆面包车，白色的。对方大概是想做掩盖，折了很多枝叶覆住车身。卫来绕着车子转了一圈，砸碎一扇车窗，探头进去扫了扫。不错，有些绳索装备，他用得上。

他拔出刀子，扎漏三个车胎——不习惯赶尽杀绝，所以留了一个。

继续往前走，在棚屋后几十米处停下，掩身树后，用望远镜观察红顶的那间。

屋子开着窗洞，偶尔有人走动，卫来的望远镜死死盯住那个窗洞不放。不能完全看到脸，但根据身形、身高和衣服的颜色，可以确定里头是三个男人。

他琢磨了一下。

开枪不合适，一次最多干掉一个，打草惊蛇不说，梁子更难解了。

一次性干翻三个不是不可能，但危险性高，他不是很想冒险——毕竟晚一点，还要去接岑今。

最理想的，是逐一引出，放单，各个击破。不见血，绑起来谈判。

怎么引呢？

机会来得太便宜，有个男人出来尿尿，绕到屋后，看了看窗洞，估计是觉得不够隐蔽，又走远了些，避到一块大石后头。

卫来在心里说：我谢谢你了。

出于人道主义考虑，他等那人尿完尿才出手，豹子般忽然蹿出，带着指虎的拳头狠砸在那人腰肋处。那人痛得脸都变了形，还没来得及喊，头已经被狠狠摁进泥里，背上被膝盖顶住，顶得他一口气险些上不来。

顺利得出乎意料，卫来皱眉头。

能不能尊重一下王牌？第一次派来的人就不专业，这都第二次了，就不能找个稍微有点斤两的人来？

卫来在心里计时，约莫过了五分钟的时候，屋里有个男人吼了句"怎么还没好"。大概是同伴这泡尿尿的时间太久，他有些不耐烦。

卫来在这五分钟内利落地完成了一切——在面上抹了几道湿泥浆，迅速上树。天上开始落小雨，天色更暗，他借着树冠的掩映，不动如山。望远镜的镜筒是他延伸出的眼睛，只在两个点移换。

近处，先头被干翻的那个男人被绑吊在一棵树上，嘴里塞着撕下的衣服。挣扎纯属徒劳，只让他被绑吊的身子在半空中晃得更厉害而已。

远处，那个小小的窗洞传递出一切：约莫过了七分钟的时候，卫来看到刀疤露了头，又很快缩回去。屋里的气氛明显有些不安，又过了五分钟，那两个人小心翼翼地出来。

两个人都带了枪，很谨慎地一步步朝林子的方向走。卫来的位置高，可以把他们的动作看得大致清楚——毫无疑问他们没受过专业训练，连进入危险环境时互相为"眼"、互相掩护都做不到，枪口都指着林子，后背空门大开。

卫来想念可可树，有他配合的话，前后各一个点射，这场仗已经结束了——不过他仔细看了一下，其中没有那个 AK，这说明对方的组织成员超过四个人。要这些小喽啰的命，远没有从他们嘴里套话来得有价值。

看来背后还有别人，这事，今天、在这里，了结不了。

卫来屏住气，耐心等着。

那两人行事有些犹疑，互相打着手势慢慢靠近，看到吊着的那个人时，明显紧张，慌乱地朝四面去看。

就是这个时候。

卫来藏身的树距离吊人的那棵两三米远，但更高。他骤然发难，一声暴喝，直接从高处扑向那棵树。

枪声响起，子弹向藏身的那棵树上招呼，嗖嗖地从乱摇的枝叶间高速穿过。刀疤先反应过来，吼道："到这棵树了！"

枪口再朝这头举，已经迟了，卫来把这头的树冠砸得枝摆叶摇之后，准确抓住那根吊人的绳子，迅速下滑。刀疤还在努力从树冠中找人，忽然看到他出现，刚想出声示警，卫来已经扑荡过来，抱住他就地滚翻，再起身时，枪口已经牢牢抵住他后颈。

直到这个时候，剩下的那个人才想起把枪口再换向，但瞄不到人——卫来躲在刀疤身后，直接拿他当肉盾。

僵持了两秒之后，卫来问刀疤："真不让你朋友把枪放下？不如这样，大家各开一枪，看谁瞄得更准。"

他从刀疤脑后露出半张脸，看着那个人笑："要不然你先？"

那人手抖得厉害，刀疤大叫："把枪放下！放下！"

刀疤显然是头儿，那人犹豫了一下，弯腰把枪搁到脚边。

"踢过来。"

那人看了一眼刀疤，依言踢了过来。卫来很快捡起来，单手滑下枪膛，子弹落地之后，把枪身远远扔开了去。

卫来先搜刀疤，确认他身上没武器，又问那人："身上还有武器吗？"

那人摇头。

"衣服掀起来给我看。"

那人把身上的衬衫掀起半幅，给他看身前，然后转身——卫来注意到，他腰侧略上处有个文身。

刀疤忽然说："我们猜到是你。"

卫来回答："那你的心真是够大的，你是不是以为比上次多带了一个人，就能放倒我了？"

刀疤说："谁告诉你，我只比上次多带了一个人？"

卫来心头一凛。他反应很快，揪住刀疤迅速退至树侧，借助树干遮住后背。

刀疤说："我们只是先行三个人，进这镇子打听消息而已——上次，我们也不止两个人，如果没有接应的人，我们早淹死在海里了。刚刚，我们猜到同伴出了事，在屋里待了一会儿才出来，你以为，我们是紧急通知谁了？"

卫来凝神注意周遭的动静，脸上犹自带笑："怪不得没有见到那个 AK，原来转成接应的了。"

刀疤也笑："你又说错了。他是体力不支，肺部进了海水，被送进医院了——我们又不是傻子，在你手里栽了那么大跟头，知道彼此实力悬殊，所以，我们特别花大价钱另外请了人，专门来对付你。希望这钱花得值得。"

话音未落，卫来突然觉得肩侧像是被什么撞了一下。

他一把揉开刀疤，向着那个方向连开数枪，借着这片刻的混乱迅速滚翻开去，避到另一棵大点的树后。

低头一看，肩侧的衣服上有个小孔。

中枪了，刀疤请的人应该是狙击手。

被子弹击中后，并不会立刻感到疼痛，这也是很多战场上的人打完仗才发现自己中枪的原因，起初的感觉就像是被轻撞了一下。

卫来倚着树干静候了会儿，肩上才慢慢有感觉，灼烫、放射性的火辣刺痛，温热的血开始外流，他动作幅度很小地掏出刀子，割撕下衣服，做简单的包扎。

又是一枪，重物坠地的声音和痛呼。

应该是打断了吊人的绳子，卫来心里发凉。

他不大敢挑战狙击手。在战场上，这些人被称作"看不见的魔鬼"或者"单兵杀人机器"。出任务时，他们可以五到六个小时趴伏不动，喝水进食都是使用吸管，头脑非常冷静，枪法极准。

他已经中了一发了，不敢冒险离开庇护所。

天色变黑了，但这只对狙击手有利——枪上应该有夜视镜和红外瞄准镜。卫来控制着自己的吸气呼气频率，可以感觉到包扎的布条已被血浸透。

树身忽然轻微一震。

卫来脊背一僵。那个人在打树，应该是想逼他在慌乱间暴露。

他握紧手中的枪，提醒自己沉住气。

树身又是一震，同一位置。

电光石火间，卫来忽然反应过来，头下意识一偏。几乎是与此同时，树干被打穿，子弹穿出的位置正是一秒前他后颈紧贴的地方……

岑今坐在床上，手边放着那把沙漠之鹰，那个男人抱着头蹲在角落里，不敢乱动。

已经半夜了。

约莫两个小时之前，她听到院子里有动静，还听到吉妮大吵大嚷的声音："走了！真的走了！她给我钱，让我跟她换的衣服！她说有人监视她，她要逃跑，还说她男朋友会在外头接应她……别问我，其他的我什么都不知道！"

她以为那些人会冲进来，但那以后，院子里就渐渐平静了。

现在更平静。

岑今看着那个男人笑，轻声说："你别怕。你陪我等到明天日出，我会给你钱。"

那个男人瑟缩着点头。

岑今又说："他还没回来。我现在后悔了，我不应该选他做保镖的。"

那个男人很紧张，不知道该怎么答。

月光下，岑今忽然流泪。

"你懂吗？当你做好计划的时候，你根本就不应该让意外发生，不管你怎么想，你都不应该……你为什么不回答我？我跟你讲话，你要有反应，懂吗？"

眼见她忽然抓起那把枪，那男人拼命点头。

岑今又笑："我走了，我去找他。"

她起身下床，那个男人嗫嚅着说："你……你不是说等到日出吗？"

岑今说："你懂个屁！"

她伸手去拧门锁，手控制不住地发抖，缩回来，又握上去，嘴里一直喃喃重复："你懂个屁。"

终于下定决心，她一把打开门，往外走了两步，忽然僵住。

卫来就站在不远的地方，扶着墙，呼吸粗重，夜风送来他身上的潮气和血腥味。

他抬头看到她，声音嘶哑："我有没有跟你说过，听到我的声音才能开门，嗯？"

岑今说："我还以为……"

话没说完，她冲上去，架住他摇摇欲坠的身体。这重量超出她预期，她腿一软，险些趴跌下去。下一刻，身上的重量又撤去——卫来撑住墙身，说："你不行，让他出来一起。"

岑今反应过来，叫出那个埃高男人，把卫来架回屋里。

卫来低声吩咐她："急救的装备和卫星电话，我放在吉普车底盘下面，你去拿过来。还有……注意一下外头的动静，不要太大意。"

岑今点头，即便不知道他现在伤势如何，他回来了，她就安心了。

她在门边候了一会儿，确认外头没什么异常，三步并作两步冲到车边，一矮身，几乎是滚到车底盘下的，伸手四面摸拽，忽然摸到包带，想都不想，一把撕扯下来。

回到房间，她逐渐恢复冷静，取了盆水来，让那个埃高男人拿枕头和床单遮住窗户，然后点上蜡烛。

烛光亮起的瞬间，卫来是笑着的。

"我本来想自己处理的，后来一想，你连虎鲨的头都接过，这么专业，我也要享受一下——岑小姐，手要稳，不要让我失望啊。"

岑今不说话，拿剪刀剪开他的上衣。卫来身上的伤很明显，他包扎了两处地方，一处在肩侧，一处在腰侧。腰侧还好，是流弹擦伤，只要清创止血后缠上绷带就行，但肩上的……

是贯通伤，前进后出，进口就是子弹孔大小，出口的伤有茶杯口大小，一片血肉模糊。

岑今不忍心看，剪下一小块毛巾，裹成了卷让他咬住。卫来不要："你让我说话吧，咬什么牙啊，太难看了。"

岑今转头，看向那个目瞪口呆的埃高男人："看什么看，头转过去，看窗户！"

那男人吓得赶紧转头，岑今拉住卫来的手，牵起了放进自己衣服里。

卫来笑，并不跟她客气，灼热的手掌一路向上，从她后背流连到胸口，又慢慢退出来，说："你要是想用这招分散我的注意力，不管用的。我疼起来，大概能捏碎你的骨头……来吧，别磨蹭了。"

他吁一口气，眼睛盯死天花板，上头裂了条开叉的缝，像雨天黑夜里不成章法的闪电。

岑今咬牙，开始清创。

卫来一直讲话。

"你可别相信电影里，一个人中了两三枪还活蹦乱跳……通常啊，一枪能打掉人一条胳膊……"

他闷哼，额上青筋暴起。岑今用力仰了下头，把眼泪逼回去，然后拿镊子细细夹出碎烂的肉和碎骨碴。

"防弹衣也是骗鬼的……200米，中近距离，AK-47可以打穿防弹衣。所以你再喜欢我，也别为我挡子弹，大多数情况下都没用……"

他身子痉挛了一下，有两三秒绷住了不动，忽然又笑出来。

"我见过一个倒霉的，防弹衣挡住了子弹，但冲撞力震碎了他的肋骨，肋骨碎片插进心脏，当场挂了……和他相比，老子……还……算……运气好。"

岑今咬牙，手上加快速度。反正不管怎么样都是疼，快点的话，疼得也少点。

……

包扎的时候，卫来的意识开始涣散，双目紧闭，一直反复说着同一句话，但舌头僵直，岑今听不清。

给他擦拭身上的血迹时，也许是水的凉意舒缓了疼痛，他口齿终于勉强清楚，岑今听到他说："可可树要嫉妒死我了，他可从来没有对碰过狙击手，以后他在我面前都抬不起头来……"

岑今的眼泪随着笑声一起出来，说："你是不是三岁啊？"

他的手无意识地空抓，喃喃自语："电话，我要给可可树打电话……"

直到岑今把卫星电话塞到他手里，他紧蹙的眉头才终于舒展了些。

卫来醒来的时候，还是夜里。屋里静悄悄的，岑今睡在他身边，小心地蜷着身子，手里还紧攥着为他擦拭身体的毛巾。屋里没有别人，不知道她把那个埃高男人打发到哪儿了。

他动了动手指，发现手里有电话。

也好，正想打电话。

他拨了可可树的号码。

可可树一如既往地接听拖沓，这要是卫来紧急关头想打电话跟朋友交代点遗言，估计还没通上话，自己已经与世长辞了。

"喂？"

"我，吃枪了。"

那头静了两秒，然后，可可树暴跳起来。

"卫！是中枪吗？打哪儿了？你残了吗？你要我过去吗？对方是什么人？"

一连串的噼里啪啦，震得卫来脑子疼，他声音很低，说："你小声点，岑今睡着了。"

"她睡着了关我什么事？卫！我问你话呢……"

卫来说："你自己去静十秒，想想清楚，再跟我说话。"

他翻压电话，在心里默默计时。耳边是岑今轻缓的呼吸，听筒再次凑到耳边时，可可树的声音小了许多，脑子也转过弯来："你还能打电话，伤得应该不致命吧？对手是什么人？"

"狙击手。"

不出所料，可可树发出羡慕的咂嘴声，叹息。

"你是逃掉了，还是对碰？"

"对碰。我让他哑炮了，不死也应该受了伤。"

可可树嫉妒到说不出话来，这种事可遇而不可求，运气起主导作用——给他机会，他也不敢去挑战狙击手。

所以，注定将来很长一段时间他要在卫来面前抬不起头来。

他心情复杂："你半夜打电话，就是为了跟我炫耀？"

卫来说："我有这么幼稚吗？你要连夜紧急帮我查一件事——我和岑今上错快艇那一次，我看到对方有个人后腰上有文身，只不过当时没看清楚。

"今天我又看到了，而且看清楚了——在另一个人身上，差不多的位置。文身是圆的，里头是一只攥起的手。我猜测，也许是这个组织的文身。"

可可树点头："确实有可能。"

卫来说："到目前为止，对方出现的人都是黑人，而且进入非洲之后，能感觉到他们的攻击安排得都很得心应手。我从苏丹转入埃高，他们跟得也很快……"

可可树接话："你怀疑他们是非洲的组织？"

"岑今援非，只去过索马里和卡隆，对方如果是非洲的组织，应该跟这两个地方脱不了干系。你在这里的人脉广，紧急帮我打听一下，就从这个文身入手，应该很快就能有眉目。"

"你不能直接问她吗？"

卫来沉默了一下。

可可树冷笑："还是那句话，我可不相信她不知道。卫，我不大喜欢这个岑小姐，你得当心她。"

挂了电话之后，卫来睡不着，伤口包扎得紧实，绷带细微的味道在空气里飘。

他伸出手，手背轻轻蹭摩岑今的脸。

可可树让他当心她，但他不知道该怎么当心。

一个女人，把身体交给一个男人；一个男人，把命和伤口交给一个女人，这样的关系，还要提防和当心，那全世界都会索然无味。

也不知道是不是手上的动作惊扰了她，岑今蓦地醒过来，下意识翻身坐起时，动作太大，把卫星电话带得跌落床下。她想弯腰去捡，卫来的手臂轻轻拢住她的腰，说："不急。"

他把她往身边带，岑今小心地配合，尽量避免压到他伤处。

卫来问她："那个埃高男人呢？"

"给了他钱，赶他去我们之前的那个房间睡了，让他天不亮就回家去。"

"不怕他乱说？"

"我跟他说，我知道他和他家人的名字、他住的村子，知道他有哪些亲戚、住在哪儿，他要是不听话，我就带着枪追上门去。"

"你知道这么多？"

"两个人在屋里待了这么久，不聊这些，干瞪眼吗？"

卫来失笑，顿了顿，轻声说："就会欺负这些老实人。"

他看着她的眼睛。

岑今让他看得有些不安："怎么了？"

卫来说："我想问你一个问题。这个问题，我问过你两次了，这是最后一次问，你答什么，就是什么，我以后也不会再问了。

"你真的不知道想杀你的……"

岑今忽然打断他："知道，我一直知道要杀我的是什么人。"

卫来松了一口气。

真奇怪，他居然并不觉得意外。她果然知道，她也应该知道。在各方面表现得那么敏锐的人，唯独在这事上迟钝，说不过去。

"那你准备说吗？

岑今问他："我还有得选吗？"

卫来笑："在我面前，你永远有得选。全世界都没路了，我还是你的路。"

岑今沉默。

卫来等到第十秒，然后抚摸她头发，说："太晚了，睡吧。"

他闭上眼睛。

太累了，一天里，怎么能发生那么多事呢？

第二天一早就开始下雨。

都说四月的埃高正处在小雨季和大雨季之间，今年的大雨季一定是提前来了，院子里居然积起了水。有人拿铁锹在地上挖了条浅浅的排水沟，于是水流从沟壑里排出去，排进旅馆外落的雨里去。

雨势最大的时候，视线里白茫茫的一片，卫来感到安慰——这种天气，狙击手都没法上工，更别提那狙击手现在非死即伤。

中午，旅馆老板打发人挨屋问要不要送餐，送来的是当地人常吃的英吉拉，口味太酸，卫来没有胃口，实在吃不下去。岑今问他想吃什么，他又说不出。

岑今说："如果是我做饭，你吃吗？"

"难吃吗？"

"有点。"

卫来想了想："毕竟要吃一辈子的，是得从现在适应起来。你可以做，但得在我视线之内。"

岑今裹紧沙马遮住脸，撑着伞去了前院，再回来时手里拎了个箩筐，从里头拿出菜刀、砧板、西红柿、土豆、生牛肉、青辣椒，还有莴苣。

她说："我先在屋里切好弄完，待会儿借用一下他们的厨房就行。"

看来今天能吃上一顿中式的、有点难吃的大餐。

卫来躺在床上，笑着看她有模有样地削土豆、切青椒，切完青椒之后，也不知道是为什么，她顺手抹了下眼眉。

卫来说："别……"

提醒得迟了，她辣得跺脚、流眼泪，卫来笑得牵动伤口，只好吸着气憋住。

卫星电话就是这个时候响起来的。

卫来接起来。

居然是麋鹿。

他的口气很紧张，前所未有，说的话也怪："卫，那个岑小姐在你身边吗？如果在，你就'嗯'一声，然后我说你听。"

卫来"嗯"了一声。

他心头逐渐升起不祥的预感。

麋鹿说："听我说，可可树给我打电话了，我们商量了之后，决定由我来说——卫，不管那个岑小姐给了你多少钱，不管后来你们有没有再签保镖合约，钱退给她，马上离开，你不能保护她。"

卫来问："为什么？"

他看了一眼岑今，她在切西红柿，一刀一刀，很认真，西红柿的汁液混着青黄色的种粒，流淌到砧板上。

麋鹿说："你能不能先离开，然后我再跟你慢慢解释……"

"不能。"

岑今奇怪地抬头看他，卫来微笑，朝她眨了下眼睛。

麋鹿说："那好……卫，你听说过犹太复仇者吗？"

卫来的心慢慢沉下去，很久才又"嗯"了一声。

二战之后，由于局势太混乱，除了一些主要的战犯外，大量战犯混在难民中外逃，盟军也无法一一追缉。有些犹太人誓要纳粹血债血偿，他们自行成立了复仇组织，搜索追缉范围遍及全世界。

这些人，被统称为"犹太复仇者"。

"卡隆也是差不多的情形。当时卡西族的解放阵线打了回去，国际形势有变，很多战犯见势不妙，纷纷外逃，据说最大的一个逃亡目的地就是欧洲。四月之殇，死了几十万人，但抓到的战犯里，量刑最重的，才判了二十年。

"有些愤怒的卡西人就成立了一个组织，名称是'上帝之手'，标志是一个圆，里头有一只攥起的手，寓意是：大能之手不会姑息任何一个魔鬼。

"你还记不记得岑小姐曾经牵涉一桩谋杀案，死的那个人是个法国富商？我查了，那个人叫热雷米，六年前，他也在卡隆，是岑小姐的同事，他们一起建立了保护区。

"卫，那个保护区有问题，'上帝之手'在清算这些人。这位岑小姐，其实是战犯。"

卫来觉得脑子里一片混沌，说："什么？"

他自己都不知道自己问了什么。

回答他的，反而是岑今。

她指着砧板上切好的西红柿，又问了一遍："我是问你，是煮汤呢，还是炒着吃？"

第十二章

CHAPTER.12

"你活着，我养你；你坐牢，我陪你；你死了，

我给你收尸。"

岑今拾掇完的时候，卫来也挂掉了电话。

他的脸色不大好。

岑今很担心："是不是伤口疼？有不良反应吗？有任何不舒服，你要跟我讲。"

卫来说："这屋子里太闷。"

闷吗？岑今回头看了一眼大敞的门。

是真的闷，还是这通电话让他……闷？

她犹豫了一下："电话是谁打的？"

"麋鹿，说了些后头的安排，我没什么兴趣。"

他撑住手臂从床上坐起来，岑今赶紧过去扶他，卫来笑："没事，伤在肩膀，又不是不能走不能动。"

他走到门边，站定。

伤口不是不疼，是很疼，但他觉得还不够——更疼点就好了，这样他就没精力去想这些突然杀出来的糟心事了。

他的目光落到墙侧架的通往屋顶的木梯，原来这间客房顶上也有露台。

他说："我上去坐坐。"

岑今简直不知道说什么好："卫来，你身上有伤……"

卫来总能找到理由说服她："屋子里真的太闷，上去了，视野好，空气好点，也舒服点。再说了，站得高看得远，我带枪上去，也算是个哨岗不是吗？万一有情况，还能有个准备。"

242

木梯子窄，岑今回屋给他取伞，张开了出来时，他没等她，也没交代什么，已经上去了。

岑今在原地站了会儿，回屋去把切好的菜一样样装回箩筐，拎起来的时候觉得好沉，坠得手腕发酸。

出门时，她说了句："我去做饭了。"

雨太大，卫来可能没听见，也没回她。

她撑着伞，踩着浅浅的积水穿过院子，到了门边，旅馆老板出来帮她接箩筐。

岑今把箩筐递过去，回头看这边的屋顶，依稀能看到卫来坐在遮阳伞下。

旅馆老板好奇地翻看箩筐里拿大叶子一样样包起的菜，问她："刀工很好啊，经常做饭吗？"

岑今说："不是，第一次给他做。"

可能也是最后一次。

卫来摩挲着枪身，听雨砸在遮阳伞上的嘭嘭声，自己也不知道自己在想什么。

直到视线里出现一个模糊的影子。

大雨天，街上几乎没有人，只有那个人撑着伞，一路过来，拐出街面，又拐进旅馆的大门。

卫来拿起单筒望远镜看过去。

是那个刀疤，戴墨镜，挽着裤脚，腋下夹了个塑料袋包着的纸包。

卫来觉得好笑，这什么天气啊，还戴墨镜。他端起枪，瞄准，毫不犹豫地扣下扳机。

刀疤右脚边泥水溅开，从高处看去，只像是炸了一个小爆竹。他停下了不动，抬头看卫来，在原地站了好一会儿，迟疑着又往前走。

卫来将枪口移向另一侧，再次扣下扳机。

这一次，是刀疤左脚边泥水溅开。

卫来觉得，在雨天开枪的声音真怪——枪声也好像水花，四下溅开，然后被密集的雨线压拽去地面，随着雨水汇流，流进那条排水沟，又流向旅馆外。

他低头吹了吹枪口，再抬头时，刀疤把那个纸包咬在嘴里，扔了伞，两手抱住头，继续朝这个方向走。

卫来没再开枪了，过了一会儿，木梯子上传来噔噔的重音。那个刀疤爬上来，把纸包扔到桌面上，然后坐进另一把椅子。

他全身淋得湿透，当着卫来的面，取下墨镜，拽起滴水的衣角去擦。

卫来移开目光。

他猜到刀疤墨镜下遮着的眼睛一定是有伤的，但没想到伤得这么重，也没想到除了墨镜，那里一点遮盖都没有——在原本该是眼睛的地方，出现凹陷和狰狞的刀口，任何人都会觉得触目惊心。

擦完了，刀疤把墨镜重新戴上，像是知道他在想什么："被砍的，当初我们逃跑，身后是拎着刀的暴徒在追，跑着跑着，前头又来了一群。我们不知道是该往前还是往后，混乱中，有一刀劈了过来，我倒下去，以为自己死了。

"结果我活着，但是我的家人真的都死了。十六口，找到十四具尸体，还有个儿子，当时三岁，尸体没找到，到现在都是失踪状态。"

卫来没说话，前院的屋子那里有一个斜斜的烟囱开始冒烟，是岑今在做饭吗？

刀疤继续说话："昨天晚上，我们收到消息，你的朋友在四处打听我们。这让我觉得，也许之前我们双方存在误会。"

"双方？"

刀疤笑，伸手先指向自己，又指向卫来："我们双方。"最后指向前院，"不包括她。"

卫来眸光一凛，一把抓起枪，死死抵住刀疤额头。

刀疤语气平静："我是来谈判的，你放心，现在没人动她，我可以向你保证。再说了，就算你打死我也没用，我还有同伴。"

谈判？这个词真是一路都在听。真奇怪，总是在暴力血腥之后，忽然心平气和地要求坐下来谈判，早干吗去了？

"我们设法把一些情况告诉了你朋友，请他转达——卫先生，我想你已经知道我们是什么人了。抱歉之前把你当成敌人一样对待——因为第一次见你的时候，你跟岑小姐已经很亲密，根本不像是一个置身事外的单纯保镖。"

第一次？

卫来收回枪。

他想起来了，那时候，他当着刀疤和那个 AK 的面跟岑今亲热，还说"昨晚上你带劲得很，老子都为你疯狂了"。

"尤其是谈判结束之后，你还和她在一起，我们觉得你们是一伙的，所以把对付你也列入了计划。"

卫来问他："你有什么证据说岑今是战犯？"

刀疤笑了笑："可能你们认为，只有那些挑起、教唆、策划、发动战争的人，才能被称作战犯。但在我们这些人看来，不管你是不是胡卡人，只要你在那场浩劫里对卡西人犯下过无可宽恕的罪行，你就是。"

他伸手，扯下纸包外罩的塑料袋，打开封口，从里头取出一张照片递给卫来。

是一张三人的合照，两个白人，都是中年男人，加上岑今。中间的那个男人，手臂搭在岑今肩上。

岑今扎着马尾，淡淡地笑。虎鲨没有撒谎，岑今那个时候比现在要瘦很多。

刀疤指了指另一边的人："这个叫热雷米，法国人。"又指中间的，"这个叫瑟奇，你有没有注意到，他有一只手搭在岑小姐肩上？"

他递来第二张照片："这张，是前一张照片的局部放大。"

卫来盯着照片看，确切地说，是盯着那只手的局部放大图——那只手的虎口处，有一个牙印。

"我们把这只手寄给了岑小姐，我想，她应该一早就知道是谁找上门来，又是为了什么。"

卫来说："岑今拿到过你们总统颁发的勋章，她保护过175名卡西人的性命。"

他自己都觉得这辩护苍白无力，要抬出"总统""勋章"这样浮夸的说辞来替她讲话。

刀疤回答："所有在屠杀期间救助过卡西人的国际友人都得到了友谊勋章，但如果真相根本就是被扭曲的，总统也会被蒙蔽。

"我们有名单，前后进入那个保护区的卡西人，总数是292个。但最终，卡西解放阵线打回去的时候，里头只剩了175个。

"卫先生不妨问问岑小姐，那117个人都去哪儿了。"

卫来把照片推开："说完了？拿两张照片、几个数字，就想给她定罪？"

刀疤冷笑："是啊，一时间很难接受。毕竟她看起来很好不是吗？又漂亮，又聪明，哦，对了，还很会伪装，冲在正义斗争的前线，写了一手好社评。"

卫来盯住他看："有事说事，不要扯不相干的。"

刀疤大笑："卫先生，你真的没有发现，这位岑小姐做事很有目的和计划吗？

"她的社评很有名，但你有没有把她之前几年写的社评全部翻出来看？她早期的风格温和圆滑，后来突然变得犀利、大胆、博人眼球，时间点恰恰是在热雷米死了之后、'上帝之手'成立不久。

"你不觉得这个时间非常蹊跷吗？有人心里有鬼，密切关注卡隆的动态，嗅到危险的气息之后，就忙着一层层地给自己拽遮羞布……"

卫来打断他："那你想让我怎么做？"

刀疤欠了欠身子。

"我们'上帝之手'的主要成员是难民中最不幸的那部分幸存者。他们活下来了，但家人都不在了，活得几乎没有牵挂，唯一的支撑就是复仇。

"你可能也看出来了，我们没你专业，也没受过太多特训。这两次交锋，我们也吃了苦头，AK现在还在医院里，昨天你打伤我们一个同伴，外请的狙击手也中了枪……"

他看了一眼卫来肩侧包扎的绷带："没死，但伤得比你重一点。"

"直到昨晚，收到消息之后，我们才发觉，只要卫先生表个态，事情本可以解决得更温和一点，我们也能避免不必要的伤亡。"

"表什么态？"

刀疤转头，看向冒烟的那个烟囱。

"卫先生，你的车子就停在院子里，没人会拦你，你离开就可以。但岑小姐要留下来，她必须为做过的事付出代价。"

卫来笑起来："法官判案，还要听两方陈述。你凭片面之词，就想让我走？"

刀疤早有准备："可以给你时间，让你去问她。我们收到对她的指控，也做过调查，不怕你去问。但卫先生，我们表现了诚意，也请你给个明确的答复——如果事情属实，你要保证不再插手此事。"

卫来沉默了很久，点头。

刀疤长吁一口气："那你需要多长时间？"

"给我……一天。"

刀疤走之前，把那两张照片给他留下了，说是对质的时候，也许用得上。

卫来一直没动，冷眼看溅起的水花一点点濡湿照片。

刀疤带来了庞大的信息量，此时此刻，明明那么多可以去想的、回忆的、推理的，他通通没去做，只是在照片几乎完全泡在水里时，忽然抢出其中一张。

岑今那个时候真的好瘦啊，大概是扎了马尾，显得年纪特别小。三个人一起照相，她是站得最开的那个，脸上在笑，眼睛里却很空，不像边上的两个人，那么开怀，甚至还比了"V"的手势。

一直到天色暗下来，他才想起要回房。

房间里已经点起了蜡烛，桌子拖到床边，上头摆了好几道菜。西红柿用来做了汤，青椒炒了牛肉，莴苣和土豆只切成丝拌了，还摊了鸡蛋皮。

颜色搭配在一起，既热闹又好看，就是已经凉透了。

卫来笑，问坐在边上的岑今："怎么没叫我？"

岑今没说话，起身过来拉住他，几乎是把他推坐到床上的，说："别动。"

她拆开他肩上的绷带，卫来低头看，这才注意到绷带几乎全都被雨淋湿了，有血色自内渗出来。

他解释："雨太大了……"

岑今笑笑："以后，你心里有事，或者生气的时候，可以摔东西、骂人，也可以乱发脾气，但是别作践自己的身体。伤口感染了，疼的是你；有后遗症了，受的也是你。这话我只说一次，听不听也随你。"

她不再说话，也不看他，细细为他敷药，重新包缠绷带。卫来忽然控制不住，单手狠狠搂住她，头埋在她怀里。

静了一会儿之后，岑今笑起来。

她低下头，伸手温柔地抚摸他的头发，说："卫来，我们先好好吃饭。

"我这么费心做的，不要浪费了。

"饭桌上，不谈事。有什么话，我们吃完饭，开瓶酒，慢慢聊。"

这饭，吃得嘴里寡淡无味，心里五味杂陈。

但卫来记得每一个话题，他们聊了味道、火候、调味料，一致肯定林永福之所以能当厨师，还是有两把刷子的。岑今还抱怨了大火油炒，让她沾了一身的油烟味。

她侧身过来，笑着让他闻。卫来低下头，鼻端有淡淡的薪火和油盐气息。

他恍惚了一下。为他喷过香水的女人好像很多，但真的沾上烟火气息的，只这一个。

吃完饭，岑今很快冲了个澡，出来的时候穿着那件他改过的衬衫，头发半湿着绾起，有几缕垂着，水珠顺下来，把肩颈处渍湿。那粒鲜红的石榴石贴着她细瓷一样的皮肤，水亮显眼。

卫来问："你这样不冷吗？"

岑今摇头，把桌上的餐具摞回笒筐。卫来要帮忙，她不让，末了自己拎起了送去前院。

卫来一直看着她，笒筐一定很重，压得她肩侧微沉。撑开伞的刹那，她忽然回头，叫他："卫来。"

室外的灯光透过密雨和泛黄的伞面，罩在她身上，她有几缕头发在光里扬起，笑容温柔，眼睛里没有全世界，只有他。

门边是框，她是框里的画。卫来笑，如果这一刻停住多好，不念过往，也不要未来。

赶在烟花变冷前，握住这一刹那。刹那即永恒。

再回来的时候，她握了瓶启开的红酒、两个高脚杯，说："没牌子的，你身上有伤，少喝点。"

把红酒放下，她坐进桌子对面的椅子，衬衫一掀，从内裤勒带里取出一包烟：

"刚才没手拿，塞这儿了。说是本地烟，有香料味。"

她抽出一根，就着蜡烛的火头点着了，手很稳，眼睛并不看他，浓密的睫毛微扇，带出一种周身水泼不进的沉郁气场。

这场景，似曾相识。

岑今吸了口烟，仰起头，把烟气慢慢吐出。

她忽然笑起来："爱上一个人真奇怪，自己都不认识自己了，像做了场梦，有人运气好，梦做得长点，就是一辈子。"

她顿了一会儿，轻声说："但是我运气不好，总是差了一点。我当时……和三个同事，一起留了下来。"

三男一女，除了她，另外三个人还都算资深。联合国的车队走了之后，他们马上做出应对。

——装点门面。

国际组织的旗帜还是得打起来的，而且要打得更显眼、更多、更大。混乱时期，某些旗帜标志比人命来得值钱。

——登记人数。

有一大部分惶恐的难民已经四散逃命去了，剩下的有两百名左右，都被一一登记在册。

——清点食品、日用品库存。

这么多人，吃喝是个大问题，清点下来，境地尴尬——小学校里根本没有太多储备，最多也就再撑个一两天，即将面临断粮。

……

四个人开了会，明确分工，考虑到混乱时女人更容易受伤害，所以很照顾岑今——她只负责留守、安抚难民情绪、医疗和内部管理，不需要对外。

剩下的三个人，一个负责安保和巡逻。维和士兵撤退时遗留下了部分装备，那人穿上有"UN"标志的背心，戴钢盔，抱着把枪来回巡走，几乎可以以假乱真——犹疑的胡卡人拎着刀在附近出没，但是不敢靠近。

另外两个人要开车出外勤。一是为了设法搞到足够的食物；二是不能孤军奋战，要联络其他留下来的、零散的保护区，协同合作；三是这种时候他们是文明社会遗留下的眼睛，是历史的目击者、事件的见证人，有责任去留存相关照片、资料。也许有一天，这些东西就会用得上。

开完会之后，岑今心里踏实不少，每个人都很乐观——毕竟不是闭塞的年代了，全世界都在看，国际社会一定会很快插手，谁会放任这种惨绝人寰的事持续发生且发酵呢？

接下来的两天，外勤的进展鼓舞人心。

——他们成功买到了面粉、盐、土豆，甚至带回来一些红茶。

——据说这样的保护区不止一个，有个法国牧师的教堂里藏了三千多卡西人，国际红十字会在正常运转，扛下压力收治了很多伤者……

——他们甚至遇到了 BBC 的记者，据说有一部分照片已经传回去了，很快会对全世界公开。

……

但接下来，希望就像烛火一样，慢慢熄灭了。

紧急事件的处理其实也像灾后救援，有黄金 72 小时。起初的几天国际社会如果没有重拳出击或者明确发话的话，会被视作某种程度上的纵容，施暴者会更加嚣张。

一天过去了，又一天。

太阳升起，星辰落下，有时候，岑今会呆看着手表表面的指针走完一圈又一圈，觉得卡隆像是被世界忘了。

外勤带回来的食物越来越少，车窗在某一次被砸得粉碎，每多出去一次，车身上就多一些破坏——据他们说，外头已经陷入了一种群体性的疯狂，那些设路障的胡卡人，对他们越来越挑衅。

广播昼夜不停，早期的煽动之后，播报换了内容，会放送各种地址，比如"快，我们在××附近发现了大批蟑螂，胡卡勇士们，拿起你们的刀，快来"，像是呼朋引伴的杀戮游戏。

岑今的精神越来越紧张，做梦都会梦见广播里播报这所小学校的名字，然后无数胡卡人提着刀从四面八方拥来……

有一天，两个出外勤的同事没有回来。

不安像潮水一样在保护区里蔓延，等了一夜之后，那个负责安保的同事决定出去找。

岑今在高度紧张中又等了一天。

她就在这里停顿，沉默了一会儿，磕掉烟头的灰烬。

卫来问："然后呢？"

岑今笑笑："然后就没回来。像是开玩笑，突然之间，就从四个人变成只有我一个人了。

"我整夜不睡，在黑暗里瞪着眼睛，想着，我要完了，没外勤、没安保、没吃的，天亮之后，只要再有一个胡卡人靠近试探，这个保护区就完了。"

但是天无绝人之路，黎明的时候，她忽然听到车声，然后有人摇撼着小学校锁起的铁门大喊："有人吗？请帮我们开一下门！"

"透过窗户往外看，我看到摇撼铁门的是个白人，当时的心情，像见到了同胞一样激动。"

来的是热雷米和瑟奇，两人开一辆面包车，车身有"和平救助会"的徽标。

车子开进院子，车后遮盖的帆布一掀，里头藏了十来个满身血污的难民。

"热雷米说，他和瑟奇也是留下来的志愿者，他们的保护区被冲破了，那些难民是他们一路过来时救的。"

热雷米带来几个不怎么乐观的消息。

一是，局势在恶化，国际社会集体哑声，短期内好像没有要干预的意思。

二是，保护区也不安全了，光这两天内，就听说有两个保护区被冲破。

三是，他们在路上听说，有两个外国人在车上私藏了卡西难民，想强冲路障，结果胡卡人的十多辆车紧追不舍，还在广播里呼吁更多的人赶来围堵。那辆车在慌乱中翻下大桥，起火爆炸了。

……

岑今有一种感觉，那两个外国人，也许就是她的同事。

卫来问："那两个人，热雷米和瑟奇，是怎么知道小学校的位置的？"

岑今说："他们说，在路上遇到过我那个出去寻找的同事，他指给他们的。他们也把那两个外国人翻车的事跟我同事说了，但我同事坚持要去确认一下。"

她举起酒杯，仰头喝下大半，舔了舔唇上的酒沫："我那个同事，至今还是失踪状态。"

岑今甚至来不及为前同事痛哭，就已经和热雷米、瑟奇在商量新的对策了。

热雷米提议，非常时期，非常对策，随着保护区接连沦陷，老一套的做法已经行不通了，不妨采取一些手段。

"热雷米说，那些暴徒中，除了少部分是真正的极端狂热分子，大多数人都是想借机捞点甜头，可以买通的。他曾听说，有些保护区之所以更安全，是因为负责人给军方小头目塞了钱，小头目暗中给保护区行了方便。"

卫来问："那你当时有钱吗？"

"没有，但卡西人有。"

"是不是由你出面，朝卡西人募集钱款了？"

岑今笑了笑："是啊，那些日子，我负责内部管理，难民只相信我，只能我去。"

当时，卡西人逃离得仓促，随身带的主要是钱款，困在小学校里，钱没个花处，听说可以给自己买方便，都争先恐后地往外掏——数目颇为可观，这笔钱也很快发挥了作用。

"热雷米他们出去打点了一次，带回来很多吃的，甚至还有啤酒。他们的计划是打通一条路，买通这条路上的所有路障，出入不会有麻烦，而附近的胡卡人得了好处又不会骚扰学校。这个保护区，就是真正被保护起来的避难所了。"

岑今喝干杯子里的酒："效果很明显，比我之前的同事们拟订的计划还要管用。我觉得热雷米他们脑子很灵，懂变通，这才叫适者生存。

"这期间，他们陆续又救回来一些难民，难民的总人数，最高时是292个。"

卫来问："为什么是'最高时'？后来有减少吗？"

新的难民加入，难免带来外界疯传的消息。

大多是悲观绝望的：又一个大的保护区被冲破了，外国人的脸也不再是保障了，听说有志愿者遇难。国际社会还在开会讨论，不能达成一致，议程一拖再拖——但这里每一秒都在死人。

也有振奋人心的：听说有人逃出去了，通过水道去了乌达。这种时候，保护区也不能信任，最安全的地方莫过于卡隆之外。

热雷米设法打听，佐证了这一消息：卡隆和乌达之间有条大河，河上确实有船。但是，一路买通关卡加上获得船上的位置，一个人要收很多钱。说白了，就是发难民财的。

卫来沉默，他想起可可树说的话。

——我记得那时候，有一阵子，河水忽然变红了，很多人去河边看，还有人在河里捞起过漂下来的尸体。

——后来听说，有一群难民想通过河道逃过来，但是没有船……胡卡人追上他们，就在河边……砍呀……砍……

卫来问："河上真的有船吗？"

岑今笑笑："我不知道啊，当时我就没出过保护区一步，也没有真的看到谁去杀人，都是听说的。"

但是消息很快传开，很多难民来找岑今打听。岑今去征询热雷米的意见，热雷米回答，可以试，但太危险了，你只跟几个人说说看，第一次不要超过五个人。

卫来打断她："从头到尾，都是你出面去说？"

岑今无所谓地笑："是啊，要钱的是我，发布消息的也是我。人家出外勤，在外面跑来跑去，这种内部管理的事，当然该由我做。"

卫来沉默，顿了顿，轻声说："傻姑娘。"

岑今笑："现在学精了，但是可惜，不能给那时候的自己分一点。"

钱凑得很快，有人拿存折抵，有人提供了家里的地址，告诉热雷米贵重的物品藏在什么地方，请他帮带——在卡隆，卡西人本就属于相对富裕的阶层，求生的价码虽然昂贵，但他们还是愿意孤注一掷。

第一批的五个人在半夜出发，黎明时分，热雷米和瑟奇的车子归来，隔着很远就向她比胜利的手势。

岑今眼眶微湿，如释重负。

"热雷米嘱咐我，这个消息不能公开，因为人多口杂，万一泄露，这条好不容易买通的生命线就会被迫中断。所以我行事很小心，把一次撤离的人数控制在十个左右，而且会安排亲友一起走。有人问起少了人，我们一律回答，是为了降低风险，转移到邻近的保护区去了。

"就这样操作了五六次。有一天早上，我照例等着，热雷米和瑟奇回来之后，也照例告诉我一路平安，没有任何纰漏。

"然后他们回房休息。热雷米走在我前面，他穿了花色的衬衫，我无意中发现，他背后的衬衫上，有一道喷溅上去的血迹。"

她看进卫来的眼睛："于是我站着不动，他们都回房了，我还是站在原地不动。我开始回忆他们是怎么出现的，然后……我忽然害怕了。"

岑今一夜没睡。

她反复告诫自己不要去怀疑同伴，那道血迹只不过是个意外，但这止不住有些可怕的想法像巨浪一样翻卷着涌向更黑暗的方向。

第二天吃饭时，她看似无意地问热雷米，自己能不能跟一趟车——以后战争结束，如果需要汇报、接受采访、撰写资料，她也好有亲身经历可循。

热雷米拒绝了，理由是女人出外勤太危险，而且三个人都不在，保护区就是真空状态，万一出什么纰漏呢？

岑今看着卫来笑："我想来想去，想出了一个馊主意。"

再一次夜半出车时，她让难民帮她做掩护，混上了车。

卫来问她："有没有想过这样很危险？"

岑今有些失神："想过啊，但我控制不住。我不知道车子把人拉出去，到底发生了什么事。也可能是因为我从来没出过保护区，对外面的事态还是很乐观。我以前那些出外勤的同事也说过，BBC 的记者还能在外头走动……我觉得自己是外国人、国际志愿者……总之，我就混上了车。"

这一路终生难忘。

从出了保护区的大门开始，车上的气氛就开始紧张。身周簇拥的十来个难民一直在默默祈祷，一遍遍在胸口画十字。周围静得可怕，只能听到车皮和地面摩擦的声音。引擎声渐渐地就和心脏响成同一频率，胸口滞闷到无法呼吸。

卡隆的夜晚，本不应该这么死寂的。岑今记得，屠杀还没有发生的时候，晚上走在大街上，会看到有人喝酒、跳舞，也能听到歌声和电视节目的声响。

而现在，卡隆像座死城。鼻端时不时传来恶臭，只有在靠近路障时，能听到胡卡人的呼喝和醉酒时的怪笑。

也不知过了多久，车子缓缓停下，外头有风，隐隐听到水流的声音。灯光忽然亮起，岑今的头皮发涨。她已经习惯不亮灯的夜晚了——保护区晚上不敢有一丝光亮，怕引来别有用心的眼睛。

帆布骤然揭开，最靠近车边的人尖叫着被拖下。岑今还没来得及反应过来，已经被人倒拖着拽掼到车下。尖叫挣扎声不绝于耳，下一刻，忽然有人拽着她的头发把她的脸仰起，大吼："这个不是卡西人！"

场上有一两秒的寂静。

在这寂静里，岑今看清了一切。

这是在河岸边，近树林的一个营地。没有船，但有一群带武装的胡卡人。有些人围坐在篝火边喝酒，热雷米和瑟奇正笑着开启啤酒，白色的啤酒细沫喷薄而出，舔上他们的脸。

而另一侧，车上的卡西人正被几个粗壮凶悍的胡卡人拽进阴暗的林子里。

那一声"这个不是卡西人"几乎让所有人为之错愕。有个卡西女人趁着这时机，挣脱了钳制，没命地向岑今奔过来，尖叫着："岑！救我！救我！"

反应过来的胡卡人追上来，在那个女人就快奔到她面前时，手起刀落。

岑今哆嗦了一下，一道温热的血眯了她的眼睛。隔着那重血色，她看到那个女人趴在地上，挣扎着抬起头，伸手指着她，说："你……"

那女人戴头巾，眼眶深陷，眼睛里锁着惶恐、绝望，还有渐渐灭去的希冀。

岑今一下子发疯了。这一时刻，她什么都不怕，冲向那个胡卡人，恨不得抓烂他的脸，但还没碰到他，就被人给硬拖了回去。她听到瑟奇说："你发什么疯！"

岑今红了眼，不管不顾，抓住瑟奇的手狠狠咬了下去。

瑟奇痛呼，一脚把她踹开。岑今痛得在地上打滚，耳畔传来开枪栓的声音，冰冷的枪口抵上她额头，但很快被人拨开。热雷米说："别，她还有用，让我来。"

他抓起岑今的衣领把她提起来，往林子里走。岑今被他拖得跌跌撞撞，进到林子再深一点的地方，忽然僵住。

这里是片屠场，尸首遍地，蚊蝇成群。有几个胡卡人刚料理完，凑在一起吸烟，斜着眼看两人。

热雷米拖着岑今往前摁，岑今拼命挣扎，但力气敌不过他。他用膝盖压住她的背，把她的脸死死摁在一个死人冰冷的脸上。

他说："岑，你跑出来做什么？我们养着你，你有吃、有喝，不好吗？外面的世界多残酷啊。"

岑今嘶哑着嗓子，泪流满面。

热雷米说："我让你看看，死了多少人。听说死的人已经超过十万了，这样的屠场还有无数个，你自己看，天气这么热，等到他们腐烂了，谁知道剩下的骨头是卡西人的，还是你的？

"保护区迟早要完蛋的，那个法国牧师的教堂已经完了，里头有三千多人，都死了。要不是有我，你的保护区也早不在了——我从他们身上榨取点东西，有什么不对？

"岑，我给你选择。第一是，你乖乖地，洗干净，回去，继续做你的志愿者，配合我们做事。运气好的话，你还是保护难民的英雄，以后回到北欧，过你想过的生活；第二是，你就烂在这里，没人关心你的下落，你是失踪人口、失踪数字，你死了也不会有人追查。战争期间，一两个外国人失踪，谁会当回事？多惨啊，千里迢迢跑来做志愿者，然后悄无声息地死在这里，连骨头都找不着……"

他把她拎起来，问她："怎么说？"

岑今止不住哆嗦，脸上的血和泪混在一起，嘴唇翕动着说不出话来。热雷米等得不耐烦，忽然抬头对那几个胡卡人说："送个女人给你们玩玩。"

他把岑今推了过去。

那几个人怪叫着扑上来，岑今歇斯底里地尖叫，挣扎着连滚带爬。混乱中，她抱到热雷米的腿，死死不放，好像这是她唯一的依靠，然后她拼命点头。

热雷米摸摸她的头，说："你听话了？"

岑今点头，泪如雨下。

接下来的事，她记得模模糊糊。热雷米把她牵回去，给她另找了一套衣服，她躲在车子里换，换到一半，忽然恶心上涌，扒着车窗呕吐，一直吐到胆汁都出来了。

热雷米帮她梳理了头发，拿毛巾给她擦脸，说："不要一副死了人的表情，你要笑，笑一下。"

她努力牵动嘴角，提醒自己：笑，要笑。

热雷米终于对她的笑满意，把她推到篝火边，递给她一瓶啤酒："来，大家一起发财，碰个杯。"

岑今僵着脸笑，看着对面那个五大三粗的胡卡人。那人也在笑，手里的啤酒和她的碰在了一起。

闪光灯亮起，咔嚓一声，她下意识转头，看到热雷米抱着相机，夸她："笑得很自然。"

雨还在下，淅淅沥沥，呜呜咽咽，岑今给自己空了的酒杯倒酒，对卫来说："我没什么好解释的，当时我确实点头了。"

黎明的时候，他们又回到小学校。有一些难民在等，岑今下车，迎着他们，脸上还挂着那种努力挤出来的笑，说："没什么，挺好的。"

热雷米也说："看，岑还买了一身新衣服。船上的人从乌达带来好些小商品在摆摊，那些上船的人屁股还没坐稳就买起来了。"

难民们笑起来，岑今也笑，末了轻声说："我回去休息了。"

她回到房间，刚关上门就瘫了。

太阳升起来，阳光透过窗户刺痛了她的眼，她也不知道哪儿来的力气，忽然爬起来，找一切东西去堵遮窗户，然后用胶带粘起，左一道、右一道，直到撕完了一卷。

屋子里终于暗下来，她蜷缩着躺到地上，没有表情，也没有眼泪。

烟烧尽了，几乎快灼到她的手，卫来想替她拿开，她却手一翻，把烟头紧紧攥到手心里。

她问他："你知道那个时候，我在想什么吗？

"我没空去恨谁，因为没力气。人绝望的时候，要靠梦支撑。

"我盯着门，想着，要是有人来救我就好了。我的意中人，管他是不是盖世英雄，只要这个时候，他能从天而降，赶来救我，该多好。"

卫来伸手去握她的手，岑今避开，说："别，别拖泥带水。我讲这些，不是要你安慰我，你听着就好。"

她就那么躺在地上，过了昏昏沉沉的白天。晚时，瑟奇敲门，语气很不耐烦："岑，你一天不出现，会让人起疑心的。"

岑今爬起来，带着盆，去水房洗脸，打湿了脸之后看镜子，忽然发现，自己锁骨那里，新长出一颗痣。

她凑近了看，手摸上去，才知道不是，是昨晚溅上的一滴血，不知怎的没擦干净，干结在了那里。

她拿水去擦，血迹很快就没了。

岑今低声说："但是很奇怪，洗干净了，我反而慌了。那以后，我控制不住自己，总会时不时地去摸，觉得那滴血还在，一定要擦干净。"

卫来的目光落到她颈间坠石榴石的白金锁骨链上。石榴石很小，像朱砂痣，更像溅上的一滴血。

岑今的指尖细细摩挲着那粒石榴石："你不知我有这个毛病吧，如果不戴这条项链，我就总是忍不住……"

她沉默了一会儿。

那天晚上的事就像没发生过，保护区像手表表面的指针，无波无澜地继续往下走，并不知道什么时候才能叫停。

她有点怕跟人说话，怕看见那么多带着希望的脸。

她给自己找事做。小学校里有很多剩的铅笔和纸，她找来画画。开始画得不好，但后来就画得越来越像。她不需要模特，一张张脸，脸上的纹路、细部的线条，都像烙在眼睛里，睁眼闭眼都能看到。

有时候，难民过来找她，会好奇地看，也会贴心地帮她挡住再找过来的人："岑在画画，等她有空了再来吧……"

有些时候实在避不开，她会垂下眼睛，轻声说："也不急，慢慢来嘛，要不然，你们等下一批吧。"

人命关天的事，哪能不急啊，对方求她："岑，让我先走好不好，我带着孩子……"

她最大胆的一次，是戳坏了面包车的轮胎。瑟奇找到她，一句话都不问，扇了她一巴掌，说："不管是不是你做的，都是你。再有下次，你试试看。"

岑今再次喝干杯子里的酒。

"我也不知道该怎么办。外面到处都在杀人，我让他们逃跑吗？跑出去就会死，待在保护区里，至少还死得慢点。

"有时候我觉得热雷米和瑟奇死了就好了，但可笑的是，没有他们那些肮脏的交易，这个保护区一天也撑不下去。我就像个废物，食物、水、药品，我一样都搞不来。"

她活得越来越沉默。送人上"船"两三天一次，她眼睁睁看着保护区里的人越来越少，然后划掉那些一个个登记在册的名字。有时做梦，看到保护区其实是个巨大的沼泽，每一个人都在一天天往下沉。

她就等着大家全体没顶的日子，觉得哪一天这个保护区被冲破了就好了。大家一起完蛋，于她反而是解脱。

然而转机来得猝不及防，在经历了一个多月的暗无天日之后——并不是国际社会终于开完了冗长的会议，而是卡西人的解放阵线打回来了。

不能依靠谁，救自己的，往往只能是自己。

解放阵线的炮火在城外响起的时候，保护区里的难民人数是 175 个，热雷米和瑟奇也重新换了一张脸。

他们不再出外勤，靠着囤起的储备严防死守，带领难民们堵门、巡逻、站岗，掀翻那些试图翻墙进来的胡卡人，甚至还负了伤。

难民们含着眼泪感谢热雷米，他回答："应该的，最重要的是大家都活下来了。"

而对她，难民们却渐渐有了微词，比如：岑像变了一个人，只知道画画，问她事情，她也不吭声……

那一天终于到来，紧锁的铁门第一次放心地敞开，难民们和解放阵线的卡西士兵拥抱在了一起。随军记者到处拍照，热雷米拉她和瑟奇一起拍照，还意味深长地说："留个纪念。"

拍完照，岑今对热雷米说："我要回家。"

过了两天，热雷米亲自送她到刚刚修复的机场。跑道是土填的，没有围墙，像片大空地，多的是飞机降落——那些撤出的记者纷纷赶来，抢夺和平后第一手的新闻资料。

巨大的引擎声此起彼伏，她的头发被无处不在的气流搅乱，热雷米捧起她的脸："小姑娘，你多漂亮，回去之后，忘记这里的一切，会有大把的男人喜欢你，你还会很有钱。"

他贴近她的耳朵，说："我们往你账户里存了很多钱。

"你要老实一点。我们有很多证据，你的照片、难民的日记、没来得及寄出的信。哪怕有一天真的事发，你也是主犯。

"大家都在一条船上，要互相帮助。别诅咒我死，我安全，你才安全；我死了，你也不远了。"

岑今说："你们根本不是志愿者吧？"

热雷米咧开嘴笑，露出一口参差不齐的牙齿："不是，我们是来非洲淘金的，没想到在矿床里没捞到金子，却在这儿翻了身，奇迹真是无处不在啊，对吧，岑？"

蜡烛烧尽了，烟气荡漾在密集的黑色里。

雨也停了，只剩房檐上偶尔落下的滴答声。

岑今低声说："在卡隆的时候，我安慰自己说，回到北欧就好了，就当做了个噩梦，回来可以重新开始。

"真正回来了，才发现不行——在卡隆，还有北欧这个幻象做退路，回来了，就一点退路都没有了。

"回到北欧之后，我出现了严重的心理问题，生活紊乱，总是做噩梦，在梦里一遍遍地找联合国撤离的车队，眼前闪过一张张难民的脸——那些我亲自送上车的，还有死在我面前的……"

她看着卫来笑："我真的运气不好。处在那种境地，我能怎么做呢？我不点头，我就死在当场；我点头了，我就是同谋、罪犯，哪一天追究起来，我照样完蛋。"

卫来不知道该说些什么好。

岑今忽然大笑起来，差点儿笑出了眼泪："你相信了是不是？我说得这么有感情，你一下子就相信了是不是？你这种人，真是不能做法官。"

她低头衔住一支烟，划着火柴，火焰亮起，她手有些抖："谁会相信我啊，看到证据后全是来杀我的。更何况，我确实妥协了。"

终于点着了烟，她不再抽，把烟搁在桌角，看袅袅烟气上浮。

"我很早就知道'上帝之手'了，不害怕，也不意外。收到瑟奇的手，我觉得解脱了，真的，我觉得挺辛苦的，路也该走到头了，是时候了。

"唯一意外的是，虎鲨劫了天狼星号，沙特人找到了我。我觉得无所谓，时间多点就帮他们谈判，时间少点就死在路上，看天意。

"对于请保镖这件事，沙特人很起劲，又是面试又是挑选，我一点都不热衷。你不是一直奇怪我为什么会选你吗？现在可以回答你了。不是因为我想跟沙特人对着干，故意要选差的，也不是因为你皮相好，我看上你了。你进屋之后，我都没怎么注意你，我觉得沙特人很无聊，你也很无聊。

"但是，你说了一句话，你还记得吗？

"你说，如果岑小姐德行有亏到比较严重的地步，或者做过什么不可告人的事，建议不要雇用我——我会中途撂挑子走人的。"

她温柔地看向卫来的眼睛。

"好巧啊，我真的有些不可告人的秘密。我选了你，就是等着这一刻，想看你知道真相的时候，会怎么撂挑子走人。"

你走吧。

你是最后的了断。

你还要去到别的地方，而我，就在这里到头了。

卫来沉默了片刻，给自己倒酒，拿起酒瓶才发现很轻，倒光了也才斟了小半杯——他听得太入神，居然没留意岑今喝了这么多。

岑今的酒意渐渐上来，催着他走。

卫来笑："这么想让我走？"

岑今也笑："我不是让你选，我是打发你——也就剩你没打发了。"

她把下巴搁到桌上，看蜡烛熔在桌边的滴挂，伸手一根根掰掉，像在数数：

"我都计划好了，别墅的租约就到四月，那些我觉得跟我有过瓜葛的人，不管人家还记不记挂我，我都去了断了……"

世事真是荒唐，人生进入倒计时，最后的分秒，越走越窄的路上，忽然迎面撞上他——她总是差了那么一点运气，他要是来得早一点，或者晚一点，都好。

自己也没想到，这么短的时间，认识一个人都嫌不够，她居然会爱上一个人。

她撑着手臂站起，深一脚浅一脚地摸去床边，低声说："还有啊，我的礼服好可惜，那么好看，你不让我带，到时候都不能打扮一下……"

她把自己摔到床上，呢喃着，慢慢蜷缩成一团。

卫来问："'上帝之手'会拿你怎么样？"

岑今拿枕头堵住耳朵，声音闷且不耐烦："不知道，审判吧，就像上法庭一样，你交一个证据，我交一个证据……"

她渐渐睡着了。

在最悲伤的时刻，居然做了一个很甜的梦。

梦见自己是一棵树，浓密的叶子是所有的牵挂，然后一夜朔风，暴雪满地，枝折叶散，她只剩了光秃秃的大枝丫，像被拔了毛的鸭子一样自惭形秽。

很远的地方，排着队的樵夫列队行进，锃亮的刀斧在冷太阳下闪着寒光，就要过来把她砍成柴火，一片片烧掉。

树下忽然有动静，她低头看，看到卫来提着油漆桶，把她的枝条一根根刷成绿色。

她奇怪，问："你在干吗啊？"

卫来说："嘘，别说话，我要把你打扮成圣诞树，这样就不会有人伤害你了。"

她说："圣诞树不是你吗？"

卫来拎起一个小礼物，细细绑在她的坠枝上："也是你啊。"

……

车声就是在这个时候响起来的。

岑今睁开眼睛，恍惚了几秒——屋里没有人了，门半掩着，天将亮而未亮，雨后湿白的雾气在门外飘。

她忽然反应过来，跌跌撞撞下床，冲到门边。

原本停放那辆吉普车的地方，空了，像极了这一刻她的心情，如释重负，又空空如也。

岑今盘着腿在门口坐下来，一直坐到人声渐起，旅馆老板过来送早晨的咖啡。

老板看看她，又探头看屋内，憋了满脸的问号。岑今不理会，伸手把两杯咖啡都取下，不放糖，咕噜噜喝完一杯，又一杯，然后拿手背抹了抹嘴，说："今天退房。"

行李包还在，岑今略翻检了下，没有什么可替换的衣服，意外地找到一根挂链，下头坠了个小贝壳的吊坠，试了一下，可以打开，里头是粗制的口红。

岑今笑。他收走她的晚礼服，还她一件改的衬衫；收走她那么多化妆品，还她一个做工粗劣的口红。

但她居然心里欢喜，觉得这买卖公平合算。

她拽着衣服抚平上面的褶皱，对着镜子仔细梳理头发，用指腹揩了口红，一点点给嘴唇上色。

刀疤进来的时候，她已经等了一会儿了，正拿一个空的高脚杯去撞另一个，合着眼睛，听薄玻璃磕碰的轻响。

眉心一凉，有枪口抵上。

岑今笑起来，睁眼看刀疤："这就是你们惯用的伎俩？你以为，枪口抵到我头上，我就会吓得腿软，然后跪下招供是吗？"

她拨开刀疤的手。

"我对你们'上帝之手'关注的可不是一点。几乎是刚有风声传出，我就注意到了。"

刀疤冷笑："是啊，你心里有鬼。"

岑今不理会他的冷嘲热讽："我听说，你们自诩'公平、公正、不暴怒、不盲目、不错杀、不放过'。你们会给出审判，疑犯认罪之后，证据确凿，才会执行惩罚。"

"是。"

岑今说："真是吗？开始我也以为是，所以我一直觉得，有这样一场审判也挺好，反止是针对我个人，也不会连累谁。"

她盯住刀疤，眸光渐渐锐利："但我的保镖是怎么回事？他有什么罪，你们问都不问，直接请了狙击手射杀他？你们在公海上引爆快艇，有给过我审判吗？就算你们有大把证据，你们听我自辩了吗？我认罪了吗？"

刀疤一时语塞，顿了顿说："这个我要解释一下，岑小姐，你的案子很特殊，上头指明了你必须接受审判，也就是说我的任务是带你回卡隆。我没想过要杀你，当时快艇上放了炸药，只是想作为威慑，但是后来事情发生得太突然，AK 是个新手，过度紧张之下引爆了船……他已经被责令退出了。

"至于卫先生……我非常抱歉，好在没有酿成严重的后果。这确实是我个人行事偏激造成的，事了之后，我会如实向上级汇报，有任何惩罚，我也接受。

"岑小姐，我们有不同的追缉分队，负责跟进追捕不同的战犯，我想即便是最正规的执法机构，也没法保证事事尽善尽美。希望你不要因为我个人的失误，质疑整个组织——我们或许偶尔走偏，但这跟你手上的保护区沦为害人的魔窟，完全是两回事。"

岑今笑出来："不错啊，聊事情不走题。所以，我要被带回卡隆？"

也挺好，起于斯，终于斯，她也有三年多没回去过了。

起身的时候，她问了一句："为什么我的案子很特殊？"

"因为指控你的人，是很重要的人物。"

岑今略略笑起来："是总统吗？他知道给我发错了勋章，觉得没面子，想要回去是吗？"

忽然又想起什么，她说："还有，我怎么觉得，对比之前，你的态度有所转变呢？"

刀疤回答："因为天亮的时候，卫先生来找过我了。"

岑今的脑子里忽然空了一下。

她扶住桌边，觉得自己像个充气的塑料人，身上被划了道口子。之前跟刀疤对答时硬攒出的士气，忽然就泄了出去，整个人软得轻飘飘的，没有分量，连声音都有点飘："他还没走吗？"

"卫先生给我讲了保护区故事的另一个版本，我虽然并不相信，但是平心而论，也确实不能排除有这个可能。

"另外，他质疑我们不公正，理由跟你前面说的一样，因为我们在公海引爆快艇，又找狙击手射杀他。他说，除非全程陪同，不然他有理由怀疑所有的审判都是暗箱操作。"

岑今听不进去——卫来还没走吗？

"……他保证不带任何武器，我们同意带他去卡隆。岑小姐你收拾一下，车子在外头等着。"

岑今跟着刀疤出了旅馆大门，近门处停着两辆白色面包车，再远些的地方，是那辆敞篷吉普车。

她走过去。

遮盖的棕榈席已经掀了，大概是下了那么久的雨，早浸透了。卫来埋头在车前盖里，也不知道在检修什么，然后起身，砰一声盖上车盖，一抬头就看见了她。

卫来笑，问她："睡得好吗？"

岑今轻声说："你怎么没走呢？"

"走了啊，不是开车走了吗，'走了'的动作已经完成了。怎么样，当时看着我走了，心情如何？"

心情吗？

不想再去回忆，只知道，忽然又能看到他这么笑着同她说话，全世界都不重要了。

岑今说："这就是你的'撂挑子走人'啊？前脚走了，后脚再回来。为什么又回来啊？"

卫来说："昨天你睡着之后，我想了很多，终于明白你为什么特别执着于六年前想要我去救你。

"我们都知道，回到六年前，是不可能的事——但我不能既错过六年前，又错过现在。

"你不想活，'上帝之手'又想让你死，我要是真走了，一切就在这里到头了。只有不走，才有希望。

"我当然可以骗过刀疤带你逃，但逃脱了你也未必开心。我觉得，也许能有一场审判，对你来说是好事。审完了，心结也就解开了。"

岑今低声说："也许审判的结果很糟糕呢？"

"岑今，如果别人指证你的，根本不是你做过的，你为什么要因为走投无路去背这个罪？我和刀疤聊了，如果你说的故事是真的，你也是受害者。历史政治，你比我懂——二战中，真正的甲级战犯都没有全部被判死刑，为什么你要死？"

岑今笑起来："因为没证据。热雷米死了，瑟奇死了，死无对证，我完全可以是一个心机叵测的女人，编了故事，把一切往死人身上推。"

卫来无所谓："找找看呗，不就没证据吗，又不是天塌下来了——做个约定好不好？"

他伸出手，见岑今不动，索性直接挑起她的小拇指，钩紧。

他说："这样，不管前路如何，我陪着你走到不能再走。没证据也不可怕，不就那几种可能嘛，你活着，我养你；你坐牢，我陪你；你死了，我给你收尸。跳不出生死，生死我都管，嗯？"

岑今笑，下意识钩紧他的手指。刀疤那边的车摁了声喇叭，大概是提醒他们要上路了，卫来挥了挥手，说："马上。"

他收回手时，停在她脖颈上，挑起那根项链摩挲了会儿，忽然单手用力，扯断了，向着身后的林子狠狠一抛。

岑今惊讶地看他。

卫来说："别急着给自己定罪，换了别人，在那种情况下，未必能比你做得更好。"

他扶住岑今上车，车子启动的刹那，岑今忽然轻声说："卫来？"

"嗯？"

"我那根链子，是白金的。"

启动声歇下来，卫来皱了皱眉头："贵吗？"

"有点吧。"

卫来顿了一下，说："那还是捡回来吧。"

岑今看着他跳下车子。

她忍不住哈哈大笑，笑着笑着，就笑出了眼泪。

她仰起头，看被雨洗刷后的天。

前路如何，审判如何，能不能找到证据……好像也没那么重要了。

第十三章
CHAPTER.13

"死这件事不可怕，我已经做了很久的准备了。"

　　卡隆在埃高的西南边，不用走回头路。这一路弯弯绕绕，从不折回，卡隆也应该会是终点了。

　　车队行进得很慢，卫来的伤这两天没能好好养，有点恶化，精神紧张时不觉得，一旦松弛下来就疼得难受。中午时，岑今帮他再次包扎过，到了下午，赶他去后车座躺着，完全由她来开车。

　　卫来觉得这样也好，谁知道后面还会不会要动手呢，他多恢复一点，把握就更大一点。

　　夜晚时，进了南苏丹。可可树说这里更乱，确实没有夸大。扎营的时候，听见了枪炮声，持续了几秒钟，又倏忽归于平静，让人心里惴惴不安，总觉得还有只靴子没扔下来，要打起精神去等。

　　刀疤吩咐下来，尽量不要有火光，万一真撞上，不要动手，由他出面去交涉——大家是不同国家的，组织对组织，话讲明白了，一般都会行方便的。

　　卫来去找刀疤聊天，两人在黑暗里坐着，连烟都不能点一根，摸着黑吃了点干粮。刀疤递水给他，他仰着头，隔空倒了些进嘴里，又递回给刀疤。

　　刀疤感慨："昨天还想让你死呢，今天就坐在一起吃东西，真是……"

　　卫来说："这个看形势，看利益。"

　　刀疤笑笑："不用跟我攀交情，我可救不了你的岑小姐。"他摘下墨镜，这个时候用不到它，夜色是天然的遮挡。

　　卫来问："如果我跟你讲的故事是真的，法官会怎么判？"

刀疤没说话。

卫来笑："我有时候想想，觉得很不公平。四月之殇一开始，国际社会撤出，放任事态扩大——那些走的、瞪眼看的，反而什么事都没有；留下的，倒要被追缉。"

刀疤也斜了他一眼："你不要偷换概念，岑小姐被追缉，可不是因为她留下。这就好像你去孤儿院做义工，的确值得称赞，但你借义工的名，把孩子转卖出去牟利，你就得受惩罚，这是两码事。"

卫来说："你还没回答我的问题。"

刀疤想了想："我不是法官，说不好。但我想，如果她的话是真的，量刑应该会轻。毕竟是非常时期，要考虑到种种因素，你把我摆到她的位置上，我也没有更完美的法子。她要当时就死了，真的也就是多一副骨架，也于事无补，活着……至少是个控诉的证据。"

他想起了什么："你知道吗？三年多以前，当时'上帝之手'还没成立，热雷米以投资商和慈善家的名义回过卡隆一次，受到了政府高官的接待，很风光，甚至有民众专程去他下榻的酒店感谢他……如果不是事情败露，他怕是会顶着英雄光环活到老的，死了还会有卡隆人给他献花。"

"那你相信岑今的故事吗？"

刀疤摇头："我不信。

"卫先生，'上帝之手'成立三年，我也接触了不少案犯，所有心有不甘的罪犯都说自己很冤，编的故事甚至比岑小姐的还动人，那又能怎么样呢？

"法庭是凭证据说话的，不是看谁的故事更感人。你不要觉得回到卡隆受审，是有希望——回卡隆受审的人，基本都被判了死刑。瑟奇死前，直接指证了她，若拿不出证据，她依然是主犯。"

他起身，拍了拍卫来的肩膀："卫先生，如果你真想帮她，我建议你还是找找证据。毕竟到目前为止，你丢给我的，还只是一个充满想象力的故事。"

临睡前，卫来和岑今聊了关于证据的事。明知道希望不大，但也许有呢，很多关键性的案件线索出现，靠的不就是不死心吗？

但事情临到自己头上，好像越聊就越灰心。

岑今劝他早点休息，他不干："你离开卡隆是六年前，热雷米被谋杀是三年前，那个时候你去过他的住所，也就是说你们有联系。你就没有设法为自己保留什么证据吗，比如录下他的声音？"

岑今纠正他："我和他没联系，三年前忽然有了交集，是因为当时是四月之殇三周年。"

她独自回了卡隆一次，说不清动机，去了很多地方。小学校里国旗飘扬，书声琅琅，而那条河边，林木葱郁，河上也真的有船，来来往往。

这个遍地殇歌的国度开始迈步了，而她，却还裹在既往的浓雾里。

——退出援非组织时，上司极力挽留她，说："你的履历这么好，很少有人有这样的资本。"

她自嘲地笑，一件事可以有那么多面，于热雷米他们是财富，于外界是感人的故事，于总统是勋章，于上司是资本，而于她是梦魇。

——心理治疗从来都没有起色，梦里一遍遍响起联合国车队离去的车声。早晨起床，掉大把的头发。精神衰弱，选择了压力较小、半自由状态的社评工作，主编看着她的稿件，每每皱眉，说："小姐，情感要激烈，笔锋要锐利，要直指时弊。你得是斗士，才能带动读者的感情，懂吗？"

她不是斗士，而是畏畏缩缩地蜷在壳里。秘密捂得久了，长成了身上流脓的疮。

——有人建议说爱人和家庭可以帮助人忘记创伤，于是她有了姜珉。姜珉确实填补了她的很多时间，给她讲环保、论文、奖学金、要钻研什么样的课题，讲起来滔滔不绝。她总是从头到尾听完，觉得耳边有声音好过一个人守着黑洞。

这成了后来姜珉求婚时的一个理由："你从来不嫌我烦，我说什么，你都认真听，从不打断。岑今，你是我见过的最善解人意的女朋友。"

……

那个在树林边的晚上，热雷米把她摁在死人的身上，说："回到北欧，过你想过的生活。"

但她已经没有生活了。

回到旅馆，她坐到床上，打开电视机。

转一个频道，是总统在讲话："这是一个百废待兴的国家，我们要抓住各种机遇，吸引投资，快速振兴经济。有发展，才有未来。"

再转一个频道，是游行闹事。警察施放催泪弹，年轻的组织者声嘶力竭地吼："政府凭什么削减追缉战犯的预算，这是纵容！死了的人就不要公道了吗？就因为那些人逃去了国外，我们就不作为了吗？"

转到最后一个频道，岑今身子一僵。

是热雷米微笑的脸，他脖子上挂着花环，对着广场下簇拥的群众演讲："我和卡隆人民之间有着深厚的友谊，不管是战前还是战后，我都将尽我所能……"

岑今抓起手边的枕头扔了过去。

……

卫来觉得好笑："不错啊，我还以为他会夹着尾巴做人，没想到表现欲这么强，挺能折腾的。"

岑今说："战后卡隆以优惠的条件吸引投资，那些拿过勋章的，政府为了感谢他们，头几年几乎是零利润甚至倒贴——热雷米这样的人，无利不起早，你以为他是为了什么？"

"那你看到电视节目很生气，就去找他了？"

岑今点头。

"没讨着好吧？"

"你怎么知道？"

卫来笑了一声，慢慢闭上眼睛，喃喃说："小姑娘，头脑昏昏沉沉的，一气之下就上门去理论，能占着什么便宜？"

岑今不说话，过了一会儿，帮卫来掖紧身上的盖布，轻声说了句："早点睡吧。"

身上有伤，加上赶了一天路，卫来很快就睡着了。

但岑今睡不着。她倚着车座，坐了好久。外围有两个有刀疤的人放哨，频频回头看她，大概是防她趁夜逃跑。

……

她是在卡隆的国宾酒店里见到热雷米的。热雷米很谨慎，让人搜了她的身，才准她进屋。

当时热雷米说的话，言犹在耳。

——岑，我现在是政府的上宾，和多个部门保持着友好关系。还记不记得我说过，没有什么人是不可以买通的。你呢？如果你现在去告发我，信不信我可以让你死在卡隆？

——再说了，你是什么角色，还要我提醒你吗？就算你告去了联合国，证据摆出来，对谁不利？你过腻了吗？

——不为自己，也要为身边人想想。听说你男朋友向你求婚了？你也不想他出事吧。

岑今咬牙："北欧不是卡隆，你动了姜珉，你也脱不了干系！"

热雷米贴近她耳朵："我为什么要亲自动手？你忘了瑟奇吗？"

岑今僵了一下："瑟奇在哪儿？"

热雷米大笑："那个人没什么大志向，在卡隆倒腾的那点钱很快花光了，潦倒得很。我定期给他钱，让他找个隐秘的地方待着，他愿意帮我做一切脏事——如果我出事了，他会找上你的，你也完蛋。就像保护区里被戳烂了的那个轮胎，不管是不是你做的，都是你。"

末了，他送失魂落魄的岑今出门，塞给她一张写着电话号码的纸："大家是好朋友、合作伙伴，有困难的话，打我的电话。"

岑今回到旅馆，亮了一夜的灯，开了一夜的电视。卡隆的电视节目不丰富，到了晚上，就反复地放白天放过的内容，热雷米的脸一再出现。

第二天，岑今给热雷米拨了电话。

她说："离开卡隆的时候，我觉得你给我的钱脏，于是通过很多渠道，都捐出去了。但没想到回国不久，我就丢了工作，后来看心理医生，花费又很大……"

热雷米很善解人意："你要多少？"

岑今报了一个数字。

热雷米说："这数字不小，我不可能随身带那么多。这样吧，回国之后，约个时间，你来找我。"

第二天一早，车队再次出发，临近中午时分，入境卡隆。

不得不说，卡隆真的是这一路以来最美的地方，不像苏丹，大片的沙地，也不像埃高，温差太大，阴晴难料。这里是大片的山丘，随处可见森林和河流，进入谷地时，还看到金长尾猴和大猩猩在道旁出没。

车子绕过又一条盘山路时，谷底的一圈白房子映入眼帘。

入口大门的标志是疗养院，车子在院门口停下，有两个当地女人已经等在那里。

刀疤过来，对卫来说："进了这里，你和岑小姐要分开。她身份不同，要单独关押。审判是公开的，时间我们会通知你。"

卫来没说话，但岑今起身时，他忽然一把拉住她，眼睛却是看向刀疤的。

他问："关在哪里，牢房吗？"

刀疤鄙视地看了他一眼："我们没牢房，只有房间。"

"我能去看她吗？"

"可以。"

"她有东西吃吗？有水喝吗？"

刀疤差点儿沉不住气，岑今笑出来，说他："你怎么这么多话。"

于是，"能洗澡吗""床上有垫子吗""屋里有灯吗"这一类琐碎的问题，他也就吞回去了。

他目送着岑今跟着那两个女人离开，刀疤冷眼看他："只是单独关押，你也住在这疗养院，待在屋里就能看到她房间的门，有必要怀疑那么多吗？"

……

本来以为这是"上帝之手"的秘密总部，疗养院不过是个幌子，下车了才发现，真的是疗养院。

院子里有不少缺胳膊少腿的人闲坐着，路过一个房间时，房门忽然打开，像是下课了。最先出来的人没有腿，两手撑在地上走，看见刀疤，仰头打了个招呼。

卫来跟着刀疤一路往里走："你们把总部设在疗养院？"

刀疤说："这疗养院也是'上帝之手'的产业。"他指着院子里坐着的那些人，"四月之殇留下的不只尸体，还有无数身心俱残的幸存者。我这种少了一只眼睛的，还算是轻的。

"你可能不知道，很多幸存者熬过了战争，但没熬过后来——心理绝望、肢体残缺、没法谋生，社会对他们的耐心和关注有限，但他们还会活很久，这些问题也要伴随他们很久。

"刚刚那个班，是手工艺授课，比如绣花什么的，有手的人，可以学些技能，做点活计，养活自己——从今年开始，我们的重心在转移，希望能更多地帮到这些人。并不是说放弃了追缉案犯，而是我们觉得，仇恨不是粮食，你不能靠吃它生活。事情总有轻重缓急，死去的人不会回来，但活着的人还得继续活着。"

他想起了什么："岑小姐的审判应该明天就开始，我们虽然不像正规法院那样一板一眼，但我们有法官，有控方，也有陪审团——陪审团的部分成员是难民，为了避免他们有偏向性，我们也邀请了一些国际组织成员、海外捐助者，你也可以加入，我们不介意。"

卫来沉默。

私心里，他不希望看到"上帝之手"正规，反而有点希望他们挟私报复、没有章程、意气用事——这样，万一最后审判的结果不好，他心一横要做些什么的时候，也不会觉得愧疚。

刀疤在一间屋子前停下，示意他："你住这儿。"

"我的房间？"

"和人合住。"

卫来愣了一下，忽然反应过来："防着我啊？"

刀疤不否认："卫先生，以你之前的表现，很难说如果岑小姐真的被判处死刑，你会不会有极端的反应。所以我们觉得，找个人盯住你，很有必要。"

卫来笑，大步跨上台阶，走向屋子："怎么，狙击手的教训还没学到？以我之前的表现，就算我现在受伤，你以为随便找个人来，就能……"

他的声音戛然而止。

屋子里摆了两张单人床，其中一张床上已经凌乱地堆了些衣物和用品，床头挂了一个……

游泳圈大小的、风干的鲨鱼嘴。

睡前，卫来去看了岑今。

门口有守卫，轮班，屋子没什么特殊的，很普通。刚看到的时候，卫来甚至觉得跟自己在赫尔辛基的住处很像——只有基本的生活设施。

唯一不同的，甚至不同到让人窒息的，是有一面墙被密密麻麻地涂满。

文字的字体、大小都不同，大多是英文，也有其他语言，像临终忏悔。有祈祷文，有画的画，也有大段的留言。卫来的压力陡增，岑今像是知道他在想什么："这间屋子应该是专门给那些受审的人住的，来一个，走一个，现在到我了。"

墙边有桌子，桌上摊了不同的笔。卫来冷笑：考虑得真是周到，连这些都备好了。

他牵了岑今的手，走到墙前去看。

有人一连写了几十个"sorry"，笔画潦草杂乱，结尾写：愿上帝宽恕我。

有人的"sorry"是写给自己的亲人的，忏悔自己犯下的错，痛苦却要由亲人来承担，然后嘱咐自己的妻子，不要让孩子知道真相，请永远不要提起。

有人歇斯底里：杀人的不是我！我当时是被魔鬼附身了，真实的我是没有杀人的！

有人破口大骂：没有战争，我怎么会杀人？挑头的人应该负全责，凭什么我要担责任！

也有人很愤怒：我只杀了这么点人，××比我更该死，为什么不抓他？！

卫来喃喃道："这是什么心态。"

岑今接口："那种'我不怕穷，就怕你不跟我一样穷'的心态吧。"

两人一起笑，笑到沉默。

平面的墙，平面的字，身后却有一个恢宏复杂的立体世界。撇去施暴者和受害者的身份，其实都是人。是人就有情感、牵挂、朋友、家庭、关系，每一根线牵出来，都足以让人唏嘘。

卫来问岑今："如果是你，你会写什么？"

岑今拈了支笔在手上，在墙上找来找去，最后寻到个稍微空白的地方，踮起脚尖，写了行字。

她写的是：愿卫来一生平安。

落款：岑今。

卫来笑："你这个人，写不好中国字，'今'字老顿笔……"

眼眶酸涩，有点说不下去，他顿了顿，又笑："你这样不道德，你懂吗？"

岑今说："我也知道，这种时候，我不应该再有煽情的举动，加深你的牵挂。也许我应该表现得冷漠一点，赶你走，说我从来没爱过你，一路上都是逗你玩的，但是啊……"

她的声音低下去："我怕我真的没时间了，我觉得我留给你的，必须是我真实的心意。

"如果没有你的话，现在应该是我这辈子最解脱的时候。死这件事不可怕，我已经做了很久的准备了。"

她搂住卫来，把头轻轻倚靠在他胸膛上。

"现在唯一牵挂的就是你，希望你好好的。不管结果怎么样，你都要好好的，我们约定过的。好好生活，吃好睡好，纪念日给我送花，还有，不管你以后喜欢上了谁，不准拿来和我比较，什么比我温柔、比我漂亮，你滚蛋，不准比。"

卫来失笑，他一手搂住她，另一只手接下她手里的笔，看墙上那行字，然后把"卫来"两个字画进圆圈，打个箭头，送到落款的"岑今"旁边，又加了两个字。

改成：愿我们一生平安。

落款：岑今 & 卫来。

两个人都在一起了，许愿就不能许得孤单。

他低头吻她头发，说："会有办法的。"

回到房间，卫来倒头躺下，直接把盖毯拉过头顶。

可可树坐在床上看报纸，过了一会儿，下移报纸，露出眼睛。

他说："卫，你不要这么幼稚，从见面到现在，你都没跟我说过话。"

卫来不理他。

"我本来现在应该在乌达，抱着老婆亲热，为了你到这儿来，一点娱乐都没有，只能看报纸，都看吐了。这里连南苏丹都不如，在南苏丹，至少有酒喝……"

卫来把盖毯拉下点，冷笑："为了钱来的吧，跟我对碰，有意思吗？"

可可树说："怎么说话呢，我老婆所有的金首饰加起来，至少有一斤重，我像是在乎钱的人吗？我八岁之前就没穿过内裤，我像是扛不住穷的人吗？"

生活中真是有太多疑问了：八岁前没内裤穿这种事，到底有什么值得骄傲的？

"是我跟麋鹿商量的，知道一般人制不住你，我专门过来看着你的，以免你被女人迷惑，走错了路，以后后悔都来不及。那个岑小姐，我也听说了，你不要被她的花言巧语给骗了。卫！她是作家，故事随口就能编的。"

卫来纠正他："社评家。"

可可树觉得没什么不同的，会写字的都是作家。

他越说越来劲："女人都会撒谎的，我老婆买衣服，报给我的从来不是真价，我只是不说破。卫，男人可以装蠢，但不能真蠢！"

卫来说："岑今说的是真的。"

"证据呢？"

"暂时没找到，会有的。"

"要找多久，一百年吗？"可可树神气活现，"卫，你这话传出去，人家会笑死你的。从此以后，那些罪犯都嚷嚷：'我们是冤枉的，证据只是暂时没找到！'然后个个活到老死，这世界不就都乱套了？"

"总之，你不乱来就没事，我就是防着你乱来的。"

说得兴起，可可树将报纸一扔，过来蹲到卫来床边："要不……甩了她？分了就没事了。"

卫来冷笑："如果你老婆有了麻烦，你会甩了她吗？"

"会啊，再娶一个嘛。"

卫来气得伤口都疼，顿了顿，突然翻身下来，两步冲到对床，举起那个鲨鱼嘴，狠狠扔了出去。

一秒钟的死寂之后，可可树大怒："有事说事，你扔我鲨鱼嘴干什么？！"

当晚，可可树发誓，天亮之前都不会跟卫来讲话了。

第二天，可可树醒得早，想跟卫来打招呼，忽然想起过节还没消除，一张脸立刻垮下来，动作很重地刷牙洗脸，门一摔，出门溜达去了。

卫来不受影响，盖毯一拉，照旧睡得四平八稳。

半小时之后，可可树忽然冲进来，大叫："卫！卫！你猜我看见谁了？"

他冲到床边，把报纸翻得哗啦啦响，卫来撑起身，头有点昏沉："看见谁了？"

可可树完全忘记了和卫来尚在冷战这回事，唰地抽出一张："找到了。"

他把报纸送到卫来面前。

一大张照片，占了报纸半幅，上头有七八个人站立着鼓掌，标题是《国家纪念馆获批，即将开工》。

卫来懒得看大幅的报道："什么意思？"

"四月之殇六周年，有纪念活动，国家纪念馆的设立得到批复，这几个人都是高官，中间那个就是总统。"

卫来还是有点发蒙："你看见……总统了？"

可可树摇头，指向边上的一个："这个，至少是卡隆现在的第四或第五号人物，下面特别提到他了，你自己看。说他上位很快，尤其是他主张追缉战犯，很得民心。几年前他还组织游行示威，指责政府追缉不力，后来大选获得很高票数支持，又得到当权者赏识，步步高升。"

卫来反应过来："你在门口看到他了？"

"是啊，他从一辆防弹车上下来，被几个人簇拥着。那架势，我保护的人多了，一看就知道是大人物，旁边的都是保镖。我就说眼熟……"

他话还没说完，卫来忽然劈手拿过报纸，起身出去了。

可可树探头，看到卫来在院子里拦住了刀疤。

卫来把报纸送到刀疤面前，指着可可树说的那个人："这个人，是来听审的？"

刀疤斟酌了一下，可能觉得瞒着他也没太大意义，于是点头："是。"

"你说岑今的案子特殊，就是因为卡隆的高官关注？"

刀疤不否认："一来性质的确恶劣，二来高官关注也是原因——这很奇怪吗？上头特意打过招呼的案子，执行者总会更慎重点吧？"

卫来冷笑："可以啊，你们的关节都通到政界去了。"

刀疤耸耸肩："告诉你也没什么，这位恩努先生本来就是'上帝之手'的创始人物。战后，政府在追缉战犯上不是很积极，他代表了一种政治意见，组织过游行。他和支持者们被催泪弹驱散的画面，至今在有些节目里还能看到。

"最初'上帝之手'的规模很小，不比你背后的保镖代理团队大多少——它是随着恩努先生在政界的一路高升而壮大的。联合国在卡隆设有针对屠杀事件的专门的刑事法庭，六年了，起诉了不到二十人，花了三亿多美元。这进展，政府都坐不住了。据说内阁已经知道这件事了，一直在秘密讨论把'上帝之手'整编成刑事法庭的辅助机构，时间问题而已。"

卫来半天才说了句："那恭喜你们了。"

这是好事，但不是好消息。"上帝之手"即将整编，以后国家力量可以更名正言顺地介入和支撑，岑今即便能够逃亡，舒心的日子也不可能有。

也许，唯一的希望真的如刀疤所说，就是寻找证据。

但证据在哪儿呢？

审判定在晚上六点，在这之前，卫来给麋鹿拨了个电话。

麋鹿苦口婆心："卫，真不是跟你对着干，我跟对方沟通了很久，对方就一个要求：证据拼证据。到时候，你要尊重审判结果。"

卫来问："你相信岑今的话吗？说真话。"

麋鹿沉默了一下："你知道的，我一开始就觉得她奇奇怪怪的。她那么精明，编一个几乎找不到破绽的故事不难啊。"

卫来苦笑，顿了顿说："这样吧，结果没出来之前，你还是尽量帮我的忙。你翻一下岑今写的社评，据说她有风格上的大转变，我想知道具体时间。还有，热雷米被谋杀，我想再多知道一点细节。"

卫来放下电话，可可树斜眼看他："有用吗？"

卫来说："这就好像挖井一样，你挖到两米就撂挑子不干了，你永远没水。"

如果一直挖呢，也许依然没水，但只要铲子不停，下一刻就会有希望。

而希望没有耗干之前，他不准备停手。

晚上六点。

审判在疗养院角落处一间不起眼的屋子进行，形制仿通用的刑事法庭格局。陪审团有十多个人，有两三个戴口罩帽子，并不想暴露面貌，而其他人似乎见惯不惊，并不好奇。

角落里辟出一块，作为特殊旁听席。卫来一眼看出包边的都是单向玻璃，外头看不到里头，但里头可以看到外头。

卫来对可可树示意："那个大人物，大概就坐在里头。"

可可树很警惕："卫，我告诉你，你可别动什么绑架人家当人质的念头。"

卫来还没来得及说什么，忽然看到岑今进来。

她的精神还好，没什么表情，目光浅淡地扫过他，很快在自己的位子上坐下。

一整套的宣布开庭程序，卫来听得如风过耳，烦躁着为什么庭审纪律都要申明那么多条。

代表"上帝之手"主控的是个中年女人，文质彬彬，读起诉书等于把保护区的过往梳理了一遍，而还没等她读完，庭下已经一片哗然。

岑今坐着不动，好像听不到那些窃窃私语。

轮到岑今陈述，她的语气并不激烈，给出另一版本，对起诉里的不实部分一一否认。

控方询问她时，可可树已经打了两个哈欠，胳膊肘捣了捣卫来，低声说："这也太无聊了，打一架多干脆。"

卫来在心里说：那是因为你不关心。

他没有漏过每一句对答，头皮一直发紧。

那个中年女人问得不紧不慢，十句有九句是"是不是"式的。

——是不是你建立了保护区？

——你的同事失去音信之后，是不是你主动和热雷米、瑟奇进行了合作？

——是不是你召集了小部分避难者，向他们传达了逃难船的消息？

——后来，你是不是清楚地知道，这是一条死亡路线？

……

岑今一路都答"是"，声音越来越低，停顿的时间也越来越长。卫来几乎坐不住，但无计可施。

有女证人到场，是幸存的 175 人中的一个。法官问她："你觉得在保护区，谁是真正的主事者？"

女证人看向岑今："是岑，我们都知道她为国际组织工作，联合国的车队撤员时，她是获准上车的……热雷米和瑟奇后来才加入，我们不知道他们是谁。岑说他们也是志愿者，我们相信岑，所以我们也相信他们。"

岑今的身子瑟缩了一下。

而意料之中的，真正让人崩溃的是举证环节。

那个中年女人首先出示了一份清单："这是 292 名保护区人员的名册清单，六年前热雷米交出的原件是 175 名，保存在国家档案中心。我们经过比对，确认 292 人中，175 名和原件相符，117 名在失踪者名单里。"

但她没有说出名单的来源，只是说来自"上帝之手"的一位重要人物："正是因为他给出了揭发的信件，指出这个保护区的秘密，又给出了名单，我们才开始去怀疑热雷米这个戴着无数光环的人物，否则真相还不知道要被湮没多久。"

卫来的目光落在那个特殊旁听席上。是恩努吗？当时他应该不在保护区中，不然媒体早把这段经历挖出来了。他有亲友在那里罹难吗，否则他为什么这么关注岑今的案子？

出示的第二类证据，是当时保护区里避难者的信件和日记。

中年女人读的内容都很关键。

——包括我在内，岑的房间里只有八个人。岑说，大河上有一条船，船票很贵。但我们没有人觉得贵，和命相比，那真的不算贵……

——我注意到，已经有几次了，岑在半夜送走外勤，天不亮就起来等。他们凑在一起说话，很高兴的样子。我忍不住，找机会问了岑，岑说，只是转移了一些人去临近的保护区……

照片和银行账户资料来自瑟奇，足以证明岑今和胡卡头目有交往。并且，从账面上看，她当初拿到的钱是最多的。

而令卫来最意想不到的，是一段瑟奇的死前录音。

审判室里静得可怕，录音机在播放磁带，透过透明的外壳，可以看到磁带慢慢地转。瑟奇惶恐的声音扩散在空气里。

"真的是她主使的，我和热雷米都是听她的——我们是淘金的，我们不懂那么多，她是高才生，她知道很多例子，她教我们的，我们只是照做……

"热雷米一直担心被她灭口，说她迟早会收拾我们，我们还做了应对，我一直

275

不大露面，这样她就找不到我——热雷米死了之后，我找上她，她辩解说是事发了，卡隆的复仇者做的，还让我赶紧逃跑……"

磁带停下。

法官问岑今："你是否和瑟奇有过上述对话，指出热雷米死于'上帝之手'，然后让他逃跑？"

岑今沉默了一会儿，说："是的。"

卫来心头蓦地一沉。

那个中年女人霍地站起来，语气渐转愤怒："我提请刑事法庭不采纳被告的自辩内容，因为不可信。这个女人在撒谎。我们有足够的证据证明，热雷米并非死于'上帝之手'。在我们找上热雷米之前，他就已经死了。"

……

庭下乱起来，议论声潮一浪高过一浪，可可树凑过来，问他："你现在还相信她吗？"

当天没有出结果，要综合各方意见做评议。

但结果似乎已经显而易见——岑今先被带回去，起身时，几乎是迎着刀子一样的森冷目光。

人员陆续散去，卫来坐在椅子上没动。可可树知趣地不说话，腮帮子一鼓一缩，百无聊赖地看屋子内外。

末了，卫来说了句："我去看看她。"

这第二次探视，气氛明显凝重。门口的守卫增加了，虽然不至于贴身紧跟，但是也不允许关门。一切举动都要在他们眼皮子底下进行。

岑今的情绪明显很低落，见到幸存的保护区证人，对她冲击很大。她说起那个女人："她叫阿西娜，是最早进保护区的，那时候16岁，一直哭。我安慰了她很久，后来教她包扎，让她给我打下手——你听到她自陈身份了吗，她现在是个护士。"

她居然还有心思关心这个。

卫来打断她的话："热雷米，还有瑟奇后来找过你的事，你没说过。"

岑今看了他一会儿，忽然笑起来："卫来，遇到你之前，我活了27年，跟你相处到现在……还没满一个月。跟你讲我过去的事，也只用了一个晚上，我有很多事都没说过——想全说完，给我一年都不够。"

卫来苦笑，然后点头："说得也有道理。"

岑今说："庭审的这个结果，也在预料之中。热雷米很聪明，心里有鬼的人，总担心事发，便想尽办法编故事来圆——他知道真相是什么，他一定把整个过程辫碎了分析过，在每一处零敲碎打，以便万一出事，可以有一套更完美的说辞。

"他说得没错，除非我永远瞒着，否则不管在哪里告，卡隆也好、联合国刑事法庭也好，我都告不赢，没人会相信我的。"

卫来说："我相信啊。"

岑今伸出手，指尖在他半屈的手臂上轻轻拂过："你相信我，是因为你喜欢我。有时候，你也不是在维护我，而是在拼命维护这种喜欢。换了是别人，你也会说：'编故事谁不会啊，我们要看证据。'"

她缩回手。

"当时，热雷米把事情安排得滴水不漏，这个世界上，可能只有三个人知道真相，已经死了两个。我不管庭审的人怎么想，不管全世界怎么想，哪怕真的判我死刑，我不希望你对我失望——我说过的关于保护区的所有，都是真的。"

卫来拼命想抓住每一个可能："一定还有证据，热雷米跟胡卡人联系过，也许对方可以指证他……"

也不行，这只能证明热雷米是从犯，别人大可以说他是听命行事，幕后主使还是岑今。

他脑子飞快地转着："那天晚上，在树林边，热雷米不是威胁你吗？在场的胡卡士兵可以作证，只要我找到他们中的谁……"

岑今轻声说："卡西解放阵线打回来的时候，城里残留的胡卡士兵要么赶紧逃亡，要么以死顽抗。河边驻扎的那些，听说全军覆没了。你以为这么多年，我没有仔细地分析过任何能找到证据的可能性吗？"

卫来问："热雷米是你杀的吗？"

岑今回答："如果不是被逼到绝处，谁愿意铤而走险？所以我这个人，手上也不是没沾过血的，真的偿命，也不算太冤枉。"

回到房间，可可树正和麋鹿打电话，见他进来，把卫星电话递过来："要说两句吗？"

卫来提不起劲："外放吧，我听着。"

他躺进床里，床板挺硬——他忽然想要那种很软很软的床垫，软到可以整个人像茧一样陷进去。

可可树摁了外放键。

麋鹿的声音传来："帮你查了，记不记得我跟你说过，热雷米死的时候，保险箱大开？警方查了他的账户记录，他之前提取过 50 万美元，很可能丢的就是这笔钱。

"还有，岑小姐的社评风格忽然转变，是在三年前。"

三年前，好多事情都发生在三年前。三年前岑今回卡隆、热雷米被杀、岑今的社评风格转变，甚至"上帝之手"的出现……

卫来隐约觉得，有一根看不见的重要的线，牵连起许多事，源头就在三年前。

"帮我查一下具体的日期，不要这么大概的，我要知道顺序，谁先谁后。"

可可树说："这有分别吗？"

卫来说："我先把你的鲨鱼嘴扔到门外，然后你跑出去捡——你觉得可能发生了什么事？"

可可树面露警惕，身体不觉挡在了挂在床头的鲨鱼嘴前："那当然是你不讲道理，我很生气！"

卫来说："那如果是你先跑出去，然后我把鲨鱼嘴扔出去——你觉得又是发生了什么事？"

可可树的眼睛滴溜溜转，这就不好说了："可能是我先揍了你，然后我跑出去，你一气之下拿鲨鱼嘴砸我；也有可能是我让你帮我把鲨鱼嘴扔出来的，要看情况的。"

卫来说："是啊，谁先谁后，就是这个分别。"

可可树反应过来，不吭声了。

麋鹿听得叹气："卫，可可树把庭审发生的事都跟我说了，都到绝处了，你还不死心呢？"

卫来笑，问他："还在学成语吗？"

"在啊。"一说到成语，麋鹿就来了兴头，"我喜欢那种成语，比如三三两两、上上下下、七七八八，别的都好难。"

卫来说："你往后翻，可能你还没学到呢，我记得有个成语，叫绝处逢生。"

是到绝处了，他也就差"逢生"两个字了。

电光石火间，卫来忽然从床上坐起来。

恩努！

岑今说过，热雷米把事情安排得滴水不漏，这世上只有三个人知道真相。恩努为什么能递出揭发的信件，指出保护区的秘密，甚至给出了完整的名单？

刀疤不同意卫来见恩努。

他冷笑着说："卫先生，你杀了我都没关系，但恩努先生如果出事，我担待不起——不仅仅是'上帝之手'，恩努先生被不少媒体称为'卡隆的明日之星'。那么多重要的事情都要靠他去推进，我不可能让他冒一点点风险的，懂吗？绝对不可以。"

卫来尽量心平气和："我只是去跟他谈谈，不是去闹事的。"

刀疤耸耸肩："你说服不了我，我不相信你。"

卫来真服了他了："他有那么多保镖！"

"再多的保镖也保证不了万无一失，你跟他'谈谈'，万一谈到一半忽然发难，那些保镖反应不过来呢？"

卫来忍住气，顿了顿，双手送到他面前："这样，你把我铐上，或者绑上，让人拿枪押我进去，隔着桌子，我跟他谈，可以了吧？"

刀疤不吭声了，顿了顿说："我去问问恩努先生的意思。"

卫来说："你最好去问问，堂堂的'明日之星'，连个被绑上的、用枪抵着的人都不敢见——我很怀疑你们把明天交给这种人是否靠谱。"

事实证明，"明日之星"还是有点胆量的。

半个小时后，卫来被带去了恩努先生的房间，没有绑铐，也没有枪押。

恩努先生住在疗养院更为幽静的后进，这大概是院里唯一一间里外套房。外间住着保镖，说是"那么多"失之偏颇，一共三个。恩努先生住里间，卫来进去的时候，他正坐在办公桌后，眉头紧锁着翻看桌上摊放的资料。卫来在桌前坐下，看到庭审时出现过的录音机、信件、照片、日记本，还有其他叠放的文件资料。

一个和岑今八竿子打不着的高官，除非和自身利益密切相关，否则为什么这么关注这起案子？

恩努抬头看他："卫先生？"

"是。"

"听说你是岑小姐的保镖，和她关系很亲密？"

"是。"

恩努笑起来："年轻人，应该懂得大是大非，不要被感情冲昏了头脑。"

其实恩努正值壮年，绝不算老，张口就是"年轻人"，大概是身处高位，太习惯去指导别人、发表意见了。

卫来不想绕弯子："你和那个保护区有什么关系？你有重要的亲友在里面待过吗？"

恩努摇头："都没有。"

"那你怎么会给出揭发的信件和名单？"

恩努这才意识到，卫来是把他当成那位"重要人物"了："是我收到的，我也是那个时候才知道这个保护区水这么深。热雷米当时可是卡隆政府的红人。"

"谁给你的？为什么你一收到就开始怀疑热雷米？——你自己也说了，热雷米是红人。按正常的程序，难道不是应该先去质疑揭发者吗？"

恩努微笑："抱歉，这个我不能透露。我只能告诉你，揭发信件来自一位我很尊敬、感激以及非常重要的人物，所以我没必要确认。不管热雷米在卡隆多么吃得开，我都敢去怀疑他。调查的结果你也看到了，很让人震惊。"

卫来不死心："我可不可以见见他？保护区的事情，只有三个人知道，他是第四个，也许我见到他，了解了更多情况，事情会有转机。"

恩努笑起来，目光看似无意地扫过桌上的所有证据，语气中带着轻蔑："转机？"他没有再聊的兴趣了，示意保镖把卫来送出去。

出门的刹那，刀疤看向恩努，恩努摇了摇头。

刀疤不动声色，陪卫来回房，到门边时，说了句："明天上午十点，会公布宣判结果。"

明知道宣判结果不会开出什么好花，不会如他所愿，卫来还是像等待未知的结果一样紧张。

晚一点的时候，麋鹿又打了通电话过来，给出了一条大致的时间线。

总的来说，先是四月之殇三周年，热雷米和岑今都回了卡隆，然后是热雷米在法国被谋杀。"上帝之手"的出现和热雷米的死挨得很近，说不清先后。推论起来，"上帝之手"的出现应该在后，因为一个组织声名渐起，着实需要时间。之后就是岑今的社评风格突变，用麋鹿的话说——之前是吃面包喝牛奶的，后来是吃枪子的，突突突往外喷，根本不怕得罪谁。

这先后顺序想告诉他什么呢？还是说，他根本就是落水者，在垂死挣扎，徒劳抓住的都是浪面上的浮沫？

卫来焦灼到有些暴躁，躺在床上翻来覆去睡不着，直到过了夜半，漫天传来淅淅沥沥的雨声，他才渐渐睡去。

这个梦不安稳，上来就是天翻地覆、浊浪滔天，那条偷渡船在白浪里颠簸，卫来挣扎着上到甲板的时候，正看到岑今的画架和画纸被暴风吹散。单薄的纸张被风撕扯着在船上乱飘，每一张上都有编号。画纸上，一张张卡西人的脸，面目悲哀。

卫来吼岑今："浪太大了，你过来到我这里！"

岑今站着不动，下一刻，船身倾侧，岑今摔翻在甲板上，一路滚下船舷。

卫来冲了过去，在她身子坠下的刹那伸出手臂，死死握住她的手。

然后他突然发现，自己伸出的，是左臂。

好像有一股电流，从腕根到肘心，那条手臂忽然不听使唤，一直颤抖。手上的劲力渐渐缺失，岑今的手慢慢从他掌中滑脱……

卫来骤然睁眼。

室外大雨滂沱，电闪雷鸣，但他分明听到了裹挟在密集雨声里的车子引擎的声响。

卫来再无犹豫，翻身下床，几乎是直冲出去的。他看到微弱的光亮，在盘山路的坳口处一晃而逝。

卫来脑子发涨，下一瞬冲到岑今房间门口。两个守卫过来拦他，他揪住一人脖颈，狠狠用他的头撞向另一个，把两人撞跌在一处之后，一脚拽开门，揿亮了灯。

床上被褥凌乱，但没有人。

桌上，有金色的链子半垂，那个装着粗制口红的贝壳半开，膏体明显凹下去了些，有人用过。

卫来全身的血几乎都冲上了脑子，身后有脚步声，他回头去看。

是刀疤，他显然是冒雨回来的，身上湿了大半，说："卫先生……"

卫来不等他说完，如暴怒的狮子般冲上去，直接将他掀翻在地，一只手狠狠钳住他的咽喉："人呢？"

刀疤艰难地吐字："转……转移了。"

"转移了，还是去行刑？"

刀疤不回答，反而笑起来。卫来恨得几乎咬碎牙齿，一拳砸在他脸侧。

刀疤嘴里出血，哧哧笑着："就……就怕出现这种情况，所以我们提前转移了，看……看来是对的。"

卫来揪住他衣领，把他拎起来："你说过，明天上午十点公布宣判结果！"

刀疤断断续续地说："是……是啊，我们明天上午十点会公布宣判结果，没……没骗你，但庭审结果，当庭就已经有了……"

"把车子叫回来，有车载电话吗？叫回来！"

刀疤侧过头，吐出一口带血的唾沫："我没这权力。"

卫来说："好，你自找的，你记着，你自找的。"

他撇下刀疤离开。

刀疤抚着喉咙挣扎着坐起来，门外传来匆忙的脚步声，可可树一边套衣服一边探头进来："卫呢，我听到他起来，怎么一转眼就不见了？"

刀疤的脸色忽然白了，嘶哑着声音吼："恩努先生，快，恩努先生！"

卫来红了眼，但是脑子没乱。

到后进时，他放轻脚步，先到门边，听了一下里头的动静。

都是保镖，这种三人贴身保护，住里外间，应该是一人值夜、两人休息。刚刚和恩努见面时，他观察过房间方位，大致知道三个人会以什么角度排布和站位，以及仓促间，三个人会是什么反应。

一对三，很吃亏，绝对不能拖。五秒内占不到上风，下场会很惨。

卫来咬紧牙关，忽然踹出一脚。门板荡开的刹那，他急速后仰，背部贴地，迅

281

速滑了进去。

与此同时，枪声响起。子弹的亮光暴露了枪膛的位置，卫来觑准站位，悍然伸手，借着滑进的势头，抓住左右边两个人的脚踝，一拖便倒，然后大喝："可可树，开枪！"

剩下的那个人瑟缩了一下，卫来就趁着这片刻的空隙，撞开里间的门，直滚了进去。

枪声停了，约莫半分钟之后，灯——撤亮。

里间的门半掩，有个保镖犹豫着想靠近。

卫来的声音传来："再往前走，是不是想让他死啊？"

麋鹿睡得迷迷糊糊间，又听到电话铃声。伊芙翻了个身，抱怨似的嘟囔了一句。麋鹿把脸埋在枕头里，把电话抓到耳边："喂？"

听了一会儿之后，他忽然一激灵，翻身坐了起来。

他问："现在呢？"

可可树说："他想让车回来，卡隆人能不答应吗？应该没事了，那位恩努先生在打电话了，就是……接下来难办，人家是高官，得罪不起……"

麋鹿说："不是，他放倒了三个人？"

可可树居然与有荣焉："是啊，卫这次很快，应该是在十秒内得手的。那三个人真是饭桶……"

麋鹿脑子里轰的一声，对着话筒吼："防那三个人！"

可可树一下子反应过来。

非洲当地的保镖市场很混乱，尤其是战后不久，由于政局不大稳定，时有内部倾轧，当权者更倾向于委托雇佣兵支撑的保镖集团。这种保镖集团的模式类似垄断，一个集团垄断一个地域的保镖业务，一次失手通常意味着地盘的丧失。

于是出了个不成文的补救规矩：客户有伤亡的话，干掉来犯者，抵部分过失；客户受到惊扰，但平安，干掉来犯者，就当没过失，还会有额外奖励。

可可树紧张得耳膜嗡嗡乱响。他陡然抬头，眼前的一切好像蒙太奇的拼接镜头。

——刀疤脸色铁青，却又紧张得额头冒汗。

——恩努拿着电话，好像在拨号。

——卫来站在办公桌前，屏住呼吸。

——而那三个保镖里，忽然有一个端起了枪。

可可树吼："卫！趴下！"

他直扑过去，密集的枪声在空气里上下颠扑。把那人砸在地上之前，他看到卫来翻进办公桌背后，桌身、墙面多处着枪，墙屑、木屑乱飞，桌面上一片狼藉，很多文件被击得扬起，又四散着落下。

可可树怒不可遏，想也不想，把那人的脑袋狠狠往地上一磕，然后抬起头，目光凶悍，扫过剩下的两人。

那两人没敢再动。

可可树也不敢动，他看着那张桌子，声音有些发抖："卫？"

没有应答，也没有动静。

有一道血线，顺着桌角外围，慢慢流出。

可可树眼前一下子模糊了，他连滚带爬地冲了过去。

冲到跟前，他发现卫来趴在地上，肩上的伤口绷开，那一处血渗了一片，他的眼睛却死死盯着面前的一份文件。

那是一封信，匿名，揭发当年的保护区事件，最后一行依次写下了应该接受调查的、对保护区事件负责的人的姓名。

热雷米、瑟奇、岑今。

原来岑今的英文名叫 Silvia。

英文名后标注了中文名，那个"今"字，习惯性顿笔，像个"令"字。

第十四章

CHAPTER.14

"我要所有事情大白于天下，我要卡隆参与

其中，我要黑的归黑，白是白！"

车子已经在野地里停留一段时间了。

雨水持续地打在车顶，滴答滴答，让岑今想起在保护区里戴的那只手表，表面的指针也是这样，好像永无止境。

有车光在远处亮起，越来越近，岑今觉得刺眼，伸手遮住眼睛。

过了一会儿，车门自外哗啦一声拉开。

岑今睁眼看，是恩努，他撑着伞，站在及膝的野草里。雨水从伞檐四面流落，在黑夜和车光里泛着奇异的白。

恩努好像老了一些，三年前电视屏幕上的意气风发、义愤填膺，转成了现今的老成持重、举重若轻。

岑今等他先说话。

他打量了她好一会儿才开口："岑小姐，三年前，我在卡隆政界还不怎么出挑，那时候，我对政府在战犯问题上的处理不满，组织了支持者，经常示威游行。我记得在四月之殇三周年的时候，我策划的活动规模更大，但依然没有成效。有一次，我演讲到一半，警察动用了催泪弹，结果大家四散而逃，狼狈不堪。"

岑今静静听着。

"当天晚上，我看到电视新闻的报道，非常沮丧。半夜的时候，忽然接到一个电话。对方可能用了变音器，声音分不出男女。你知道他（她）跟我说了什么吗？"

岑今微笑："我想，她大概是问，你知道犹太复仇者吗？"

恩努脸上的肌肉极轻微地抽搐了一下，然后点头。

"我回答说，我参考了一些资料，如果政府持续无作为，我也很想在卡隆成立这样的组织，只要问心无愧就好。但我只不过是个没钱的社会活动分子，根本不知道从何做起。她回答说没关系。

　　"大概一个月之后，她再次联系我，通过无法追查的账户，转给我一笔钱，也就是'上帝之手'的启动资金，你知道是多少吗？"

　　岑今说："不只是钱吧，除了50万美金的启动资金，她应该还提出了一些要求，比如要尽量'公平、公正、不暴怒、不盲目、不错杀、不放过'。又如，请不要追查她的来历，保持合作就好。"

　　恩努沉默了好久，远处，细长的草叶被雨滴压弯，倏忽又弹起。

　　他终于开口："岑小姐，你是'上帝之手'的创始人。"

　　岑今轻笑："谈不上，你们有今天的规模，没我什么功劳。那50万美金，现在可能拿来支撑疗养院都不够。"

　　"月初的时候，隔了三年，岑小姐又转了一笔钱过来。"

　　岑今点头："听说你们的重心在转移，聊表心意。反正……我留着钱也没用了。"说到末了，她眼眸微抬，"但你们……是怎么发现的？"

　　恩努说："不是我们，是卫先生。"

　　卫来通过岑今的签名，理出了所有的时间线。他没空去理可可树要把那三个保镖抽筋拆骨的叫嚣，就着那张布满弹痕的桌子，找了纸笔，给恩努一一说明。

　　"这里，四月之殇三周年，热雷米作为投资者和政府的客人，回了卡隆。同一时间，岑今因为极度的愧疚和生活上的困扰，也回到这里。她见到了热雷米，旧事重提。

　　"之后不久，热雷米在法国的家中死亡。当时保险箱大开，岑今是嫌疑人——她当晚出现过，后来因为证据不足洗脱了嫌疑。现在我们知道，她承认了这件事，也就是说，她的确杀了热雷米，拿走了50万美元。

　　"接下来，'上帝之手'成立了。恩努先生，我听人提过，'上帝之手'开始的规模很小，初期的启动资金应该不需要很多。你是创始人，这一点你知道得最清楚。最初接收的数目，是否就是50万美元？

　　"紧跟着，岑今的社评风格转变。你们的人说她'嗅到危险的气息之后，就忙着一层层地给自己拽遮羞布'。不是这样的，正常情况下，你们从成立到打出名头，再到被她风闻，应该要经历一段时间才对。但事实是好像你们第一天成立，她第二天就改变风格了。因为一切在她的安排之中，她知道自己会是什么结果，做事开始没有顾忌。

"揭发信上，她依次写下了该对保护区负责的人。她把自己放到了最后，她是要等前面的人被收拾了，然后把整件事做个了断。

"还有，岑今是帮难民登记造册的，是名单唯一的经手人。如果说名单的原件存放在国家档案中心，这世上还能有人复述出292个名字，那一定是她……"

岑今沉默着听完，问恩努："有烟吗？"

恩努不吸烟，示意助手送过来。岑今拈转烟身，借着车光看到标志。黄金烟叶，是来自津巴布韦的高档卷烟。

点上了，空气里弥开细细的焦甜香。

她吸了一口，又吐出。烟气模糊了眼前，恍惚到过往。

"我这个人是有些懦弱，受了热雷米的威胁，三年不敢发声。最后让我下定决心的，是三年前在卡隆和热雷米的见面。"

那一次，少不了被威胁，热雷米贴近她的耳朵，其实还说了一个秘密。

他说："记不记得你那个出去找人的同事？他告诉我们保护区的位置，说除了他，还剩一个年轻的、资历尚浅的小姑娘。当时我们就觉得，如果只剩这个小姑娘，事情就好办多了啊。"

说到这里，他哈哈大笑，笑声犹在耳畔。

……

岑今看向恩努："雨这么大，不上来坐吗？"

恩努摇头，坚持这么站着。

"见完热雷米，回去的路上，我忽然就想通了。

"这不是我一个人的命，不是我一个人的事。热雷米把事情安排得天衣无缝，我不站出来，真相永远没人知道。那些人命怎么算？我的同事怎么算？他的骨头混在二十万卡西人的骨头里，拣都拣不出来，但害他的人被卡隆民众捧成了英雄。"

恩努沉默，雨水浸入鞋袜，足底冰冷。

岑今看着伞檐挂下连绵不断的雨线。

她一直梦想，会有个盖世英雄，披着战甲，在她最危难的时候，可以来救她。

但那时候，她忽然就想通了。

也许根本就没有那个人，但战甲一直都在，是为她准备的——她要自己穿上。

要放弃的，也只不过是一条命和当时已经过得糟糕无比的生活。

"想开了，也就无所谓了，要做的，是和热雷米他们斗一场。但我不想让他死得无声无息，那样他会被当成英雄怀念——我要所有事情大白于天下，我要卡隆参与其中，我要黑的归黑，白是白！"

"那天晚上，卡隆的频道反复播放几个新闻节目，我盯着你的脸，听着你的演讲，看到你被警察驱逐着狼狈地逃跑，忽然意识到，也许大家可以来一场彼此不见面的合作。"

她拨了电话给热雷米，热雷米问她："你要多少？"

她回答："50万美金。"

热雷米答应了，但有附加条件。他这种人，不会让钱白白流出指缝。

"岑，你有没有想过，我们可以结合？你拿过勋章，我也拿过，如果我们在一起，会是很好的招牌——足够我们在卡隆再赚十年的钱。"

岑今在电话里说："好啊。"

说这话的时候，她手头正翻着一页关于河豚毒素TTX的介绍。

她喜欢这毒。

中毒者虽然不能讲话、不能动，在死亡过程中却始终头脑清醒，清楚地知道自己身上发生的一切。

事情也如她所愿：她站在不能动弹却意识清醒的热雷米身边，居高临下，一条条宣判他的罪，通知他，这毒没得救："让你感受一下死的过程，很少有人能有这个机会。"

然后，她放起音乐，轻轻旋开保险箱的旋钮。

第二个是瑟奇。他藏得隐秘，她找不到他，但她知道他会来找她，也知道该怎么去辩解。

果然，半年之后，瑟奇在一条暗黑的巷子里截住了她。岑今险些被掐死，但她一直笑，断断续续地说："不是我，我知道是谁，我们都躲不掉。你杀了我，你就找不到替罪羊了。"

瑟奇半信半疑地松了手。

岑今捂着喉咙咳嗽，说："你去查一查，卡隆有一个复仇者组织，我那晚去见热雷米，就是为这件事去的，没想到对方已经下手了。你查一查，就知道我没撒谎……"

瑟奇跑了，只恨不能藏到地心。但有人会找上他，她是没这个能耐，有人有。

她耐心地等到"上帝之手"初具规模，然后寄出那封揭发信。全篇打印，只是到那几个名字时，她觉得应像所有的信件一样，最重要的部分，都有必要手写。

追缉不是传奇故事，所需的时间永远比想的要漫长。瑟奇的手出现在她面前的时候，赫尔辛基正裹挟在寒冬未尽的朔风和雪里。

钟点女工尖叫着去拨电话报警，她却勾起唇角，看着窗玻璃映出的自己模糊的身影，露出一抹微笑。

恩努低声说："岑小姐，其实你写揭发信的时候，可以把自己的名字抹掉。"

岑今笑："没用的，就算抹掉，瑟奇也一定会为了脱罪，把我咬出来。而且，在保护区里，我到底扮演了什么样的角色，我也无意隐瞒。这六年，我自己都说不清楚我是个什么样的人。"

想要一场审判，想要被很多双眼睛注视。结果不那么重要，只想把过往摊开，让人看也好，骂也好，指责也好，可以不用再瞒——有些秘密在体内会长成横生的骨头，戳烂自己的肝肠。

"但让我去死，我终究有点不甘心，所以我亲手给热雷米送终，也是帮自己下决心，就算最后要赔命，我也不算真的无辜——你可能不知道，虽然证据不足，但法国警方并没有彻底消除对我的怀疑。我不落在你们手里，也迟早会落在他们手里。"

恩努苦笑："我是真的想不到……岑小姐，有你算漏的地方吗？"

岑今的笑意渐渐退去。

她轻声说："有啊。"

没有算到最后的一程、最后的意外。

卫来应该会对她……很失望吧。

岑今回到疗养院，没有见到卫来，屋里只有可可树一个人。他坐在床上，面色阴沉，边上是鲨鱼嘴，利齿满口。一人一嘴，好像专等她来，要搅起惊涛骇浪。

可可树见到她的第一句话就是："卫走了，他让我跟你说，他甩了你，你们分手了，懂吗？"

岑今说："哦。"

她在卫来的床上坐下来。

他一定起得很匆忙，盖毯凌乱地撂在一边，枕头上有轻微的凹痕。人是走了，但有熟悉的气息留了下来。如果不是可可树在，她很想躺上去，把盖毯遮过头顶，睡到酣然，不问眼前狼藉。

可可树对她的反应很不满意："我说的是真的，你不要这种反应行不行？"

岑今问："那你要我有哪种反应？"

可可树反而噎住了，顿了顿，问她："你的事完结了吗？"

岑今摇头："我会跟恩努回一趟卡隆首府。有一些细节，他还要确认。最终会是什么结果，他需要听取一些高层的意见。"

可可树说："反正不会死吧？"

岑今答非所问："他很生气吗？"

可可树犹豫了一下，他不知道该怎么说。

要说卫来生气——他顺完所有的时间线，跟恩努确认了岑今不会有生命危险之后，表情分明是如释重负的。

"他差点儿送了命，这些天那么绝望，四处想办法，现在突然知道真相——他拼命去挽救的，是你做好计划要抛弃的，而且你对他不露半点口风。换了是你，你什么心情？"

岑今不说话。

"岑小姐，你真的没想过要活下去，和卫生活在一起吗？"

岑今笑："想过啊。如果有证据，谁不想啊。但当年，我是真的做了无数工作，觉得实在没其他的出路了，才决定放手一搏。"

创立"上帝之手"，还有写揭发信，在她的意识里，一直是背景、准备事项，从来不是重点。她没有想到，在绝境已成定局之后，她的这些举措会转化成新的参考证据。

恩努也很感慨："好险啊，那封揭发信，因为是你写的，所以我没有对外公示过，只是晚上查看证据时，拿出来一并比对。如果没有那场意外……"

如果不是那场意外，如果不是文件被打乱飞散，如果不是恰好被卫来看到了，如果不是他注意到那个"今"字的写法……

用恩努的话说："至少，当陪审团知道了这些内情之后，形势会有很大改变。更重要的是，这件事不是你说出来的，而是经由别人发现。

"从前或许只有卫先生一个人相信你，现在会有更多。而且，作为'上帝之手'的负责人，我也希望能尽力为你做些什么，毕竟，我有今天的位置、'上帝之手'有现在的规模，都起源于三年前你的那个电话。"

岑今看着可可树："我知道你可能气我不告诉他真相，但换了你，忍了六年，筹划三年，一切都按部就班，只是在末了，计划突然被打乱，没能控制自己，爱上了一个人，你要怎么开口？怎么收这个局？

"卫来总叫我小姑娘，我不是小姑娘。不是说你给了我一个好男人，就可以解决一切。

"认识卫来之前，我有个未婚夫，叫姜珉。杀了热雷米之后，我了结了和他的关系。因为我知道自己前路已定，不想再拖累谁。

"命不要了，未婚夫不要了，我以为做人能舍弃到这个程度，没什么可以再扰乱我了。认识卫来的时候，他是沙特人给我雇的保镖，对我也没什么好感。去谈判一条船，不过十天半个月，我没想到自己会爱上他……"

算算日子，到今天，她和卫来认识也还没满一个月。

有敲门声传来。

两人一起抬头，看到刀疤，他半边脸肿起老高，墨镜都架不稳，说："岑小姐，车子备好了，恩努先生在等你。"

岑今起身，出门之前，对可可树说："你一直也不是很喜欢我，卫来走了，你有耐性留在这儿，应该是他吩咐的。

"那请把我的话转达给他：我尊重他的所有决定，对我过去的筹划，我没有后悔，不管他爱不爱我，不管他未来爱谁，我还爱他。我的爱也许不是你们喜欢的那么完美纯粹的，但是……"

她笑起来，轻声说："不说了。"

她侧身从房门出去。

刀疤看向可可树。

可可树忽然生气："这个女人是不是人啊，我每次要甩了我老婆的时候，她都又哭又叫，抱着我的腿不让我走……"

他终于追了出去，大叫："哎！哎！岑小姐！"

岑今停下脚步，转身。

雨还在密密地下，可可树不停地抹去从额头流下的雨水，说："你知道卫回到哪里去了，你的事情了了之后，去把他追回来吧。"

岑今说："不是已经分手了吗？"

可可树悻悻，又不愿意承认是自己胡诌的："那你也要去追啊。

"我了解卫，他为你做了那么多，连命都拼上了，是真的喜欢你。知道真相之后，他的第一反应是问恩努，你是不是没有生命危险了——你懂吗？他做了这么多事，如果你都不去追他，不去挽回他，他该多难受。"

岑今笑，雨打在脸上，冰凉，眼睛里却热到酸涩。

"我不是为了你，我还是不喜欢你，我是为了卫。你知道他从小被他爸带着偷渡到欧洲，然后被卖了。他这个人，对什么都不热衷，也不想安定，老说自己是条破船，到死晃到岸。他对你这么上心，我也很意外。虽然你不好，但是等他再遇到这么一个，不知道要多少年，所以我也就凑合接受了。"

岑今笑到哽住。

"你觉得对不起他、亏欠他，那挺好。你心里愧疚，就会加倍对他好，你就慢慢还吧。所以你要去追他，不管他怎么烦你、赶你、骂你，你都别走。他不会计较的。卫这个人很好，只要你以后老老实实的，别再去创立什么组织了……"

他忽然警醒："哎，你只创立了'上帝之手'一个吧？你没创立其他的吧？"

岑今转身上车。

车门关上,可可树急得绕着车子晃:"你还没回答我呢,你去不去追啊?还有,你到底创立了几个啊……"

车子发动了,可可树不得不避到一旁。擦身而过时,车窗忽然推开,岑今从里头飞出来一个纸飞机。

飘飘悠悠,半空里飞了一程,机翼被雨打湿,慢慢滑落到地上。

可可树盯着飞机看。

真幼稚,这么大了还玩纸飞机,以后都不知道会怎么照顾卫。

还有,根本没他折的飞得远。

飞机飞抵赫尔辛基,是在晚上。

最后一程遇上气流,机身颠簸不停,满舱的乘客惊呼、祈祷。终于机轮触地,个个如释重负。

大概是因为伤势反复,卫来睡得昏沉,没有做梦,只觉得身在船上,浪头不息,一波又一波,不知道要把人推向哪里。

空乘叫醒他,示意可以下机了。

进入机场大厅,人声鼎沸,高高的色彩绚丽的广告牌上,是芬兰大学生们年轻明快的笑脸,上头写着——

给春天戴上帽子!欢迎来到赫尔辛基"戴帽节"!

边上是大液晶屏的日历计时。

每年的四月三十号是戴帽节,是芬兰人庆祝春天到来的狂欢节。

四月已近尾声。

卫来一身夏装,刚出机场大门,就冻得一激灵,赶紧折回,随便买了件外套,裹上了又出去。

自己都觉得好笑,四月的一头一尾,程度不同的春寒料峭,他两次回赫尔辛基,都穿得不伦不类,一次裹邋遢污脏的兽皮,一次清凉到让人侧目。

回到公寓楼,卫来照例先去埃琳的酒吧。进门之前,他看到门楣上那句"We care about the world"。

他仰头看了好一会儿。他说出这句话时,自己也不是很关心时事,只是嫌弃埃琳连中国都不知道。而埃琳把它作为店名,是因为她觉得这是很好的噱头。

——卫,我可以在酒吧播放新闻啊,赫尔辛基还没有酒吧这么做过,多新鲜!

一再提及的,通常心不在焉;真正决定去做的,反而很少宣之于口。

有出来的客人,礼貌地请他让一让。

进了酒吧，正是一天中最热闹的时候，烟酒声色，样样不缺。卫来第一眼看到的居然是那个"埃及艳后"，眼影涂得很深，搂着一个俄罗斯人的脖子，笑得花枝乱颤。

吧台里没有人，水母缸里水泡咕噜咕噜，暗绿色的幽光依旧，那两只老态龙钟的水母有人照拂供养，永远学不会积极生活。而水母缸旁……

是那盆白掌，长势正好，已经抽出新的苞叶，色泽浅碧。两枚瓷白的佛焰苞稍卷，边沿若即若离，像是终将挨靠。

卫来微笑，正准备过去——

"David's coming!"

卫来笑，余光瞥到拎着空托盘一路雀跃着过来的埃琳。他侧过受伤的肩膀，把另一边留给她。

果然，埃琳将托盘一丢，几乎是抱住他的肩膀："卫，我每天都在想你！"

这也就是客气话，听听就好。

卫来拍拍她脑袋："不跟你闹了，我来拿回我的花，老规矩，要回去睡觉。"

他大踏步向吧台走去。埃琳先是一愣，反应过来之后，赶紧过来攥他："哎……"

在他的手挨到盆边时，她眼疾手快，连花带盆一把抱进怀里。

这是……几个意思啊？不知道花是谁的吗？

埃琳把他拉到边上，吞吞吐吐："那个……卫，这花送我吧。"

卫来咂摸出点意思来了——合着请她照顾盆花，到末了土都没给他留一撮？这放到以后，敢把老婆交给她照顾吗？

埃琳说："上次在电话里就想跟你说的，谁知道你那边信号不好。这花真的会给人带来好运……你知道吗，我不会养，一周不到，差点儿把它养死。我想着这样不行啊，你不是说，花没了，你就没了吗，我可不能让你死啊。我就抱着花出去，想找个懂的人……"

他顿了顿，说："所以就这么着，把我的花拐走了？"

埃琳居然振振有词："怎么能是你的花呢？你也就是起了转交的作用。你养过它吗？浇过水吗？松过土吗？除过虫吗？你什么都没付出，这花要能保佑人，也不会保佑你啊。"

卫来忽然发现，埃琳也是个天生的谈判高手。她说完了，又摆出一副央求人的笑脸："卫，给我吧，我喜欢这花。看在我爱了你那么久的分儿上……"

又拿爱他来说事，爱了他那么久，床都没给他铺过一次，还要走他一盆花。

卫来咬牙切齿，但要命的是，他觉得埃琳说得有道理。

也对，他没付出过，这花即便真的很玄，能保平安，保的也不会是他。

于是他说："……行吧。"

卫来睡了长长的一觉，没醒过，但不安稳，大梦如戏。

梦见十万火急，他追着一个人跑。那人有块神奇的表，能让时间倒流。他跑了好多路，终于摁倒那人，逼着他把时间拨回六年前。

那人动作太慢，磨磨蹭蹭，卫来没耐性，把表夺过来，狠狠一拨。

使的力气太大，拨过了头，一时间天旋地转。反应过来时，他正站在一条乡间的小路上。

时候是秋天，道旁长满萋萋野草，草尖染长长的姜黄，树上的叶子缓缓飘落。而岑今，就在这条路上慢慢地走。

她只有四五岁，穿小花衣，扎两个羊角辫，辫子支棱着，和人一样倔强。

她斜挎着一个小书包，走路走得慢吞吞，草也要挨过去看，小石子也要弯腰去捡，看到树也要比比身高——是那种会惹急着赶路的母亲上来揪耳朵的小姑娘。

卫来跟上去，看她只那么丁点儿大，想笑。

她察觉到有人跟着，很警惕地回头，说："你是谁啊？"

卫来蹲下身子，看她装出很凶的模样的小脸，不知道该怎么说，顿了很久才开口："你以后会认识我，你会上我的船……"

岑今说："滚蛋！坏人的车和船，都不能上！"

她掉头就跑，小短腿噔噔地，书包一直打屁股。跑远了还慌里慌张地回头看，脚下一绊，摔了个跟头，下一秒飞快地爬起来，像小轱辘一样，又转远了。

卫来第一次发现，原来岑今这么能跑……

醒来的时候，唇边犹有笑意。窗外是被过滤到近乎稀薄的人声，飘在高处，连绵不绝。

在床上躺了会儿，他才想起今天是戴帽节。成千上万人正聚在市中心的南码头广场，那里有阿曼达女神铜像。

上世纪初的某天晚上，有一群学生在阿曼达铜像附近彻夜狂欢，无意间看到夜色里孤独的女神像，怕她冷，于是给她围上饭店的台布，又有人取下头上的白色圆顶黑檐帽帮她戴上。

女神不再孤高，披着台布，帽檐下露出的头发波浪一样卷曲。有鸽子从旁掠过，夜晚都变得俏皮。

从此以后，一年一度，每到那个日子，总有人去给阿曼达戴帽子。久而久之，成了固定的节日。

卫来经历过一次，狂欢自下午开始，几乎半个城市的人都会在女神像前聚集，自发戴上白顶黑檐帽，奏响音乐，开香槟，举杯庆贺，互相拥抱，彻夜狂欢至凌晨，等待代表着春天的五月到来。

听这声响，节日的庆祝已经开始了。

卫来起身，顺手拿过手机，上头有一条短信，麋鹿的。

——明晚九点，酒吧。

他想了好一会儿，意识到自己睡过头了，短信里的"明晚"，应该就是今天晚上。

受戴帽节的影响，酒吧里人不多，连"埃及艳后"都没来上工。

麋鹿来得很准时，门一推开，直奔卫来坐的那张桌子——自桑拿房那次一别后，这是第一次见面。

麋鹿想必又有千言万语想说，如同努比亚的沙暴倾泻。卫来防患于未然，防他行事夸张，还要防他揶揄嘲笑。

"别叫我圣诞树，别上来就抱，老实坐下，敢笑我爱上客户，你就滚蛋。"

真是刀刀都砍在了要处——麋鹿僵了半天，一脸的欲求不满，终于悻悻地坐下。

然后他把拎着的包摆上桌面："沙特人把你的报酬打过来了。知道你喜欢现金，但不喜欢面值太大的——换好了。"

卫来拉开包链，略扫了扫，忽然想起什么："帮我捐了吗？关于割礼的那个。"

麋鹿说："真捐啊？"

卫来乜斜了他一眼："有点心疼，但说过的话又不能收回。"

麋鹿惊喜交加："卫，你居然知道心疼钱了？这一个月真是没白过！捐一半，还剩一半，剩下的，你不会再去拉普兰包船花掉吧？"

卫来没吭声，顿了顿，问他："剩下的钱，够买下我住的那套公寓吗？"

麋鹿不敢相信自己的耳朵："你想买房？"

卫来轻描淡写地说："总得有个落脚的地方。"

他招招手，示意埃琳上两杯黑啤。

麋鹿忽然想起了什么，打量了他一会儿，觉得他情绪还算稳定，应该不会避讳。

"有件事，你可能感兴趣。记不记得……你让我打听热雷米一案的细节？"

卫来看他："怎么说？"

"我花了些钱打点，和警局内部的人通了关节。据他们说，这案子没销，但也没进展，所以他们又倒回去，把一些排除了嫌疑的人找出来查，其中就有岑小姐。"

"然后呢？"

"就在来的路上，他们给我更新了进展。说是昨天，法国警方收到一封来函——卡隆的'上帝之手'宣称对三年前热雷米被害一案负责。"

卫来一愣。

麋鹿啧啧："没想到吧，收到来函的当天就结案了，据说还吃了宵夜庆祝。"

卫来喃喃道："是没想到……"

他轻笑起来。

这算是绝处逢生吗？一路以来，都是"上帝之手"想要岑今的命，临到末了，为她扫平最后一道障碍的，也是他们。

他说："岑今还是很会选人的，恩努是个能做事的人。"

麋鹿冷笑："她当然会选人，选你不也是选对人了嘛，就是在保护区里瞎了眼……"

卫来面色一沉："在保护区里她没得选。"

麋鹿沉不住气："还为她说话呢，她害得你差点儿死了。如果那个狙击手再高明那么一点，如果当时不是我让可可树小心那三个保镖，你现在在哪儿呢？你还做得成圣诞树吗？早烧成灰了吧。"

卫来沉默了一会儿："从虎鲨的船上下来之后，路线就一直是我在定。我问她：'你跟着我走，我真把你带进危险里，你会怪我吗？'

"她回答说：'跟着你走，又不是说着玩的，是我的决定。真的遇到危险，愿赌服输，有一半是我的责任，只怪你一个人就没劲了。'"

麋鹿听得一头雾水："你想说什么？"

卫来问他："知道我为什么拼了命地帮她吗？"

"因为你被女人迷昏了头呗。"

卫来大笑着端起黑啤，和麋鹿碰了个杯，喝了一大口，然后放下："我喜欢她，当然是一个原因。另一个原因是，我和她在一起，这么久以来，哪怕是关系已经很亲密了，她都从来没跟我说过一句'请你留下来陪我''请你保护我''请你不要扔下我'。

"她明明处境很危险，都做了我的女人了，为什么不提点要求？你知道吗，我给她买过……两块披纱，不对，披纱人家没要钱。只给她买过一个当地人粗制的口红，很便宜，大概连半欧元都折合不到。你在酒吧给个漂亮姑娘买杯酒，大概都不止这点钱。

"你喜欢上一个姑娘，要么拼命为她花钱，要么拼命对她用情。她什么都不要，是你，你会怎么做？

"前半程我保护她，是沙特人给的钱；后半程她说不想雇我，我逼着她写下欠条，是我的决定。

"我还没见到她，就知道她收到一只断手；我去签约的时候，就知道有人闯进白袍的房间；还没上虎鲨的船，快艇就在公海炸飞了——我做这个决定的时候，清楚地知道会面对什么。说白了，愿赌服输，对方派出的是狙击手也好，火箭炮也好，我都有心理准备。

"我拼命去帮她，想把她的一切危险都格挡开。'上帝之手'是她创立的还是热雷米创立的，甚至是可可树创立的，其实没太大分别。就算刀子是握在她手里的，我也不会眼睁睁看着她自杀，我还是会上去阻止。"

麋鹿听得云里雾里："那你还是被气走了啊……"

卫来冷笑："怎么着，男人还不能有点脾气了？她六年来过得那么痛苦，我没有资格指责她什么，甚至挺心疼她。但一码归一码。

"从感情上来讲，我就是心里不舒服。我不想很大度地笑笑就算了，不然得多憋屈，所以我要走。在关键问题上，我得有个态度，不然以后不被重视，没地位。"

麋鹿张口结舌，半天才说得出话来："卫，当年我和我老婆吵了架，都是伊芙离家出走，我去追……我从来没听说，一个男人走了，让女人来追的……

"她要是不来呢？那个岑小姐，看起来挺心高气傲的。

"这都好几天了，她都没来。卫，说不定还是要你回头去追，你的脸往哪儿搁啊？不过没关系，反正你脸皮厚，当初你还说绝不跟客户发展除了钱之外的关系……"

卫来咬牙，手里的黑啤正想兜头泼过去，墙壁上的挂钟忽然报时。

晚上十点，新闻时间。

常客都知道规矩，在埃琳的酒吧，新闻时间如同停火协定，不管你在忙什么，不管你是否真的关心，手头的事都得停下，全情投入。

今晚的重磅新闻来得突然。

播报者抑制不住声音的激动："今日，僵持了一个多月的沙特油轮天狼星号劫案取得重大进展。下午三点，按照海盗的要求，沙特方面动用水上飞机，将装有300万美元赎金的邮包空投到海盗指定的海域……"

麋鹿双眼放光："卫！是天狼星号！"

他只恨不能大声嚷嚷，让全酒吧的人都知道，这事他有份参与，还见过白袍。

不消他提醒，卫来在看了。

画面上，水上飞机投下邮包，邮包上很快张开橘红色的降落伞。镜头下方，几艘海盗的快艇在海面上快速绕行，画出巨大的白色浪圈。

每个人或蒙面，或拿衬衫包住头，画面颠簸而模糊，分不清船上的那些身影哪个是虎鲨，哪个又是热衷于让他嚼阿拉伯茶叶的沙迪……

酒吧里，人人看得聚精会神，卫来就在这个时候起身，悄悄退了出去。

公寓楼外很冷清，这一晚所有的热闹大概都聚在庆祝戴帽节了。卫来倚住墙，低头衔住烟点上，吸了两口，微弹烟身，看烟灰落下，散失在水亮冰冷的路面。

十多天前，他还在船上。那两天，红海的沙暴长蛇般拖行肆虐，船上时刻都很热闹：虎鲨暴躁谨慎，沙迪不紧不慢，还有仗势欺人的小海盗，抓住每一个机会耀武扬威。

而现在，他们被一道电视屏幕分隔，万里之遥。

现在，海盗们在分钱吧，他几乎能想象出那场面，免不了争斗、鼓噪，还有整齐划一地喊："Money! Money! Money! "

南码头的方向，又一拨欢呼的、被距离不同且高低不平的房屋稀释了的声浪传来。

真热闹。

一生中，太多路遇的热闹，无数人聚在一起陪你喧嚣，却太少人能陪你寂寞。

左手臂上，腕根处，一线酥麻微微探头，慢慢地向着肘心游走。

安静的街面上，响起脚步声。

卫来忽然不动，只有烟气飘到眼前。

他没有抬头，看到一道被拉得太过纤长的影子，慢慢地和他的融在一起。然后，那个穿棕色高跟的小羊皮靴的人，站到他面前。

卫来笑，单手掸了掸烟身，另一只手伸出去搂住她的腰，带进怀里，听到她说："卫来……"

卫来说："嘘……让我抽完这支烟。"

街道那么安静，烟身燃烧过半，冰冷的墙面浸得他后背发凉，怀里却是暖的。这暖浸到心里，心也是满的。

他喜欢坐在高处，听城市的声浪，俯瞰行人如游蚁般来来往往。

麋鹿和可可树都跟他上过屋顶，也都问过他，到底能看到什么。

他回答："人气呗，人会发出体味、气息，会说话、打架、交流情感、歇斯底里、要死要活，所有这些都要用到气。"

可可树说他胡说八道。

逼急了，他又答："能看到很多故事，发生的、发酵的、消失的。"

其实他还是胡说八道。

他只不过喜欢看那些人，尤其是那些不急着赶路的人。那些人，通常三三两两。

有情侣，或是甜蜜，或是拌嘴。

也有一家人，父亲软语哄着小女儿，儿子撒泼放刁，把母亲气得无计可施。

卫来每次都看着那些人笑，一坐就是很久。

他以为，这些在他身上都不会发生。

他以为，他不过是一条和人群擦身而过的船，不耽误过一生，不耽误看风景，但也不会有人登临。他会一直随波逐流，在脱轨的人生里看人世间车行如梭，直到船板朽烂，锈在无人知晓的乱滩。

卫来低头问她："想好了吗？上了我的船，下不来的。"

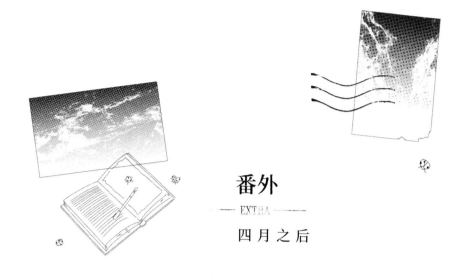

番外

—— EXTRA ——

四月之后

（一）

岑今第一次进卫来的公寓，站在门口看了好一会儿，然后她抬头问他："这里真有人住吗？"

卫来说："怎么说话呢？男人的房间稍微干净和简洁一点，反而要被歧视吗？"

他还以为，作为一个单身汉，房间里没有女人的发丝或者暧昧的物件，会博得她的好感。

岑今不敢苟同，这不叫干净和简洁，叫荒凉、没人气。衣柜都没一个，唯一有点存在感的家具是床，床上的被子居然还叠起来了。

岑今看着他："男人的房间呢，乱得适度其实没什么，比如被子不叠啊，地上躺着啤酒罐啊……太干净和太邋遢，都容易给人不好的联想。"

她曾经写过关于变态杀手的系列社评，卫来的家居风格，很不幸符合其中的一大类。

被子是起床时无聊顺手叠的，现在搅乱显然来不及了。卫来说："你等会儿啊。"

他伸长手臂，拉下和天花板窗连着的铝合金折叠梯，几步上了阁楼。再探下头时，他手里炫耀似的拿了个空啤酒罐："上次喝光的，忘记扔了。阁楼地板上还有灰，你要不要来看看？"

很好，很符合一个独居的、社交圈偏小的、私生活很克制的……男人形象。

（二）

岑今的别墅被收回清算，她要去整理并拿回自己的一些东西。

她对卫来说："咱们找辆车开过去吧，来回也方便。"

卫来没车，打电话向麋鹿借车，另外请他帮忙联系一家搬家公司，特别强调要大车。

麋鹿说："卫，搬家公司不便宜的，还有，越大的车越贵，你要不要问一下岑？也许她的东西不多呢。"

卫来觉得不需要问。

怎么可能不多呢，她有那么大一个别墅呢，别墅里的东西，桌子、柜子、七七八八的，他的小公寓都放不下，可能还得租个仓库摆放。

作为男朋友，事事想在前头，做事周全，不让女朋友费神，会显得体贴。

约定好的那天，麋鹿开着车来接他们。

到了别墅门口，搬家公司的大车已经到了，随车的有三四个精壮的小伙子，衣袖撸到肩，肌肉鼓鼓的，随时准备大干一场。

岑今抬头看到了，说了句："抵押公司还挺着急的。"又说，"等我一下，很快。"

卫来觉得有点不妙。

岑今下车之后，麋鹿从驾驶座上回头看他，再次提醒："卫，搬家公司很贵的。"

岑今很快出来了，推着一个大行李箱。

这行李箱挺眼熟，带滚轮，是个庞然大物，足可装下一个他。

卫来脑海里飘过一句话——

搬家公司不便宜的。

他迎下车，问她："就这个？"

"就这个。"

卫来垂死挣扎："那些家具呢？摆件呢？挂着的画呢？"

"临行前就抵押处理了，剩下的私人物件都在这里。"

"我能打开看看吗？"

岑今做了个"请便"的手势。

卫来放倒行李箱，拉链一开到底，看到的东西……都很眼熟。

五套晚礼服，长款，装在专用的硬塑礼服包装袋里；五个鞋盒，各色配搭晚礼服的高跟鞋；一个很重的化妆箱，掀开一看，分层分屉，无所不包……

麋鹿从车窗里探出头来："卫，不管你有没有使用人家的服务，只要出了车，就要收费，而且……不便宜的。"

（三）

卫来从外头回来，刚打开门，一个纸飞机稳稳地朝他飞过来。

明明伸手就能接住，他偏不，原地跃了个空翻，落地时伸手捞住，还要做气喘状，说："好险。"

岑今笑："打开看看。"

卫来这才发现纸背面隐隐透出字的印痕，并不是随手取用的白纸。

他拆开："什么东西？"

"写了一篇社评，去投稿，对方寄回来的反馈。"

卫来展开。

称呼是 Miss Silvia，改换笔名了，卫来记得，她之前的署名都是"岑今"。

退稿信的套路是，先夸你几句，例如"社评写法老练""逻辑清晰"，然后加一个"但是"——

过于平淡，缺少激情，措辞太过谨慎。我们更期待犀利的、有战斗性的、让人拍案而起的文章。

卫来说："哈，这个人对岑小姐真是很不了解。"

然后他看向岑今："为什么不用先前的名字？"

用那名字，写出狗屎来，杂志社也会抢着刊登的，然后追加一篇，分析昔日的斗士为何一反常态，莫非是遭遇恶势力威胁，等等，又赚一轮热度。

岑今说："以前的名字对头太多了，不想惹麻烦。"

"那为什么不用以前的风格？"

"现在有家有口，要为家属考虑。"

"有家有口"四个字，听得卫来心荡神飞。

当天晚上，他卖力地表现了一下，好让她知道，有家有口，是这世上极大的欢愉。

（四）

现在有家有口，要为家属考虑。

所以，卫来找了个机会，跟麋鹿说，不准备再当保镖了。

然后，他瞠目结舌地见识到麋鹿对于中国文化的领悟显然更精进了，把"一哭二闹三上吊"演绎得惟妙惟肖。

"卫，是不是为了岑小姐？为了一个女人，你就不要我了？不要可可树了？"

卫来说："大家还可以做朋友……"

"是朋友就不要提拆伙！卫，你想一想，女人像流星，这一个过了还有下一个。值得吗？为了一颗流星，放弃你的事业？"

卫来说："你不是说过，保镖和超模一样，都是吃青春饭吗？你还劝我转型，去当作家……"

麋鹿矢口否认："谁说的？我绝对没说过。卫，你没这个天赋，不行，我绝对不同意。"

卫来说："没关系，反正你的想法，我也不是很在意。"

……

当天晚上，麋鹿就上门了。

卫来打开门，看到是他，没立刻让他进，怕他往岑今身上捅一刀。

麋鹿退开两步，让他看自己带的东西。

有花，还有红酒。

见到岑今，麋鹿恭恭敬敬，开口就是"弟妹"。卫来正开酒，听得手上一颤，手滑了。

麋鹿苦口婆心，娓娓道来。

"弟妹，卫就这么放弃，多可惜，他是王牌呢。有家有口也不影响他当王牌啊。你看人家可可树，给老婆买了那么多金子。

"当保镖分很多种啊，他可以当教官啊，可以不远征，可以当顾问……他怎么可能转行写东西？这一路，你让他写日记，他写了吗？"

卫来在边上大声咳嗽。

岑今一直认真听着，末了说："让卫来自己决定吧，我尊重他的意见。"

然后，她就和麋鹿碰杯了。

高脚红酒杯相碰的声音清冽干脆，暗红色的酒液在杯里旋晃。

卫来也端着酒，但没人跟他碰杯。

他心里酸溜溜的。

（五）

岑今住进卫来的公寓不久，有一天，忽然想起一件事。

她问卫来："你不是养了瓢虫吗？怎么从来没见到过？"

卫来很镇定，回答说："瓢虫后来飞走了。"

岑今松了口气：她并不想跟瓢虫共住一个屋子。那玩意儿，长得小且鲜艳，有时候还飞来飞去，万一她一不留心，把瓢虫当苍蝇打了，还怎么面对卫来啊？毕竟有时候，他的智商和情商都会退回三岁。

卫来也松了口气，这个话题再继续下去，他一定会暴露的，毕竟他只知道瓢虫是会飞的虫。

谁知道过了两天，岑今忽然旧事重提："你养的那只瓢虫，给我讲讲吧。"

卫来说："它飞走了……"

"我知道它飞走了，但是你又养，又写日记，显然是有感情的。难道它一飞走，你就把人家给忘了吗？"

当然不行，一个有爱心的、长情的男朋友，才是好男朋友。

卫来这样开头："我第一次见它，是在我小时候……"

岑今冷静地提醒他："瓢虫的寿命，也就一到两年。"

卫来改口："我的意思是，我第一次见到瓢虫这种生物，是小时候。当时……"

很显然，一见钟情，需要环境衬托。

"……天上下着雨，我考试没考好，被老师扔在教室外罚站。我至今都记得，那个老师戴黑色圆镜框的眼镜，像一个账房先生……"

岑今发现，教过卫来的人，都像账房先生。这暴露了一个想象力贫瘠的人想编谎话，是多么困难和破绽百出。

"……我心里很难过，就在这个时候，窗框上爬过一只瓢虫。也不知道为什么，我的心情一下子就好起来了。"

麋鹿说得对，卫来转行去写书的话，前景堪忧。

卫来偷看岑今的脸色，觉得第一部分已经过关了。

很好，写作的三步骤：起因、过程、结果。起因已经蒙混过去了，结果是飞走了，再编出一段过程，并不难嘛。

他信心满满。

"后来，在赫尔辛基，你知道，我一个人住，难免无聊，就养了几只。埃琳不是也养海月水母吗……那几只瓢虫伴随我度过了很多日子。但是瓢虫寿命很短，死一只我都很难过，所以后来……"

他就放它们飞走了。放飞那天的环境，也需要很好地衬托一下，比如阴云密布、细雨霏霏……真是完美。

岑今静静听完，说："卫来，你养的瓢虫，从来都不生育的吗？我听说有些瓢虫一年能产五六代，每次产卵没上千也有成百。"

一个写社评的，对瓢虫那么熟悉干吗？人家就是不想生，你管得着吗？

卫来说："我养的，都是单一性别的……"

岑今"哦"了一声:"那最后一个问题……

"我这只瓢虫,跟你养的那只,哪只更合你心意一点?"

……

时间转回到当天早些时候。

岑今在埃琳的酒吧,看她给海月水母喂食:"水母养好了,确实挺好看的。不知道卫来怎么想的,居然喜欢瓢虫……"

埃琳觉得"瓢虫"这个词蛮耳熟的,忽然想起来:"他还保护过瓢虫呢,有钱人真是……大概钱多得没处花。"

为什么让一个保镖来保护瓢虫呢?找个昆虫学专家不是更稳妥吗?岑今忍不住问了句:"什么时候的事啊?"

"好像是……四月份吧。"

(六)

伊芙给卫来打电话,邀请他去家里吃晚饭。

反正岑今回卡隆了,一个人待着也是待着,卫来一口答应。

晚餐很丰盛。伊芙做了肉桂卷、鱼肉馅饼,还有新土豆配鸡油菌酱汁。吃得也很温馨,伊芙和麋鹿的一儿一女都是可以自己上桌动餐叉的年纪了,但又未脱奶气,说话时咿咿呀呀,卫来的目光有大半时间都黏在他们身上。

果然想安定下来就是不一样,往常他来伊芙这儿蹭饭,眼睛都是盯着饭的,唯恐好吃的被麋鹿抢了。

吃完饭,伊芙欲言又止。

卫来察觉到了:"有事?"

伊芙说:"岑的事我听说了。"

听说就听说了呗,为什么一脸忧心忡忡?卫来不是很理解。

"卫,你可怎么办,她被判了十年。"

卫来一听就知道是麋鹿传话传得离谱了。

他瞪了麋鹿一眼,耐心给伊芙解释:判的是十年强制服务,每年要有不低于两周的时间,在卡隆的刑事法庭义务工作,协助一些案件的追溯、对施暴者的起诉、编整相关历史资料,等等。

伊芙难以想象。麋鹿给她看过一些资料和照片,她只扫了一眼就捂住眼睛尖叫:"拿开,拿开!我会做噩梦的!"

"卫,这样太残忍了,是一种心理折磨。"

卫来笑了笑，说："还好吧。"

对有些人来说是心理折磨，对岑今来说，也许是药。能坦然面对，总好过终生避讳。

卫来散步回家，路过市中心广场，在阿曼达铜像前站了会儿，给岑今打了个电话。

她很快接了："嗯？"

"在干吗？"

"刚忙完，洗了衣服，在晾，太阳快落山了。"

卫来笑，想到卡隆志愿者们住的村子——简单的木板棚屋，门口拉绳的晾架，衣服在晾绳上晃晃悠悠，夕阳给她的影子镶边。

"你抬头，往右手边看，偏45度角那样，看见没？"

岑今说："少来这套！"

他第一次这么说时，她一颗心咚咚地跳，还以为他突然来了，要给她一个惊喜……结果按照那个方位，看见的是条狼狗。

跟卫来说时，他说："对，我就是要提醒你，小心狼狗。"

这次又来，玩上瘾了还。

卫来哄她："你看啊，我保证这次不一样。"

她抬头去看："……电线杆子。"

卫来说："我好希望我是那根电线杆子。"

……

挂了电话之后，岑今走到那根电线杆前头，也斜着打量了会儿，说："你滚蛋！"

（七）

可可树收到卫来的结婚……通知卡。

是的，也就是张通知卡，没有仪式，没有喜宴，甚至没有邀请他前去。

可可树愤愤不平，觉得卫来是在报复自己。

没错，他结婚的时候确实没有告诉卫来，但是他的态度很诚恳啊，也表示下次结婚绝对不会这样了，卫怎么这么小气呢？

要知道，凭着他和卫的交情，他肯定会送厚礼的。虽然他不大喜欢岑今，但是也会送她一条至少小拇指那么粗的金项链！

纯金的！

可可树怒气冲冲，给麋鹿打了个投诉电话。

然后他心理平衡了——麋鹿收到的，也只是张卡。

据说，卫来和岑今去了一家叫"华夏天府"的中餐馆，吃了顿饺子之后，卫来就带岑今去拉普兰了，说是要去住 kota、看极光，还要在冰湖钓鱼。

想想就不寒而栗，他果然和自己"树种"不同。

挂了电话，可可树反复看那张小卡片。

很简单，中间部分是两人各自的手写签名。

卫来＆岑今。

底部有一行字。

　　　四月，你的命运泊岸，载我登船。

可可树勉强看懂了，毕竟卫来不止一次说过自己的命运就是条小船。

但作为过来人，可可树觉得自己有必要提醒卫来：婚姻，只要诗意和浪漫是不够的，必须加一重保障。

就像自己结婚的时候，再三严厉地提醒老婆："离婚了，金子都要还给我的！"

现在多恩爱啊。

他觉得，这卡片上还需要加一行字。

——谁要是下船，罚款一千万，美元。

图书在版编目（CIP）数据

四月间事 / 尾鱼著 . -- 成都 : 四川文艺出版社，
2025.4

ISBN 978-7-5411-6874-1

Ⅰ . ①四… Ⅱ . ①尾… Ⅲ . ①长篇小说—中国—当代
Ⅳ . ① I247.5

中国国家版本馆 CIP 数据核字 (2024) 第 028044 号

SI YUE JIAN SHI

四月间事

尾鱼　著

出 品 人　冯　静

特约监制　王传先　沐　浔

责任编辑　邓　敏

责任校对　段　敏

出版发行　四川文艺出版社（成都市锦江区三色路 238 号）

网　　址　www.scwys.com

电　　话　028-86361781（编辑部）

印　　刷　三河市中晟雅豪印务有限公司

成品尺寸　166mm×235mm　　　开　本　16 开

印　　张　19.25　　插页 4　　　字　数　380 千

版　　次　2025 年 4 月第一版　　印　次　2025 年 4 月第一次印刷

书　　号　ISBN 978-7-5411-6874-1

定　　价　49.80 元